Doble o nada

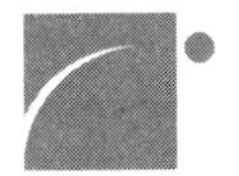

Doble o nada

DOUBLE O

Kim Sherwood

Ian Fleming™

Traducción de
Enrique Alda Delgado

Rocaeditorial

Título original en inglés: *Double or Nothing*

Primera edición: febrero de 2023

Av. Marquès de l'Argentera 17, pral.
08003 Barcelona
actualidad@rocaeditorial.com
www.rocalibros.com

Impreso por LIBERDÚPLEX, S. L. U.
Printed in Spain – Impreso en España

ISBN: 978-84-19449-60-3
Depósito legal: B. 23493-2022

Para Nick. Nadie lo hace mejor

1

Cita con el diablo

—Salvar un alma equivale a salvar a toda la humanidad —dijo el casco blanco.

Sid Bashir no sacó la fotografía. Bajó la cámara y levantó el dedo del disparador.

El casco blanco le dio un golpecito cariñoso en el brazo.

—Has de saberlo, hermano. Los cascos blancos están comprometidos con esas palabras del Corán. El que salva una vida salva a toda la humanidad.

Bashir asintió.

—Mi madre me lo decía.

—Que Alá la bendiga. Te enseñó bien. En tiempos solía llevar armas, pero prefiero entregarme a mi pueblo que arrebatar vidas.

—Que Alá bendiga a tu familia también.

Bashir se agarró al asiento cuando el camión hizo un viraje y esquivó un cráter. Tenía el pecho cargado por el humo, que le había bajado por la garganta como cemento impaciente por llenar un agujero, mientras seguía a los voluntarios sirios de búsqueda y rescate hacia el fuego con el fin de localizar supervivientes entre los escombros en los largos minutos posteriores a la explosión de una bomba de racimo; el almacén de la Media Luna Roja crujió y gimió hasta que finalmente se tambaleó, las paredes cedieron y se desplomó provocando una nube de polvo. Bashir retiró la manga de su ajada Barbour para ver el reloj

Casio. Tenía un corte en el antebrazo. Limpió la sangre de la pantalla. Todo segundo perdido reducía las posibilidades. Cinco minutos hasta llegar a la posición.

El hombre sentado a su lado se quitó el casco blanco con un nombre escrito con tinta indeleble, se sacudió el polvo y los escombros del pelo y se lo volvió a colocar. Le siguió el juego a Bashir mientras le hacía una foto, pero con mirada inquisitoria.

—He conocido a otros fotoperiodistas. Incluso de Reuters. Los he visto meter a víctimas en coches y llevarlos al hospital en medio de tiroteos. Proteger a niños de estos. Darles sus chalecos antibalas. —El casco blanco resopló—. Pero nunca he visto a un fotoperiodista que no sacara una foto antes. Has corrido hacia el fuego, pero no has hecho ni una sola foto, al menos hasta que hemos retirado a los muertos para enterrarlos. Quizá seas una persona honrada, pero no eres un fotógrafo de guerra. Sostienes la cámara como si fuera un arma.

Bashir bajó la vista, tres dedos en la empuñadura, el pulgar en el cañón y el índice en el gatillo. El corazón le iba a toda velocidad.

—Es mi primera guerra —se disculpó intentando sonreír—. Todavía no tengo defensas contra mi humanidad.

El hombre estudió a Bashir. El intenso sudor del resto de los voluntarios en la cabina, el crujido de sus monos ignífugos, los gritos de dolor del camión médico que circulaba detrás, el viento que descendía desde la montaña para empujar el vehículo por debajo, el súbito estruendo sobre sus cabezas, los músculos de los muslos tensos, que pusieron a todos en pie sin que nadie dijera una palabra, hasta que uno de ellos levantó una mano y dijo: «Es un avión civil», y rompió el silencio. El casco blanco se encogió de hombros.

—No lo creo. Tengo la impresión de que te preocupa más su guerra que la nuestra. Pero gracias por la ayuda. Quizás hoy hayas salvado tu alma. Creo que es aquí donde querías bajarte… para tu próximo trabajo fotográfico.

Bashir no consiguió encontrar una respuesta ni tuvo oportunidad de hacerlo, pues el camión se detuvo.

El casco blanco unió las palmas de sus manos sudorosas, como lavándoselas con Bashir. Aun así, añadió:

—Recuerda, hermano: salvar un alma es salvar a toda la humanidad.

Bashir tuvo que agacharse cuando se incorporó. Su madre lo había educado para que alojara ese sentimiento en el corazón, aunque hacía tiempo que estaba adscrito a otra filosofía. Le habían asignado un nombre y concedido licencia para matar. Era 009 y sustentar la creencia de que salvar un alma salvaría parte de la humanidad era más difícil debido a las exigencias de su trabajo; le resultaba más fácil sacrificar una vida por el bien de muchos. Quizás era un pensamiento frío, pero la lógica no tiene un corazón al que le sobren rincones.

Sin embargo, aquella noche iba a intentar salvar solo una vida, un alma, y, aunque al mundo no le importara mucho, a él sí.

Las puertas se abrieron. Dio las gracias y saltó hacia la carretera que serpenteaba al pie de las montañas, la tierra batida y el deforme asfalto labrado por la pálida luna.

Los camiones avanzaron traqueteando, la luz de los faros fue debilitándose y con ella el ruido del motor, hasta que lo único que se movió en la inmensa ladera de la montaña fue un diminuto punto negro, la silueta de Bashir ascendiendo lentamente, un perfil alargado, expuesto y engullido por las sombras veteadas de los pinos. Conforme transcurrían los minutos, en la parte más alta otro punto negro pareció emanar de la sombra con forma de nenúfares de las nubes pasajeras que descendían por la montaña. Zigzagueó y el inconfundible contorno de una pistola distorsionó su sombra. El arma y la sombra pertenecían al cabo Ilyasov, que realizaba su primera misión para la CMP Rattenfänger.

Esta ofrecía un año de sueldo en cualquier moneda por un mes de servicio y un viaje al frente, allá donde estuviera el frente: Yemen, una sala de conciertos o un templo, la República Centroafricana o un suburbio en alguna ciudad del mundo. CMP eran las iniciales de Compañía Militar Privada, o Cantidad Masiva de Patrañas, porque pretender que Rattenfänger era una compañía militar privada era como decir que la mafia es un club social. Rattenfänger, registrada en empresas ficticias siempre cambiantes, estaba compuesta por terroristas con fines lucrativos, saqueadores que convertían situaciones inestables en zonas de guerra y calles pacíficas en escenarios para las noticias de la noche. Sus soldados y bases eran internacionales. Sus huellas dactilares estaban en bombas en embajadas, secuestros, grandes robos, guerras civiles sin denunciar y filtración de datos. Pero nunca podían rastrearse esas huellas, ni a sus patrocinadores.

Nada de eso concernía al cabo Ilyasov, solamente los 1 240 000 rublos que cobraba al mes. Tenía mujer y tres hijos, y eso le importaba mucho. Antes de Rattenfänger, Ilyasov habría ganado ese dinero en un año, de haber estado dispuesto a todo. Era su primer destino. Se quitó la máscara para poder escupir el sabor del vodka de tercera que había tomado y continuó descendiendo la montaña, con pies de plomo, como le habían enseñado en Molkino, a pesar de que había pocas posibilidades de que le atacaran en aquel lugar tan adentrado en el territorio de Assad y a esa altitud en aquella montaña olvidada en la que no crecía nada de provecho. Por eso habían elegido la ladera oriental para el improvisado centro clandestino de detención, porque la montaña daba la espalda al Mediterráneo y a los pocos pueblos que se extendían hacia Trípoli.

Aunque el suelo que pisaba era duro, los árboles se aferraban a su abrigo conífero. Levantó la vista para localizar la luna, pero parecía enojada, como él. No entendía por qué tenía que patrullar tan lejos de la base y sospechó que el coronel Mora le había castigado por ganarle a las cartas. El resto de los compañeros disfrutaba del espectáculo y él tenía que oír el viento.

Estaba calculando cuánto más resistiría la mujer que mantenían cautiva cuando una sombra entre los árboles se movió demasiado deprisa para ser el balanceo de una rama. Después, un brillo en la oscuridad le dejó muy claro que un cuchillo volaba hacia él. Pero registró tarde esa información. El puñal acertó en la yugular e Ilyasov se desplomó de lado.

Lo último que notó fue una bota que lo colocaba de espaldas al suelo y una luz fina como una aguja en la cara. En ese rayo tembloroso distinguió unos ojos color oro antiguo y una nariz que se abultaba sobre una fractura. Solo le quedaban treinta segundos de vida y no informaría a nadie de todo aquello.

Un caballero atento y canoso estaría presente en la entrega del cadáver a su viuda y dejaría cinco millones de rublos «del seguro» en la mesa de la cocina, junto con una medalla al valor por su sangre derramada. Cuando su mujer llamara a la prensa y al concejal local en busca de respuestas, unos extranjeros vestidos con trajes oscuros baratos la sacarían de su error.

Bashir extrajo el puñal plano arrojadizo y limpió la hoja en el brazo del muerto, a la altura del bíceps, donde esperaba encontrar una bandera siria. Dirigió la linterna hacia la manga. Nada. Volvió a mirar la cara.

Se tocó el auricular.

—¿Qué le parecen las sorpresas, jefa?

Oyó un silbido y después la voz de Moneypenny.

—Depende de quién salga de la tarta, 009.

—Sé que esperaba que fueran soldados agotados de las Fuerzas Armadas sirias, pero ¿qué me dice de un soldado bien pertrechado y entrenado, aunque bien muerto, sin ninguna bandera?

—¿Rattenfänger?

—Salir de aquí sin que se percataran de mí habría sido hacerse ilusiones.

—Manténgase a la espera, 009.

Bashir escudriñó los árboles en busca de un segundo guardia. Recordó la información sobre Rattenfänger que les había facilitado Bill Tanner a los nuevos agentes y a él. Bill estaba sentado en la mesa al fondo de la sala de reuniones y se subió las mangas como si se dispusiera a contar un cuento para dormir: una leyenda popular para la posteridad. «Lo único que desea Rattenfänger es conseguir dinero, ya sea secuestrando una ciudad a cambio de un rescate u ofreciendo sus servicios al mejor postor. Todos sus miembros participan de los beneficios. Es como una cooperativa diabólica. —Tan-[illegible] ligeramente para referirse al aspecto más espeluznante—. Para los que suspendieron alemán, Rattenfänger significa "cazador de ratas", el nombre original del flautista de Hamelín. Se granjearon ese apodo tras bombardear una pista de atletismo durante un día de juegos al aire libre en un colegio, cuando un oligarca ruso se negó a pagar sus servicios por haber secuestrado al hijo de un rival. Mataron al hijo de su cliente, y a toda la clase, y la víctima original les recompensó el esfuerzo. Estados Unidos aplicó las mismas sanciones a los dos empresarios. El rival se encogió de hombros y alegó: "Solo soy un hombre de negocios. Si quieren ver al diablo, que lo vean". Pero eso sería sobrevalorar su posición. Solo es un discípulo. El verdadero diablo es Rattenfänger.»

009 esperaba al diablo. M le había denegado el permiso para entrar con un arma en Siria, por si le cacheaban por ser fotoperiodista. Se alegró de haber escondido el puñal en las bisagras de la caja de la cámara, sabedor de que en la aduana consentirían en hacer un registro manual para que los rayos X no dañaran las lentes. El mes anterior Rattenfänger había matado a 008 de un disparo en la cabeza y lo había abandonado entre la maleza en la República Centroafricana. Y 008 era muy bueno. Bashir se agachó, levantó la RPK-74M del mercenario muerto y se la colgó al hombro. Después cogió el radiotransmisor, bajó el volumen y se lo metió en un bolsillo.

—Cuartel general a 009. Abandone. Repito, abandone.

Bashir notó que se le helaba la sangre.

—La recepción no es buena, repita.

—Escuche, 009, Rattenfänger debe de tener alquilada esa base. Q opina que el procedimiento operativo estándar de Rattenfänger es estacionar al menos treinta agentes en el interior del recinto, seguramente junto a miembros de las Fuerzas Armadas sirias. La posibilidad de éxito de la misión es menor a cero. Ni siquiera sabemos si está viva. Han pasado diecinueve días. Ya sabe las probabilidades.

Bashir se mordió el labio. Se preguntó si Moneypenny era consciente de que había pasado del lenguaje de un estratega al que utilizaba cuando quería apelar a su lado bueno, a la jerga de un jugador, la suya. ¿Qué diría Bond? «La vida es una apuesta con todas las probabilidades en contra, Penny, aunque eso no quiere decir que abandone la mesa.» Pero eso no le servía para nada. ¿Qué diría 009?

—Es más valiosa que yo. Esto no es un juego de suma cero. Vale la pena arriesgar mi vida por la suya.

Ruido blanco. Después:

—Por romántico que sea, 009, en esta ocasión gana la banca. Abandone. Es muy peligroso.

Bashir apretó los dientes. ¿Qué podía hacer? ¿Dejarla morir, si no estaba muerta ya? ¿Dejarla en manos del diablo solo por salvar el pellejo? ¿Exfiltración a Estambul, volver a Londres y tomar el metro a las oficinas de Regent's Park, el trayecto en silencio en el ascensor, el recorrido por el pasillo evitando las miradas compasivas o decepcionadas de los compañeros, la negativa a aceptar la comprensión de Moneypenny y finalmente enfrentarse a los ojos indulgentes de M al otro lado de la mesa, su «Tendrá más suerte la próxima vez», cuando, por supuesto, podría no haber una próxima vez, porque no había logrado salvarla, al igual que le había fallado a James Bond?

Se irguió.

—En una ocasión alguien me dijo que siempre es muy peligroso. Eso es lo divertido.

—Sid…

Oyó un ruido leve y después una voz firme.

—¿009?

Era M.

—Intente rescatarla. Y tenga cuidado.

Bashir sonrió.

—Sí, señor.

Oyó que Moneypenny objetaba, pero tocó el auricular para silenciar el debate sobre las pocas probabilidades que tenía de conseguirlo. Entonces oyó los pasos de unas botas en la maleza.

Se dio la vuelta, sacó el puñal y lo lanzó.

Un golpe seco.

Examinó al guardia moribundo. El segundo peón.

Extrajo el puñal del tórax de aquel hombre y bajó el RPK-74 M para poder asirlo mejor. Registró al soldado, encontró más cargadores y los guardó en un bolsillo. La cámara le colgaba del hombro izquierdo. La levantó y activó el modo infrarrojo. En el bosque no se movía ningún cuerpo. Un recinto vallado con una torre de vigilancia se agazapaba en la cima de la montaña, a otros quince minutos de ascensión pronunciada. Enfocó hacia el francotirador y después movió el objetivo para intentar localizar la cocina. En las operaciones militares privadas como aquella, los lugareños calentaban la comida en cobertizos mal construidos y con escaso respeto a las regulaciones. Esa sería su estrategia.

2

La bestia negra

El recinto ocupaba una media luna de bosque talado en lo alto de la montaña: en el interior vallado, una cuadrícula de tiendas rodeaba un barracón de piedra. El soldado que vigilaba la puerta de servicio, en la parte de atrás de las instalaciones, silbaba compases de una canción, pero parecía tener problemas para acordarse del resto. No tendría ocasión de preocuparse mucho tiempo. Cayó hacia delante.

009 sujetó la Makarov-PM antes de que hiciera ruido al golpear contra el suelo. En otros tiempos era la pistola preferida de la policía soviética. Ocho balas en el cargador. Arrastró el cuerpo hacia las sombras, lo despojó de la guerrera y se la puso. Fue dando un rodeo en dirección a la cocina, una tienda con cables que salían de ella como los tentáculos entrecruzados de un pulpo muerto. Se agachó para entrar y vio al cocinero leyendo en un catre: un hombre delgado que imaginó que vivía de las sobras. El cocinero se incorporó.

Bashir le cubrió la boca con una mano y con la otra le colocó la pistola en la sien.

—Te voy a dar una oportunidad —susurró antes de hablar en árabe levantino—. La puerta de atrás está abierta. Desaparece en silencio o morirás abrasado.

La mano que le había colocado en los labios se llenó de sudor. El cocinero asintió y Bashir lo soltó. Aquel hombre miró a su alrededor como si el incendio ya se hubiera producido y estuviera pensando en qué salvar. Después clavó la vista en los ojos de Bashir y pareció reconocer algo. Tragó saliva, recogió el libro y salió por la puerta trasera.

Bashir estudió la cocina. Quería provocar una explosión tan grande como fuera posible. Si salía bien, atraería a la mayoría de los soldados sirios y a la mitad de los hombres de Rattenfänger, que tendrían que asumir el mando en esa crisis. Supuso que cuatro o cinco miembros de Rattenfänger tendrían órdenes de estar con la prisionera a todas horas y no se inmutarían cuando, dado el estado del generador, la cocina acabara tal como había bromeado todo el mundo en esa base en un momento u otro: carbonizada. Temerían que el fuego se propagase a otras tiendas, lo arrastrara el viento, llegara a los árboles y los matara el bosque con un lento desplome de troncos en llamas.

No tenía sentido andarse con sutilezas. Le dio una patada al generador de gasolina. La parte trasera chocó contra el suelo y el líquido se desparramó por la tierra. Abrió la parte de atrás de la cámara, sacó la batería y la metió en el microondas. Lo programó para un minuto a plena potencia. Aquello tampoco distaba mucho de sus habituales quehaceres culinarios.

En el fregadero había un cuchillo pequeño que olía a cebolla, se hizo con él y se retiró hacia la parte de atrás. Cuarenta y dos segundos después una bocanada de aire caliente y llamas salió despedida de la tienda. Doce segundos más tarde la cocina voló por los aires y la noche palideció con el estallido. El aire se estremeció y se oyeron botas que corrían y soldados que gritaban.

Fue hacia el barracón de piedra con la cabeza baja, abriéndose paso entre los aterrados soldados sirios, que al ver la guerrera no sospecharon de él. El interior evidenciaba la desidia habitual que muestran los hombres en espacios reducidos. Pasó por el comedor de oficiales, en el que se había interrumpido una partida de cartas. Cuando estaba a punto de entrar en un pasillo, oyó gritar órdenes en un inglés rudimentario. Se pegó a la pared y contuvo el aliento mientras pasaban cinco Rattenfänger sin mirar hacia donde se encontraba.

Cuando llegó el quinto, lo agarró por el cuello y tiró de él hacia atrás. Al verse frenado, el hombre se giró y Bashir le dio un codazo en la muñeca para que soltara la pistola.

Después le colocó el arma en el vientre.

—Llévame hasta ella.

El hombre dudó un instante y asintió.

Siguió al soldado hacia las profundidades del recinto, girando unas veces a la izquierda y otras a la derecha. Las luces de un pasillo se apagaron y rápidamente las reemplazó el parpadeante destello azul verdoso producido por el generador de emergencia.

Se fijó en los tatuajes carcelarios que asomaban en el cuello de aquel hombre.

—Ahí —susurró el soldado—. La puta está ahí.

Asomó la cabeza en el siguiente pasillo. Al fondo había una puerta metálica cerrada.

—¿Tienes la llave?

—No.

—Tenías tanto potencial…

Le golpeó con la culata de la pistola. Pasó por encima del cuerpo inconsciente y estudió la puerta cerrada. Lamentó no tener una carga explosiva.

Cuando levantó la RPK-74M que llevaba colgada oyó ruidos en la puerta y volvió a meterse en el pasillo.

Salieron tres soldados, cerraron la puerta y se apostaron delante: los hombres de Rattenfänger a los que se había ordenado que vigilaran a la prisionera.

Podía deshacerse de ellos con una ráfaga de la ametralladora, pero atraería la atención de otros soldados si la oían por encima del fragor del fuego.

En cualquier caso, aunque los militares que hubiera en el exterior no la oyeran, el Rattenfänger que sin duda estaba al otro lado de la puerta con una pistola apuntando a la sien de la mujer sí lo haría. La capacidad de una puerta metálica para amortiguar el sonido es limitada. Y el hombre ejecutaría sus órdenes sin dudarlo, tal como haría él.

Necesitaba hacerlo en silencio.

Llamémoslo cuestión de conveniencia. ¿Pueden matar dos cuchillos a tres guardias?

Salió de su escondite y vio a los tres soldados encapuchados, tensos por la situación en la que se encontraban, con el índice en el gatillo. Antes de que pudieran emitir sonido alguno lanzó su puñal y el cuchillo de cocina hacia los que estaban a la izquierda y a la derecha. Este último se tambaleó y cayó, eliminado. El cuchillo de cocina carecía de contrapeso y se clavó en la mejilla del de la izquierda. Cuando estaba a punto de gritar y el del medio levantó el rifle, rodó hacia ellos, colocó un pie detrás del tobillo del que iba a disparar y le golpeó la rodilla. Cayó redondo y el rifle salió despedido. Sacó el cuchillo de la mejilla del de la izquierda y le cortó el cuello cuando el otro se incorporó. Le dio un codazo. El soldado chocó contra la pared y sacó una pistola para hacer un disparo a quemarropa. Bashir lo aplastó contra la pared, un movimiento nada ingenioso, simple cuerpo contra cuerpo. Sus costillas se resintieron, a punto de romperse, pero mantuvo esa posición.

—¿Cree que puede vencer a Rattenfänger? —le espetó el soldado—. El Flautista es invencible.

Le colocó la mano en la boca, tal como había hecho con el cocinero, pero en esa ocasión no lo dejó ir. El soldado se resistió y golpeó, pero Bashir mantuvo la presión.

Cuando el hombre se desplomó, le dijo entre jadeos:

—No creo en los cuentos de hadas.

—Veo que no da la oportunidad de rendirse a sus enemigos, señor Bashir.

Se encogió, listo para recibir un disparo en la nuca. Pero no llegó. Su siguiente pensamiento fue: «Sabe mi nombre». Se dio la vuelta dando la espalda a la puerta metálica. Al final del corto pasillo había un hombre cuya presencia conseguía que el estrépito del fuego cercano pareciera irrelevante, incluso irrisorio. Era un gigante unos quince años mayor que él. Tenía el pelo muy corto y canoso, y vestía un uniforme sin la bandera de Rattenfänger. Sus brazos eran extraordinariamente largos y las manos vacías, que colgaban a los lados y eran inusualmente grandes, parecían estar esperando algo. Los galones de los hombros indicaban que era coronel. Era el rey, seguramente el único que sabía quién financiaba Rattenfänger y el que daba las órdenes. En la temblorosa luz, Bashir distinguió que sonreía con indulgencia.

El coronel hizo un gesto hacia los cadáveres.

—Eso no ha sido muy deportivo. Creía que ustedes los ingleses tenían reglas.

—Me salté las clases de Educación Cívica —replicó al tiempo que le lanzaba el cuchillo de cocina.

El coronel lo atrapó en el aire. Se echó a reír y sopesó la hoja en una mano.

—Le sugiero que la próxima vez robe un cuchillo más grande.

Estaba a punto de sacar la Makarov PM y dispararle cuando recordó la pistola contra la sien detrás de la puerta.

—No es necesario que se esfuerce. Da igual quién lo oiga. Ya está muerta.

Bashir se giró ligeramente y afianzó los pies.

—Es una rehén muy valiosa. La mantendrá viva tanto como pueda.

El coronel se encogió de hombros.

—Lo soltó todo —dijo tan a la ligera como si estuviera hablando de un globo deshinchado—. Le sacamos lo que queríamos y nos deshicimos de ella.

Bashir prestó atención e intentó distinguir ruidos detrás de la puerta. No oyó ninguno.

—Y ahora lo único que falta es hacerle hablar a usted —afirmó tirando el cuchillo al suelo y acercándose con los brazos colgando.

Su instinto le incitó a disparar. No se oía ningún sonido detrás de la puerta. Estaba muerta. Había llegado demasiado tarde. Pero no sacó el arma. Su misión era llevarla a casa. ¿Y qué si aquel hombre decía que estaba muerta? Un incidente con un índice de probabilidades del cien por cien podía no ocurrir.

Se agachó hacia delante y adoptó la posición inicial del *krav magá*. Lanzó un derechazo. El coronel se echó hacia atrás más rápido de lo que esperaba, a pesar de su corpulencia. Después, la mano del coronel salió disparada con los dedos rígidos y acertó en el plexo braquial.

Bashir casi vomitó. Tenía la mano derecha entumecida. No consiguió que los dedos formaran un puño. Notó que le atravesaba una descarga.

El coronel le dio una patada en el músculo tibial anterior. Bashir se dobló y soltó un izquierdazo.

El coronel atrapó la mano, metió el pulgar entre los dedos y Bashir dejó de sentirlos. Se cebaba en los puntos nerviosos. El coronel golpeó con un nudillo detrás de la oreja de Bashir y acertó justo en el hueco entre el final de la mandíbula y el cuello. Se ahogaba. No podía moverse. Estaba paralizado.

El coronel resopló. Cogió a Bashir por una solapa y lo levantó. Colgaba de su puño. Los ojos se le empaparon.

—Esto no pinta nada bien —comentó el coronel—. Nada bien. Me hicieron creer que era alguien especial, 009, el nuevo mejor agente al servicio de Su Majestad. Estratégico, inteligente, despiadado. Licenciado con matrícula de honor en Filosofía y Matemáticas en King's. Luchador tenaz. Con gran resistencia al dolor. Un joven prometedor con un halagüeño futuro como asesino profesional. Su única debilidad es que su gran cerebro lo convence para correr riesgos ante los que cualquier mortal se aterraría. Pero todo ese exceso de raciocinio parece más bien ausencia de pensamiento. Se está fallando a sí mismo, chaval. Ni siquiera ha podido morir por ella. Ha llegado demasiado tarde. La ha defraudado. Y ahora me está defraudando a mí. Venga, hijo, juegue, juegue y juegue limpio. ¿No es eso lo que diría M?

Bashir rabió en su interior, pero los miembros no le respondieron. Lo había dejado impotente con dos o tres golpes. El miedo y la repulsión se apoderaron de él.

«Recuerda tu entrenamiento. Recuerda las palabras de Bond. En el corazón de cada agente hay una habitación de los huracanes, que en los trópicos se deja vacía en el centro para que cuando una tormenta agite los cielos la familia pueda cobijarse en esa ciudadela sin miedo a las sillas que salgan volando o a la metralla de la vajilla rota. La habitación de los huracanes en tu interior es blanca y está tan limpia que reluce. Te refugias en ella cuando una situación está fuera de control y no puedes hacer otra cosa. Te guareces y esperas a que la tormenta agote su furia, hasta que puedas salir fuera y preguntarles a los cielos: "¿Eso es todo?". En el momento en el que consigues decir: "Dame lo peor que tengas, me lo quedo", retírate a tu habitación de los huracanes y espera a que vuelvas a tener energía. La tendrás y entonces le meterás un dedo en el ojo. Hasta entonces, cierra la puerta, Sid. ¡Por Dios!, cierra la puerta.»

—¿Qué pensaría la querida Moneypenny si pudiera verle ahora? El reluciente juguete nuevo con el que reemplazar todos los que ha perdido, pero estaba roto antes de abrir la caja. La bestia negra de los terroristas y criminales mundiales. —Se echó a reír—. Solo es un niño asustado que espera que llegue su madre y lo salve, sabiendo que nunca lo hará.

La puerta de la habitación de los huracanes se abrió de par en par. La tormenta estaba entrando.

Bashir lanzó una patada hacia la ingle del coronel. Este le sujetó el tobillo y lo lanzó contra la pared. Bashir cayó al suelo.

Cuando intentó mover los brazos, el coronel le golpeó en el plexo solar con toda la fuerza que habría utilizado con una cucaracha.

Bashir casi perdió el conocimiento.

El coronel le puso una rodilla en el pecho que pesaba como un océano. Bashir trató de escurrirse y librarse, pero no consiguió desplazar al monstruo ni un milímetro, no podía moverse.

Unas manos como pinzas de cangrejo gigantescas se cerraron en su cuello.

No pudo gritar.

Las paredes de la habitación de los huracanes de Bashir se derrumbaron. Estaba muerta. Le había fallado. No podía moverse, no podía respirar, no podía gritar. Era un niño que después del funeral de su madre chillaba durante las pesadillas. Un fantasma maligno se había arrodillado sobre su pecho. A pesar de sus rezos, no fue el espíritu de su madre el que regresó para consolarlo, sino algo despiadado y odioso, y su madre no volvió para salvarlo.

Así moriría. Un niño de nuevo. Un fracaso. Solo.

Cuando la luz se desvanecía se fijó en el tatuaje en el pecho y el cuello del coronel: una esfinge de la muerte africana. Su madre había diseñado el jardín para atraer mariposas y le había enseñado los nombres. «He de informar a M sobre ese tatuaje», pensó, y después se rio de sí mismo. Las alas de la mariposa se movieron cuando el cuello del coronel se hinchó y se agitaron cuando empezó a jadear, no por el esfuerzo —sofocaba las protestas de Bashir—, sino por puro placer. La mariposa se acercó. Quería asfixiarlo. Daba la impresión de que el monstruo deseaba beber su último aliento. Los dedos apretaron. Bashir no podía respirar. No podía respirar.

Un solo disparo.

La mariposa se asustó, apretó las cálidas alas contra su cara y luego desapareció.

Bashir dio boqueadas y tragó el amargo olor a pólvora.

El coronel yacía a su lado. La sangre formaba un charco bajo su cuerpo y el calor devolvió la vida a sus dedos.

El aire entró de nuevo en sus pulmones. El estómago le dio un vuelco. Sus nervios se activaron. Se incorporó.

003 apareció entre el humo.

Bashir apoyó la cabeza en la pared. Dejó escapar el aliento e intentó reírse.

—Había venido a rescatarte.

Harwood le sonrió.

—Ya lo veo.

Le ofreció la mano. Bashir sintió un escalofrío en la piel cuando levantó el brazo, la agarró y se puso de pie temblando. Miró por encima del hombro de Harwood. La puerta metálica estaba abierta y dejaba ver una habitación sin ventanas, una silla con ataduras en el respaldo, una mesa con una caja de jeringuillas utilizadas y un hombre en el suelo con sangre en la sien.

—Me gusta cómo la has decorado.

Los ojos de Harwood brillaron en la semioscuridad.

—Sabía que te gustaría.

—¿Tienes algún plan para esta noche?

—¿En qué estás pensando?

—¿Qué te parece desayunar en Estambul?

3

003

Johanna Harwood se había alojado dos veces con James Bond en la suite Golden Horn del Pera Palace Hotel, una en su primera misión conjunta y otra en una escapada de fin de semana. Construido en 1892 por un arquitecto francoturco en estilo neoclásico para los pasajeros del Orient Express, estaba situado a tiro de bala de la concurrida avenida Istiklal y de una ruleta de consulados, del británico al ruso. Su lista de invitados incluía a Mata Hari y a Ernest Hemingway. En su segunda visita, el conserje entregó a Bond las llaves de la suite Agatha Christie, en la que ella probó si seguía funcionando la máquina de escribir, protegida detrás de un cordón de terciopelo. Funcionaba. Ese tipo de cosas pasaban con Bond. Era muy divertido. Conseguía hacerla reír. Era de la opinión de que un agente ha de refugiarse en el lujo para borrar el recuerdo del peligro y la sombra de la muerte. Sabía lo que estarían haciendo si él estuviera allí en ese momento: el reloj del aparador con encimera de mármol marcaría las cuatro de la mañana y Bond estaría sirviendo dos copas de Dom Pérignon.

—¿Por qué brindamos? —preguntó Bashir.

Harwood miró al vaso de agua que tenía en la mano. No recordaba de dónde había salido. Tampoco se acordaba de cómo había llegado a aquella cama con cabecero de caoba pulida y antigua alfombra turca de seda utilizada como tapiz. Ya no llevaba el mono que le habían obligado a vestir, sino una bata de *peshtemal*.

Sí, así había sido. Le habían temblado las manos cuando se desnudó con ayuda de Bashir. Después había pasado quince minutos en la bañera con un botiquín y un vaso de whisky. Se miró los pies. Las moraduras empezaban a estar amarillentas.

Sintió que las últimas horas —el robo de un todoterreno UAZ, la conducción suicida por el Paso de Homs con Bashir al volante y Rattenfänger pegado a sus talones mientras ella rociaba el bosque con fuego de ametralladora, la milicia drusa, que los llevó en secreto a Trípoli, y el alivio al ver el barco que había conseguido Bashir— habían sido como un sueño y los diecinueve días anteriores, una pesadilla.

Bashir parecía consciente de ello y no se había sentado a su lado, sino en el sillón esquinero.

—Bebamos sin más —propuso Harwood.

—Me asusta demasiado esa mirada como para llevarte la contraria.

—¡Cobarde! —exclamó antes de fijarse en el equipaje que había al lado de Bashir—. Esa maleta es mía.

—Me alegro —dijo Bashir—. Si no lo fuera, habría forzado la casa equivocada.

—¿Has asaltado mi casa? —preguntó Harwood incorporándose ligeramente.

—¿Y qué esperabas? Fuiste tú la que insististe en que un hombre ha de devolver las llaves cuando se rompe el compromiso. Además, vivir en esa monstruosidad brutalista atrae a las personas equivocadas.

—El Barbican es un lugar innovador de uso mixto, con viviendas y arte para el pueblo.

—Ya veo que tendría que haberte traído también tu libro rojo. Pensé que te gustaría ponerte algo tuyo después de...

Harwood tragó saliva antes de soltar una risita temblorosa.

—¿Detecto un ligero exceso de confianza por una misión cumplida, 009?

Una sombra atravesó la cara de Bashir.

—No tiene sentido mostrarse de otra forma.

—Eso es lo que nos enseñan —aseguró Harwood mientras lo estudiaba a la luz de la lámpara de la mesilla.

Los rizos negros alisados en un descuidado tupé que le caían continuamente en la cara; cejas espesas; ojos que se volvían casi negros en la penumbra; pómulos que hacían sombras en su cara; nariz como una cuchilla y labios tan gruesos que siempre parecía estar poniendo morros. Era seguramente el hombre más guapo que había conocido. Todo en él eran ángulos pronunciados y evitaba sentirse desgarbado agachándose ligeramente hacia la persona con la que estaba hablando y metiéndose las manos en los bolsillos de los pantalones, por lo que solía gesticular con los codos, tal como hacía en ese momento, inclinado hacia delante en el sillón y con los músculos del brazo derecho contrayéndose indignados. Su cuerpo bien proporcionado, enmarcado en cachemira negra ajustada —que conseguía que las manchas de sangre fueran más difíciles de ver—, estaba liberando silenciosamente todo el pánico y el dolor. Sabía que pronto tendría que contarle toda la historia para el informe inicial y mantenerle la mirada.

—Supongo que es el momento en el que digo: «Sabía que vendrías a rescatarme, Sid».

—¿Lo sabías?

Dejó el vaso vacío en la mesilla.

—Me capturaron en Damasco. Creí que había encontrado la pista de Bond. Pero era una trampa. Debería haber tomado más precauciones después de… después de todo lo que pasó.

Bashir se ruborizó. Cogió el vaso y lo llenó en el grifo del baño. Cuando volvió, Harwood no lo miró a los ojos.

—Sé lo que viene ahora —aseguró.

Bashir volvió a sentarse y se recostó para que la cara quedara oculta por las sombras.

—Yo no.

—Necesitas saber si hablé —le explicó—. Qué les dije. A cuántos agentes puse en peligro. Si consiguieron que cambiara de bando. Mi escala de lealtad, del uno al diez. Si es menor que seis, puedes sacar la Glock 17 que había en la caja fuerte cuando entramos, pegarme un tiro en la cabeza y ahorrarle el papeleo a M. Mi única duda es por qué Moneypenny envió a mi exnovio a hacer ese trabajo. ¿Tan frío cree que eres? —Abrió las manos—. Quizá lo seas.

Bashir se revolvió en la oscuridad.

—Sé que no les dijiste nada.

—Tu fe en mí es enternecedora.

—Tienes marcas en el brazo. Imagino que fue un cóctel para relajarte y desorientarte. Seguramente para que sufrieras alucinaciones. Y hay quemaduras en la espalda. Recientes y furiosas. No les dijiste nada porque no te doblegaste. Por eso se enfadaron contigo.

Harwood se levantó. Abrió las cortinas del ventanal y miró hacia una de las vistas más famosas del mundo. A la derecha, las aguas serenas del Cuerno de Oro surcadas por neones rosas y verdes, y las luces de los restaurantes de pescado; a la izquierda, el desguarnecido Bósforo, negro y dorado, un semáforo parpadeante que contaba historias de barcos insomnes. El Pera Palace se alzaba en el extremo de un distrito turístico; los diplomáticos y delegados acaparaban los hoteles cercanos y la noche era suave. Pronto, el carraspeo de los motores y la llamada a la oración anunciarían un día laborable y los dos continentes enlazados por el agua continuarían con sus quehaceres. Alguien le dijo en una ocasión que Estambul es una ciudad pequeña que resulta ser muy grande. Le recordaba a París, a su hogar.

Cerró los ojos y apartó ese pensamiento para rememorar la última vez que había estado allí, desayunando con James en aquel balcón —el yogur amarillo intenso en el cuenco de porcelana azul, los ruborosos higos, el café turco negro azabache, ese sabor a quemado de los granos recién molidos; sentada en las piernas de James, quitándole la taza de la mano y desabrochándose la bata de *peshtemal*; la sonrisa en su cara cuando vio que no llevaba nada debajo—, lo recordó todo con tal intensidad que aquel momento le pareció un ensayo.

Pero no era una fantasía y no estaba con Bond, porque todavía no lo había encontrado y probablemente estaría muerto. Era Bashir, el hombre por el que finalmente había dejado a Bond, el hombre al que amaba, el hombre que no podía amarla porque colaboraba con Bond en una misión conjunta cuando 007 desapareció y ya no se atrevía a mirarla a los ojos. Aunque quizás era quien más sabía de ella y la mejor persona que conocía.

—Estuve a punto. Casi me hundo.

—Siempre estamos a punto.

Se dio la vuelta y se colocó frente a él.

—¿Ese es mi interrogatorio? ¿No me vas a hacer un examen físico?

Bashir se aclaró la garganta.

—¿Tienes alguna lesión que pueda ser mortal?

—No.

—¿Hay algo más que quieras decirme?

Harwood soltó el cordón de terciopelo de la cortina. No recordaba haberlo agarrado.

—No.

—Entonces no, no voy a hacerte un examen físico. —Se levantó y entró en la luz. De repente, sonrió—. A menos que quieras que lo haga.

—Preferiría que llamaras al servicio de habitaciones.

—Qué decepción —bromeó mientras cruzaba la habitación para dirigirse al teléfono—. ¿Qué has echado de menos?

Harwood dejó caer los hombros. Le entraron ganas de reír. Lo estudió, sus hombros hundidos, su rechazo a perder peso, la forma en que se le levantó el jersey cuando miró el reloj y dejó ver unos centímetros de estómago, músculos tensos y unos rizos de pelo negro que desaparecían debajo. La urgencia de besarlo reemplazó la de reírse.

Cruzó la alfombra, se quedó frente a él, le pasó el índice y el pulgar por el mentón y apoyó los labios sobre los suyos. Bashir se quedó rígido un momento y después la atrajo y la besó con una intensidad que igualaba a la de la primera vez.

Entonces, la voz del conserje en recepción los interrumpió.

—¿Qué desea la señora? —dijo Bashir con la voz que ella recordaba de esos momentos, cargada de deseo.

—Me da igual.

Bashir soltó una risita, se inclinó para volver a besarla y enredó una mano en su pelo antes de comunicar a recepción que tomarían el mayor desayuno del menú, dos veces.

—Tardará media hora.

—¿Media hora?

—Eso es lo que ha dicho.

—Me da tiempo a lavarme la cabeza.

Bashir asintió.

—Es un trabajo peliagudo. Necesitarás unas manos competentes.

Harwood notó que el ansia desaparecía, pero quería permanecer en ella, continuar en esa calidez, lejos de la realidad.

—¿Tienes unas manos competentes? —preguntó mirando a unos ojos que ya no eran negros, sino dorados. Sabía que no tenía sentido: ¿le estaba preguntando si estaría a salvo con él o él con ella? Pero a Bashir no pareció importarle porque se limitó a pasarle la mano con delicadeza por los temblorosos brazos. Los de él también temblaban.

—Sí.

003 se despertó cuando la llamada a la oración se coló por la ventana, que estaba entreabierta y dejaba entrar a raudales el múltiple perfume del Bósforo: el mercado cercano en el que se vendían especias, azúcar, frutos secos, pimentón y *baklava*, y por debajo, el mantillo de verdura podrida y desagües rotos.

Se sentó, hizo un gesto de dolor cuando la sábana rozó las quemaduras y miró a su alrededor esperando ver a Bashir de rodillas.

—Aquí.

Estaba desnudo en la puerta del baño sujetando la bolsa de las joyas.

—Sé que no podéis estar separadas mucho tiempo. —Su pecho era una telaraña de moraduras.

—Si has pedido café también, sabré que me quieres.

Bashir sonrió.

—Lo están subiendo. Tienes tu collar de bolas de rodamiento de Charlotte Perriand y los pendientes que encontramos en aquel mercadillo de Niza.

Harwood se pasó un dedo por las marcas en el brazo.

—Ya me siento más humana.

—Y esto —dijo Bashir poniendo en la palma de la mano algo que había en la bolsa, un anillo de lapislázuli—. Lo tienes todavía.

—Estoy pensando en empezar una colección. Anillos de compromiso en tránsito.

—¿Ah, sí? ¿Cuántos hombres te han pedido matrimonio últimamente?

—Eso depende. ¿Qué crees que estás haciendo ahora?

Bashir bajó la cabeza, se sentó en el borde de la cama y el colchón rebotó con las sacudidas de su pie.

—Johanna, te debo una disculpa.

—Nunca aceptes las disculpas de un hombre.

—Lo hago muy bien.

Johanna intentó suprimir la acometida de sentimientos.

—Todos lo sentimos, Sid. ¿Estabas pensando en algo en particular?

—¿En particular?

—Sí.

Bashir cerró la mano en la que tenía el anillo, se inclinó y la besó, un beso que la arrastró como una corriente submarina.

—Nunca he dejado de quererte, Johanna.

—Repítelo para los que están en el fondo de la habitación.

El sol giró sobre su eje, atravesó las cortinas, esparció gotas como joyas en el suelo y envolvió a Bashir en cristales de colores mientras se echaba hacia atrás.

—¿No me crees?

—¿Debería hacerlo?

Bashir tragó saliva.

—Creí que no volvería a verte, que estabas muerta. Lo que sucedió… no quiero volver a perderte.

—No me perdiste, Sid. Ni tampoco perdiste a James.

Harwood unió sus dedos con los de Bashir y acarició sus nudillos. Sid se inclinó hacia ella y Johanna sintió una lágrima en el pelo.

—Lo sabía —aseguró Johanna.

—¿Qué sabías?

Johanna inspiró.

—Sabía que vendrías. Por eso no me derrumbé. Porque sabía que vendrías.

4

Mínimo solar

El guardia de seguridad a cargo de los ascensores de la oficina de Regent's Park era un veterano de la Marina llamado Bob Simmons, que apoyaba el muñón de su brazo izquierdo en un tablero que solo él podía operar. Conocía el edificio como pocos otros. Cuando un agente 00 entraba en el sótano notaba el olor a pólvora que despedía y lo felicitaba o compadecía según la puntuación en la galería de tiro. Siempre acertaba. Cuando la puerta se abría en el octavo piso, el de las oficinas de la sección de agentes 00, sabía por la actividad del pasillo —cuyo apagado color verde del Ministerio de Trabajo había sobrevivido al propio ministerio— si un súbito flash significaba buenas noticias o una pérdida había cubierto las pantallas con un sudario. Cuando 008 había muerto en acto de servicio el mes anterior, el piso estaba silencioso. Nadie del personal de Moneypenny abrió una puerta de golpe o la cerró de un portazo. Daba la impresión de que todos habían acordado guardar un minuto de silencio que no querían acabar.

Hacía poco que Simmons se había acostumbrado a pensar en la oficina del noveno como los dominios de Moneypenny. Sir Emery Ware pasaba la mayor parte del tiempo en el cuartel general del MI6 en el Támesis —M había descrito el edificio como un templo azteca para burócratas varado en los Vauxhall Pleasure Gardens— y siempre canturreaba en el ascensor cuando lo llamaban para algo relacionado con sus agentes 00.

Simmons sabía que así era como M seguía viendo la sección 00, por ser el único agente que había sobrevivido al escándalo, lo que le había conferido un estatus legendario y la corona, primero como jefe de sección y después como M cuando sir Miles Messervy se jubiló. Había coincidido con 007 y Moneypenny en sus primeros años en la sección y había metido a Bond en todo tipo de aprietos divertidos, al tiempo que aseguraba a Moneypenny que le estaba concediendo el don de la experiencia cuando los sacaba de ellos. Sir Emery la nombró jefa de sección cuando se trasladó a Vauxhall para ser el director del MI6. Pero nunca los abandonó realmente. Aquellas armas, vanidosas, pero efectivas, eran sus hijos.

Aquel día Simmons sentía las buenas noticias en los tensos cables del ascensor conforme entraba y salía el personal, y transmitían la primicia de piso en piso, aunque el mensaje ya había llegado a todos los despachos. Eran noticias para compartir personalmente, un momento que saborear. Regent's Park había estado bajo sospecha durante más años de los que se había preocupado en contar. El 009 original, Fairbanks, había muerto de un disparo en acto de servicio. 0011, Harry Mace, había desaparecido en una misión en Singapur. Elizabeth Dumont y Anna Savarin, 002 y 0010, habían sido asesinadas en Dubái y Basora. 005, Ventnor, había sufrido una caída mortal en una misión con 000, Harthrop-Vane, o Tres Ceros, como se le apodaba. Este tuvo las muñecas y los dedos magullados durante semanas, un recuerdo de su esfuerzo por salvar a Ventnor. A lo que había que añadir que Bashir había entrado cojeando sin 007 a su lado. No había mirado a los ojos del guardia de seguridad. Bob se enteró de que Bashir y Harwood se habían separado después de aquello. Pero aquel día, finalmente, había buenas noticias. 009 había regresado con 003.

Simmons bajó al garaje y se puso firme sin darse cuenta cuando las puertas se abrieron. Miró más allá del Aston Martin, cubierto con una funda, hacia el Alpine A110S de Harwood, color gris trueno mate, esperando oír su motor turbo de cuatro cilindros, dieciséis válvulas y 1,8 litros apagándose hasta convertirse en un eco. Pero estaba tan silencioso como el DB3. En vez de eso oyó el siseo del Jaguar E-Type de la señorita Moneypenny, cuyo motor eléctrico le parecía casi indecentemente ideal para los espías.

Moneypenny cerró la puerta con el codo e hizo un gesto con la mano a Simmons por encima del capó. Este hizo un saludo militar.

—Al noveno, por favor, Bob.

—Señora…

Pasó la punta del dedo por el tablero, brillaron brevemente una serie de símbolos que solo él entendía y después desaparecieron cuando presionó uno. Moneypenny se colocó a su lado. Simmons intentó detectar algún tipo de satisfacción en ella, pero su fría mirada era tan franca y burlona como siempre, y ningún destello revelaba nada. Llevaba zapatos color rojo oscuro, pantalones grises y camisa de seda verde con el broche de oro y turquesa en forma de insecto que Simmons creía que se ponía cuando quería alejarse de allí para ir a climas más cálidos y una gabardina ámbar con el cuello subido que llegaba hasta unos rizos brillantemente húmedos. El manchado periódico que portaba bajo el brazo mostraba una fotografía de sir Bertram Paradise posando frente a su megafábrica de satélites en Wales. Simmons se fijó en su tensa mandíbula.

—¿Llueve otra vez?

—Trece días seguidos —contestó Moneypenny—. Tendría que haber hecho una apuesta.

—Si quiere hacer una apuesta, hágala por el sol —le aconsejó Simmons.

Moneypenny sonrió.

—No creo que los corredores acepten apuestas a que sale el sol.

—No a que salga, señora, sino a si parpadeará.

Moneypenny levantó la vista.

—¿Perdone?

—Estamos en mínimo solar. No ha habido manchas solares en más de cien días. Es un récord.

—¿Y qué significa eso?

—Que es un buen momento para asumir riesgos, pero no se extrañe si las personas más cercanas, en casa o en el trabajo, le dan una sorpresa. Al menos eso es lo que ha colgado mi hija en Instagram esta mañana.

Moneypenny se sacó el pelo del cuello de la camisa.

—Lo investigaré.

—Gracias, señora.

—No espere a 009 o a 003 —dijo Moneypenny mirándolo de soslayo—. Sé que hay mucha expectación en todo el edificio, pero Bashir tiene que informar en Vauxhall y Harwood va hacia Shrublands.

—¿Le han dado siete días sin otra opción?

—Algo así. —El ascensor se detuvo—. Gracias, Bob.

Moneypenny salió hacia la izquierda y pasó por Comunicaciones, donde las manchas solares y el movimiento de la capa Heaviside tuvieron mucha importancia en su día. Pensó en preguntar a los técnicos si tenían información reciente sobre el sol y abrió la puerta verde tapete. Su asistente, Phoebe Taylor —una joven pequeña con flequillo morado, una sonrisa más radiante que el sol, fuera cual fuera su estado, y un coeficiente intelectual lo suficientemente excelso como para estar en Gestión de Operaciones—, se levantó.

—Buenos días, señora. 009 y 003 han aterrizado.

—Gracias. —Moneypenny miró más allá de Phoebe, hacia la ventana y las relucientes copas de los árboles de English Gardens—. ¿Se sabe cuándo llegarán?

—Todavía no.

Moneypenny se tocó el broche.

—Manténgame informada.

Se quitó la gabardina y al volverse vio que Phoebe esperaba sonriente. Dejó que recogiera la prenda mojada. Abrió la puerta de su oficina y oyó el zumbido de la luz roja —que indicaba que no quería que la molestaran—, la cerró detrás de ella y se apoyó un momento en el acolchado insonorizado.

Mikhail Petrov, el objetivo de la última misión de Bond, había muerto.

Fue hacia la ventana, forzó las hojas para que cedieran y se elevaron el centímetro que estaba permitido por seguridad. Deseaba el olor a lluvia, lavarlo todo. Algunas gotas de agua rebotaron en el alféizar y cayeron dentro.

Se sentó detrás del escritorio de cristal y tocó la pantalla. Su huella dactilar se agrandó un momento en la superficie táctil como si hiciera ondas en un estanque y las fotografías del escenario del crimen aparecieron junto al informe. El cuerpo en la bañera. Los azulejos mojados. El vaso del cepillo de dientes de cortesía roto.

Mikhail Petrov estaba muerto y Anna Petrov había desaparecido.

Su primer impulso fue: «Dile a Phoebe que avise a James». James y ella habían crecido en el Servicio, ella como reclutadora de agentes y James como agente reclutado. Habían acudido a exequias y obrado milagros en guerras antiguas y nuevas, habían pasado veinte años luchando contra nombres concretos y abstractos, de las drogas al terror; habían sido estrellas emergentes, primero adorados por sir Miles y después encumbrados en el firmamento por sir Emery. James siempre sería su primera elección.

Se pasó los dedos por la frente para minimizar en su mente las imágenes del asesinato de Mikhail. Imaginó que la puerta se abría —James nunca llamaba— y aparecía. La coma negra que dibujaba su flequillo, siempre ligeramente despeinado; los ojos azul grisáceo que la miraban con un atisbo de curiosidad irónica; la larga nariz; la recta y firme mandíbula; la boca ligeramente cruel que sonreía al preguntarle: «¿Me has echado de menos, Penny?».

Se sobresaltaría y se llevaría la mano al corazón.

—Día y noche, James. Día y noche.

James se sentaría en el borde del escritorio.

—Odio pensar que no duermes por mi culpa.

—Sobre todo cuando es mucho más divertido perder el sueño contigo —diría ella cogiendo el abrecartas y dándole unos golpecitos con él en el hombro—. O eso me han dicho fuentes fidedignas.

Un grito ahogado.

—¿Quién ha estado hablando más de la cuenta?

—¿Y quién no lo ha hecho?

—Sabes que has anulado al resto de las mujeres...

No estaba segura de si era una conversación que habían mantenido cuando la idea de que no apareciera por la puerta parecía imposible, a pesar de su insistencia en que moriría antes de la jubilación obligatoria a los cuarenta y cinco. Una edad que había cumplido recientemente, negándose a aceptar un ascenso y un despacho, con un reticente compromiso entre el trabajo de campo y la instrucción. «¿Para qué preocuparse por el final? —habría dicho—. En todas las misiones hay probabilidades de morir. De no ser así, Penny, se las darías a otro. Y los momentos que parecen impredecibles solo le recuerdan a un hombre que ser rápido con una pistola y tener una sonrisa fácil no quiere decir que sea invencible. Quizás esté mancillado por años de traición, crueldad y miedo, pero lo que le espera en la oscuridad no le teme. ¿Por qué habría de temer su arrogancia fría y el bulto de una Walther PPK bajo el sobaco izquierdo? No puede hacerse nada. La vida es cortar la baraja con la muerte. Si un hombre vuelve a casa para flirtear con una vieja amiga, es cortesía de las estrellas. Mejor estarles agradecido.»

Y después sus estrellas le habían fallado. El sol estaba en mínimo solar.

5

Memoria institucional

¿Qué habría pensado James de la muerte de Mikhail Petrov? Moneypenny recordó la reunión informativa en Vauxhall con M y Bill Tanner. 009 también acudió, aquella sencilla misión representaba la oportunidad de potenciar la formación de aquel joven prodigioso.

Si Bond hubiera tomado como modelo a alguien, ese sería M. No en estilo, el de M era demasiado informal para Bond —Converse rojas rayadas, vaqueros impecables, camiseta de rayas y chaqueta de lino—, sino en encanto. Bajo la adusta supervisión de sir Miles, sir Emery había sido un hermano mayor incorregible para Bond. Cuando sir Miles se jubiló, sir Emery desempeñó el papel de padre en el momento en el que Bond más lo necesitaba. Una voz rasgadamente melosa que a menudo tenía que subir una octava para que saliera de su estrecha garganta. Cuando M miraba a los ojos y sonreía, uno se sonrojaba y sonreía antes de darse cuenta de lo que estaba haciendo. M también había sido agente 00 y se había metido en líos durante toda la Guerra Fría. Había cierto donaire temerario en M, una cualidad alabada y después lamentada por sus cuatro esposas. Tenía el cuerpo de un bailarín o un esgrimista, aunque en ese momento sus brazos eran delgados y nudosos. Calvo, con barba blanca corta y unas cejas grisáceas que le bastaba elevar ligeramente para hacerte sentir que entendía el peso de tu dolor, del dolor de todo el mundo. Obsequiaba a sus secretarias de gabinete y a su chófer con esa muestra de compasión, pero aquel día aquello estaba fuera de lugar.

Bill Tanner, el itinerante jefe de personal de M, estaba encaramado en el alféizar, con las manos en los bolsillos, y daba golpecitos con un pie.

Bond se desabrochó la chaqueta y se sentó.

—No esperaba verte aquí, Bill.

—Estoy protestando por el almuerzo de la cafetería.

Moneypenny ocupó el asiento contiguo a Bond. Leyó el código al revés de los dos expedientes que había sobre el escritorio y después estudió la cara de M.

Bond se ajustó los gemelos y miró al jefe de espías en el que durante todos esos años, Moneypenny lo sabía, había depositado gran parte de su cariño, lealtad y obediencia. 009 se quedó de pie detrás de ellos en el centro de la alfombra, con las manos unidas en la espalda. Moneypenny observó esa inusual postura erguida en el reflejo del retrato enmarcado que colgaba por encima de M. Si M era el mentor de Bond y este el de Bashir, el hombre detrás del cristal —sir Miles Messervy— lo había sido de M y sus ojos de acorazado miraban a las nuevas generaciones.

—Nueva orden de rodaje —anunció M—. Mikhail Petrov se ha aburrido de ser el marido comparsa. Creo que merece un papel mejor.

Moneypenny oyó que el zapato de 009 se arrastraba por la alfombra cuando el último agente 00 centraba toda su atención en el caso de Bond. Se preguntó si Sid Bashir realmente representaba el nuevo y mejorado modelo o solo era la mejor opción después de 007. También pensó, con sonrisa amarga, en cómo contestaría Johanna Harwood esa pregunta.

Tanner se inclinó hacia delante.

—Mikhail, el científico del clima más destacado de Rusia, quiere que vayas a cenar con él y te lo folles. Si no estás muy ocupado haciéndolo con su mujer.

Moneypenny habló antes de que Bond pudiera reaccionar.

—¿Cuándo ha llegado?

M empujó uno de los informes hacia ella.

—Lo han confirmado hace una hora. Mikhail quiere ponerse de nuestra parte. Curioso, ¿verdad? Pero solo si Bond acepta reunirse con él y con Anna en Barcelona y se encarga de las formalidades dentro de dos semanas. —Miró a Bond—. Lo enviamos para cortejar a la esposa y tener acceso a sus ficheros. Nunca imaginamos que pudiera ganarse la simpatía del marido.

—Mikhail Petrov quería ser poeta —aseguró Bond.

M soltó un suspiro fingido.

—¿No lo deseamos todos?

Bond se encogió de hombros.

—Cuando Mikhail me confesó que conocía la naturaleza de mi relación con Anna, no estaba enfadado. Pensó que eso nos había acercado. El cariño por la misma persona, imagino. Poético.

Bond permaneció en silencio mientras Moneypenny, M y Tanner discutían la mejor forma de utilizar el amor kamikaze de Mikhail por la poesía, el amor kamikaze de Anna por Bond y el amor kamikaze de Bond por… ¿el deber?, hasta que se decidió que Bond se reuniría con los Petrov en Barcelona. Bashir lo seguiría y observaría cómo se convence a un desertor.

Mientras se analizaban las posibilidades, Bond dirigió la mirada al retrato de sir Miles Messervy y observó a 009 en el reflejo del cristal. Moneypenny imaginó lo que estaría pensando Bond respecto a tener que llevar a Bashir con él para que aprendiera cómo utilizaba sus encantos con la mujer de otro hombre, cuando Harwood acababa de elegir a Bashir y había aceptado su anillo. Miró por encima del hombro. Bashir había soltado las manos y se tocaba el dedo anular.

Pero cuando M dio un golpecito en la mesa la expresión de Bond no reveló nada.

—Dejemos que Bashir aprenda del mejor —dijo.

Bond esbozó una leve sonrisa.

—Es lo que hice yo, señor.

M se echó hacia atrás.

—Conseguirá que se me acelere el corazón, 007.

Bond guiñó el ojo a Moneypenny.

—Me refería a ella, señor.

Moneypenny recordó todo aquello con la sensación de que le caía una piedra en el estómago, porque James llevaba diecisiete meses desaparecido y presuntamente estaba muerto, se había encontrado a Mikhail envenenado en la habitación de un hotel de Sídney y no había rastro de Anna.

Pulsó el interfono.

—¿Alguna noticia, Phoebe?

—El ascensor acaba de bajar, señora.

Se tocó el broche. James la había parado ese día mientras esperaban el ascensor y había mencionado que sabía lo que Tanner le había dicho a Harwood: «James es un hombre guapo, pero no te enamores de él. No creo que tenga mucho corazón». Quizás era verdad. Quizá su corazón estaba enterrado en Escocia, en las tumbas vacías de sus padres, en Royale-les-Eaux o en la carretera al norte de Rosenheim, ante la mirada despreocupada de los picos blancos. Quizá no estaba dispuesto a poner en peligro lo que quedaba. O quizá nunca había tenido mucho corazón. Quizá por eso había acabado en aquel trabajo.

Bond solo se había rendido al amor y a la suerte en dos ocasiones y sabía que, si había una tercera, Harwood podría ser la causante. En cualquier caso, lo que le quedaba de amor lo había compartido con 003, por muy a la deriva que fuera la relación —aunque Bond jamás utilizaría esa palabra— y sin importarle el estatus que concedieran a su vínculo los que estaban al acecho de toda vulnerabilidad en Regent's Park: activo o inactivo mientras anhelaban fines de semana juntos y abrazos en su puerta o la de ella, después se retiraban y volvían a estar juntos en otra misión, otra noche. Hasta que Harwood eligió a Bashir. Había muy pocas personas en el mundo que importaran a Bond y por las que haría cualquier cosa. Harwood formaba parte de una lista muy corta.

Moneypenny pensó en Harwood, que estaría de camino a Shrublands. Era una agente formidable, adaptable hasta el punto de pasar inadvertida. Piel color aceituna, pelo castaño tan oscuro que casi era negro y se rizaba en los hombros. Cejas igual de negras, una pincelada gruesa. Pómulos salientes, mandíbula que imponía respeto y nariz suave. Ojos de bronce que podían hacer desfallecer a un hombre a cuarenta pasos o iluminarse con malicia. Había participado en misiones secretas desde Albania a Afganistán o Ucrania. Alta y esbelta, joven de cara, también se había cortado el pelo para hacerse pasar por un chico en Arabia Saudí. A Bond le gustaba decir que eran producto de uniones europeas: él suizoescocés y ella francoirlandesa del norte. También eran producto del colonialismo, en distinta forma: la madre de Harwood era argelinofrancesa y Bond la imagen de un imperio en declive.

En su primera misión se dio cuenta de que podía enamorarse y seguir enamorado cuando 003 hizo una traqueotomía a un joven con un bolígrafo durante un tiroteo en una plaza. No es difícil conseguir un número con dos ceros si se está dispuesto a matar en una misión. Te dicen que te encargues de un agente cifrado japonés corrupto o de un agente doble noruego en Estocolmo, y lo haces. Tus víctimas pueden haber sido personas decentes que se vieron atrapadas en el vendaval del mundo. Pero una quería que valiera la pena. Y Harwood lo conseguía.

Allí, junto al ascensor, aquel último día, Bond le preguntó a Moneypenny si creía que tenía un corazón frío.

—No —respondió—. Ese es el problema.

Antes de que pudiera añadir otra palabra, M volvió a llamarlo y nunca pudo decirle lo que pensaba. Que su corazón, su sentimiento o como quisiera denominarlo —las heridas que nunca cicatrizaron el vacío—, que su corazón roto conseguiría que le mataran a menos que se aferrara con firmeza a esa lista de personas que le importaban. Porque sabía, y quizá solo ella lo sabía, que James Bond, poseedor de la distinguidísima Orden de San Miguel y San Jorge, vencedor de SMERSH y defensor del reino, se estaba quedando sin razones para vivir.

Y ardía en deseos de que volviera.

Pero nunca tuvo oportunidad de decirle nada de todo eso.

La puerta se abrió.

Moneypenny se levantó con una absurda esperanza en el corazón.

—¿Esperaba a otra persona? —dijo 004.

6

004

—¿Qué tal en Jamaica? —preguntó Moneypenny—. ¿Buenas vacaciones?

—Veintinueve grados a la sombra —contestó Joseph Dryden—. Y mi tía no dejó de prepararme curri de cabrito.

Moneypenny indicó hacia la ventana.

—¿Siente haber tenido que volver?

—Lo que no consigo entender es la paz.

Moneypenny se sorprendió ante esa respuesta, pero continuó:

—En ese caso —dijo deslizando una tableta en el escritorio—, eche un vistazo a esto.

004 había ascendido en las Fuerzas Especiales gracias a su constitución de peso pesado, uno noventa y tres de estatura y ochenta y ocho kilos de músculo. Sus hombros parecían comprimidos por la camisa rosa que llevaba sin abotonar en el cuello, con una corbata morada sin ajustar y pantalones azul medianoche. Se había remangado hasta los codos. Dryden siempre daba la impresión de ser un hombre que está relajado al final de un largo día, a pesar de cumplir todos los requisitos de lo que los expertos llaman síndrome del operador, uno de cuyos síntomas es la hipervigilancia, el legado de ser un asesino desde los dieciséis años. Pero, tal como había dicho 004, era la paz lo que no conseguía entender, una paz que lo había descentrado. A pesar de todo, en ese momento, listo para enfrentarse al peligro

una vez más, su relajación se veía acompañada por la solidez de la autoridad; la de un soldado que se sabe capaz de dominar cualquier situación y no necesita demostrarlo. La primera vez que Moneypenny se sentó a su lado se sorprendió por la risa que retumbaba desde lo más profundo de su pecho, el lánguido estudio de la habitación y la espalda recta. Imaginó que si se hubiera sentado a su lado en el metro habría pensado: «¿Quién es este hombre?».

El nombre de Joseph Dryden apareció por primera vez en el escritorio de Moneypenny después de que una bomba casera le fracturara la parte inferior del cráneo en Afganistán y le lesionara el nervio vestibular bajo la oreja derecha, seccionando la comunicación y dejándolo neurosensorialmente sordo en un lado. La onda expansiva posterior le provocó una ligera lesión cerebral traumática que dañó el área del lenguaje, por lo que el oído izquierdo recibía las palabras como un muro de sonido que le costaba un gran esfuerzo descifrar y entender. Se le degradó por motivos clínicos. Después tuvo que pasar un consejo médico y posteriormente abandonar el Ejército. Entonces fue cuando Moneypenny le hizo una oferta. El pelo al rape no dejaba ver el micrófono que se le había implantado en el canal auditivo ni la interfaz cerebro-ordenador que enviaba directamente el sonido al centro de procesamiento del lenguaje, circunvalando el nervio seccionado y el tejido dañado. Obra de Q.

Moneypenny consideraba a 004 como el más experimentado de la nueva generación de agentes 00. Aazar Siddig Bashir, 009, era estudiante cuando su presencia en los cuartos de final del campeonato de ajedrez de las universidades europeas en San Petersburgo le llamó la atención. M se puso en contacto con él y le encargó un pequeño trabajo para su país. Así fue como comenzó, si no estaba ya en el Servicio. Era joven y todavía mostraba cierta ingenuidad; quizá su fe en que el fin justifica los medios. Todavía no conocía los medios que le atormentarían. 000, Harthrop-Vane, había estudiado en Eton, como Bond, aunque a este lo expulsaron a los doce años.

Harthrop-Vane fue nombrado capitán del colegio y conoció a las personas adecuadas en Cambridge. Bond le comentó a Moneypenny: «¿Un espía de Cambridge? ¿No sabes que no hay que tentar a la suerte?». Esta le respondió que no todos eran Kim Philby.

Dryden cerró el expediente y deslizó la tableta hacia ella.

—¿Qué se compra a un hombre que lo tiene todo?

—Dígamelo usted.

—Nada —aclaró—. Lo único de lo que carece es del riesgo. Se le hace contraer una deuda.

—Así que cree que Bertram Paradise es un hombre para el que el mundo no es… —Moneypenny no acabó la frase.

Dryden esbozó una ligera sonrisa.

—Algo así. Tenemos a un multimillonario tecnológico que asegura que su proyecto de ingeniería geológica puede salvarnos de la crisis climática, y después Q descubre que su directora científica y el jefe de seguridad han desaparecido y está depositando dinero regularmente en cuentas sospechosas en todo el mundo. No me extraña que el Tesoro esté preocupado. Es chantaje o juego. ¿Alguna sospecha de juego sucio en los desaparecidos?

—Q opina que sí. La tecnología de sir Bertram, Nube Nueve —explicó Moneypenny indicando hacia la tableta—, puede ocasionar una grave alteración del *statu quo*. Desde los años sesenta cada década ha sido más calurosa que la anterior. Si frenáramos las emisiones mañana, algo que no vamos a hacer, las actuales emisiones en la atmósfera seguirían aumentando la temperatura durante las siguientes décadas. El modelaje de datos muestra que, si continuamos actuando como si no pasara nada, tendremos un aumento de cinco grados a finales de siglo. El deshielo del Ártico. El aumento del nivel de los mares. Tormentas extremas, inundaciones, incendios, olas de calor letales. A lo que hay que añadir una rápida urbanización y una gestión deficiente de las tierras y los recursos. Tenemos por delante la contaminación. Inseguridad hídrica y alimentaria. Disminución de la calidad del agua, el aire y la comida, combinada con vectores de enfermedades y patógenos transmitidos por el agua. Ya estamos experimentando un aumento de migraciones provocadas por emergencias climáticas en las que algunas comunidades han de desplazarse temporalmente a territorios vecinos. A partir del 2040 se convertirá en algo permanente. Regiones enteras del planeta serán inhabitables.

—¿Cuál es la situación óptima?

Moneypenny arqueó una ceja.

—Siempre me ha gustado su optimismo, 004. La situación óptima es un cambio hacia los bienes globales comunes, con los que sobreviviremos gracias a la supervivencia de los demás, un desarrollo sostenible e inclusivo que respete las fronteras medioambientales y esté orientado hacia un bajo crecimiento material, y un menor consumo de energía y recursos que reduzca la desigualdad en los países y entre ellos.

—¿Y la peor?

—Es una vieja historia —contestó Moneypenny—, pero no es nada popular.

—Los ricos se vuelven más ricos —dijo Dryden— y los pobres, más pobres.

—Estamos al borde. —Moneypenny levantó las dos manos—. Somos dos mundos divididos por los ingresos, el declive de la cohesión social, los conflictos y el malestar. —Cerró la mano izquierda—. Uno es una sociedad muy culta, conectada internacionalmente, que se beneficia de sectores intensivos en capital y políticas ambientales específicas. Ese mundo explota al otro —cerró la mano derecha—, a los obreros con poca formación que trabajan en sectores altamente intensivos en emisiones y con tecnología poco avanzada, al tiempo que cargan con el peso del colapso medioambiental. —Bajó las manos—. Para algunas personas el borde está a kilómetros de distancia. Viven en una burbuja de superyates y *jets* privados. O venden un órgano para alimentar a sus familias. Todo esto representa una de las amenazas más urgentes a la seguridad mundial a las que nos hayamos enfrentado.

Dryden asintió.

—Y entonces aparece sir Bertram.

—Exactamente. A medida que el tiempo se agota, uno de los bandos confía en los mercados competitivos que impulsan el rápido progreso tecnológico y el desarrollo del capital como camino hacia un futuro sostenible. Los llamamientos a la geoingeniería, intervenciones a gran escala en los sistemas naturales de la Tierra, por parte de Estados y actores no estatales, son cada vez más apremiantes. Sir Bertram responde a esas llamadas.

Dryden frunció el entrecejo.

—He oído decir que el dinero de su familia proviene de la minería.

—Sí, proviene de una larga lista de «especuladores» imperiales con intereses en la minería, de diamantes a metales poco comunes. —Moneypenny hizo un gesto hacia el periódico húmedo—. Paradise dice que sus antepasados se enriquecieron sacando provecho de la tierra a costa de los que consideraban menos humanos. Nube Nueve es su expiación. Ha prometido utilizar su fortuna para sanar la Tierra.

—¿Puede hacerlo?

—Hasta ahora la investigación en geoingeniería se ha limitado al mundo académico y prácticamente solo se ha llevado a cabo en modelos informáticos. Sir Bertram ha sido el primero en conseguir financiación a gran escala y un respaldo más o menos internacional para realizar pruebas en condiciones reales.

—En el Ejército, tener más o menos apoyo puede dejarte tirado sin refuerzos tras las líneas enemigas.

La lluvia produjo una repentina estática en la ventana.

—Si las pruebas de Nube Nueve salen mal, si algo sale mal, desencadenarán un retroceso y correremos un mayor riesgo de que aumente el malestar en todo el mundo. Y lo que es más: los efectos secundarios de la geoingeniería son desconocidos. Si hay víctimas, habrá culpa. Y donde hay culpa, hay agravio. Mitigar la crisis climática es labor del Gobierno. Nuestra tarea es mitigar los conflictos. Y eso es expresarlo con buenas palabras. Quizá sir Bertram es tan santo como parece. O quizá no lo sea. Su misión es averiguarlo.

—¿Qué quiere que haga?

Un arma cargada. Dígame dónde apuntar.

—¿Sabe que estamos en mínimo solar?

—No creo que pueda hacer nada al respecto.

Moneypenny se echó hacia atrás.

—Su viejo amigo Luke Luck pertenece a la fuerza de seguridad de sir Bertram Paradise. Lo ascendieron cuando el jefe de Seguridad desapareció, un tal Robert Bull.

Dryden contuvo el aliento y después dio la impresión de que se relajaba, como si se encogiera de hombros mentalmente.

—Imagino que no debería sorprenderme de que esté al tanto de la situación de Luke Luck.

—Podemos pasar a la parte sorpresa de la conversación si lo desea. O podemos ir al grano.

Dryden cruzó las piernas a la altura de los tobillos.

—Luke era más que un amigo.

—Lo sé. Sirvieron juntos. Ganaron juntos el campeonato de boxeo entre unidades del Ejército. Y se querían.

—Hace que parezca fácil.

—Necesito que sea fácil ahora.

—¿Ganarme su confianza de nuevo?

—Sí, la repentina desaparición de Robert Bull no augura nada bueno, sobre todo si se une a la de la doctora Zofia Nowak. Se dice que diseñó el ordenador y el dispositivo de siembra de nubes, aunque solo confidencialmente. Ahora ha desaparecido. Nos tememos que se ha atacado a toda la organización. Otra entidad, estatal o no, lo tiene lo suficientemente atrapado entre sus garras como para sacarle una fortuna. Puede que esté intentando pagar la liberación de la doctora Nowak, pero también podría tratarse de algo totalmente diferente. Sea lo que sea, no ha pedido ayuda. Necesito que convenza al señor Luck de que lo recomiende para el equipo de seguridad, sin que se dé cuenta de lo que está haciendo realmente. Cree que usted también se dedica a la seguridad privada, ¿no?

—Me culpa de no encontrarle un trabajo cuando se licenció.

—Bueno, ahora han cambiado las tornas. Esperemos que

esté dispuesto a perdonar. Quiero que se introduzca en la operación de Paradise. Que descubra sus puntos débiles. ¿Dónde está la doctora Nowak? ¿Qué le sucedió a Robert Bull? ¿Es vulnerable Nube Nueve? Si esos cuantiosos desembolsos no se deben a un chantaje, ¿a qué se deben, y qué tienen que ver con la afirmación de que puede salvar el mundo? El tiempo vuela. La extinción no es una posibilidad teórica. Ahora mismo es una realidad vivida. No voy a esperar a que el sol parpadee. No quiero milagros en el último momento. La humanidad tiene poco tiempo para actuar y se está acabando. Quiero seguir respirando. ¿Y usted?

—Sí, señora.

—Entonces, ¿puede hacerlo?

Dryden se levantó y se alisó la corbata antes de sonreír.

—Con mucho gusto, señora.

—Bien. —Moneypenny se volvió hacia la pantalla—. Pelee unos asaltos con 000 y póngase en contacto con Q antes de irse, asegúrese de que todo funciona.

—No sabía que Q tuviera esas inclinaciones.

Moneypenny le lanzó una mirada rápida y sonrió.

—¿Y quién podría resistírsele, Joe?

7

La dulce ciencia del dolor

Joseph Dryden boxeaba con su sombra y esta contraatacaba.

Conrad Harthrop-Vane no era un hombre que evitara elegir la cabeza de Dryden como objetivo. El instinto de supervivencia de 004 le decía que protegiera sus puntos vulnerables, que levantara la guardia para bloquear los golpes dirigidos al implante. Pero la supervivencia no tiene lugar en un ring. El boxeo consiste en esperar a que te hagan daño, más que a hacerlo. El cuerpo no puede rehuirlo o temerlo. Por eso boxeaba Dryden. En el ring y fuera de él su cuerpo pertenecía al boxeo: en su adolescencia había pasado de wélter a peso pesado, de mediano a crucero, hasta llegar al punto en el que su cuerpo advertía: «Si me pegas, te mataré, así que no lo hagas». Su padre le había dicho que un buen hombre grande siempre vence a un buen hombre pequeño. No podía permitirse ser ese buen hombre pequeño. El boxeo invita a bailar hasta el límite, a apoyarse en las cuerdas y preguntar: «¿Puedo recibir otro golpe? ¿Y tú?».

Es la pregunta que le hizo 000 con un gancho que provenía directamente de su infancia. Cada boxeador tiene su estilo y el de Harthrop-Vane era el del matón que te espera cuando acaban las clases: quería hacer daño, quería que se supiera y quería que durara. Luego se reía y fingía que era una broma, que no se había divertido, que no quería hacer daño y que recibir unos golpes era el precio de la aceptación. Para Dryden ese estilo carecía de corazón, pero en ese momento incluso le estaba quitando el dinero del almuerzo. No podía decir que Harthrop-Vane fuera un cobarde, porque no mostraba ese rasgo del comportamiento humano que resultaría fatal en un ring: el instinto de supervivencia. Poseía el don del boxeador de negar su propia conservación.

También era el don de un 00 y no podía negar que Harthrop-Vane lo tuviera, además de otros, muy efectivos: resistencia, educación, estilo, especialidades en combate armado y sin armas, sobre todo con un rifle de francotirador. Y no le quedaba más remedio que admitir que la razón por la que solo se reía a medias de los chistes de Harthrop-Vane era que había nacido con todos esos dones, en una cuna de oro. Harthrop-Vane no consiguió evitar un golpe en las costillas y todo su cuerpo se estremeció al contacto con el guante de Dryden, pero seguía riendo. Era el matón que sabía que nunca tendría problemas porque sus grandes ojos azules se ocuparían de que así fuera. Dryden lanzó un derechazo que hizo que Harthrop-Vane se tambaleara hacia atrás. «Ahora desde cerca. Con la izquierda. No pares. No tengas piedad. Sácalo del ring, de su cuerpo, del tiempo. Acaba con él con una sonrisa.»

Harthrop-Vane cayó a la lona.

—¡Tregua!

Dryden dudó con el puño levantado. Harthrop-Vane era tan rubio que su pelo parecía blanco a la luz de los fluorescentes del gimnasio. Sus pestañas eran igual: franjas pálidas sobre unos ojos del color de un estanque helado, que destellaban hacia él con una inocencia que parecía preguntar: «¿Quién, yo? ¿Qué he hecho?». Sus labios angelicales sonrieron con suficiencia.

Dryden meneó la cabeza.

Se sacó un guante con los dientes y le ofreció la mano.

Harthrop-Vane la aceptó y tiró de ella. Dryden perdió el equilibrio y cayó hacia delante. Harthrop-Vane lo colocó de espaldas al suelo, lo sujetó y lo machacó a golpes.

Noqueado.

—Creía que los chicos blancos no sabíais boxear —dijo Dryden antes de darle un cabezazo con todas sus fuerzas. La sangre le cayó encima.

Dryden se escabulló y Harthrop-Vane se quedó con una rodilla en la lona y una mano en la nariz, riéndose.

—Vale, vale. Solo cumplía órdenes.

Dryden fue hacia las cuerdas. Tenía el pecho manchado con la sangre de Harthrop-Vane.

—¿Órdenes de quién?

—De M —contestó Harthrop-Vane—. Me pidió que te diera una buena. Que te probara.

—¿Y qué te ha parecido?

—Cinco asaltos para ti —contestó con desprecio—. Y te agradezco que no hayas querido llegar hasta el final.

Dryden se secó la cara y después le lanzó la toalla manchada.

—Imagino que por eso te llamamos Tres Ceros.

Harthrop-Vane se estremeció, atrapó la toalla y esbozó una sonrisa de satisfacción.

—¿Oyes bien?

—Depende de lo larga que sea la conversación.

Harthrop-Vane agitó la toalla y parte de la sangre salió despedida.

—Me rindo —dijo tocándose la nariz—. Por supuesto, esto no es la prueba verdadera.

Dryden se apoyó en las cuerdas.

—¿Cómo lo sabes?

—Se puede dejar detrás de las líneas enemigas a un agente de las Fuerzas Especiales como tú con un chicle y una navaja, y solucionará el problema.

Dryden gruñó.

—¿Y?

—Esto no es un campo de batalla y no estás solo —explicó—. Nunca lo estarás mientras lleves a Q en la cabeza. Ya no eres autosuficiente. Ser vulnerable debe doler.

—¿Qué sabes tú de la vulnerabilidad?

Harthrop-Vane sonrió lentamente.

—Sé que no me gusta —contestó quitándose los guantes.

Dryden se pasó un pulgar por la palpitante mandíbula.

—¿Has pensado alguna vez qué harías si te enfrentaras a algo en un campo de batalla que sobrepasara tus límites? Cuando el exceso de fuerza no basta y te han superado.

—No me vengas con ejercicios mentales —replicó Harthrop-Vane agachando la cabeza, pero Dryden captó algo parecido a la autocrítica, al autodesprecio—. Lo hice y fracasé. 005 cayó en la grieta y solo me di cuenta de que mi mano estaba vacía cuando oí que su cuerpo golpeaba contra el hielo. Ventnor era un buen hombre. —Harthrop-Vane chasqueó los dedos—. Tal como te he dicho, no me gusta ser vulnerable. Te dices a ti mismo: «Nunca más, compañero, reza tus oraciones, repara el daño, honra su memoria haciendo lo que sea necesario para proteger al próximo hombre que tengas a tu lado». Pero sabes que solo es una nana. No traficamos con la muerte, Joe. La muerte nos trafica a nosotros.

Dryden se pasó la lengua por los dientes. Tuvo el impulso de preguntarle: «¿Crees que ya no tengo lo que hace falta?». Pero no quería oír la respuesta. El privilegio de Harthrop-Vane iba acompañado de un don desagradable: el de decir la verdad, porque no necesitaba tacto para salir airoso. Dryden hizo crujir los nudillos y saltó hacia delante.

—Entonces, vamos, Tres Ceros. Pongámoselo difícil a la muerte.

Harthrop-Vane levantó los puños desnudos y sus pies hicieron un movimiento pendular en la lona.

—¡Mírate! Tendré que decirle a M que no hay grietas en este *hardware*.

Dryden lanzó un puñetazo, que le pasó rozando. El siguiente dio de lleno: satisfacción de hueso sobre hueso.

Harthrop-Vane se tambaleó y se echó a reír. Escupió sangre y levantó una mano para pedir una pausa.

—Se rumorea que en esta estarás bajo las sábanas con tu antiguo novio. Si sir Bertie está en apuros, me pregunto qué sabe ese hombre. Supongo que te divertirás averiguándolo.

Dryden se inclinó hacia delante.

—Nada como joder a alguien por la reina y el país.

La guardia de Dryden vaciló. El puñetazo fue perfecto, le machacó la sien derecha. El vacío en el cráneo fue aplastante, aunque no tanto como el zumbido que le siguió, el rugido de un océano llenando la bodega de un barco. Se tambaleó y cayó al suelo. Harthrop-Vane estaba de pie encima de él. Su boca se movía, pero el sonido se entrecortaba y llegaba fragmentado, descompasado. Era como intentar entender un idioma que hubiera estudiado solo en el colegio. Se agarró la cabeza.

Harthrop-Vane suspiró y le tocó el hombro.

—No te preocupes, 004. Q vendrá en tu rescate.

Dryden agarró a Harthrop-Vane por la muñeca, la retorció hasta que perdió el equilibrio y después le puso una zancadilla. Levantó un puño, listo para matar. Harthrop-Vane estiró las manos y gritó algo: «Paz». Pedía paz.

Dryden colocó una rodilla en la lona.

«Lo que no consigo entender es la paz.»

8

Q

Nadie entre las familias que esperaban para subir a una barca en el estanque, los estudiantes de Arte que hacían bocetos de la modernista Elephant House o los fieles que charlaban fuera de la mezquita sabía lo que hay bajo Regent's Park cuando atravesaron el empapado césped para buscar cobijo bajo los árboles. El edificio de los agentes 00 era como el resto de las casas adosadas estilo Regencia convertidas en mustias oficinas y unidas por un inestable alquiler. Pero, por debajo, todo un mundo seguía los caminos de los antiguos canales y túneles horadados, como en una manzana pelada, hasta la sala central de control, hasta Q.

004 hundió los hombros en un rincón del ascensor. Bob Simmons lo había saludado preguntándole quién creía que ganaría en el combate entre Chao y King en Macao, antes de darse cuenta de que algo no iba bien. No era la sangre. Estaba acostumbrado a que Dryden no le diera importancia. Era la forma en que controlaba la respiración con la vista fija en el suelo. Dominando el miedo. Simmons apretó el botón del nivel doce del sótano y observó la cuenta atrás de los pisos sin dejar de mover la mandíbula. Después le puso el brazo en la espalda. Dryden levantó la vista rápidamente, tragó saliva y sonrió.

Simmons asintió. Las puertas se abrieron. Normalmente Dryden se bajaba las mangas allí y Simmons le recordaba que no notaría el frío fuera de la cámara. A lo que Dryden respondía: «Lo que sabe mi cerebro y lo que siente mi cuerpo son dos cosas distintas». Simmons se despidió y lo dejó con lo que su cerebro y su cuerpo sabían.

El nivel doce era el borde de la manzana pelada. Dryden siguió el acolchado pasillo blanco y pasó el laboratorio, mientras el ruido aumentaba como el de las cigarras en una noche mediterránea. Dio unos golpecitos en el reloj en vano, aun sabiendo que el implante no funcionaba. El laboratorio no tenía paredes, solo ventanas. Un grupo de técnicos estaba cerca de la cámara de crecimiento de cristales. Unas puertas de cristal se abrieron al final del pasillo para darle paso a una oficina en forma de media luna, una maraña de bancos de trabajo y máquinas de fabricación afianzadas entre un suelo y unas paredes transparentes que parecían inclinarse hacia el núcleo. A Dryden siempre se le aceleraba el corazón cuando entraba en lo que semejaba la nada.

Abajo: una esfera blanca con lo que le parecía un candelabro dorado suspendido en el centro; o un ojo color avellana, con brillantes tuberías de cobre chapadas en oro como nervios que descendieran a un gran cilindro. El ordenador cuántico estaba sujeto por bisagras magnéticas. En el interior de la cámara de vacío había cero absoluto, 273 grados bajo cero. Lo único entre él y una caída hacia la muerte, si el cero absoluto no lo mataba primero, era una ingeniería de calidad y unos centímetros de materia sólida.

Se aclaró la garganta. Para él no hizo ruido. Los dos ingenieros encargados del diseño y mantenimiento de Q compartían un escritorio pegado a la pared de cristal, tan cerca de la cámara como era posible.

—¿No puedes avisarnos de una forma menos masculina? —sugirió Aisha Asante sin levantar la vista—. Las vibraciones de tu pecho podrían distraer a Q e impedir que finalice esta transacción de armas.

Dryden arqueó una ceja. Solo oía un pitido tan alto como una sirena.

Aisha miró a su alrededor, se puso de pie y se enredó en el giro de la silla. La apartó y acortó distancia entre ellos. Le puso una cálida mano en la mejilla y le inclinó la cabeza como si pudiera ver en su interior.

Ibrahim Suleiman tardó más en entender lo que estaba pasando y formuló preguntas que Dryden no podía descifrar, antes de que Aisha le hiciera callar y llevara a Dryden hacia una camilla.

Dryden leyó sus labios: «¡Que le den a 000!». Se echó a reír y el estruendo lo atravesó como si estuviera riendo ante un megáfono.

A Aisha no parecía importarle que le cayera sangre en la chaqueta rosa oscuro que vestía sobre un top negro, con vaqueros negros y una diadema trenzada a juego. Chasqueó los dedos y movió los labios para decir: «Quítate la camiseta». Dryden la ayudó a sacársela por la cabeza.

Ibrahim pareció agacharse dentro del enorme jersey de pescador que Dryden sabía que habría encontrado tras mucho buscar en una tienda de beneficencia. La última vez que había estado allí, Ibrahim había censurado sus marcas de lujo y su moda rápida. Dryden no intentó hablar, por miedo a que sus palabras salieran sin orden y no supiera si tenían sentido o no. Así que hizo signos para preguntarle:

—¿Qué tal está Q?

Ibrahim reaccionó. Desde que trabajaba con Dryden había aprendido la lengua de signos.

—Ya te lo hemos dicho —repuso con las manos—, es una máquina. No manifiesta emociones.

Dryden se apoyó en la mesa con tableros de control y suspiró. Hizo sonar el cuello mientras Ibrahim conectaba todos los cables que necesitaba. Dryden se había propuesto entender solamente la mitad de lo que le hacían. Seguía sin sentirse cómodo por ser la primera persona conectada con Q. Mientras que el resto de los agentes 00 tenían implantes de Q en el reloj o el móvil, Q y él estaban unidos bajo la piel. Se concentró en la conversación de Ibrahim y Aisha. Al principio solo consiguió interpretar su calidez. Después las palabras regresaron y lo relajaron poco a poco, conforme aislaban el problema y lo arreglaban de forma remota utilizando el nexo con Q, sorteando el oído sordo derecho y conectando el izquierdo tras circunvalar el tejido dañado. Dryden cerró los ojos. Se sentía tan protector de esos dos prodigios como ellos de él. Si era un caso de prueba, también lo eran ellos ante el imperturbable ojo virgen de Q. Y todos conocían la sensación de la superposición cuántica antes de haber llegado a esa cámara: la existencia en más de un estado.

Aisha era una londinense que había estudiado en un colegio público como él y, al igual que el suyo, su abuelo había servido en las fuerzas coloniales británicas durante la Segunda Guerra Mundial antes de emigrar a Gran Bretaña. Los padres de Aisha desde Ghana y los suyos desde Jamaica. Pero, a diferencia de él —reflexionó cuando las pantallas empezaron a traducir los murmullos de su cuerpo—, Aisha era una genio educada en Cambridge con varias licenciaturas en Mecánica Cuántica.

Dryden depositó toda su confianza en esa genio mientras canturreaba y esperaba oírse entre el estrépito que disminuía.

Los padres de Ibrahim habían sido civiles empleados por las fuerzas británicas en Irak y habían trabajado como intérpretes en el frente durante tres años. Los trasladaron al Reino Unido como refugiados cuando esos civiles empleados comenzaron a ser objetivo de las milicias. La madre no consiguió trabajo como limpiadora porque no tenía «experiencia en el Reino Unido». Cuando Ibrahim les dijo a sus padres que iba a entrar en el Ejército para ser ingeniero, le recordaron el dormitorio que había compartido con ellos cuando era adolescente y sus tres hermanos menores en Sheffield, como agradecimiento por su contribución a Gran Bretaña. Pero Ibrahim se alistó igualmente y comenzó a estudiar Ingeniería Biológica.

Para todos ellos, el aforismo de Ambalavener Sivanandan, «Estamos aquí porque ustedes estuvieron allí», incluía experiencia directa o generacional de servir a los intereses de Gran Bretaña mientras crecían en un país que se negaba a aceptarlos como británicos y, a pesar de ello, dedicaban su cuerpo o su mente, o ambos, a su causa. Era una especie de contorsionismo agotador que parpadeaba defectuosamente en forma de números en la pantalla y le recordaba lo que había perdido y ganado como gentileza del Gobierno de Su Majestad.

—¿Estás con nosotros, 004?

Dryden se concentró. Lo miraban preocupados. Guiñó un ojo.

—000 no es tan duro. —Se frotó la oreja—. ¿Vuelvo a estar sintonizado con Q?

—No manifiesta emociones y no pierde el tiempo —contestó Ibrahim—. Y no diseño equipo defectuoso.

—Creía que a Q no le importaba el tiempo.

—Un punto para He-Man —comentó Aisha.

Dryden se levantó. Vestía pantalones de chándal e iba descalzo, con el pecho al descubierto. Hizo un rápido movimiento de piernas.

—Como nuevo —sentenció Aisha—. Puedes utilizar las duchas del personal, a menos que te guste el aspecto herido y sangriento.

—¿Puedes pedirle a mi asistenta que envíe ropa limpia, por favor? —pidió Dryden.

—Por supuesto —contestó Aisha—, lo haré antes de que vayas a la ducha.

Dryden aspiró bocanadas de vapor mientras el agua le caía encima y se volvía roja a sus pies. Observó cómo desaparecía por el desagüe la sangre de Harthrop-Vane mezclada con la suya. Sintió como una cascada de anillas de granada; no, solo era agua. Solo era sangre.

—¿Qué opinas de Bertram Paradise? —preguntó Dryden mientras se hacía el nudo de la corbata—. ¿Crees que su ordenador cuántico es mejor que Q?

—Asegura que es el mejor del mundo —respondió Aisha dándole una taza de café.

—¿No lo crees?

—Los datos son buenos.

—Entonces, ¿cuál es el problema?

—Él. Lo veo sentado frente a comités parlamentarios, donando dinero para buenas causas y ofreciendo circuitos en YouTube por su yate de inspección independiente. Es todo un espectáculo.

—¿No se puede ser genio de la tecnología y espectáculo a la vez?

—Está celosa —intervino Ibrahim.

—¿Quieres que te dé una buena? —amenazó Aisha esgrimiendo una revista por encima de la cabeza de Ibrahim mientras este introducía una cámara diminuta en la oreja de Dryden para llevar a cabo una revisión completa de los sistemas una vez reanudado el funcionamiento normal.

—No, por favor —pidió Ibrahim.

—No son celos y no es que piense que su Q es inferior al nuestro. Pero no creo que sea obra suya. Miro sus ojos y no veo nada. No tienen chispa. Apuesto por la doctora Zofia Nowak.

—La directora científica desaparecida.

—Si fuera una persona celosa, la consideraría mi rival. Pero como no lo soy, simplemente valoro la belleza de su cerebro.

Dryden sonrió.

—¿No te has sentido nunca como un *numskull* viviendo aquí con Q?

—¿Debería sentirme ofendida? —preguntó Aisha.

—¿Sabes quién es He-Man y no conoces a los *numskulls*? De la revista de cómics *The Beano*. Vivían en el cerebro de las personas. Iban de un lado a otro, ocupados con el mantenimiento de los cerebros.

—Sabe quién es He-Man porque es un meme —explicó Ibrahim—. Y no, no nos sentimos como *numskulls* porque no éramos mayores de edad antes de que se inventara internet.

—Nada supera *The Beano*.

Aisha le tocó en el antebrazo suavemente.

—¿Crees que vivimos en su cerebro?

—¿No lo hacéis?

—Créeme, 004, la única persona que hay dentro de mi cerebro eres tú —aseguró mientras observaba cómo extraía la cámara Ibrahim—. Pero, de no ser así, ¿no te sentirías menos solo?

—No está solo —protestó Ibrahim—. Nunca está solo.

—¿Y cómo has llegado a esa sorprendente conclusión, *numskull*? —preguntó Aisha.

Ibrahim indicó hacia Q con la cabeza.

—Ninguno lo estamos.

Dryden reflexionó sobre la máquina. El dispositivo que le habían implantado bajo la piel podía leer sus ondas cerebrales, saber en qué voz quería concentrarse y seleccionarla y amplificarla hasta que su dueño parecía estar susurrándole secretos al oído. El micrófono en su canal auditivo transmitía a Q todo lo que decía y oía, para que lo procesara. Los controles manuales estaban ocultos en su reloj Garmin MARQ Commander que, con unas ligeras modificaciones, le permitía recibir la voz de Aisha en el cerebro sin que nadie más la oyera.

Mientras que un ordenador normal tiene que procesar la información en una secuencia lineal, unos y ceros, un ordenador cuántico puede ver los unos y los ceros simultáneamente, lo que le permite procesar los datos tan rápido que podría resolver ecuaciones para las que sin él se tardaría toda la vida del universo. Un día Q podría solucionar la crisis climática, los viajes al espacio e incluso los viajes en el tiempo. De momento, se dedicaba a luchar contra el terror. Estaba filtrando series de datos indescifrables para localizar y vigilar posibles amenazas allí donde las criptomonedas y un encriptado más eficaz habían permitido ser más osados a los terroristas. Todavía no se había topado con ninguna intimidad que no pudiera invadir, incluida la de Dryden.

Tampoco es que pudiera solucionarlo todo. Había estado utilizando el reconocimiento facial en todos los sistemas de vigilancia por circuito cerrado a los que había podido acceder desde que 007 había desaparecido y no había encontrado nada.

Era como si James Bond hubiera perdido la cara y se hubiera eliminado su identidad sin dejar siquiera una máscara mortuoria. O quizás había dejado de existir. Si ni la mente más inteligente del mundo podía hallarlo, seguramente Bond era ya otro agente muerto en una tumba anónima. Para Dryden la cuestión era teórica; nunca había trabajado con Bond, solo lo conocía como una persona atractiva, en ocasiones arrogante y malhumorada, y en otras encantadora. Pero si Q no era capaz de hacer ese trabajo, le concernía directamente a él.

Se volvió al oír un golpe brusco en el marco de la puerta. Como de costumbre, la señora Keator vestía de negro, en aquella ocasión pantalones de lana negros de cintura alta y un jersey de cuello cisne negro bajo una larga bata blanca de pintor que ocultaba su cuerpo menudo. Las mangas subidas dejaban ver unas manos arrugadas como pétalos de magnolia aplastados y nudillos hinchados que brillaban entre glóbulos de oro y piedras preciosas.

—Señora…

Lo miró.

—He vuelto de almorzar y se habían disparado todas las alarmas. Pero parece que funciona a pleno rendimiento.

—Sí, señora.

—Tengo entendido que Moneypenny le ha puesto al tanto de sir Bertie.

La señora Keator había sido la cofundadora de la Sección Q, junto con el comandante Boothroyd. Se rumoreaba que había comenzado su carrera en el Servicio descodificando Spektors. Cuando el comandante murió, empezó a ir a trabajar vestida de negro y nunca dejó de hacerlo. Con ojos y mente como la de un halcón, seguía aferrando la Sección Q con garras artríticas y seguiría haciéndolo hasta que el ordenador viviente —tal como se lo conocía— dejara de procesar.

—Sí, señora.

—Defina aislado, 004.

Formuló la consulta sin que nada permitiera imaginar que no sabía la respuesta.

Dryden dirigió hacia Aisha algo similar a una sonrisa de satisfacción.

—Un ordenador que no está en ninguna red. Es invulnerable al hackeo. Q descubrió que se estaba comprando el voto de un ministro con favores sexuales porque a veces su teléfono estaba en cierta sauna. Pero si un teléfono o un ordenador, o lo que sea, no está en una red, no se puede controlar.

—Me gustan los agentes que hacen los deberes. El futuro de la seguridad es el pasado. A sir Bertie le encanta pensar que cuenta con la tecnología más sofisticada del mundo, pero sus dispositivos personales están aislados. Silencio de radio absoluto. Y lo mismo sucede con su círculo más íntimo.

—¿Y el círculo externo?

La señora Keator lo miró a través de sus gruesas gafas de carey.

—Quizá merezca la pena el dinero que hemos invertido en usted. La doctora Zofia Nowak, homóloga de nuestra doctora Asante y nuestro doctor Suleiman, ha desaparecido como quizá solo ella supiera hacerlo. Q ha estado rastreando sus redes sociales en busca de todo lo que pudiera ser útil y ha encontrado algo por una coincidencia tan sublime que no sé si es el resultado de buena o muy mala suerte. Hace poco, Zofia Nowak se puso en contacto con Ruqsana Choudhury, una abogada de derechos humanos y amiga de infancia de 009. Bashir se comunicará con ella enseguida, con un saludo inocente. Estamos haciendo que Facebook muestre a Choudhury recuerdos de tiempos más inocentes, para suavizarla. Pedirá ayuda a 009. Entonces Bashir podrá utilizarla para localizar a la doctora Nowak. Si es el cerebro detrás de sir Bertram, queremos asegurarnos de que ese cerebro está en nuestras manos y no en las de nadie más.

Dryden tamborileó los dedos en su estómago.

—Si Paradise sabe que tenemos capacidad para lavar cerebros los fines de semana, porque presumiblemente él también puede hacerlo, y ha aislado todos sus dispositivos, ¿cómo nos enteramos de sus pagos irregulares?

—A pesar de la dificultad para detectar fallos en ese expediente poco de fiar, quiere que se sepa que se ha portado mal.

—¿Una llamada de socorro?

La risa de la señora Keator recordó el ruido de un tubo de escape roto.

—O un que os den.

Dryden sonrió.

—¿A nosotros?

—Joven, no creo que aparezcamos en el radar de ese semidiós.

Aisha se apartó el pelo del hombro.

—Hora de enmendarlo. Estás listo, 004. Dale un beso a ese semidiós de nuestra parte.

9

Historial médico

—Gracias por hablar conmigo —dijo la doctora Kowalczyk.

—Me alegro de haber venido —aseguró 003.

La cara de la doctora mostró sorpresa. Era demasiado joven para ser la psiquiatra de guardia en Shrublands. Una mujer pequeña con ojos saltones, que Johanna Harwood atribuyó a unas glándulas hiperactivas, aumentados por unas gafas sin montura. El efecto era como estar bajo un microscopio. La oficina estaba decorada igual que cualquier sala de terapia: una mesa pequeña con una inocente caja de pañuelos, un jarrón con flores marchitas, un alegre reloj, un sofá y un sillón para la doctora. Aire viciado y cálido. La había animado a que se quitara los zapatos en la puerta, como si fuera el cuarto de estar de una amiga. Todo estaba diseñado para relajarse. Para hacer creer que la labor de la doctora Kowalczyk era ayudar, en vez de evaluar. No había espejo espía. Harwood imaginó que se había colocado una cámara en el reloj.

—Otros agentes 00 dejaron claro que solo venían porque se lo habían ordenado —explicó la doctora Kowalczyk.

—Somos un grupo susceptible. Prometo no complicarle la vida.

Los ojos hambrientos se entrecerraron.

—Quizá pueda decirme cómo se siente, 003.

—Cansada.

—Da la impresión de que le duele algo.

—Sí —corroboró Harwood—. El hombro. Y el brazo izquierdo.

—¿Se siente cómoda aquí? ¿Quiere otro cojín?

—Sí, gracias.

La doctora Kowalczyk sacó uno de detrás de su sillón. Harwood no intentó ocultar la mueca que hizo cuando estiró la mano.

—¿Qué palabras utilizaría para describir cómo se siente emocionalmente?

—Cansada. —Harwood se rio—. No es una palabra para describir sentimientos, ¿verdad? Imagino que estoy... aliviada. Feliz.

—¿Feliz por qué?

—Feliz de estar viva.

—Sí, lo imagino. ¿Algo más?

—Frustrada.

—¿Frustrada por qué?

—Conmigo misma. Porque me capturaran. Y por haber matado al hombre que me hizo todo esto en vez de detenerlo para que lo interrogaran.

—¿Quizá «frustración» sea una palabra demasiado comedida?

Harwood cruzó las piernas y retiró una pelusa invisible de sus pantalones.

—Sí, a lo mejor tiene razón. Estoy enfadada. Enfadada porque me capturaran, enfadada porque unos cobardes sádicos me trataran como algo con lo que divertirse, enfadada por haber matado a ese cabrón, enfadada por tener que estar enfadada por haber matado a ese cabrón.

La doctora Kowalczyk se quitó las gafas, las limpió y volvió a colocárselas sobre la nariz.

—Me dijo que no iba a complicarme la vida.

Harwood abrió las manos.

—Ahórrenos tiempo a las dos.

—¿Tiene otro sitio en el que quedarse?

—Me han concedido una semana de masajes y saunas hasta que vuelva a sentirme en forma. Debería estar medio muerta más a menudo. Pero usted, son las seis de la tarde y está tomándose una taza grande de café.

—¿Qué le dice eso?

—Me dice que ha sido un día muy largo y que le espera una larga noche. Me dice que puede estar tan cansada como yo. Lo único que me apetece es irme a la cama. Así que no voy a alargar este asunto. Soy toda suya.

—Excelentes dotes de observación.

—Por eso me pagan —explicó Harwood.

—Tiene formación médica, ¿verdad?

—Estudié para ser cirujano antes de entrar en el Servicio, sí.

—¿Era su sueño?

—Era mi intención.

La doctora Kowalczyk abrió con teatralidad el expediente que sostenía en las piernas, aunque Harwood apostaría una elevada cantidad de dinero a que lo había memorizado.

—Aquí dice que se califica a los estudiantes de las facultades de medicina según su habilidad y conocimiento. Fue la primera de su curso en esa cualificación. Después puntúan a los estudiantes según sus competencias relacionales. Tacto con los enfermos. Conseguir que un paciente confíe en ti o la forma en comunicar información confidencial. Distender situaciones difíciles. Normalmente el estudiante que consigue el primer puesto en habilidad y conocimiento es el último en cuestión de competencias relacionales, pues ha estado tan ocupado estudiando que se ha olvidado de cómo se habla con las personas. Pero usted no. También consiguió el primer puesto en competencias relacionales.

Harwood sintió que se sonrojaba, aunque sabía que no estaba incómoda.

—¿Y?

—Que a mí también me pagan por mis dotes de observación.

Harwood sacó el cojín que había colocado detrás de ella y empezó a juguetear con las costuras.

—Y lo que estoy observando —continuó la doctora Kowalczyk— es que mientras que otros agentes 00 disimulan su malestar y desdén por este proceso, su miedo, con bravatas, usted lo hace con franqueza. Sabe lo que quiero ver y oír. Sabe cómo distender esta situación. Comenzó con transparencia. Ahora lo está intentando con la vulnerabilidad.

Los dedos de Harwood se quedaron quietos en el cojín. Después lo arrojó al suelo.

—¿Quiere dejar de decir tonterías, 003? —pidió la doctora Kowalczyk.

—Espero que le paguen bien —repuso Harwood—. Dispare.

—Interesante elección de palabra. Empecemos por ahí. El cabrón, tal como lo llama, podría haber sido una captura muy valiosa. —Pasó una página del expediente—. Rasgo identificativo: tatuaje de una mariposa en el cuello y el pecho. Conocido como Mora, derivado de Kikimora, personaje popular: un espíritu, normalmente mujer, que entra en las casas por la noche a través del ojo de la cerradura y se sienta en el pecho de sus víctimas hasta que las asfixia. Hay rastro de Mora como líder de Rattenfänger en el Líbano, Libia, Albania, Estados Unidos, Rusia e Indonesia, y sus actividades se confunden en la ya confusa frontera entre el terrorismo multinacional, la delincuencia organizada multinacional, los negocios legítimos y el blanqueo de dinero procedente del narcotráfico. De lo que estamos seguros es de que está considerado como una pesadilla por los que están acostumbrados a producir pesadillas. ¿Por qué mató a ese cabrón en vez de capturarlo para que lo interrogaran?

—Me habían atiborrado con sustancias químicas. Estaba encima de 009. Hice el disparo que pude. Se suponía que no iba a ser mortal.

—¿Y de qué tipo entonces?

—¿Perdone?

—¿Realizó un disparo mortal porque estaba atiborrada con municiones químicas o porque valoraba más la vida de Auzar Bashir que capturar al objetivo?

Harwood notó que la mandíbula le palpitaba.

—Hice el disparo que pude.

—¿Por qué no ingirió la cápsula de cianuro cuando la capturaron?

—Me gusta estar viva.

—¿Sí?

Harwood abrió la boca para responder, pero se contuvo.

—¿Qué le hace creer que no lo hago?

—Mírese. ¿Merece la pena?

—Descubrí un alijo de armas químicas en Siria, informé a Moneypenny y potencialmente salvé la vida de miles de personas. Sí, merece la pena.

—¿Así que esa es su motivación? ¿Salvar vidas?

—Por supuesto.

—Tiene licencia para matar.

Harwood se inclinó hacia delante.

—No es tan ingenua.

La doctora Kowalczyk parpadeó.

—¿Y el juramento hipocrático? Como médico juró no hacer daño.

—Hice otro juramento.

—¿Tan poco vale su palabra?

Harwood inclinó la cabeza.

—Está intentando ponerme nerviosa. Está comprobando si sufro un trastorno de estrés postraumático.

—¿Cree que lo sufre?

—No tengo ninguno de los síntomas.

—¿Eso es un no?

—Es un no.

—Aquí dice que la sometieron a un detector de mentiras para saber si decía la verdad, que no divulgó información alguna a los que la interrogaron.

—Sí —dijo Harwood.

—¿Y estaba diciendo la verdad?

—Sí —contestó Harwood.

—¿Está resentida por la implicación de que podía haber mentido?

—Es el procedimiento habitual.

—¿Mentir o comprobar si ha mentido?

No contestó.

—¿Cómo consiguió no facilitar ninguna información?

—Estamos entrenados.

—¿No los persuadió de alguna forma para que no fueran duros con usted?

—¿Cómo podría haberlo hecho?

—Hábleme de su niñez —pidió la doctora Kowalczyk.

Harwood movió los dedos de los pies.

—Cuando comprobamos si alguien sufre un síndrome de estrés postraumático hacemos preguntas rápidas sobre temas diferentes y observamos cómo responde el paciente. No quiere que le hable de mi niñez. Quiere comprobar cómo me comporto en una situación de estrés. Saben que pueden confiar en mi lealtad. Ahora quieren saber si se puede confiar en mí para que regrese al trabajo.

—¿No quiere hablar de su niñez?

—¿Y quién quiere hacerlo? —Llevaba veinticinco minutos sentada—. En cualquier caso, está todo en ese expediente.

La doctora Kowalczyk no dijo nada.

Faltaban treinta y cinco minutos para acabar.

—Muy bien. Crecí en París. Mi madre trabajaba para Médecins Sans Frontières. Seguí sus pasos. Me matriculé en la Facultad de Medicina de Londres. Después entré en el Servicio.

—¿Llama a eso la versión editada?

—La llamo la versión «date prisa y vete».

—¿Y su padre?

—¿Es esta la parte en la que me altero?

La doctora Kowalczyk guardó silencio.

Harwood miró al suelo. Después, lentamente, sonrió y se encogió de hombros.

—Mi madre y mi padre se conocieron en París. Mi padre había ido allí desde Belfast. Era mayor que ella. Un fotógrafo fracasado en busca de una nueva vida en la que enamorarse de una guapa parisina. Cumplió su deseo. No sé si mi madre estaba enamorada, pero se quedó embarazada y se casaron. Vivíamos con mi abuela. El dinero escaseaba. A mi madre se le presentó una excelente oportunidad cuando encontró trabajo como administrativa de Médecins Sans Frontières. La ascendieron rápidamente. Vieron sus cualidades.

—Viajaba debido a su trabajo.

—Sí.

—Y la dejaba con su padre.

—No me dejaba. Viajaba debido a su trabajo.

Sus ojos se abrieron y cerraron como un semáforo vacío.

—¿Su padre no trabajaba?

—Cuidaba de mí.

—Con la ayuda de su abuela.

Harwood se tocó el collar.

—No era capaz de mantener un trabajo.

—Era esquizofrénico paranoide —dijo la doctora Kowalczyk.

—Eso no lo sabíamos. Al menos al principio. Cuando se lo diagnosticaron, tomó la medicación. Lo consiguió. La mayor parte del tiempo. Fue duro para él.

—¿Qué efecto tuvo en usted?

—Aprendí a adaptarme —contestó Harwood—. Eso es lo que quería oír, ¿verdad? Aprendí a distender situaciones difíciles.

—¿Así es como lo siente?

—Imagino que si le dijera que nunca pensé en ello, realmente no me creería.

La doctora Kowalczyk enarcó las cejas.

—Digamos que me sorprendería mucho.

Harwood sonrió de nuevo.

—A veces veía cosas. Pensaba que nos seguían. Cuando era pequeña le creía. Cuando crecí me di cuenta de que todo eso solo estaba en su cabeza, pero que era mejor seguirle la corriente. Pasábamos días en el metro para evitar que nos persiguieran. A veces tuve que evitar que atacara a personas que creía que me perseguían. Quería protegerme.

—¿Cuánto sabían su madre y su abuela de todo eso?

—¿Cree que me ponían en peligro?

—¿Y usted?

—Creo que hicieron cuanto podían en unas circunstancias difíciles.

—¿Y su madre? ¿No cambió de empleo para poder estar más tiempo en casa?

—No se cambia el curso de una vida por un accidente.

La doctora Kowalczyk se subió las gafas lentamente y entrelazó las manos.

—¿Va a dejar eso entre nosotras? —preguntó Harwood haciendo un gesto hacia el espacio que las separaba.

—Hábleme de Fráncfort.

Harwood se pasó la lengua por los dientes. Transcurrió un minuto.

—Mi padre dijo que teníamos que irnos de París, que estábamos en peligro. Me hizo subir a un tren a Fráncfort. Dijo que iba a ver a un encargado en la oficina de correos cercana a la estación principal de trenes. Creía que era un espía. Es curioso cómo resultan las cosas. Cuando llegamos dijo que teníamos que esperar a esa persona. Dormimos al aire libre. Un hombre intentó llevárseme por la noche. Siempre he creído que fue un sintecho, no sé por qué. En cualquier caso, mi padre se lo impidió. Se rompió la mano contra la cara de ese hombre.

—¿Cuántos años tenía usted?

—Nueve.

—¿Qué pasó con su padre después de aquello?

—Lo hospitalizaron. Después, desapareció.

—¿Intentó buscarlo su madre?

—Todos lo hicimos. Mi abuela era demasiado mayor para cuidarme.

—Y su madre la llevó consigo por todo el mundo. Se educó en casa, aunque no tenía casa. Fue a estudiar a Londres y encontró a su padre.

—Vivía en el Barbican. Estaba muy enfermo. Se mató de hambre.

—Estaba con él cuando murió.

Harwood apretó los dedos de los pies contra las fibras azul pastel de la alfombra.

—Así es. ¿Eso ha sido todo?

—Consiguió liberarse cuando llegó 009. Un momento muy oportuno. ¿No quiso liberarse antes?

—La verdad, su comida estaba de muerte. ¿Para qué preocuparse por algo tan insignificante como la libertad?

—¿Le preocupa la libertad?

—¿Qué quiere decir?

—Ha entregado su voluntad y su cuerpo al servicio de su país.

—Al servicio de una idea.

—Hábleme de eso.

—Quiero que dejen de pasarle cosas malas a la gente buena.

—No es tan ingenua —dijo la doctora Kowalczyk.

Harwood bajó las pestañas.

—No hay nada más peligroso que un idealista, ¿verdad? Debo de estar haciendo sonar todas las alarmas.

—Su padre era norirlandés y su abuela una radical argelina. ¿No cree que hizo sonar todas las alarmas cuando se presentó como candidata para el Servicio?

—Mi abuela luchó por la independencia.

—¿No la consideraría una radical?

—Solo si le parece radical la idea de que un país tiene derecho a la libertad y la justicia.

—La libertad de nuevo. Cuénteme cómo se liberó.

Harwood hizo el relato: oyó la explosión, ralentizó el pulso para que creyeran que le habían inyectado una sobredosis y no la mataran al darse cuenta de que estaban en peligro; resistió sus esfuerzos por «espabilarla»; fingió que se despertaba en cuanto salió la mayoría de los guardias; convenció al que quedaba, un soldado sirio en la parte más baja de la estructura de mando, de que el Servicio Aéreo Especial había organizado el rescate —era mejor que escapara en ese momento y la llevara como rehén por su propia seguridad— y lo inutilizó en cuanto cortó las correas.

—¿Lo mató?

—Solo estaba haciendo su trabajo. No muy bien, pero aun así…

—¿Ha fracasado alguna vez a la hora de convencer a alguien de que hiciera algo que quería?

Harwood la miró de soslayo.

—Supongo que le gustaría oír que no conseguí disuadir a mi padre de que muriera.

—Hábleme de cuando ingresó en el Servicio.

Harwood se pasó la mano por el pelo.

—Me concedieron una beca de traumatología en un hospital de Beirut.

—Una elección inusual.

—En realidad no. Pasé un tiempo allí con mi madre. Tenía un paciente, no puedo decirle el nombre. Vino a que le tratáramos unas quemaduras. Estaba en un entorno escaso de recursos. Nos dejaron solos y empezamos a hablar. Confió en mí. La siguiente vez que lo vi tenía quemaduras químicas. Entonces fue cuando Moneypenny se puso en contacto conmigo. Me dijo que fabricaba bombas. El MI6 necesitaba cierta información y él hablaría conmigo. Era una persona de su confianza.

—Y abusó de esa confianza.

Harwood se enderezó.

—Conseguí la información que necesitaban. Salvé vidas.

—¿Y después?

—Me sacó del hospital una noche. Me obligó a ir a una casa en la que un amigo suyo estaba herido. Tenían cautiva a una mujer; en realidad, una niña. Le pedí a mi paciente que la dejara ir. Pero su amigo no estaba de acuerdo y nos apuntó con un arma. Dijo que nos vendería a la chica y a mí.

—¿Y qué hizo?

—Tenía el equipo médico. Utilicé el bisturí. Maté al amigo. Mi paciente iba a dispararme, pero no le dejé. Salvé a la joven. Después de aquello, Moneypenny me preguntó si querría servir a mi país.

—No se cambia el curso de una vida por un accidente —repitió la doctora Kowalczyk.

Harwood miró el reloj.

—Lo dicho: espero que le paguen mucho. Es la hora. ¿He pasado? ¿O piensa que el juego de Rattenfänger de ponerle la cola al burro me ha destrozado los nervios?

—Eso depende. Ha dicho que encontró un alijo de armas químicas en Siria. ¿Era eso lo único que estaba buscando?

El minutero se movió.

—No.

—Después dejó de lado su misión para seguir una pista sobre un agente desaparecido. Entonces la capturaron.

El tiempo se dilató.

—Sí.

—¿Con qué autoridad?

—Llámelo cuestión de lealtad.

—¿Se da cuenta de que puso en peligro a dos activos, usted y 009, en la búsqueda de ese agente?

—Sí.

—¿Y de que ese agente desaparecido seguramente ha muerto o se ha pasado al enemigo?

—No lo haría.

—¿Porque le es leal?

Harwood se echó a reír.

—No, porque es leal a una idea.

—¿Describiría su amor por James Bond como un peligro en el campo de acción?

—No acepto la hipótesis de esa pregunta.

—¿Que el amor es un peligro o que lo ama? Un agente, a decir de todos, con muchas debilidades, mujeres, bebida, y una salud mental que era, en el mejor de los casos, extraordinariamente poco fiable.

Harwood espiró lentamente. No contestó.

La doctora Kowalczyk se humedeció los labios.

—Una pregunta más.

Una mueca de desprecio.

—Dispare.

—Moneypenny le preguntó si le gustaría servir a su país. Contestó que sí. ¿Por qué?

—Decidí que no quería limpiar el daño que causa el mundo. Quería prevenirlo. Y lo hago, cada vez que acepto un trabajo. ¿Le basta?

La doctora Kowalczyk cerró el expediente.

—¿Ve a su madre alguna vez?

—Ya he contestado su última pregunta.

10

Naturaleza humana

King's Cross había cambiado tanto desde la juventud de Dryden que apenas era reconocible. Mientras cruzaba Granary Square, llena de gente que había salido para almorzar o hacer compras navideñas, la fuente pareció elevarse para saludarlo y pensó que esa nueva y hermosa piel se parecía

mucho a la suya: modificada, petrificada. Aunque, en el fondo, ¿seguía siendo el mismo King's Cross, un ensordecedor y apestoso crucigrama de calles principales, callejones y vías férreas que suturaban Camden y Bloomsbury? Cruzó las antiguas vías del tranvía hasta el curso del canal, que seguía siendo una arteria a otra vida, en la que pasaba los días de colegio, del amanecer al anochecer, caminando con su pandilla junto al agua, de Shoreditch a Wembley y de vuelta, metiéndose en líos, como decía su madre.

En ese momento se iba a meter en uno: recurrir a Luke para pedirle ayuda. Cuando un juez le dijo que podía elegir entre el Ejército o la cárcel —reconociendo que quizás era un cabeza de turco, un atalayero adolescente abandonado en un banco de un parque que mantendría la boca cerrada durante cinco años y después lo cuidarían cuando saliera; o que quizá simplemente era carnaza útil—, eligió el Ejército, en el que esperaba exactamente lo que había esperado toda su vida: absolutamente nada. Pero encontró algo insuperable en su interior: confianza en sí mismo. Y a Lucky Luke. Recordó la sensación de que Luke le estaba esperando para abrirle una puerta, para darle la bienvenida.

Se detuvo en la hierba que bordeaba Gasholders. En ese momento, Luke y él pertenecían a hogares diferentes. Los tres gasómetros de hierro colado brillaron en la luz invernal y mostraron su nueva piel: triple acristalamiento y pantallas de acero perforadas. Hacía poco que se habían construido los ciento cuarenta y cinco apartamentos de lujo en el estómago vacío de esos monumentos victorianos a la energía. Bertram Paradise había sido de los primeros en ocupar uno. Subió las escaleras hasta el atrio central, que atravesaba el diagrama de Venn de los tres anillos. Le envolvió la humedad de la temporada de lluvias. Unos helechos arbóreos estiraban los brazos hacia el amplio rayo de luz.

Metió la mano en el bolsillo del chaquetón de lana y cachemira e hizo un gesto con la cabeza a la conserje.

—Sir Bertram me está esperando, Joseph Dryden.

La mujer tecleó en un ordenador.

—Sí. Directo a lo más alto.

«Directo a lo más alto.» No estaba mal, Luke. Entró en el ascensor de cristal y observó cómo quedaba Londres a sus pies. Se dio la vuelta para mirar hacia la espiral del edificio. Nueve pisos. Podría matarse fácilmente a una persona simplemente tirándola por la pasarela. O matarse uno mismo. Se preguntó en qué estaba metido Bertie Paradise. Y si Lucky Luke estaba involucrado.

Las puertas se abrieron y apareció el hombre en cuestión. Dryden se quedó quieto, con la vista alterada momentáneamente por la aparición de Luke, el pequeño *cockney* blanco cabrón, tal como lo llamaban cariñosamente en otros tiempos. Rubio, ojos azules, pícaramente guapo; podía colarse en casa de algún idiota y echarse una siesta en el sofá mientras cometía un robo, su vida antes del Ejército; placar a un insurgente con un chaleco bomba y sujetar el dedo que tenía en el detonador mientras el resto del equipo corría como pollos sin cabeza; salirse con la suya… en todo. «Se salió con la suya contigo, ¿no es así, Joseph Dryden?»

—Hola, Joe. ¡Vaya sorpresa!

Dryden se aclaró la garganta.

—Gracias por recibirme, tío.

—¿Y perderme la oportunidad de enseñarte este palacio?

—Directo a lo más alto, ¿eh, Luke?

—Ahora ya solo puedo ir hacia abajo. Hay que salir del ascensor en algún momento.

Dryden resopló.

—Siempre cortándome el rollo.

—Te lo mereces, colega, esa es la verdad. Entra de una puta vez.

Dryden pisó un suelo embaldosado. El ascensor conducía a un amplio vestíbulo que acababa en una habitación curvada de unos dieciocho metros hasta los ventanales de suelo a techo. El parqué estaba salpicado de alfombras con coloridas formas geométricas y el mobiliario era moderno de mediados de siglo, con aspecto de usarse poco. Las estanterías estaban prácticamente vacías. No había televisor ni aparato de música. De hecho, no había ningún tipo de tecnología. Una serie de lo que Dryden pensó que eran jarrones griegos antiguos estaban colocados en zócalos a lo largo de la ventana, bordeando la maqueta de un barco en una mesa con tapete. A diferencia de los jarrones, la maqueta estaba cubierta por un cristal.

—Por teléfono dijiste que estás buscando trabajo —comentó Luke—. ¿Qué ha pasado con tu fantástico puesto?

Dryden se encogió de hombros.

—Detuvieron a un cliente. La empresa pensó que yo debería haber hecho algo para que no lo esposaran.

—¿Lo intentaste?

—Lo arrestaron por tener relaciones sexuales con una menor. No, no intenté salvarle el culo.

Luke levantó y bajó los talones antes de asentir.

—Creo que a sir Bertram le vendría bien tu ayuda.

—Eso espero. Ya me conoces, no puedo estar quieto. ¿Le has comentado lo de mi oído?

—Pensé que eso deberías decírselo tú, o no. —Luke lo miró de arriba abajo—. No veo ningún audífono.

Luke fue el que lo sacó del vehículo con ametralladora. Aprendió lenguaje de signos durante su recuperación.

—Mi antiguo jefe me curó con una nueva terapia.

Luke resopló.

—Siempre lo mejor para Joe. Me alegro por ti.

Dryden indicó hacia Luke y después hizo un signo con la mano.

—Pareces contento.

Luke hizo el gesto de un OK invertido.

—Gilipollas.

Dryden sonrió e hizo otro gesto.

—Vamos a conocer a tu titán loco.

Esperó un destello de confirmación, como había notado después de mencionar la agresión sexual. Pero no vio señal alguna de que Luke pensara que Paradise debía ser borrado de la lista de honor.

Luke lo llevó al apartamento y pasó a la lengua hablada.

—Por cierto, hay algo que nunca he tenido ocasión de preguntarte en todos estos años.

Dryden se preparó.

—¿Qué?

—¿Te dan miedo los tigres?

Dryden se detuvo en mitad del suelo. Frente a una columna de piedra arenisca con una chimenea empotrada había una jaula dorada y dentro de ella un tigre de Siberia dormido. Abrió un ojo azul y lo observó.

Luke se rio.

—De todas las veces que lo he hecho tenías que ser el idiota que ni se inmuta. Un día de estos te voy a dar un susto de verdad, Joe Dryden.

—No le des ideas —dijo Dryden—. Sabes que es ilegal tener animales exóticos en el Reino Unido, ¿verdad?

—No es eso. Sir Bertram lo rescató. Está esperando a que lo acojan en algún sitio. Lo llamo Tony.

—¿Cómo lo llama Paradise?

Se oyó una voz que provenía de la habitación de al lado.

—De ninguna forma. Los humanos no tienen derecho a poner nombres a la naturaleza.

Dryden se volvió. Sir Bertram Paradise estaba en la puerta del dormitorio vestido con camisa blanca, pantalones blancos de lino y zapatos sin cordones *uwabaki*. Era un hombre rubicundo, entre musculoso y con sobrepeso, con mejillas rojas que indicaban que tomaba mucho el sol o bebía en demasía. Llevaba un sello en el meñique y un Rolex Submariner en la muñeca.

—¿No cree en la taxonomía, sir Bertram? —preguntó Dryden.

—La obsesión del siglo XIX con el empirismo y la catalogación originó la creencia de que podíamos disecar cualquier ave o tortuga desafortunada que se cruzara con nuestro barco, si no nos las comíamos antes. —Cruzó la moqueta color rojo sangre. Tenía una voz nasal, una mezcla de Kensington y Upper West Side—. Occidente trazó nuevos mapas y buscó tesoros. Creíamos que podíamos coleccionar el mundo. Un mapa es una secuencia de intenciones humanas. Ahora levantamos mapas de las estrellas, como si pudiéramos salir volando de este planeta agotado. Tenemos que eliminar la taxonomía. No ponemos nombres a la naturaleza. Ella es la que nos lo pone. Y muy pronto nos colgará una bonita etiqueta: «Extinto».

—Me sorprende, señor —intervino Dryden—. Nube Nueve puede salvarnos. No parece confiar mucho en la ciencia.

Paradise estuvo a punto de hacer una mueca.

—Sí, puedo salvar el mundo, pero no será gracias a la ciencia. La ciencia para detener la crisis climática existe desde hace décadas. Los que están en el poder no la han aceptado. ¿Escuchan mis advertencias de que si siguen perforando aquí y deforestando allá alterarán el equilibrio mundial? ¿Que ya está alterado? Si salvo al mundo, lo haré porque los Gobiernos escucharon a su salvador. Que pocas veces sucede. Seguramente me matarán antes.

Dryden buscó un destello de genialidad o de locura en los llorosos ojos azules de Paradise. No supo bien lo que vio. Pero se fijó en las lunas plateadas bajo sus ojos y en que se había mordido el labio.

—No si estoy yo de guardia.

Paradise arqueó una ceja.

—¡Trabajo en equipo! Me gusta. Mi amuleto particular me ha dicho que tenías un alto cargo en Steel North Security.

—Sí, señor.

—Y que te concedieron la Cruz de San Jorge y la Cruz al Valor cuando estuviste en las Fuerzas Especiales.

—Sí, señor.

—¿Y qué hiciste, sentarte en una granada activada?

Dryden miró a Luke y se preguntó si ese tipo de conversación le molestaba. No parecía hacerlo.

—Maté a muchas personas —contestó Dryden—. Y salté sobre una granada activada.

Paradise se echó a reír.

—Perdona si te parezco cínico, Joe. ¿Puedo llamarte Joe? De niño, educado a la sombra de mi padre, aprendí a aborrecer la guerra, el legado de los conflictos imperiales. Pero nunca he aborrecido a los soldados. Aprecio vuestro valor. —Se puso una mano sobre la otra—. Ahora me vendría muy bien. Luke me ha dicho que eres el mejor en acción que ha visto nunca. ¿Boxeabais juntos?

—Entre otras cosas —apuntó Luke con una sonrisa forzada.

Paradise miró a Dryden como si los dos fueran padres que lo estuvieran reprendiendo.

—Qué granuja. ¿Te ha contado Luke mis preocupaciones?

—Solo que necesita a otro hombre en su equipo de seguridad.

—Así es. Voy a ascender a Luke para que lo dirija, pero necesitará alguien de confianza a sus órdenes.

Dryden evitó la mirada destellante de Luke.

—¿Le preocupa algo en particular, sir Bertram?

Paradise miró el tigre blanco.

—Supongo que el fin del mundo es suficientemente preocupante.

Dryden entrecerró los ojos y decidió arriesgarse.

—No cree en poner nombre a la naturaleza, pero le gusta tener un animal vivo en una jaula dorada.

Silencio.

Después:

—Todos vivimos en jaulas, señor Dryden. Si abro la puerta, el tigre te matará. Si la abro en un refugio para animales, como tengo intención de hacer, el tigre no matará a nadie. —Se puso frente a él—. ¿Qué prefieres?

—Si la abre aquí, también lo matará a usted.

Luke desplazó el peso de un pie a otro.

Paradise se echó a reír.

—Sí, ese es el problema de tener solamente el poder de Dios y no ser Dios. Dios observa. Estoy en el lodo con todos vosotros. —Suspiró—. Aun así, también proporciona placeres y me gustaría seguir disfrutándolos. Ven a ver la tripulación en la que te vas a enrolar.

Paradise puso una mano en el codo de Dryden y le animó a que fuera hacia la maqueta de un superyate —lo había visto en la sesión informativa con Moneypenny— que parecía estar vivo y tener espinas.

—Nube Nueve de Paradise, así lo ha bautizado mi equipo de *marketing*. Suena a perfume, pero ¿qué sé yo? —Soltó una humilde risita—. El año pasado estuve colocando sensores terrestres en lugares vírgenes remotos de todo el mundo. Pronto lanzaré mi red de satélites de órbita baja. Mis sensores y los satélites se comunicarán para levantar un mapa detallado de la crisis climática. Toda la información se enviará a Celestial, otro nombre odioso me temo, el mejor ordenador cuántico conocido por el ser humano, que a su vez controla los sensores y los satélites. Un circuito cerrado. Utilizo la información que proporciona el circuito para predecir el futuro, por así decirlo, y dirigir el Arca —explicó haciendo un gesto hacia el yate—. El nombre se me ocurrió a mí.

Dryden decidió provocarlo otra vez.

—En algún sitio he leído que los superyates producen más de siete mil toneladas de dióxido de carbono anuales, unas mil quinientas veces más que un vehículo familiar.

—Mi sistema de propulsión híbrido de gasoil y electricidad lo convierte en el superyate más limpio de todos los océanos. Quizás es un poco ostentoso, pero a veces uno necesita un poco de boato para que el mundo le preste atención. En el futuro los yates serán más pequeños, embarcaciones autónomas que no necesitarán piloto.

—¿Dónde está Celestial? ¿En el yate? —preguntó Dryden sabiendo perfectamente que un ordenador cuántico no podía estar en un yate, pero también que se desconocía su ubicación.

Paradise sonrió con benevolencia y le volvió a colocar la mano en el brazo para incitarlo a que estudiara las espinas del yate.

—Liberan las partículas que siembran las nubes, rocían una neblina ultrafina de sal marina junto con partículas de yoduro de plata, con lo que se estimula la formación de nubes, como defensa ante el sol y para enfriar el hielo del mar. Puedo evitar que el hielo se funda. Rociar diez metros cúbicos por segundo repararía el daño causado por la crisis climática. Con la siembra de las nubes puedo dominar fenómenos meteorológicos extremos, cambiar la formación de la capa marina. Por así decirlo, Joe, puedo mover las nubes. Provocar la lluvia. Controlar los ciclones. —Sus ojos blanquecinos, parecidos a los del tigre, se posaron en él y su voz se volvió etérea cuando dijo—: He secuestrado el cielo.

Dryden se pasó la lengua por el interior del labio superior.

—Eso es mucho poder para un solo hombre. Una carga, dirían algunos.

La mandíbula de Paradise se tensó.

—El veneno más poderoso jamás conocido provenía de la corona de laurel de César.

—¿Quién se la puso en la cabeza? —preguntó suavemente Dryden.

La expresión espectral en la cara de Paradise desapareció para convertirse en una intensa sonrisa.

—Nadie elige al césar. Se corona él mismo. Y nadie puede destronarlo. —Dio una palmada y el tigre se sentó y emitió un rugido que se enroscó en el estómago de Dryden—. Estamos a punto de embarcarnos en una gira de prensa sobre mis buenas obras, que culminará con el lanzamiento de la red de satélites y asientos en primera fila para el combate por el campeonato en Macao. Ha de salir bien, la buena voluntad es la moneda más importante en la geoingeniería. ¿Te apetece salvar el mundo, Joe?

Dryden aceptó la palma que le ofrecía.

—Será un honor, señor.

—Excelente —agradeció Paradise, y repitió haciendo un gorgorito—: Excelente.

Dryden miró a Luke y vio que soltaba una larga y silenciosa exhalación.

11

El cielo se hunde

004 nunca había entendido qué sentido tenía el juego: o se apostaba poco dinero —con lo que se reducía a niños jugando a la guerra— o se apostaba tanto que era un juego de locos. Pero aquella noche, mientras veía cómo sir Bertie y sus amigos dilapidaban sus fortunas, Joseph Dryden sintió un peligro real en la garganta y le gustó. Echó una mirada alrededor de la sala de la ruleta francesa en el Casino de Montecarlo, segunda parada de la gira, para localizar qué lo había provocado. El día anterior, el vehículo propulsado por hidrógeno de Paradise había quedado tercero en el Rally de Montecarlo. Aquella noche la sensación de peligro no provenía de los seis guardaespaldas a sus órdenes y las de Luke, que se mantenían en segundo plano. Eran hombres como 004 o, al menos, como su leyenda: hombres que habían combatido en guerras nacionales y privadas, y habían acabado allí para intervenir en guerras corporativas porque no habían muerto y no podían dejarlo. El líder del grupo era un mercenario llamado Poulain. Pero este no le preocupaba.

Ni los amigos ni el séquito de sir Bertie.

Los amigos: magnates navieros, potentados de internet, desarrolladores de tecnología para baterías de larga duración y automatización de inteligencia artificial autónoma, todos prometedores de relucientes emisiones cero. Pertenecían al diez por ciento de las personas más ricas del mundo, cuyo estilo de vida producía la mitad de las emisiones de carbono mundiales. El implante de Dryden enviaba sus conversaciones a Q mientras iba guardando en el cerebro la información sobre sus carreras y socios que Aisha le iba proporcionando en voz baja, no por miedo a que la oyeran otras personas, sino porque no quería gritarle: quién había recibido recientemente trece mil millones de Arabia Saudí para construir una fábrica de ingeniería automovilística a gran escala; quién comenzó a los veintiún años enviando barcos a la guerra entre Irán e Irak para cargarlos con petróleo; quién estaba negociando en ese momento un acuerdo con el Departamento de Justicia de Estados Unidos para no ir a juicio por un caso de evasión fiscal. En otras palabras, podría aplicárseles cualquier nombre colectivo con el que se designa a un grupo de ricos gilipollas.

La comitiva más estable de sir Bertie era una camarilla mucho más curiosa: encargados de relaciones públicas y una serie de poco rigurosamente denominados asesores. Yuri, cuya labor principal parecía ser perder a las cartas contra Bertie; Ahmed, un paternal proveedor que se encargaba de la agenda, ansioso por proporcionarle lujos con los que había engordado, un pródigo animador con ojos vacíos, como si siempre estuviera reivindicando su inocencia; St. John —mal pronunciado Seinjón—, un entusiasta de las criptomonedas y gestor patrimonial que siempre estaba buscándose el móvil en los bolsillos, aunque no se permitía llevarlo encima cerca de Bertie.

En el centro estaba Lucky Luke, que se ocupaba de abrir las puertas batientes, limitaba y concedía acceso, descifraba el humor de su señor como un hijo intuye a un padre alcohólico y se encargaba de él de la misma manera: atemperándolo, engatusándolo, entreteniéndolo. Pues cuanto más se acercaba Joseph Dryden a sir Bertram, más percibía una vulnerabilidad que se agitaba por debajo de la superficie, aunque hasta ese momento solo parecía vagamente interesado en los placeres que le proporcionaban Yuri, Ahmed y St. John. Sí, fue Paradise el que le transmitió la sensación de peligro. Pero ¿lo simulaba o era víctima de él? ¿Qué le había sucedido a la doctora Zofia Nowak, su directora científica, y a Robert Bull, el hombre encargado de mantener la seguridad y cuyo puesto ocupaba en ese momento?

Se apoyó en la barandilla de latón que rodeaba la mesa. La Salle Blanche resplandecía. Las arañas de luz que colgaban de los techos dorados abovedados derramaban oro sobre el suelo con flores de lis amarillas. Pinturas paisajísticas que seguramente habría perdido en un giro de la ruleta algún príncipe se intercalaban entre las discretas caras de los relojes. Dryden jamás había visto relojes en un casino. Imaginó que la admisión del tiempo tenía algo que ver con Le Train Bleu, un restaurante instalado en un vagón comedor aparcado fuera de la Salle de Europe. Antes de que se construyera la colmena de hoteles, los jugadores comprobaban ansiosos la hora antes de ir corriendo a la estación y tomar el último tren. En ese momento, el último tren se había convertido en un restaurante que ya nunca partiría. Encima de los relojes contó ocho ventanas desde las que, en tiempos, los ojos de Dios observaban el proceder en la sala, reemplazados por cámaras de seguridad. Esas eran las que se suponía que debían verse, pero contó otras doce escondidas en el techo.

Centró su atención en sir Bertram, sentado a la cabecera de la mesa con Lucky Luke a la espalda. Sí, su riqueza era una obscenidad moral y sus excentricidades, una pesadilla desde la perspectiva de la seguridad: un insomne que se empeñaba en desayunar a la hora de la cena y cenar a la hora del desayuno, un jugador con tanta confianza en la suerte que apostaba a minucias y había ganado una apuesta adicional el día anterior en el Rally de Montecarlo al predecir cuántos centímetros de nieve caerían en los Alpes. Pero había algo en la forma en que colocaba los hombros mientras miraba la ruleta y en la sombría línea que dibujaban sus labios que sugería que era consciente de que se esperaba toda aquella afectación por su parte, que era puro teatro y que su mente estaba concentrada más allá de donde fuera a parar la bola, más allá del casino, la Riviera y la carrera, en un objetivo más importante. Se preguntó si habría sido esa concentración lo que le había hecho percibir esa sensación de peligro en la columna vertebral o el riesgo que corría. La nieve no podía caer según sus deseos todos los días.

Luke le susurró algo a Paradise al oído y este le dio un golpecito en la muñeca, en la que llevaba un reloj Mille RM 11-05, cuyo azul y naranja destacaban en la chaqueta azul marino, y cuyos engranajes giraban bajo un nuevo material que combinaba la liviandad del titanio con la dureza del diamante. Luke le había dicho que había sido un regalo de cumpleaños de Paradise. Por el mismo precio podría haberle comprado el coche ganador del *rally*. Lucky Luke.

La ruleta se detuvo en el cero. Paradise había apostado a *chances simples* y había perdido la suma de dinero que representara aquella torre de fichas. La opción más segura sería dividir la apuesta. El juego peligroso, esperar al siguiente giro, en el que su apuesta se liberaría si ganaba. Estaba seguro de que Paradise sabía a la perfección qué probabilidades tenía.

Paradise hizo un círculo con el dedo en el aire. Otro giro.

El crupier asintió. La ruleta sonó como el cla-cla-cla de un mosquetón cuando se salta por el borde de un acantilado en los oídos de Dryden.

El director ejecutivo que había a la izquierda de Paradise —un hombre flácido dedicado a las navieras al que Dryden reconoció por haberlo visto en la portada del *TIME*— bufó:

—Apostaría a que el cielo se va a hundir y que se hará con él.

—El cielo se está hundiendo —murmuró Paradise.

—No me dé una de sus charlitas sobre abrazar los árboles. —Se rio—. El cielo se hunde…

El dedo de Paradise que hacía círculos apuntó directamente a los cielos pintados.

—Está lloviendo.

—¿Lloviendo? No me tomes el pelo, Bertie, suena a chiste. No hay ventanas. No tienes un móvil en el bolsillo, nunca lo llevas. Y hemos estado sentados aquí tanto tiempo que me pican los huevos.

Paradise hizo un gesto con la cabeza hacia la ruleta, que empezaba a detenerse. Había perdido.

—Doble o nada.

—¿Doble o nada a que está lloviendo?

Paradise se encogió de hombros. A su espalda, Luke parecía entre orgulloso y atemorizado.

El flácido director general se rio.

—Acepto la apuesta.

El crupier enarcó una ceja e hizo una inclinación más marcada hacia Paradise.

—Señor Luck —dijo Paradise—, ¿le importa salir a ver qué tiempo hace?

Dryden observó cómo se alejaba y se fijó en que dos o tres mujeres también se volvían para mirarlo. Bueno, merecía que lo miraran.

—Es demasiado… demasiado absurdo, sir Bertie —comentó Yuri.

—Has estado mirando el reloj —intervino St. John—. No me digas que comprobaste el tiempo hace veinticuatro horas o cuando fuera que llegamos aquí. Eso sería muy típico de ti.

—Seguro que cuando eras niño te enterabas de los resultados de los partidos y ensayabas temas de conversación —gruñó el director general.

Con amigos como esos…

Paradise amontonó las fichas.

—Nuestra época es esencialmente trágica y precisamente por eso nos negamos a tomarla trágicamente —sentenció. Ya no lucía una sonrisa tolerante. Su voz había adoptado un timbre de renovada confianza, como el de un orador en su púlpito. Las espaldas se enderezaron. Las caras se nublaron—. El cataclismo ya ha ocurrido, nos encontramos entre ruinas, empezamos a construir nuevos lugares en los que vivir, comenzamos a tener nuevas y pequeñas esperanzas. No es un trabajo fácil. No tenemos ante nosotros un camino llano que conduzca al futuro. Pero rodeamos o superamos los obstáculos. Tenemos que vivir, por muchos que sean los ciclos que hayan caído sobre nosotros…

Entonces Luke apareció en la barandilla de latón, a la espalda de Dryden. Este notó que la electricidad crepitaba en la base de su columna y casi sacó el arma, aunque se contuvo. Lucky Luke siempre había conseguido acercarse sigilosamente a él. Olía a tierra mojada. Tenía los hombros húmedos.

—Puedo informar de que hace un tiempo inclemente de la hostia, señor —dijo Luke pasándose una mano por el pelo mojado.

Carcajadas como fuego real. El director general apiló avergonzadamente las fichas y las empujó hacia la órbita de Paradise.

—¿Cómo lo sabías? —gimió.

—Suerte —contestó Paradise.

12

El último tren

Le Train Bleu estaba decorado como los vagones de tren de la *belle époque*. Lámparas de lágrimas colgaban de los paneles de madera y del tapizado de piel rojo intenso como un simulacro del amanecer. Dryden siguió a Lucky Luke hasta una mesa en un rincón y vio que Paradise se balanceaba ligeramente mientras avanzaba por el estrecho pasillo del restaurante, como si realmente estuvieran saliendo de la estación. Yuri le puso rápidamente una mano en el brazo para sujetarlo. Ahmed y St. John ya estaban pidiendo y gritaban a un camarero que se ocupaba de otra fiesta. Paradise les rogó que se comportaran. Los periodistas que habían seguido a sir Bertram al *rally* se habían retirado, pero se unirían posteriormente al grupo, de camino a Asia central, donde estaba previsto que sir Bertram hiciera milagros en el desierto.

Luke cogió una carta.

—Estoy acostumbrado a cenar a la hora del desayuno. Pero el chef te preparará lo que quieras.

Cuando el camarero acabó de reír los chistes de Ahmed sobre las hojas sobre las vías que retrasaban la línea, Luke pidió un bistec y un cóctel *old-fashioned*.

El camarero asintió.

—¿Y el señor?

—Café, solo —respondió Dryden.

—Muy bien, señor.

Luke estiró las piernas y se dio unos golpecitos en el estómago.

—Tienes que aprender a disfrutar de la vida.

—Tendrás que enseñarme.

—¿Otra vez? —preguntó Luke con una sonrisa congelada—. Ya lo hice en una ocasión, ¿te acuerdas?

Dryden sintió deseos de inclinarse hacia delante, pero, en vez de ello, se relajó en la silla.

—Nos divertimos. Aunque no a este nivel. ¿Por qué echaron a Robert Bull? ¿No sabía distinguir a D.H. Lawrence de Thomas Hardy?

—¿De qué estás hablando?

Dryden hizo un gesto en dirección a Paradise.

—Ese monólogo era de *El amante de lady Chatterley*.

Luke se encogió de hombros malhumorado.

—Nunca ha tenido suficiente paciencia como para leer. ¿Quién dijo que despidieron a Bull?

—¿Quién abandonaría a Paradise?

—Bull se metió en un lío y tuve que solucionarlo, eso es todo.

Dryden alzó una ceja casi imperceptiblemente.

—¿Qué tipo de lío?

—Del tipo acoso sexual en el puesto de trabajo. Ahora todo está bien, lo estoy solucionando.

Dryden acarició la taza de café.

—¿A quién estaba acosando?

—A la doctora Zofia Nowak. Está de permiso por motivos familiares. Lo tengo controlado.

—Seguro —dijo mirando de nuevo a Paradise, que sorbía sopa de miso. Yuri devoraba su ternera. «A las personas se las juzga por sus compañías», decía el padre de Dryden. Pero, tal como había leído en una efusiva reseña sobre Paradise: «En la vida y la historia de un multimillonario siempre hay rincones sin esclarecer». Dryden se volvió hacia Luke—. Habéis mantenido en secreto el acoso de Bull a la doctora Nowak. ¿Dónde está Bull ahora? ¿Estás seguro de que no se irá de la lengua?

—Sé cómo hacerme cargo de mis responsabilidades. Ya no soy tu segundo al mando.

—No —dijo Dryden uniendo las manos en el mantel—. Lo eres de él.

Luke resopló.

—No soy su polvo mañanero, si es eso lo que estás pensando.

Dryden guardó silencio.

—Y no es el padre que siempre he estado buscando ni ninguna sandez parecida.

Dryden tocó el reloj de Luke.

—¿No lo es?

Luke se ajustó la correa y un dedo rozó el de Dryden. Bajó la voz.

—No ha tenido hijos. Eso es todo. Le gusta mimarme. Dice que lo merezco.

—No necesito que me lo diga sir Bertram. Ni tú tampoco.

Luke pareció crisparse bajo el esmoquin.

—Eso es fácil de decir, colega. Créeme, no sientes que lo mereces cuando tienes que dormir en la calle con un cartel escrito en un trozo de cartón empapado que dice que eres un veterano de guerra sin hogar ni esperanza. No te sientes especial cuando ves que la gente que pasa a tu lado no se cree que fueras un soldado, ni cree que no encontraras la base de la patrulla en Helmand porque, al menos allí, no dormías, y con razón, no cree que…

El camarero dejó el plato frente a Luke, que lo miró, exhaló un sonoro suspiro y atravesó el bistec con el tenedor.

—Sir Bertram se fijó en mí. Me salvó.

—No sabía que habías estado en la calle —confesó Dryden.

—Para enterarte de algunas cosas has de estar presente.

Dryden permaneció en silencio mientras Luke comía. Levantó una mano. Cuando el camarero llegó pidió un whisky Octomore Orpheus, solo. Después observó cómo se alejaba antes de preguntar:

—¿Paradise siempre tiene tanta suerte en las mesas?

—La tiene desde que me conoció —contestó Luke—. Dice que soy de oro. Es una pena que nunca me trajera suerte a mí mismo.

—La trajiste a la unidad. A mí.

Luke se encogió de hombros.

—Ahora soy el amuleto de sir Bertram.

—Entonces no puede perder. Pan comido de aquí en adelante.

—¿A qué te refieres?

Dryden se recostó cuando el camarero levantó el vaso de la bandeja plateada y le llegó el olor de caminatas por montañas turbosas con Luke detrás y de chupar los hielos cuando el día daba paso a la noche.

—No parece que tu vida sea un camino de rosas.

Luke dudó.

—Quizá se acerca un temporal. Los he estado capeando solo últimamente.

—Ahora estoy aquí.

Luke no lo miró a los ojos.

—¿Qué pasará con Nube Nueve sin la doctora Nowak?

—Solo está de permiso.

—¿Volverá pronto? Desde...

Dryden dejó sin terminar la frase, pero Luke no le dijo el lugar. Estiró las piernas bajo la mesa y rozó una pantorrilla de Luke. Suavizó la voz y dijo:

—Tienes suerte de que el presidente esté mal de la cabeza. No está lloviendo.

—¿Cómo lo sabes?

—Saliste y te quedaste dos minutos frente a la fuente.

Un golpe y la risa áspera de Luke consiguieron que el resto de los comensales se volvieran hacia ellos, incluido Paradise, que les dedicó una sonrisa benefactora.

—Te he echado de menos, tío —dijo Luke.

Dryden se aflojó la corbata morada.

—¿Qué hacemos ahora?

—¿Qué estás buscando?

Dryden apoyó la barbilla en una mano.

—A ti —respondió.

Luke dejó el cuchillo y el tenedor en el plato.

—¿Y qué vas a hacer conmigo si me encuentras?

—Recuperar —Dryden acabó el contenido del vaso— el tiempo perdido. Es el último tren, Luke. ¿Qué te parece?

—Me parece que estás mezclando las metáforas.

—Que se jodan las metáforas.

—¿Eso es lo que quieres, joder?

Antes de que Dryden pudiera contestar, sir Bertram se levantó ruidosamente y movilizó a los parásitos y el equipo de seguridad como un director que pidiera un cambio de escena. Dryden se rezagó mientras se bajaba las mangas, estrechó la mano del camarero, le dio una propina y cerró la marcha cuando abandonaron el restaurante, demasiado atrás para que alguien se fijara en el nuevo. Cuando salieron a la Place du Casino se concentró en sir Bertram y Luke, y entró en el todavía surreal instante de acceder a una conversación que no estaba al alcance del oído. Recordó cómo solía presumir Luke: «No hay disparo que no pueda hacer mi hombre».

Pero desechó el recuerdo cuando oyó que Luke le susurraba al oído a Paradise lanzando una mirada furtiva a las palmeras que se recortaban nítidas contra un cielo despejado:

—Ha sido una apuesta arriesgada, señor.

Sir Bertram le dio una palmadita en la espalda.

—No puedo perder teniéndote cerca, hijo mío.

Luke se aclaró la garganta.

—Creía que no íbamos a volver a hacerlo. Al menos mientras tengamos un punto vulnerable.

Sir Bertram vaciló antes de dar el siguiente paso.

—No estoy preocupado. Tú tampoco deberías estarlo. Vas a proteger Nube Nueve, ¿verdad? ¿Me vas a proteger a mí?

Luke se enderezó.

—No le fallaré, jefe.

A Dryden no le gustó la forma en que Paradise retrasó el momento de sonreír a Luke, ni el alivio en la cara de este. No le gustó porque había compartido esa determinación incontables veces con Luke, cuando se habían sacado de apuros mutuamente. Era el orgullo que mostraba Luke por ser su oponente. En tiempos habían estado unidos por una causa común. En ese momento él estaba unido a Q, a Moneypenny y al MI6. Y Lucky Luke estaba unido a un hombre que parecía saber qué canción interpretar para hacerlo bailar. No sabía si la intención de Paradise era maliciosa o no, pero al respirar el aire marino tuvo que admitir que despertaba envidia en sus entrañas.

13

Torneo de reyes

En cierta ocasión preguntaron al gran maestro soviético de ajedrez Mijaíl Botvínnik si había jugado alguna vez una partida de ajedrez rápido, la modalidad acelerada de ese deporte, en la que los jugadores disponen de una media de diez segundos para hacer un movimiento. Los defensores del juego clásico consideran esa variedad como la comida rápida del mundo del ajedrez. Botvínnik respondió: «Sí, jugué una partida de ajedrez rápido una vez. En un tren en 1929».

A 009 le gustaba imaginar esa partida. ¿Quién convenció a Botvínnik para que jugara? ¿Dónde viajó? ¿Ganó? Debió de ser para competir con el equipo estudiantil de Leningrado contra el de Moscú, un campeonato que ganó en 1929 y con el que atrajo la atención del vicepresidente del Proletstud, que dispuso que transfirieran a Botvínnik al Departamento Electromecánico de la Universidad Politécnica, en el que comenzó su carrera en Ciencias de la Computación. Botvínnik fue el primer hijo del ajedrez soviético. Stalin lo sometió a una estrecha vigilancia. Cuando algunos ministros sugirieron a sus contrincantes rusos que perdieran partidas para que Botvínnik mantuviera su título de campeón del mundo, este dijo que prefería tirar el rey.

Sid Bashir se identificaba con Botvínnik no porque estuviera a su altura —aunque había llegado al puesto 241 en partidas normales y al 229 en las rápidas, en la clasificación de la Federación Inglesa de Ajedrez—, sino porque Botvínnik también jugaba para satisfacer a grandes maestros, para los que el ajedrez pertenecía al Gran Juego. Bashir se alegraba de poder acudir a noches como aquella en el Club de Ajedrez de Battersea.

Los hombres que se inclinaban hacia las mesas y apoyaban la cabeza en las manos mientras observaban los tableros, en su mayoría con pelo blanco, se tomaban muy en serio el Torneo de Reyes —una competición rápida—, aunque no se trataba de una cuestión de vida o muerte. Era una distracción agradable, una oportunidad para disfrutar de algo que pertenecía a Sid Bashir, prometedor joven funcionario que había llegado a las semifinales y era el favorito para coronarse rey antes de Navidades.

No era el Sid Bashir que había vuelto a proponerle matrimonio a Johanna porque tenía órdenes de reiniciar su relación, acercarse más a ella y espiar sus movimientos.

A pesar de todo, cuando miró por encima del hombro de su adversario y vio a M en un rincón de la sala leyendo el abarrotado tablón de anuncios, sintió que se le aceleraba el corazón. Movió la reina sin pensárselo.

—Jaque mate.

—Buen juego, Sid —gruñó su contrincante, Simon.

—El suyo también.

—No es necesario que se regodee —dijo Simon antes de mirar a su alrededor—. ¿Quién es? Esto es un club deportivo, no social.

—Es mi futuro suegro —le informó Bashir estrechándole la mano—. Gracias por la partida, compañero. Y no es un club deportivo —concluyó una vez en pie.

—El ajedrez debería estar incluido en los Juegos Olímpicos —bufó Simon.

Bashir sonrió.

—De acuerdo, Simon, pero a mí me gusta tal como es.

—No me extraña. Siempre gana.

Bashir se dirigió a M.

—Buenas noches, señor. Pensaba que no vendría.

—Veo que me he perdido casi todo —lo saludó M indicando con la cabeza hacia el tablero—. Aquí dice que es el primero de la liga, Sid.

—De momento. ¿Le invito a una pinta, señor?

—No sea ridículo.

Bashir se echó a reír y condujo a M escaleras arriba hasta el bar, una sala demasiado iluminada con madera clara falsa. Unos altavoces baratos ofrecían éxitos de principios de la década de 2000. Tuvo un repentino momento de inseguridad, pero prefirió no prestarle atención. No podía pensar en nada peor que pasar una velada en The Hurlingham con propietarios de clubes de fútbol y yacimientos petrolíferos. M pidió un whisky doble y una Guinness para Bashir. Se situaron en un rincón con la espalda contra la pared y observaron la sala. Las mesas estaban pintadas con tableros de ajedrez y Bashir tocó el táper con piezas rayadas dejado allí por si había alguien interesado.

—Colóquelas —pidió M.

—¿Juega, señor?

—Tendrá que recordarme alguna regla.

Bashir metió un peón blanco y otro negro en las manos, los intercambió varias veces detrás de la espalda y después se las ofreció cerradas.

—Blancas —eligió M antes de tocar la mano izquierda de Bashir.

Ocultaba el peón blanco.

—¿Cómo lo ha sabido? —preguntó Bashir.

—Dígamelo usted.

Bashir meneó la cabeza.

—Empieza usted, señor. Buena suerte.

—¿Está siendo impertinente, joven?

—No más de lo usual. El protocolo se toma muy en serio. En una ocasión, Ivan Cheparinov se negó a estrechar la mano de Nigel Short y le adjudicaron la partida a Short.

—Tiene razón. Buena suerte.

Bashir sonrió y dijo con solemnidad:

Gracias, señor.

Acabó de distribuir las piezas y se concentró en el juego. Tras los movimientos de apertura comentó:

—He hablado con Johanna esta mañana. Está mucho mejor. Ha pasado todas las pruebas. Sacó cien por cien en puntería.

—¡Bravo! —exclamó M. Era extraño verlo en el mundo exterior.

Bashir notó una nueva fragilidad que parecía ajena a M, algo a lo que había decidido no prestarle atención. Cruzó una pierna con la otra, echó los codos hacia delante y Bashir imaginó un perchero de alambre deformado. Después movió un peón y sacó del tablero un caballo de Bashir.

—¿Me está presionando, señor?

M gruñó.

Bashir se dio un golpecito en la barbilla.

—Si Johanna ha pasado todas las pruebas, quizá no es necesario que la vigile.

M levantó la vista. Sus ojos parecían reflectores.

—Pida a Dios que no sea necesario, hijo mío.

Bashir avanzó una mano hacia el tablero y después la retiró.

—No nos traicionaría, señor. Johanna no lo haría.

—Tenemos una filtración y estamos sangrando, Sid. Rattenfänger sabía dónde encontrar a Donovan. Tendieron una trampa a Bond para que saliera.

Bond había desaparecido en pleno verano hacía diecisiete meses. Mikhail Petrov estaba dando una conferencia académica sobre la reducción de la capa de hielo marino en la Fira de Barcelona, construida en 1929 para la Exposición Internacional sobre una colina arbolada del suroeste de la ciudad, desde la que los cañones de Montjuïc custodiaban el mar. Bond iba a ponerse en contacto con él el último día del congreso.

La Sección S los había instalado en un triste apartamento rodeado de hoteles de dos estrellas en el perímetro exterior de Montjuïc. En previas misiones de vigilancia, Bond y Bashir habían pasado el tiempo jugando al ajedrez o a las cartas, y disfrutado de la botella de Haig Dimple con la que siempre parecía estar equipado un piso franco vacío. Hablaban de las anteriores misiones de Bond o de la instrucción de Bashir. Cuando Harwood y Bond cruzaron la línea profesional por primera vez, Harwood solo era una nueva agente 00 para Bashir. No le prestó mucha atención. Conforme su relación se fue enfriando, Bashir llegó a conocer mejor a Harwood y estrechó lazos con ella, aunque Bond y Bashir nunca comentaron ese sentimiento compartido. Quizás, al igual que Petrov —se había preguntado Bashir durante la sesión informativa con M y Moneypenny—, Bond también era poeta y creía que el amor de la misma mujer los conectaba. Quizá no le importaba. Finalmente, Harwood rompió definitivamente con Bond y Bashir le propuso matrimonio. El piso franco de Barcelona estaba en silencio. No había juegos. No había recuerdos. Bond le dijo secamente que debía ponerse al día en seguimientos, así que salió detrás de él y Bond siguió a los Petrov.

Pasaron una larga semana esperando alguna señal de traición, cualquier indicio de que la deserción de Mikhail era una trampa. Montjuïc era un lugar de recreo del pasado y Bashir siguió a Bond, que se había convertido en la sombra de Mikhail entre las salas de conferencias. Anna se quedó en Montjuïc, pero no fue a la conferencia. Bashir mantuvo la distancia, al igual que Bond, y la siguió mientras visitaba los lugares de interés locales, sin ver ninguno realmente. El Poble Espanyol, la recreación de un pueblo con diferentes estilos arquitectónicos regionales, el Anillo Olímpico y el pabellón Mies van der Rohe, en el que la solitaria sombra de Anna se ladeó en las cuatro losas lineales de mármol y la de Bond rondó incluso más cerca.

De haberse hablado, Bashir le habría preguntado a Bond si era añoranza o pena lo que había en sus ojos cuando leía los sueños o pesadillas que eligiera en la pálida y pensativa cara de Anna. Si era algo más, ¿por qué no le importó a quién eligió Harwood?

En el Teatre Grec, Anna presenció la representación con cara inexpresiva junto al asiento vacío de Mikhail, que había incumplido su promesa, y se fue antes de que acabara la función para pasear por la Font Màgica, cuya agua bailaba al son del melancólico segundo movimiento del concierto *Emperador*, de Beethoven. Bond había mencionado ese nombre durante una partida de canasta a dos manos aquella misma noche, cuando finalmente rompieron el silencio. Bond se acercó para colocarse detrás de Anna mientras las luces de la fuente cambiaban de azul a rojo y ella apoyó la cabeza, fugazmente, en su hombro. Bond le susurró algo al oído.

Aquella noche, con Bond y Bashir recluidos en el piso franco mientras los infrarrojos mostraban que los Petrov estaban dormidos, Bashir cayó en casi todas las trampas que Bond hizo en la canasta, cuando repartía las cartas. Hablaron de suerte y responsabilidad. Bond aseguró que le gustaba el juego porque la suerte es un siervo, no un señor; solo se podía culpar o alabar a uno mismo. A menudo, en el trabajo de campo uno se ponía en movimiento por una serie de coincidencias, una pequeña simiente del azar que se convertía en un roble tan alto que sus ramas oscurecían el cielo y un agente 00 debía mermar su crecimiento. Cuando Bashir le preguntó con qué semilla del azar contaban, Bond se encogió de hombros y dijo que no importaba: «Solo puedo culparme a mí mismo».

Bashir se arriesgó.

—¿Te culpas porque Johanna me eligió a mí?

Bond esbozó una sonrisa entre forzada e irónica.

—¿Todavía no lo sabes, Bashir? El hombre crea su suerte. La mujer elige.

El teléfono de Bond susurró y emitió un suave flash que iluminó la oscurecida habitación. Bond lo comprobó, pareció dudar y se incorporó. Dijo que tenía una pista y que Bashir debía estar pendiente de los infrarrojos.

—¿No necesitas ayuda? —preguntó Bashir.

Bond se ajustó la corbata. Sus ojos brillaban.

—Creo que puedo arreglármelas solo. Recuerda lo que te he dicho.

Cuando Bond no contestó el primer control de radio, Bashir se contuvo y estudió la habitación de los Paradise: no vio ningún movimiento. Cuando no contestó el siguiente, llamó a Moneypenny. Esta le dijo que controlara a Bond, como si eso fuera posible. Q guio a Bashir tras los pasos de Bond por el vacío Teatre Grec mientras un calor espectacular se desbordaba sobre la ciudad y el amanecer parecía un bote derramado de pintura amarilla. En el hotel, los Petrov tomaban un desayuno continental ligero sin mirarse a los ojos. Bashir se puso la chaquetilla granate de un camarero y tomó el pedido de los cafés, ladeándose lo suficiente como para que Anna pudiera leer la ubicación de la cita en noventa minutos. Lo hizo con absoluta sangre fría y le recordó que quería leche de avena, que no había tomado en el desayuno del día anterior. Una veterana del disimulo. Bashir se fue y bajó en el funicular para seguir la espectral señal de alarma de Bond.

—¿Le dijo algo 007? ¿Algo fuera de lo normal? —le preguntó Moneypenny.

—Me pidió que recordara lo que me había dicho.

—¿Y?

El funicular tartamudeó hasta detenerse. ¿Qué le había pedido Bond que recordara? Se le aceleró el corazón. Se sintió ridículamente como un niño perdido en un supermercado. Q lo condujo a través de los turistas que salían del metro, sudorosos y desorientados, el baile de las palomas y los barrenderos, y el remolino como de cucurucho de las azoteas hasta el Park Güell, donde bajó corriendo la curva de la colina, con palmeras que se agitaban airadas por encima de su cabeza y las columnas de Gaudí que se retorcían como bailarines que le volvieran la cara. Tropezó en una piedra, casi se torció el tobillo y se sintió aún más ridículo.

Entonces lo encontró. Un banco con vistas a la ciudad.

Un cigarrillo apagado en la arena. A su lado un punto rojo tan inocente como una gota de lluvia. Eso era todo. Q había perdido a James Bond. Las cámaras de seguridad, los teléfonos y las redes sociales, todos lo habían perdido. Moneypenny le dijo que no se preocupara, seguramente Bond se había escapado para relajarse con total libertad en algún sitio. Lo hacía en ocasiones. Una última despedida. Bashir se preguntó fugazmente con quién la estaría celebrando y después se dirigió hacia el lugar de la cita, la cafetería de una estación. Anna estaba sentada frente a la barra con los pies colgando sobre billetes usados y otros desechos. Mikhail iba de un lado a otro.

—¿Dónde está James? —preguntó a Anna.

Bashir les urgió a que se juntaran y creó un estrecho triángulo en la barra.

—Me ha enviado 007.

Mikhail meneó la cabeza enérgicamente.

—*Niet*. Se lo dije. Solo James, nadie más.

—007 se reunirá con usted en Londres.

Mikhail cogió el brazo de Anna.

—Nos vamos.

—No puede, ya hemos establecido contacto. No es seguro…

Fue inútil. Mikhail sacó rápidamente a Anna al vestíbulo y esta le lanzó una mirada de disculpa.

Misión fallida. Una operación rutinaria frustrada. Bashir volvió a casa sin los Petrov ni James Bond. Moneypenny dijo que aparecería. La Sección Q lo juró. Todos estaban equivocados.

Q concluyó que debió de ser Rattenfänger. Había sido el responsable de la muerte o invalidez de todos los contemporáneos de Bond en las misiones de campo y finalmente se había cobrado a Bond. Con todo, mientras recogía un peón blanco y lo metía en el táper, Bashir susurró a M:

—No podemos estar seguros de que fuera Rattenfänger.

—No creo que la filtración provenga de 003 —dijo M

haciendo crujir los nudillos con un profundo suspiro—. No quiero que sea ella. Pero no puedo permitirme no formular la pregunta. Lo entiende, ¿verdad? Lo único que le pido es que mantenga los ojos abiertos por si advierte alguna incongruencia.

Bashir agitó el táper y las bajas sonaron suavemente.

—Sí, señor. ¿Cree realmente que el objeto de su relación con Bond y conmigo era tener ventaja sobre nosotros?

M contestó en voz baja:

—Rattenfänger es un grupo terrorista que desea lucrarse, liderado por el recién fallecido Mora y ahora probablemente por su segundo al mando. Tiene sentido que Rattenfänger introdujera un agente en el MI6 como primer sistema de alarma. Si yo infiltrara un agente en Rattenfänger, le ordenaría que comprometiera a tantos miembros de su equipo como pudiera, con todos los medios a su alcance. Los tres perdieron a sus padres: Harwood, Bond y usted. Quizá comparten cierta sensibilidad, una afinidad natural. Harwood vibra con el tono exacto que requieren los dos, aunque Bond y usted son instrumentos muy diferentes, si me permite que lo explique de esa forma. Él es un instrumento contundente, usted uno delicado. Odio abusar de las metáforas, pero no debería descartarse la posibilidad de que Harwood sea un bisturí. Con usted es la científica, una unión de mentes racionales. Con Bond es la hedonista que ha visto mundo y quiere más de lo que solo él puede ofrecerle. Tengo plena confianza en la señorita Moneypenny y en toda la operación con agentes 00 para descubrir tapaderas falsas. Pero Johanna Harwood quizás es demasiado buena para ser real. Lo bueno normalmente lo es.

—¿No cree que esté enamorada?

—¿De usted? —preguntó M, que parecía impaciente—. ¿O de él?

Bashir apartó con tristeza el mechón de pelo que se le rizaba en la frente.

—No lo sé.

—Lo ha hecho bien, Sid. Ha vuelto a establecer la conexión, tal como convinimos. 003 llevaba el anillo de compromiso colgado del cuello, lo vi. Manténgase cerca de ella e infórmeme si tiene alguna sospecha, eso es todo. Sé que es poco delicado, pero este es un juego poco delicado —dijo antes de eliminar otro de los peones de Bashir.

—Lo sé, señor.

M se echó hacia atrás.

—Sé que lo sabe. Puede ver los siguientes veinte movimientos. Ya sabe cómo va a ganarme. Es el mejor estratega del que dispongo, Sid. Dígame, ¿está en condiciones de jurar que Harwood es lo que aparenta ser y nada más, con la posibilidad de que haya cometido una filtración en el Servicio de Inteligencia británico para proporcionar información a Rattenfänger y a quienquiera que esté detrás de Rattenfänger? —Examinó con cuidado los peones que había en el táper—. Al menos Moneypenny consiguió recuperar el cadáver de 002 en Dubái, el de 0010 en Basora y el de 005 en un paso de montaña en algún lugar. El antiguo 009 tardó once horas en desangrarse. 0011 lleva desaparecido más de dos años, y es mejor rezar para que esté muerto. Después Donovan, descubierto con tantos insectos en él como para inspirar varios estudios importantes sobre la descomposición en zonas desérticas. Espero que no piense que soy una persona fría. Contar los cadáveres forma parte de mi trabajo. Y también forma parte de mi trabajo que esa cuenta se acabe.

—No ha contado a Bond.

M alejó la caja de plástico con el dedo.

—No es más que la esperanza de un hombre mayor. —Se le formó un nudo en la garganta, pero la aclaró con un repentino carraspeo—. Dígame, Sid, con una cuenta como esa, ¿podemos correr el riesgo de que Harwood fuera solamente víctima de la mala suerte y la capturaran? E incluso si lo fue, ¿podemos correr el riesgo de que no confesara mientras estuvo cautiva?

De repente, Bashir notó que tenía seca la garganta. M le había clavado los ojos.

—Me gustaría decir que sí.

—Lo que nos gustaría pocas veces forma parte de este juego, créame. Tenía previsto jubilarme y que Bond me sustituyera. Ahora aquí estoy, esperando como un viejo idiota a que regrese mi hijo pródigo para pasarle una ridícula batuta mientras unos mandarines me cavan la tumba, algunos ministros se pelean por mi puesto y los escritores de obituarios cuentan mis exmujeres.

—Señor, ¿por qué no le dice a Moneypenny lo que estoy haciendo? Seguro que comparte sus preocupaciones.

—Confío en la señorita Moneypenny como para darle la dirección de mi casa. Pero en este juego, hijo mío, la persona en la que más confías es la que más poder tiene para hacerte daño. He de sospechar de ella tanto como de cualquier otra persona. —M fijó la mirada en él—. ¿Puede hacer lo que le he pedido?

Bashir asintió.

M sonrió.

—Por eso confío en usted.

—Harwood no me lo perdonará —añadió Bashir en voz baja.

M cruzó los brazos.

—¿Va a ganar este Torneo de Reyes?

—Creo que sí.

M levantó una ceja.

—Sí, señor.

M asintió.

—Si nos es fiel, no se enterará. La quiere, ¿verdad, Sid? ¿Desea casarse con ella?

—Rompimos nuestro compromiso porque dejé que mi compañero siguiera una pista sin apoyo y no pude soportar haberlo perdido. Pero un hombre crea su suerte.

—Entonces no le estoy pidiendo que haga nada que no habría hecho. Me informará solamente a mí si observa alguna… infidelidad, por así decirlo. Pero estoy seguro de que no tendrá que hacerlo. La primera boda entre agentes 00. —M se inclinó hacia el tablero—. Mantenga el rumbo, hijo mío. Que esto quede entre nosotros. Necesito su concentración y su mente. Después, yo mismo la llevaré hasta el altar. Ahora, dígame cuántos movimientos puedo hacer antes de que no tenga ninguna posibilidad de ganar.

Bashir se encogió de hombros.

—Ya ha perdido.

14

Barbican (I)

Bashir llegó con la luna y la niebla, que ocultaría la visión desde la planta vigesimoctava de la Cromwell Tower del Barbican Estate, la mejor de Londres. El portero lo reconoció y le hizo un gesto a través del vestíbulo de ladrillo rojo y terracota vidriada hacia los timbres, incluidos en la decoración de la propia torre. La tarjeta sobre el piso 285 decía «C. J. H.» en letras cuadradas, a diez plantas por debajo de la más alta. Johanna nunca había cambiado las letras escritas por su padre, su nombre. Incluso él había querido ocultarse, truncando Charlie John Harwood en solo tres letras. Johanna decía que un espía nunca lleva demasiadas máscaras. Bashir pensaba que no quería exorcizar el fantasma de su padre. Oyó la voz de Johanna en el portero automático: «Date prisa. Mi resplandeciente belleza se desperdicia sin público». Bashir se rio. Los arquitectos habían diseñado el Barbican Estate para «jóvenes profesionales a los que les gustan las vacaciones en el Mediterráneo, la comida francesa y el diseño escandinavo». Y una licencia para matar. Johanna Harwood cumplía todos esos requisitos.

Fue un trayecto largo en el ascensor. Bashir pensó en si se saludarían como amantes o como amigos una vez de vuelta de Shrublands. La noche que habían pasado en Estambul pertenecía a la sombra de su cautiverio, el limbo en el que un agente está vivo y muerto a la vez. El limbo en el que en ese momento destellaba James Bond. Johanna había salido de esa sombra y quizá también de la vida interior secreta del corazón de Bashir. Deseó que no fuera así, consciente de la aceleración que sentía en su cuerpo, de cuánto la deseaba y la quería, incluso cuando no estaba a su lado. Un deseo ciego ante la posibilidad de que fuera un agente doble. Un amor ciego al cariño.

Las puertas se abrieron en un vestíbulo triangular del que se ramificaban tres apartamentos, cada uno en su propio eje. Harwood estaba en la puerta del suyo con una bata de satén, y las preguntas sobre su traición desaparecieron de la mente de Bashir, al igual que la misión del día siguiente: ponerse en contacto con su amiga de infancia, Ruqsana Choudhury, para localizar a la doctora Nowak, la directora científica de sir Bertram desaparecida; y también la cruda realidad de que podría estar mintiendo a dos de las personas más importantes de su vida, aunque una pudiera haber estado mintiéndole a él. Johanna levantó una ceja ligeramente irónica, como si hubiera seguido su línea de pensamiento. Bashir sonrió y se retiró el pelo de la cara. Johanna se apartó, con una mano en la cadera, para que pudiera entrar en el apartamento. El saludo era de amantes. El corazón le dio un vuelco como si todavía estuviera subiendo el edificio y el ascensor hubiera dado una repentina sacudida. No quería que llegara el día en que Johanna no lo saludara como amante. Atrajo su calidez hacia él, la besó mientras entraban y enmarañó suavemente la mano en su pelo. Bashir cerró la puerta con el tacón de una bota.

El apartamento tenía un largo pasillo en el que divisó una botella de champán esperando ser abierta junto al sofá y las puertas que daban al balcón y envolvían la vivienda como una ostra que abrazara una perla. En la mesa de cemento había un par de copas sobre la nieve en polvo. Más allá, el vértice dividido del Shard desaparecía en una pálida nube. Dejó de deleitarse con las vistas cuando Johanna le ayudó a quitarse la húmeda chaqueta.

No llegaron al champán. Los dos se desnudaron a ambos lados de la cama en una carrera que ganó Harwood riéndose y sus cuerpos se reflejaron en las ventanas, mecidos por las luces de San Pablo, que alisaban la niebla. Lanzaron la ropa de cama al suelo mientras un encaje plateado descendía sobre la Torre Shakespeare y apagaba las luces, hasta que lo único que quedó fue la deriva final de cantos de pájaros y primeras sirenas y palabras dulces. El exterior estaba dentro y el interior, fuera. Flotaban en el cielo. Flotaban el uno en el otro.

Bashir se despertó solo. Buscó en la banda de onda corta para conciliar el sueño, algo que Johanna le consentía, con el comentario de que el *rock and roll* de los camioneros nocturnos era lo mejor. En ese momento había llegado a lo que parecían cantos de ballenas. El lado de Johanna todavía estaba tibio.

—¿Johanna?

Nada. Se incorporó y pasó la vista de la caótica consola —una maraña de collares, pulseras, perfumes y pañuelos— a la puerta abierta del baño. Las luces no estaban encendidas. Las delicadas baldosas blancas estaban secas y sin huellas, y las tuberías en silencio.

La cama era baja y ponerse de pie siempre le hacía sentirse más desgarbado. Se puso los pantalones chinos y metió la pistola —que había dejado en la mesilla— en la cintura.

Fue pegado a la pared del pasillo hasta la cocina. Oyó el zumbido del viejo frigorífico Creda. Su lateral era una larga hoja metálica. Levantó los discos que cubrían los quemadores, ninguno estaba caliente, por lo que Johanna no había puesto a hervir la tetera que tardaba diez minutos en silbar tristemente. No supo bien por qué levantó el tapón del fregadero, en el que habían tirado los restos de la tarta de chocolate que habían compartido como tentempié pasada la medianoche. El fregadero arrastraba los restos de comida hacia las misteriosas tuberías del Barbican.

Una vez Johanna había bromeado: «Una buena forma de deshacerse de pruebas».

Lo comprobó, pero las últimas migajas de la tarta seguían allí; una tarta parcialmente consumida junto con el resto del champán, mientras se acurrucaban después en el sofá y veían el final de *Charada*, porque apareció en la pantalla: Gary Grant en el papel de agente secreto y Audrey Hepburn en el de viuda inocente, corriendo alocadamente por París en busca de unos sellos que valían una fortuna. Bashir le contó que había visto esa película por primera vez con su amigo Ruqsana y su madre, cuando esta estaba enferma.

Recordó el chiste de las pruebas. ¿Pruebas de qué? ¿Una falta de lealtad? Cuando M se ponía nostálgico hablaba de los espías del siglo XIX e incluso del XVIII como si hubiera estado con ellos, y mencionaba que durante la guerra de Independencia estadounidense los británicos y americanos encargados de recabar información se negaban a quitarse el uniforme cuando estaban detrás de las líneas enemigas porque habría sido engañoso, artero, indigno de un caballero. Si se veían presionados, se quitaban la brillante guerrera, pero conservaban las botas. Capturaron y ahorcaron a muchos de aquellos espías porque los delataron las botas. Un espía puede ser un héroe, el destino de un país puede depender de él, un espía puede ser un hombre valiente o una mujer atrevida, una persona con arrojo y osadía, pero nunca podrá ser un hombre o una mujer de honor. Los espías mentían y robaban. ¿Qué significa la lealtad para un espía? Todo. Porque anteponían su país al honor. «Un espía desleal no era más que un mentiroso y un ladrón.»

Entró en el comedor, en el que una puerta podría haber sido invisible de no ser porque detrás de un panel de vidrio podía leerse en caracteres Letraset cortados a mano:

Puerta de salida
de emergencia
Romper el cristal
Accionar la manivela

Lo entendió como un poema fragmentario, con las palabras salida/emergencia/romper/accionar empujándose y peleándose entre ellas. El cristal estaba intacto. Nadie había salido por allí.

Una luz de seguridad de cuarto oscuro, una reliquia del pasado fotográfico del padre de Johanna, estaba sobre la mesita del café. Había intentado arreglarla. Imaginó su luz roja abriéndose paso, la cantidad de veces que podía haber respondido el lento código de luces en el horizonte nocturno con su propio código; no era una luz con la que limpiar un arma, pero sí una luz de bienvenida o de advertencia. Una señal de traición. ¿Y si todas las noches en las que le había dicho que no podía dormir hubiera enviado ese destello y se hubiera escapado para encontrarse con Rattenfänger? Hacía diecisiete meses que James Bond había desaparecido. El mes anterior habían asesinado a 008. ¿Podría ser que Johanna solo ofreciera una cronología de muertes? ¿Por qué traicionaría?

Se puso la camiseta, la camisa vaquera y la chaqueta Barbour. Estaba atándose las botas en el pasillo cuando el contorno de una sombra se perfiló en el balcón. Se apretó contra la pared y miró hacia el dormitorio. En el balcón una silueta había dejado un remolino de niebla a su paso.

Recordó una máxima de Bond: «Preocuparse por la seguridad propia no encaja con el carácter de un agente 00».

Cruzó el cuarto de estar, empujó la pesada puerta y se pegó a un extremo del balcón. La helada niebla se abría y cerraba a su alrededor, y dejó ver la caída de veintiocho pisos. Sintió vértigo, pero sacó la pistola y entró en el gris uniforme. Nada arremetió contra él, nadie intentó arrojarlo por la barandilla. Llegó a la escalera de incendios al final del balcón.

Johanna le había dicho en una ocasión: «En caso de incendio o en cualquier otra coyuntura, hay cuatro vías de escape desde lo alto de la torre».

Encontró la fría manivela de acero de la puerta de salida, contó hasta una cifra —un ritual, quizás una vana creencia de que era menos previsible— y tiró de ella mientras entraba en el hueco de la escalera con el arma por delante. Vacío. El tragaluz del techo arrojaba luz en la enorme cámara. Miró hacia arriba y hacia abajo. La escalera estaba estructurada en forma de triángulo y cambiaba de sentido hacia un lado y otro, y esa forma se repetía y duplicaba sobre sí misma como en un cuadro de M. C. Escher.

Oyó arrastrarse un zapato abajo y se echó hacia atrás. ¿Lo había visto alguien en el piso inferior? ¿Y quién se movía sigilosamente en el balcón de Johanna? ¿Johanna? Contó hasta otra cifra y sacó la cabeza por un lateral. Oyó el silbido de una bala que después rebotó en el hormigón. Lo primero en lo que pensó fue que Johanna se enfadaría porque el Barbican sufriera desperfectos estando de guardia. Lo segundo, que podría ser Johanna la que estaba disparando. Pero desechó tan rápidamente ese pensamiento como había obviado el fregadero y las bromas sobre enterrar cadáveres. Lo tercero, que, fuera quien fuese, estaba intentando dispararle, y eso le enfadó mucho.

Se arrojó hacia el otro lado del triángulo, saltó e hizo fuego. Le respondió el sonido de un arma cuando se echaba hacia atrás. Otro fallo. Se apretó contra la pared y corrió hacia el siguiente nivel tan rápido como pudo. Solo le quedaban otros veintisiete. Vio la figura antes de que volviera a disparar, un contorno borroso en la penumbra, un contorno con pelo oscuro. Hizo fuego de nuevo, pero intuyó que no había apuntado bien y en su interior supo por qué. Aun así, mientras bajaba las escaleras de tres en tres pensó que había otra posible realidad, que Johanna estaba en peligro, que la perseguían y que lo necesitaba. Entonces una bala pasó rozándole la oreja desde lo alto. Miró hacia arriba y vio a una figura que bajaba hacia él desde el último piso.

Un enemigo encima, otro debajo y yo, pobre de mí, en el medio.

15

Barbican (II)

Bashir disparó al pistolero de arriba, puso una mano en la barandilla y saltó hacia el otro extremo del triángulo, al tiempo que el hueco de la escalera abrió su boca por debajo de él durante un segundo infinito. Aterrizó estrepitosamente y se golpeó la rodilla contra el hormigón. Pero consiguió ver tres pisos más abajo, desde donde lo miraba el aspirante a asesino. Un asiático de un metro ochenta y hombros musculosos vestido con la ropa negra de todos los mercenarios, incluidos los de Rattenfänger.

—¿Qué te parece si te identificas ahora y me evitas tener que vaciarte los bolsillos? —gritó Bashir.

La respuesta fue un disparo. Oyó otro proveniente de arriba, que acertó en la pared, rebotó y al rozar el brazo de Bashir dibujó una línea chamuscada. Soltó un juramento, disparó dos veces y volvió a precipitarse por las escaleras mientras la muerte le acorralaba, la escalera se enmarañaba y algo en su interior quería reír, quería preguntar: «No voy a acabar así, ¿verdad? Sin siquiera saber a quién persigo y por lo que estoy muriendo».

«A veces no lo sabes —habría dicho Bond con una sonrisa fría—. Pero lo haces de todos modos. Lo haces para ser un hombre de honor en un mundo de espías. A veces no lo sabes.»

Bashir apuntó al hombre de abajo, disparó y un grito dolorido inundó la escalera. Masculló satisfecho y bajó corriendo el siguiente tramo de escaleras para aumentar la distancia con el hombre de arriba y poder registrar el cadáver. Pero estaba poniendo el coche fúnebre delante de los caballos, como habría dicho Johanna, porque el mercenario soltó un gruñido antes de ponerse en pie y el perseguidor acortaba distancia. Bashir entró por la siguiente puerta de incendios, con la intención de cortarles el paso desde abajo, corrió por la moqueta hacia la salida de incendios en la parte opuesta de la torre, descendió siete pisos a toda velocidad y volvió al anterior hueco de la escalera. Pero estaba vacío. Un débil olor a pólvora era la única prueba de que aquellos individuos no eran los vigilantes de sus pesadillas. No había rastro de sangre. Su disparo no había sido mortal y el enemigo se estaba reagrupando en algún sitio.

Respiró con dificultad. Comprobó el estado del brazo. Si Johanna estaba en peligro, ¿por qué había abandonado el apartamento sin avisarle? Si había ido a ver a alguien, ¿dónde estaría? Si necesitaba ayuda, pero no podía recurrir a él por la razón que fuera, ¿a quién lo haría? Recordó a la señora Kafatos, en la Defoe House, una compatriota del padre de Johanna con la que esta había pasado muchos domingos, cuando los domingos le pertenecían. Johanna sabía bien que Defoe también había sido un espía. Retrocedió por el pasillo y apretó el botón del ascensor. Sus irregulares jadeos colmaron la espera. Entró. El acero bruñido reflejó una cara contraída por la duda. Le dio la espalda.

Bajó al sótano, fue hasta el Alpine de Harwood —el motor estaba frío— y corrió entre las esbeltas columnas que sostenían la Torre Cromwell y ascendían por un respiradero que se curvaba como la punta de un lápiz de labios de hormigón gris. Utilizó las llaves de Johanna para cruzar el nivel del podio. El cubo de Rubik de pasarelas elevadas y escaleras ocultas hasta la Defoe House, un edificio alargado con vistas a un lago artificial que siempre tenía color verde jade hiciera el tiempo que hiciese, se tragó sus pasos. Los bloques alternaban los colores de la gama aprobada por el Barbican. La última vez que había estado con Johanna en la Defoe House, la señora Kafatos le comentó que las barandillas y las puertas eran de color azul marino. En ese momento eran rojo anaranjado encendido y los dos destellaron en su mente como una sirena.

Los apartamentos de la Defoe House tenían una ventana que daba a una escalera común y los residentes bloqueaban esa intromisión en su vida privada de diferentes formas: estanterías de libros y tapices. Al llegar a la planta de la señora Kafatos se detuvo en el tenebroso destello del tragaluz abovedado. La señora Kafatos había bloqueado su ventana con postales. La parte escrita daba a la escalera y contaban gran parte de su vida. Había una en particular que siempre intentaba no leer porque era demasiado personal. Escrita a mano en obstinadas mayúsculas, quizá por un antiguo amante, era una especie de disculpa: «ME SALVASTE LA VIDA Y NO TE DI LAS GRACIAS. LAMENTO NO HABERTE VALORADO NUNCA». Bashir apodó a aquella anciana «la señora Kafatos no valorada», pero Johanna no la desatendió y contestaba sus llamadas a todas horas. El vestíbulo de la señora Kafatos, visto a través de las ranuras entre las postales, estaba a oscuras y no se oía nada en el interior. Johanna no estaba allí.

Al darse la vuelta se dio cuenta de que faltaba la postal de la disculpa. Alguien la había quitado y la había reemplazado con otra que no había visto nunca. Sello austriaco. Las mismas letras mayúsculas. Tres palabras acapararon su atención: «VENGO CON REGALOS». ¿Podía ser la más antigua de las artimañas, un aviso a Rattenfänger para reunirse y aceptar los regalos que Johanna le ofreciera?

Los sentidos de Bashir superaron el nivel de alarma, el tipo de pánico que sentía cuando era niño, su madre estaba enferma y los números parecían ser la única manera de convertir esas dimensiones monstruosas en cantidades razonables. Contó las bicicletas que había al final de las escaleras mientras tiraba de la pesada puerta y se fijaba en las salpicaduras de azul marino en el borde de la puerta. Corrió hacia el lago de la terraza, en la que una fina y fría lluvia salpicaba su brillante superficie iluminada por focos. La puerta a los jardines, que solo permitía el acceso a los residentes, estaba abierta. Oyó ruido de pasos.

Se quedó inmóvil, contuvo el aliento y miró hacia las columnas triangulares que vigilaban las esquinas del lago, ligeramente ladeadas, y parecían no prestarle atención. Avanzó con sigilo por el lateral del lago y se fijó en las esferas hundidas, tipo iglú, que no cubría el agua y permitían estar en el interior del lago sin mojarse si no llovía. Una nota de trompeta lo atravesó. Alguien practicaba de madrugada en la escuela de música con la esperanza de que lo seleccionaran para la orquesta de la ciudad.

Después la niebla se abrió y cerró en el otro extremo del lago, y vio una figura que entraba en el invernadero.

Corrió alrededor del lago bajo la cascada —cuyo estruendo lo rodeó y lo lanzó al otro lado— hasta el invernadero. Una voz. Se dio la vuelta con las dos manos en la pistola. Miró hacia arriba a través de las ramas de los helechos gigantes aplastadas contra el sudoroso cristal. Sombras en el techo.

Intentó abrir la herrumbrosa manija de la puerta. Cerrada. De nuevo sin una carga explosiva que llevarse a las manos. Pero el silencio era esencial. Echó hacia atrás el puño de la camisa. Sacó la ganzúa de dos centímetros y medio del reloj Casio y se agachó mientras la lluvia le caía por el cuello. Temblaba. ¿Cuándo había sido la última vez que había temblado en una tarea rutinaria?

La puerta se estremeció ligeramente y se abrió. La humedad de la jungla lo lamió. Fue bordeando las macetas y sacos de fertilizante. Las plantas trepadoras y las extendidas enredaderas colgaban por encima de sus hombros. Una explosión de bayas color magenta atrajo su atención. Avanzó lentamente alrededor del estanque de las tortugas y recordó el comentario de Johanna de que las habían llevado allí desde Hampstead Heath porque habían mordido a un pato en el estanque para mujeres.

—Ahora las llaman terrortugas, ¿sabes? —había dicho.

—No lo sabía —contestó él—. Explícamelo, por favor.

Subió las escaleras. La puerta de la parte superior también estaba cerrada. La mano se mantuvo firme esa vez. La abrió un par de centímetros conteniendo la respiración, pero no chirrió.

Recordó que Johanna le había contado que la utilizaban a menudo porque en la terraza había una colmena.

—El apicultor me dio la mejor miel que hayas probado jamás.

—¿Te dio? —preguntó Sid.

—Sé dulce con el mundo y el mundo será dulce contigo —contestó Johanna.

—Una filosofía por la que morir —comentó Sid.

—Quizá soy más dulce que tú. ¿Quieres comprobarlo?

El zumbido de la colmena se imponía sobre las voces, pero Bashir podría haber jurado que una se estaba riendo. Los hablantes no coincidían con el perfil del enemigo en la escalera.

Entonces el viento cobró fuerza y la puerta chirrió.

Las dos figuras dejaron de hablar y se volvieron hacia donde se había producido el ruido. Bashir se agachó, pero alcanzó a ver que la figura más pequeña se acercaba ágilmente al borde y saltaba. Ya solo quedaba la más grande, que sacó algo del abrigo —un pasamontañas— y perdió la cara. Después, algo más estilizado que centelleó burlonamente, una porra. En la otra mano sostenía una Taser.

Bashir sacó el arma y la amartilló.

Se levantó, se golpeó el pecho y la cabeza dos veces: listo para disparar.

El zumbido se intensificó. Atravesó la puerta. El enemigo parecía ir de un lado a otro y después empujó la colmena que tenía más cerca. El zumbido se convirtió en un rugido. Las abejas chocaron contra Bashir. Se abalanzó a través de la tormenta de cuerpos que le golpeaban, sin saber si le estaban picando o no, hasta que hizo contacto y agarró al hombre por la cintura, lo lanzó hacia arriba y cayeron por el techo de cristal del invernadero.

Tenía picotazos por todas partes, ¿había sido el cristal o los cactus en las vigas de hormigón en las que habían caído los dos hombres? Se sacudió, se libró de los brazos y piernas que lo rodeaban, rodó y cuando cayó entre el follaje se golpeó contra el duro borde del estanque. Su costado se resintió. Agarró una piedra, la lanzó hacia arriba y acertó.

Oyó una maldición y después el ruido de la caída y el desgarro.

Bashir se incorporó. Se limpió los ojos. El enemigo había desaparecido entre la maleza. Apoyó una rodilla y después se puso en pie. Esperó sentir dolor al moverse. No tenía picaduras. Algunos cortes. Quizás una costilla rota. Un peaje afortunado. «Sé dulce con el mundo y el mundo será dulce contigo.»

No tenía la pistola. Buscó con las manos en la tierra, las hundió en un lodazal. Había desaparecido. Malditas terrortugas. Johanna se habría reído si se lo hubiera contado.

Fue cojeando en pos del enemigo, fuera de la jungla, hasta la terraza del champán y cogió una botella de Moët de camino —un arma muy efectiva según su instructor y mentor, un hombre que había pasado más noches en suites nupciales de lo que debería una persona que solo había enviudado una vez, un hombre que incluso había pasado noches en suites nupciales con Johanna, cuando él nunca lo había hecho; un hombre al que no había mantenido a salvo, un hombre cuyo fantasma se interponía entre ellos y por eso estaba en medio de la nieve que empezaba a caer, intentando respirar, intentando no querer matar, porque una licencia no debería incluir el deseo de hacerlo— antes de que la oscuridad tomara forma y lo atacara. Bashir giró la botella como en su mejor golpe horizontal de críquet —su padre estaría orgulloso—, pero dio en hueso y el peso lo desequilibró, cayó en el lago y chocó contra el suelo.

—El lago no tiene ni siquiera un metro de profundidad en algunas zonas. Sigue la línea de metro entre Barbican y Moorgate. Si fuera más profundo, los viajeros irían nadando a trabajar —le había dicho Johanna.

—Entonces no se puede llamar lago, ¿no? Como mucho un estanque con pretensiones —había contestado él.

—Supongo que no te invitaría a bañarte desnudo —había concluido Johanna.

Bashir escupió, se irguió y gesticuló frenéticamente en busca del fantasma. Pero su enemigo estaba boca abajo. Inmóvil. Se puede ahogar a un adversario en menos de cinco centímetros de agua. Cogió al hombre por el cuello y tiró de él, pero este le dio un golpe con el codo en el pecho. Sid se encogió y notó sabor a vómito en la boca. Se limpió los ojos. El fantasma había desaparecido.

Fue chapoteando hasta el lateral del iglú, se agarró a los ladrillos y se introdujo en esa zona protegida. Se tendió en el escalón poco profundo, con las manos vacías, vacío.

—Haces juego con las máquinas.

Bashir se quedó en la puerta de la lavandería del Barbican y pensó en algo que decir. Johanna estaba en el banco de madera pegado a la fila de secadoras de color azul claro. La que había detrás de ella daba vueltas lentamente. Lo llamaba masaje sueco por una libra. Tenía un manoseado ejemplar de *Ashenden* en el regazo.

—No podía dormir —se excusó—. Y pensé en hacer la colada. Y, por lo que veo, tú decidiste darte un baño.

—Me pilló la lluvia.

—¿Y te tiñó las uñas de azul?

Bashir levantó las manos.

—¿Así es como mantienen el lago de color azul?

—Cuando algo es demasiado bueno como para ser verdad, normalmente lo es.

Bashir tenía la boca seca.

—¿Qué acabas de decir?

Harwood inclinó la cabeza.

—Podrías haberme invitado a un baño nocturno desnuda. Quizá me habría apetecido.

—No te encontraba y pensé que te había pasado algo. Entonces…

—¿Te peleaste con mis vigilantes? He de decir que el caldo primigenio te sienta muy bien.

—¿Tus vigilantes?

—Espabila, Sid, creía que eras un genio. —Harwood se peinó los rizos con una mano—. Pasé todas las pruebas en Shrublands, pero eso no quiere decir que me dieran un halo de santa. Moneypenny ha de hacer las comprobaciones debidas.

Bashir quiso decir: «Tus vigilantes tienen el gatillo fácil y les gusta disparar a los suyos». Quiso decir: «Cuando M me pidió que te vigilara le aseguré que nunca nos traicionarías, no hagas que estuviera equivocado». Pero, en vez de eso, forzó una sonrisa alegre y comentó:

—Me temo que le he puesto un ojo morado a su comprobación debida. Creí… creí que estabas en peligro.

—Mi caballero con ropa empapada. —Harwood dejó el libro—. Podemos hacer algo al respecto.

Bashir indicó hacia las máquinas.

—Esa era la idea —aclaró sonriendo. La sonrisa era real, muy a su pesar. Al fin y al cabo, todo era un sueño. Johanna no lo traicionaría. Johanna no traicionaría a Bond—. Quizá puedas ayudarme.

Harwood se echó hacia atrás.

—Quizá puedas tentarme.

Bashir dejó la chaqueta en el suelo y se quitó la camisa. Johanna no dijo nada del rasguño rojo de la bala y se limitó a tirar de la camiseta. Más cortes, más magulladuras. ¿Qué son algunas más entre amigos? Me mientes, te miento. Quizás acabemos haciéndolo bien.

Harwood agarró la hebilla del cinturón y tiró hacia ella.

16

La isla Renacimiento

Tres barcos de pesca rojos de herrumbre jalonaban el desierto.

Joseph Dryden estaba sentado con la espalda apoyada contra el ojo ovalado del Gulfstream G650ER. La URSS había quitado el tapón del mar de Aral y había llevado tanta agua a sus nuevos campos de algodón que había dejado una cuenca de sal completamente seca, una lona negra se tensaba desde Uzbekistán a Kazajistán. Una presa al norte y las altas temperaturas habían hecho el resto. Nada podía flotar allí. Nada podía crecer allí. Los pueblos pesqueros de la desaparecida costa estaban varados a la sombra de los pozos petroleros recién instalados, que resquebrajaban la blanca corteza en busca del oro negro.

La nieve acariciaba los barcos de pesca y se dirigía hacia la isla de Vozrozhdeniya, en ese momento unida a tierra firme. Los científicos militares soviéticos habían elegido ese lugar porque estaba aislado. Cuando abandonaron la isla enterraron contenedores de carbunco y viruela, y limpiaron sus huellas. En la actualidad, un rebaño de ganado todavía puede morir en una hora si sopla un mal viento. La siguiente parada en la gira de prensa de sir Bertram.

Las ruedas del Gulfstream tocaron la tierra envenenada. Dryden cerró la parka hasta el pecho, para poder alcanzar con facilidad la pistolera.

—¿Estamos listos para hacer historia? —preguntó Hester Garnier, publicista de sir Bertram, poniéndole la mano en el brazo.

Sorprendido, Paradise levantó la vista de sus papeles y miró por la ventanilla. Dryden pensó que veía cómo se ensanchaban sus pupilas, como si estuvieran listas para devorar el paisaje.

Una sonrisa enérgica.

—Siempre.

La pista de aterrizaje era una cicatriz de sal y nieve. El segundo avión, en el que viajaban los periodistas, se detuvo detrás. El viento golpeó la cara de Dryden. Los recibió un comité de los pueblos cercanos, hombres con caras serias y miradas que evidenciaban que creerían en los milagros cuando los peces nadaran en el desierto. Unas niñas con trajes tradicionales iniciaron un baile de bienvenida. El cámara de vídeo buscó su equipo. Paradise dio unos pasos adelante para estrechar la mano del hombre más anciano, como si fueran hermanos que no se habían visto en mucho tiempo. Ese patriarca le ofreció un convoy de vehículos con la pintura desconchada. Iban a viajar por aquella reluciente extensión.

Los sensores terrestres instalados en un campo parecían fortines truncados, abandonados allí después de una guerra olvidada. Dryden, que hacía guardia al lado de Luke, apenas prestó atención al discurso de Paradise, con el que inauguraba oficialmente la última cosecha. Esas estaciones ya se habían instalado en las Tierras Altas de Escocia y las llanuras de Alabama. Paradise había llevado industria y regeneración a ese rincón del antiguo Imperio soviético y formado a los pescadores en el mantenimiento técnico, para que los sensores terrestres estuvieran orientados hacia su red de satélites y transmitieran la temperatura del aire, los movimientos sísmicos, los niveles de rayos cósmicos, los cambios del viento y las precipitaciones.

—Moisés dividió las aguas —anunció Paradise a un grupo de ateridos periodistas—. Con esta tecnología lo superaré. Convertiré el desierto en agua.

El aplauso de los aldeanos se lo llevó el viento. Hester Garnier tocó el hombro del cámara de vídeo para que grabara a un niño que vitoreaba.

—Sir Bertram —lo llamó una periodista con aspecto de novata ávida. Dryden recordó haber visto su cara en el dosier de seguridad: Elena Ilić había estudiado en la Universidad de Belgrado y, después de trabajar tres años en Radio Belgrado, había entrado hacía poco en Al Yazira—. ¿Qué opina de los nuevos pozos petroleros que se han instalado?

—Son deplorables. Esta tierra es víctima de un trauma. Pero en vez de llamar a un médico, las autoridades están rompiendo los huesos para chupar el tuétano.

Dryden se fijó en que las cejas de Hester se elevaban por encima de las gafas de sol. Unió las manos enguantadas y le hizo una seña a Luke.

—Unas imágenes muy coloristas.

Luke no hizo ningún comentario.

—¿Qué opina del mar de Ojotsk? —preguntó Elena apartándose el pelo de la cara.

Luke se estremeció. Dryden pensó que iba a decirle algo por señas, pero se limitó a colocarse bien el reloj.

—Es el corazón del Pacífico —continuó Elena—. Dependemos del oxígeno y el hierro que bombea el hielo en el mar. Pero el hielo se está reduciendo hasta unos niveles peligrosos. Es partidario de que se cierren los pozos petroleros, pero no ha hecho nada por que se limite la industria pesquera en Japón y Siberia. ¿Estará un día el mar de Ojotsk tan yermo como este desierto?

—La pesca del salmón es una tradición cultural propia de la isla japonesa de Hokkaidō —respondió sir Bertram mirando a Hester—. Pero lo que es aún más urgente es que la economía de Siberia es muy limitada. No debemos dejar que los más vulnerables sufran para restañar el daño causado por los más privilegiados del mundo.

—¿Podría decirse lo mismo de estos pozos petroleros? Aportan puestos de trabajo, pero uno de sus rivales es copropietario y usted ha realizado una importante inversión en el transporte marítimo internacional.

—¿Cree que los milagros son baratos? —comentó desdeñosamente sir Bertram.

Hester Garnier se quitó las gafas de sol y las agitó como si fueran una bandera.

—Señoras y señores, ahora haremos un circuito por la isla de Vozrozhdeniya, que significa isla Renacimiento. Sir Bertram se ha comprometido a llevar a cabo una limpieza ecológica de esta base de guerra biológica secreta, que tras ser abandonada por la URSS condenó la tierra para las generaciones venideras. Tal como habrán leído en la documentación informativa, necesitarán ponerse un traje de protección biológica NBQ.

El convoy se internó en el desierto con Paradise y Luke a la cabeza, acompañados por un trío descrito a la prensa como voluntarios valientes, pero que en realidad eran recuperadores que solo habían accedido a llevar a los occidentales locos a Vozrozhdeniya a cambio de que les dejaran llevarse todo el metal que tuviera valor y pudieran utilizar las duchas de descontaminación de sir Bertram. Dryden iba en el asiento del copiloto del siguiente vehículo.

—¡Cierre la ventanilla! —le ordenó el hombre que iba al volante.

Dryden la subió con la manivela al tiempo que una ráfaga de viento marrón cruzaba el desierto y envolvía el vehículo. La sal arañó la garganta de Dryden y sintió arcadas.

El conductor aceleró y salió de la polvareda en dirección a los pozos petrolíferos. Unos pastores montados en burro aparecieron delante de ellos. El conductor escupió en el espacio para los pies.

—Hay niveles tóxicos de cloruro de sodio y pesticidas, se introducen en todo, en la comida, el agua... Su señor Paradise habla del apocalipsis como si fuera algo futuro, pero lo estamos viviendo ahora.

Los trajes de protección biológica estaban hechos con un tipo de papel de aluminio que brillaba con tanta intensidad como los diamantes al sol del mediodía. Dryden comprobó su respirador y después el de Luke, y un recuerdo de los tiempos en que se verificaban mutuamente los paracaídas lo invadió como una corriente de resaca: estaba en el Ejército con Luke a su lado a punto de saltar porque tenían órdenes y eso era todo. En ese momento iba a meterse en problemas porque un multimillonario quería superar a Moisés.

Luke, que parecía haberle leído el pensamiento, lo miró a los ojos y esbozó una sonrisa.

—¿Nunca quisiste ser un astronauta cuando eras pequeño? —preguntó con la voz distorsionada por el cristal y los tubos.

—Sí, claro. ¿Por qué?

—Imagina que estás en un planeta alienígena. No pasa nada, colega.

Dryden comprobó la cremallera del traje de Luke.

—¿Y tú? ¿Querías serlo?

—No, quería ser soldado.

—Y lo fuiste.

Luke se apartó y la luz le ocultó la cara.

—Lo fui.

Era un grupo extraño con el que hacer un circuito en el fin del mundo: los periodistas agarraban sus cámaras y teléfonos como si fueran salvavidas, Yuri, Ahmed y St. John se empujaban como niños en unos autos de choque, y Dryden y Luke vigilaban el ganado. El viento silbó en el desierto pueblo de Kantubek, construido para alojar a los científicos y a sus familias. Los recuperadores se movían entre la agrietada escuela y las casas con familiaridad y determinación, y revolvían los escombros, pues la madera, los ladrillos, el cable de cobre y los accesorios de luz ya habían desaparecido. En el patio de juegos, el mural de un pato y un niño había palidecido y parecía un fantasma. Se veía el descolorido esqueleto de un camión de bomberos rojo, un campo de fútbol lleno de cráteres y un garaje en el que dos tanques T-54 y dos vehículos blindados para el transporte de tropas esperaban como un perro atado junto a la puerta de una tienda. Los habían utilizado en las pruebas. ¿podían penetrar su armazón los gérmenes? Dryden había viajado en vehículos como esos en sus tres viajes a Afganistán. Se alejó y buscó el alivio del canto de los pájaros o el ruido de los insectos. El mar en el que se habían bañado los científicos después de trabajar había desaparecido. No quedaba nada.

Los laboratorios estaban a tres kilómetros al sur. Unos corrales, agujereados y deteriorados les avisaron de que se acercaban. Dryden se dirigió hacia el rincón oriental sorteando una avalancha de jaulas. Hacía cincuenta años, en una llanura a veintiocho kilómetros al norte, se había atado a burros y caballos a postes telefónicos. Se habían colocado jaulas con entre doscientos y trescientos monos cerca de los aparatos que medían la concentración de gérmenes en el aire. Los científicos supervisaban la muerte de los animales durante semanas y realizaban las autopsias. Un traje a prueba de gérmenes colgaba resignado en un rincón del laboratorio, con la máscara de cristal intacta y el tubo del aire colgando a la espalda. Dryden quiso sacar el arma, pero no había nadie a quien disparar.

Levantó el brazo para hacerse sombra en los ojos. En las estructuras que vio más adelante solo había vigas herrumbrosas, pero los suelos brillaban como si estuvieran incrustados con oro blanco. El sol rebotaba en el cristal y se dio cuenta de que quienquiera que hubiera estado al cargo de desmantelar aquel complejo simplemente lo había destrozado. El resplandor no se debía al oro: eran placas de Petri y vasos de precipitado que formaban la piel de una serpiente en la que cada escama relucía y tintineaba conforme el grupo se desplazaba por los laboratorios. Se acercó a una pared con grandes depósitos de cristal en los que seguía habiendo líquido.

Casi desenfundó cuando sintió un brazo en el hombro. Era Yuri.

—Me sorprende que los yanquis no hicierais un buen trabajo al limpiar este lugar.

—No soy estadounidense.

Yuri lo agitó ligeramente.

—¿No? Qué curioso —dijo sonriendo a Dryden—. Me parecéis todos iguales.

Dryden suspiró. Una señal acústica le informó de que el oxígeno se estaba acabando. Si los filtros del aire dejaban de funcionar era el primer aviso de que los productos químicos corrosivos habían penetrado en el traje. Se libró de Yuri y avanzó a paso ligero entre los periodistas que grababan al borde del enorme pozo en el centro del complejo, donde encontró a Paradise y a Luke. La tumba de carbunco, los contenedores enterrados y olvidados.

Paradise explicaba los efectos de inhalar carbunco.

—Una espora se adhiere a los ganglios linfáticos. Allí incuba, se multiplica y penetra en el torrente sanguíneo. Devora el tejido desde el interior. Se sufren hemorragias internas durante meses. Pero eso no era suficiente para esos científicos militares. El carbunco es el veneno de la naturaleza. Lo perfeccionaron. Crearon una cepa resistente a los antibióticos. Una cepa capaz de quebrar los glóbulos rojos y descomponer el tejido humano. Una cepa de cinco micrómetros de largo, más estrecha que una hebra de cabello humano. Uno no se da cuenta de que la inhala. Y está ahí, a nuestros pies, una mancha tóxica en un mundo que insistimos en destruir.

Dryden tocó el hombro de Luke.

—¡Exfiltración!

—Lo sé —murmuró Luke.

Dryden quiso preguntarle: «En ese caso, ¿cuál es el problema?». Pero entonces se fijó en que, detrás de la máscara, Paradise sonreía. Estaba divirtiéndose.

—Ocho de cada diez personas que inhalan carbunco mueren. Hemos venido diecinueve, contra la voluntad del Departamento de Comunicaciones de Moscú. Me pregunto quiénes serán los cuatro de nosotros que sobrevivirán. ¿Usted? —dijo Paradise antes de volverse hacia Elena Ilić—. Joven periodista con una carrera que forjar, dispuesta a correr grandes riesgos. ¿Le gustaría hacerse viral?

—¿Quiere repetir lo que acaba de decir, señor? —preguntó Elena girando el móvil hacia Paradise.

Este se echó adelante repentinamente, como si intentara arrojarla al pozo poco profundo. Después se detuvo en seco y se echó a reír.

Dryden relajó el dedo en el gatillo. Las carcajadas del séquito de Paradise le recordaron a las de las hienas. Las risitas de los periodistas eran intranquilas. Luke no reía. Miraba el borde del pozo.

—Hora de irse —gritó Dryden.

Paradise soltó una risa entre dientes.

—Perdonen mi humor negro. Se adquiere cuando se asiste a los moribundos. Tal como hago en la Tierra. En este lugar prometo el renacimiento del medioambiente. Todos renaceremos.

17

Hotel Cosmonaut

Paradise había comprado las estrellas. Construida en 1955 para alojar al personal del cosmódromo, Baikonur había mantenido ese propósito mucho después de que la mayoría de las ciudades satélite soviéticas se hubieran desvanecido. Se conocía como Ciudad de las Estrellas. Su pasado era glorioso: Sputnik I, Yuri Gagarin, Valentina Tereshkova... Su futuro era incierto. Cuando la URSS se desmoronó, Rusia y Estados Unidos alquilaron la ciudad a Kazajistán, pero los dos países se habían cansado de gastar millones para arrendar la última puerta a las estrellas y estaban construyendo sus propias bases. La Ciudad de las Estrellas agonizaba en las estepas kazajas. Los hombres se agolpaban en el andén de la estación de trenes para vender pescado ahumado, con la esperanza de que un tren parara y hubiera alguien lo suficientemente hambriento como para salir en medio de la ventisca. Lo único que se podía hacer era esperar el verano. En la ribera, la heladería, con su parábola amarilla y rosa descolorida por el calor y las heladas, aguardaba el momento en el que la gente volviera a sentarse junto al Sir Daria para hablar por encima del crujido de la noria, demasiado vieja y peligrosa como para usarse.

Sir Bertram había dicho —con una púdica risita— que deberían construirle un monumento. Había comprado el cosmódromo para lanzar sus satélites y con ello, extraoficialmente, la Ciudad de las Estrellas. Pero si sir Bertram era el salvador del pueblo, al pueblo no se lo habían comunicado. Era eso o que estaba cansado de los hombres que se autode[illegible] y piden monumentos.

Al personal del Hotel Cosmonaut no le importaba ofrecer buen servicio cuando abrió sus puertas por primera vez y la construcción era de poca calidad, aunque el edificio tuviera buen aspecto y su cuadrícula de hormigón fuera lo más llamativo en los alrededores, en cientos de kilómetros y en cien años; no les importaba porque eran kazajos y les pagaban por abrir la puerta a oficiales rusos, que les remuneraban con un salario de subsistencia y una comida diaria, al tiempo que los tenían cogidos por el cuello. En ese momento la paga era peor, la comida había desaparecido, el dictador tenía otro nombre y la cuadrícula de hormigón lloraba manchas de agua. Cuando el grupo de Paradise se registró, la cara del antiguo recepcionista parecía decir: «Si Stalin no me importaba un carajo, no cabe duda de que ustedes no me lo van a importar».

Lucky Luke recibió aquello con una mirada que Joseph Dryden había visto dejar sin sentido a oficiales superiores y traficantes de armas por igual, pero el recepcionista se limitó a extender una mano abierta bajo la nariz de Luke.

—Pasaportes.

La fotocopiadora era tan ruidosa como un tren en marcha. Dryden inspeccionó el vestíbulo vacío. Los paneles de madera estaban cuarteados y descascarillados en los bordes. Las puertas del restaurante, cerradas. En el centro tenían ventanas redondas, como las ventanillas de un cohete en un dibujo infantil, y a través de ellas vio un salón de baile con las sillas boca abajo sobre las mesas. Los cosmonautas y astronautas pasaban la cuarentena allí y plantaban un retoño en la arboleda de los cosmonautas, un último ritual antes de sujetarse en una lata y rezar sus oraciones. Luke preguntó si podía devolverles los pasaportes y el recepcionista respondió, entre grandes lamentos y un inglés heredado de los clásicos del siglo XIX en traducción de contrabando, que la fotocopiadora estaba averiada y tendría que quedárselos un poco más.

Dryden se acercó a las ventanas redondas y vio una barra con vodka Moskovskaya Osobaya, brandy de Ararat y Jack Daniel's. Todas las botellas estaban vacías. Iba a ser un solo ante el peligro abstemio en el O.K. Corral.

—Puede devolverme los pasaportes cuando quiera. Quizás usted tenga trescientos años, pero algunos nos estamos muriendo de pie en esta espantosa moqueta.

Dryden se puso a su lado ante el mostrador y le apoyó una mano tranquilizadora en los riñones.

—¿No hay más huéspedes esta noche?

—Solo su ilustre compañía, señor.

—Imagino que el chef está en la boda de su hija y no puede venir.

Bajo el bigote del recepcionista se dibujó una sonrisa reticente.

—El señor es adivino.

Dryden sacó la cartera.

—¿Cuánto cuesta arreglar la fotocopiadora y abrir la cocina?

El dinero desapareció antes de que acabara la frase.

—La máquina ha experimentado una venturosa mejoría, señor, y su personal puede utilizar la cocina con nuestro absoluto agradecimiento y eterna satisfacción.

—Imagino que todavía sabrías improvisar una destilería —comentó Dryden a Luke—. Eso está seco —añadió haciendo un gesto con la cabeza por encima del hombro de su amigo.

Luke se volvió y miró hacia el salón de baile. Dryden se metió los pasaportes en el bolsillo interior de la chaqueta. Aquel día, algo en Yuri le había llamado la atención, no tanto su racismo como el brillo en los ojos, como si compartieran un secreto. Pediría que Q comprobase su identidad.

El recepcionista dejó las llaves en el mostrador y se acercó a ellos.

—Si los señores desean tomar una bebida local, podría indicarles un bar cercano en el que tendrán una bailarina para cada uno. Chicas bonitas. Por un precio insignificante.

—Estoy seguro.

Dryden condujo al personal de seguridad. Poulain lo fulminó con la mirada; el miembro del equipo que más importancia se daba y menos dispuesto estaba a aceptar las órdenes de Dryden, quizá con la esperanza de ocupar el segundo puesto. Pero siguió a Luke cuando este levantó la maleta de Paradise para llevarla a la suite del ático.

El séquito de Paradise se puso en marcha: Ahmed prometió demostrar a todos lo que un hombre que aprecia la buena comida puede crear incluso en las circunstancias más desamparadas y St. John pagó al portero para que les llevara alcohol de verdad y abriera la discoteca.

Cuando una camarera llamó a la puerta para entregar las bebidas, Yuri la agarró por la falda e insistió en que bailara con él mientras la arrastraba al centro de la habitación. Hester, la publicista, intentó intervenir, pero Yuri la sujetó por la cadera con una mano mientras seguía agarrado a la falda de la camarera.

—Podéis divertiros conmigo las dos.

Dryden puso una mano en el hombro de Yuri y apretó.

—Yo bailaré contigo.

Yuri soltó a la camarera, que se tambaleó. Luke la sujetó y la sacó de la habitación.

Dryden siguió apretando.

Yuri alejó a Hester de un empujón.

—No soy Lucky Luke —soltó Dryden—. No eres mi tipo. Ponte una falda y entonces a lo mejor cerraré los ojos.

Paradise estaba relajado en una silla, con las manos unidas en el regazo y observaba con los párpados medio bajados. St. John aullaba. Ahmed le dijo a Yuri que no se pusiera pesado y le acompañara a la cocina. Luke se plantó entre los dos.

—No creo que con los ojos cerrados seas más atractivo —dijo Dryden.

—Te cerraré los tuyos para siempre.

Paradise suspiró.

—Estás borracho, Yuri. Hemos venido a promover la buena voluntad, no a ponernos en ridículo.

—Solo estoy un poco bebido, jefe.

—¿Quieres apartarte antes de que se rompa algo? —propuso Dryden sonriendo.

—¿Qué es lo que se va a romper? —preguntó Yuri acercándose.

Dryden tiró de Yuri hacia él y le plantó un beso en la frente.

—Solo tu corazón, cariño.

Después lo soltó, Yuri se tambaleó y cayó de culo. Paradise aplaudió y Luke se puso colorado.

Dryden se limpió una palma de la mano con la otra, salió de la suite y bajó las escaleras un piso hasta su habitación. Un portero le lanzó una mirada indiferente y no se movió. Dryden le dio una propina y este realizó una reverencia tan servil que sintió deseos de responderle con el saludo de la realeza. Echó a andar por el pasillo y se fijó en el pequeño escritorio con una lámpara al lado de los ascensores, en el que en otros tiempos una ancianita se habría encorvado sobre un cuaderno para apuntar quién entraba y quién salía, y a qué hora lo hacían. Pleno empleo, la mayoría en su especialidad: la vigilancia. En ese momento, el escritorio estaba vacío y la lámpara no tenía bombilla. Lo comprobó, le dio un golpecito y disfrutó del eco que produjo en su cabeza.

Habitación 106. La puerta se había atascado en el marco. Tuvo que darle la patada por la que se había hecho famoso en Afganistán —Joe Dryden, el Tirapuertas, al que no le importaba la asustada familia que hubiera al otro lado— y finalmente se abrió. Un olor a sótano de museo contraatacó su embestida: agua infecta filtrándose en paredes de poca calidad. La alfombra pertenecía a un imperio perdido. Una *babushka* había ajustado tersamente la cama individual con unas sábanas color melocotón lavadas tantas veces que eran translúcidas, y tuvo que dar un fuerte tirón para abrirlas. Pasó la mano por debajo del colchón: nada. Comprobó la cortina que colgaba del techo al suelo y le cayó polvo en la cara. Las ventanas eran dos paneles de cristal con un centímetro de aire entre ellos que había estado recogiendo moscas durante los últimos cincuenta años. Parecían ser los únicos insectos presentes. Apretó un botón del lateral del reloj y la pantalla empezó a destellar como si estuviera buscando ondas que interfirieran con su audífono, lo que indicaría que alguien más estaba escuchando: nada. La Sección Q seguramente le preguntaría: «¿Por qué molestarse en hacer una comprobación manual antes?». No entendían que Dryden no esperara ser una máquina perfecta. Solo una buena versión de sí mismo.

El baño era un tres piezas color verde aguacate; el agua, escasa y marrón, como té goteando de una tetera atascada por las hojas, y el jabón no hacía espuma, solo se pegaba a las manos. Se miró en el espejo y se aflojó la corbata. No se había acercado, solo había tenido que mentir mucho. Se quitó la chaqueta y la camisa y se echó agua. No sirvió de nada.

Cuando estaba sacando los pasaportes de la chaqueta, un silbido de admiración le obligó a doblar el abrigo y dejarlo sobre la tapa del váter.

Lucky Luke se había recostado en la cama y su tamaño conseguía que pareciera perfecta para una casa de muñecas. Sonreía, pero algo faltaba en sus ojos.

—¿Te apetece ser mi bailarina esta noche? —preguntó—. Por un precio insignificante.

Dryden se apoyó en el marco de la puerta y cruzó los brazos sobre el pecho desnudo.

—Arriba hay una fiesta, ¿no?

—Sir Bertram ya tiene a los niños ricos para eso. Venga, vamos a probar el aguardiente local y a exagerar nuestras batallitas de la guerra.

Sabía que tenía que decirle que no, había visto esa dureza en sus ojos en otras ocasiones y siempre indicaba que tenía ganas de pelea. Pero había una ligadura de Lucky Luke al corazón de Dryden que se tensaba y decía: «Solo has estado enamorado una vez en tu vida y fue conmigo».

—Muy bien —aceptó—. Págame una copa y bailaré para ti.

El bar era un agujero sin ventanas en el que podía intercambiarse la pena profunda por la diversión intensa. Los lugareños destilaban su propio licor, le daban color y lo metían en botellas de marcas comerciales. Dryden y Luke compartían una botella de Smirnoff con otro nombre en una mesa tan pequeña que se rozaban las rodillas y tenían las manos inmovilizadas en la rayada superficie. Dryden se percató del zumbido de las lámparas, del humo empalagoso y de un flujo de conversaciones tan compacto que amenazaba con desbordar la capacidad de su audífono, cuando lo único que quería era concentrarse en Luke. Pero ya fuera la bebida o el ruido, Q no quería que le ofreciera a Luke todo lo que tenía.

Lo que Q quería era que no perdiese de vista a un trabajador de fábrica sin fábrica, pero con unos puños como ganchos de carnicero, apoyado en la barra junto a otro fornido caballero que rumiaba el sabor amargo que tenía en la boca. No estaba seguro de por qué se habían fijado en Luke y en él cuando entraron. Una cosa estaba clara: era el único negro presente y, cuanto más se acercaba la cabeza inclinada de Luke a la suya, más claro quedaba que también eran los únicos hombres abiertamente homosexuales. Estaba acostumbrado a las dos situaciones, y las miradas de desprecio no le preocupaban excesivamente. Lo que le intranquilizaba era si sir Bertram había pagado a un par de lugareños para que los vigilaran y si eran Luke o él de los que no se fiaba. Volvió a notar el sabor del peligro y admitió calmadamente que le gustaba. Por eso estaba allí, al igual que Luke y quizá también Paradise.

—A tu chico le gustan los productos químicos mortales, ¿eh? —murmuró al oído de Luke.

Este bufó.

—Sir Bertram se pone un poco Napoleón de vez en cuando, pero así es como se consiguen los grandes retratos. El que arriesga...

Dryden se encogió de hombros.

—En ese tipo de retratos aparece un general o un rey con

su manto, un globo terráqueo en una mano, un libro en la otra, y un mapa y una espada en la pared. El héroe conquistador.

—¿Y?

—¿A quién está conquistando Paradise hoy?

Luke tomó otro trago y golpeó la mesa con el vaso.

—¿No te has enterado todavía de que está salvando el mundo?

Los dos hombres de la barra discutían algo y uno de ellos tenía una mano cerca del bolsillo del abrigo.

Dryden tomó otro trago también.

—O, de lo contrario, en esos retratos el gran hombre tiene a su fiel servidor detrás, vestido con sedas exóticas, normalmente un niño negro obligado a trabajar como esclavo que después ha de posar agradecido. Nadie sabe su nombre. Nadie sabe qué ha hecho.

—Eso es porque nadie quiere saberlo —apuntó Luke.

—Yo sí.

La bota de Luke tocó la de Dryden bajo la mesa.

—¿Dejarás de hablar en clave alguna vez?

Dryden inspiró con fuerza. Su instinto le dijo que utilizara el vacío que había visto en la cara de Luke en Kantubek. Un vacío que se parecía mucho al terror. Luke había pasado su infancia repartido entre su tía, su abuela y su bisabuela, cuando su madre se fugó de una clínica de desintoxicación para aterrizar en la calle. Su padre aparecía cada cierto tiempo con regalos de dudosa procedencia y se llevaba a su hijo, por la fuerza si era necesario, aunque pronto se olvidaba de por qué aquello era tan importante y lo abandonaba en habitaciones sobre pubs extraños o en gasolineras, en las que Luke hacía una llamada a cobro revertido en una cabina con dedos temblorosos, rezando por que su tía no tuviera turno de noche. A pesar de todo, Luke siempre esperaba que su padre volviera. La primera vez que consumió fue con su madre, a los once años, y a partir de entonces se defendió gracias a su encanto, su belleza y los puños. Pero su suerte era un reloj de arena con un agujero en el fondo y habría muerto en la calle antes de cumplir los dieciocho de no haber pasado una noche al raso en la puerta de una oficina de reclutamiento del Ejército. El cartel le decía que podía ser algo más y, aunque fuera una patraña, tenía que ser mejor que donde estaba metido. Luke se desintoxicó nada más alistarse, antes de que los opiáceos que pasaban por Afganistán se apoderaran de él y envejecieran su impresionante aspecto con un terror que le consumía. Hasta que conoció a Dryden. Un terapeuta le dijo a Dryden en una ocasión que Luke y él reavivaban mutuamente su capacidad de compasión.

—Tus obras. Quiero conocer tus obras, si quieres compartirlas. Sé cuándo algo te tiene atrapado.

Luke giró el vaso vacío, que tembló en la base. La vibración penetró en los huesos de Dryden.

—Sir Bertram quiere que haga algo, algo que no…

Dryden le acarició la mano con un pulgar.

—Te cubro las espaldas.

Luke levantó la vista y Dryden se sorprendió de lo rojos que tenía los ojos.

—¿Sí? Serví durante casi veinte años. Quince despliegues en combate. Cientos de misiones individuales con acción directa. Perdí la cuenta de las bajas que causé, también a cientos. No he perdido la cuenta de los amigos que vi morir. No abandoné el Ejército. Mi cuerpo me abandonó después de demasiadas heridas y siguió abandonándome, y lo único que podía darme el Ejército era un cursillo sobre cómo redactar un currículo. No puedo acostarme sin comprobar tres veces las cerraduras e incluso así no consigo dormir por las migrañas. Tengo las articulaciones fusionadas. Ni siquiera puedo acabar la lista de la compra de mi hermanastra. Suena el escape de un coche y tiro a su hijo al suelo porque creo que son disparos de verdad. Lo asusto. Pero echo tanto de menos la acción como ponerme ciego. Volvería a hacerlo sin dudarlo. Puedo decirte cuántas armas hay en este bar, quién no encaja, dónde está la mejor salida, pero no necesito hacerlo. Ya lo sabes: soy bueno en eso. Soy yo en eso. No puedo dejar de funcionar. Si no, no podría concentrarme en nada, no conseguiría acordarme de las citas, no sabría dónde encontrar comida, solo habría seguido preguntándome: «¿Seré el siguiente?»

—¿El siguiente de qué?

—El siguiente que se ahorca. Nunca creí que sobreviviría. Y aquí estoy. Yo, no ninguno de nuestros hermanos. ¿De qué sirvió?

—¿Qué dice Paradise? —preguntó Dryden suavemente.

Luke se pasó el pulgar por la nariz.

—Te llamé después de que mi hermanastra me echara. Un extraño contestó el teléfono. Me dijo que habías pasado página. Llamé a Steel North. Me aseguraron que te pondrías en contacto conmigo. Nunca lo hiciste.

—No me dieron ese mensaje. —La voz de Dryden parecía piedras que se rozaran. Era verdad. Imaginó a Moneypenny meneando la cabeza ante su ayudante: «Corta ese rollo». Nada de anteriores vínculos. Ninguna atadura. Pero ahora le estaba pidiendo que convenciera a Luke de que podía confiar en él otra vez—. Estoy aquí, Luke. En tiempos éramos el hogar del otro. Podemos volver a serlo.

—En una ocasión oí decir que las Fuerzas Especiales buscan una mentalidad específica, chavales que funcionen por sí mismos, que sean autosuficientes. Por eso, tantos de nosotros procedemos del caos, de programas de asistencia, de familias jodidas. Nos alistamos para escapar. Para no tener que preocuparnos de quién nos alimentará, vestirá o dará cobijo. Después, todo eso desaparece. Sir Bertram me dio un nuevo hogar. No tú. Es un buen hombre.

—Entonces, ¿qué quiere que hagas?

—No es gran cosa. Solo es una apuesta. Es inofensiva. Puedo controlar la situación.

—¿Quién es la víctima?

Antes de que Luke pudiera contestar, el par de hombres que había en la barra decidieron lanzar un insulto a Dryden, que prefirió no traducir ni ocuparse de él en ese instante. Pero Luke levantó la cabeza y vio un destello en él que no presagiaba nada bueno.

—Déjalo, tío.

—¿Me cubres las espaldas o no?

Dryden suspiró y se levantó mientras Luke hacía lo propio y preguntaba a aquellas almas infortunadas si tenían algún problema.

Los decibelios del bar desaparecieron de repente. El habitual cara a cara, miradas fijas, sacarla y medirlas. Las habituales palabras cortantes. El habitual movimiento hacia el abrigo cuando el hombre con el sabor amargo en la boca intentó sacar un cuchillo. La habitual contracción de músculos cuando el obrero de la fábrica agarró una botella de la barra con sus dedos carnosos.

—Recuerda que tus puños están considerados como armas letales —le previno Dryden.

El hombre de la izquierda preguntó qué quería decir.

—No estaba hablando contigo —contestó antes de agacharse para esquivar la botella, bloquear el siguiente intento con el antebrazo y darle un puñetazo en la tripa capaz de reorganizar sus intestinos. A su lado, Luke atrapó la mano con el chuchillo del otro hombre, como habían hecho miles de veces, pero en vez de moverla para desarmarlo e inutilizarla, le dio un cabezazo que le rompió la nariz. Las cosas se iban a poner serias. Dryden miró a su alrededor y leyó la expresión de unos hombres con muchas cosas por las que estar enfadados frente a dos occidentales con la cartera llena. Y los pasaportes del grupo de Paradise en el bolsillo interior.

—¿Como aquella vez en Tánger? —comentó Luke.

—En Tánger perdiste la mitad de los dientes —le recordó.

—Vale, pues no como en Tánger.

Para Luke, «aquella vez en Tánger» quería decir una escalofriante demostración de violencia que podría haber rivalizado con la cólera de Dios. En ocasiones, Luke era muy bíblico. Pero aquellos dos no lo merecían. Así que era mejor acabar con aquella situación mientras los presentes estaban en el lado correcto de la barrera.

El hombre de la botella se estaba levantando. Dryden aprovechó ese impulso para estamparle un puñetazo en la cabeza que lo devolvió al suelo. Mientras caía le golpeó con la rodilla en el cuello y lo dejó jadeando y con arcadas. Cuando se desplomaba a su lado, metió rápidamente la mano en el abrigo del caído, cogió el móvil y se lo metió en la manga. Se oyó un rugido del hombre con la nariz destrozada, que supo que encendería todas las alarmas de Luke, como una sonora petición sedienta de sangre. Dryden puso un brazo protector delante de Luke, una barra de seguridad en una atracción de feria, y con el otro lanzó un gancho de derecha cruzado de izquierda que acertó en el destrozado centro de la cara de aquel hombre y lo levantó del suelo. Ya no volvió a levantarse.

Plantó los pies en el suelo y miró a su alrededor. Transcurrió un segundo y los bebedores eludieron su mirada y volvieron a ocuparse de sus asuntos. Agarró a Luke por la camisa y tiró de él.

La nieve aullaba a su alrededor. Llevó a Luke por calles fantasmales hasta que tropezaron con una plaza en la que brillaba la estatua de un cosmonauta como si estuviera espolvoreada con estrellas. Los edificios de hormigón eran oscuros y, donde solo había visto decadencia, en ese momento percibió algo atractivo en una ciudad que había guardado secretos durante tanto tiempo. Luke despotricaba —«¡Deberías habérmelos dejado!»— hasta que lo acercó, le puso los brazos alrededor de la cintura y apretó la cara contra su cuello en busca de calor, en busca de un hogar. Entonces oyó ese murmullo en las profundidades del pecho de Luke, ese ronroneo que le provocaba escalofríos en la columna.

—El infierno se ha congelado —dijo Luke.

—No me he dado cuenta.

Se besaron y corrieron por la nieve como dos niños que acaban de enterarse de que el colegio está cerrado. Fue tu habitación o la mía, caminar a quince centímetros de distancia por el pasillo, fue Luke apretándolo contra la pared en cuanto se cerraron las puertas del ascensor. Luke era diferente. Estaba hambriento. Desesperado. Dryden volvía a ser el Tirapuertas, estaba de nuevo en Afganistán, en la tienda de Luke descubriendo cuál era su verdadera naturaleza y quién era realmente Luke, y el mundo no tenía límites.

Dryden se quitó el abrigo y lo tiró a una silla para que Luke no notara los pasaportes. Dio dos golpecitos al reloj para que dejara de transmitir el sonido a Q. No utilizaron la cama. Para Luke las sábanas color melocotón eran una pesadilla que se pasaba de la raya. Utilizaron el suelo y después, cuando estaban tumbados sobre la alfombra, Luke tiró de las cortinas y las abrió los centímetros justos para que se viera una llanura de espacio por encima de ellos. Dryden echó hacia atrás la cabeza para beber el polvo de los cometas. Buscó la mano de Luke, pero estaba fría.

Se apoyó en un codo y miró cómo jugaban las sombras en los ojos cerrados de Luke.

—¿A qué te referías antes con lo de que el infierno se ha congelado?

Luke buscó los calzoncillos.

—Cuando llevabas tu lujosa nueva vida, cuando dejaste de contestar mis llamadas, me dije: «Lo perdonaré el día que el infierno se congele».

Dryden tragó saliva. Le pasó una mano por la espalda y notó el relieve de la columna, el tejido de una cicatriz antigua.

—Te dije que lo sentía.

—¿Sí?

Había apagado el transmisor. Podía decirle la verdad: «Soy un agente 00, me ordenaron cortar todos los vínculos con mi pasado, lo hice por nuestro país, lo hice para que tener el cerebro deshecho no supusiera mi fin como soldado, lo hice para que todas las vidas que arrebatamos y el daño que causamos merecieran la pena». Podía decir: «Estoy aquí porque ha desaparecido una directora científica y un jefe de seguridad, tu jefe está gastando una fortuna en la web oscura y tenemos que saber por qué». Podía decir: «En tiempos caminabas orgulloso, ahora ya no lo haces. Me salvaste la vida en una ocasión. Deja que salve la tuya ahora».

Pero en vez de ello, dijo:

—Te va a salir una moradura por el cabezazo. ¿Qué le vas a decir a sir Bertram?

Luke se encogió de hombros.

—Le gusta verme pelear. Como a ti en los viejos tiempos. Imagino que ahora no y por eso me contuviste. —Se dio la vuelta y lo miró—. ¿Me he vuelto demasiado peligroso para ti?

La respuesta sincera habría sido: «Sí, en muchas formas». Pero no dijo nada.

Luke se vistió y pasó por encima del abrigo de Dryden —que se había caído al suelo— de camino a la puerta. Cuando golpeó con el codo la puerta atascada Dryden dijo:

—Te eché de menos.

Pero Luke no le oyó.

Cerró las cortinas. Recogió el abrigo, se sentó en el borde de la cama y volvió a activar el transmisor. Sacó el teléfono robado del bolsillo y fotografió los pasaportes, para contar con los datos, los sellos, la trama y la urdimbre. Las pautas de una vida.

18

Muertas o lo contrario

—Q tiene algo —dijo Ibrahim entrando sin llamar en la oficina de Keator.

Inmediatamente le envolvió el bochorno de los ordenadores, cuyos ventiladores se habían rendido, y la humedad de las monsteras y cintas que bloqueaban la ventana a nivel de calle. La señora Keator estaba moliendo café en un aparato fabricado en las profundidades del siglo anterior. El asa metálica estaba blanquecina de tanto usarla.

—Introdujimos en Q los detalles de los pasaportes que nos envió 004. Son todos legales excepto uno, una falsificación casi perfecta. Q hizo una referencia cruzada con expedientes antiguos y saltó la alarma. El expediente está catalogado como ultrasecreto.

—Es una historia antigua —dijo la voz de Bill Tanner, el jefe de Personal a las órdenes de M, ascendido hasta un escalón por debajo de él durante sus carreras. Ibrahim cerró la puerta tras él y vio que se había dejado caer en una silla y tocaba un trozo de espuma que sobresalía en el tapizado. Su cara estresada mostraba una sonrisa sarcástica, como una escarapela en la crin de un caballo agotado—. Inmersión de emergencia y ultrasecreto… ¿Te acuerdas de esos tiempos, Dolores?

—¿Qué historia antigua? —preguntó Ibrahim.

A la señora Keator le temblaban las manos cuando echó el

café en una cafetera de émbolo y al levantar el hervidor derramó agua en la bandeja.

—El muerto.

—No está muerto —aseguró Tanner cruzando las piernas.

—¿Lo sabes a ciencia cierta? —preguntó Keator fijando los ojos en Tanner.

—La misión de Bond es hacer milagros. Además, me debe cincuenta libras. Las perdió al golf. James no dejaría de pagar una deuda.

Ibrahim franqueó los montones de libros y llevó la bandeja a la mesita de cristal, que lucía una grieta profunda que nunca se había arreglado. Pensó que tendría que hacer algo al respecto. La señora Keator le tocó el antebrazo y a través de la camisa sintió el temblor de su cuerpo. Llevaba un vestido de terciopelo negro Vivienne Westwood Vintage, anterior a su tiempo, con estilo, muy alejado de sus gustos, pero Aisha le había dicho que seguía siendo una rebelde con clase, como siempre. Cómo podía sobrevivir con tantas capas en aquel horno escapaba a su comprensión. Se secó la frente.

—Los milagros son para los niños —recalcó la señora Keator mordazmente—. Haz algo útil y baja el émbolo de la cafetera. —Después señaló con un dedo hinchado hacia Ibrahim y le dijo—: Habla.

Tanner suspiró y se encargó del café.

—Yuri Litvinnof se unió a nuestro objetivo como asesor hace un año.

—¿Objetivo? —lo interrumpió Tanner sin levantar la vista—. Creía que estábamos protegiendo a sir Bertram.

La señora Keator le hizo un gesto de impaciencia con la mano.

—Es la firma del pasaporte —explicó Ibrahim—. Q comparó la letra con todo lo que tenemos archivado y obtuvo una coincidencia. Una tarjeta de visita entregada a uno de nuestros agentes por un tal Michael Dobra a finales de los años noventa. La tarjeta está en nuestro poder porque nos la entregó la agente 765. El resto del expediente está casi vacío. Pero la tarjeta tiene una firma, una floritura innecesaria. La firma de Yuri es diferente, por supuesto, pero Q opina que la caligrafía es la misma. Disparó una alarma.

—¿Metafórica o literalmente? —preguntó Tanner haciendo una mueca al quemarse los dedos. La boca de la cafetera estaba rota.

—De las dos formas —contestó Ibrahim frunciendo el entrecejo en dirección a Tanner.

—Continúe, chaval —le animó la señora Keator.

La pantalla de la mesa de Aisha mostraba una fotografía de Michael, alias Yuri, cuando era veinteañero. Tenía tan demacrada la pálida cara que parecía que sus largos dedos la habían estirado de la barbilla a la frente. Pelo negro peinado hacia atrás. Ojos enrojecidos libidinosos. Aisha enganchó con el pie una silla cercana y la envió hacia Tanner. Este la había entrevistado y a ella le gustaba su hastío sarcástico; le recordaba a los catedráticos de Física en Cambridge, que veían la vida diaria a través de una pantalla de liviana indiferencia que rayaba en la decepción.

Tanner se sentó e intercambiaron una rápida sonrisa.

—Parece que tiene todo un historial.

—El padre de Yuri, o Michael, era un mafioso albanés. Yuri comenzó su carrera como sicario. Estaba destinado a heredar el reino, pero cuando asesinaron a su padre, los lugartenientes lo rechazaron. No les gustaba su temperamento.

—¿Quién asusta a la mafia albanesa?

Aisha enarcó una ceja.

—He buscado sus antecedentes penales. Evidentemente, no tiene ninguna condena. Pero el expediente dice que la policía encontró al dueño de un restaurante de la zona de Yuri, que se había retrasado en el pago por protección, cocinado vivo en una freidora. Poco después, la novia embarazada de Yuri apareció ahogada en un acuario.

—Muy teatral —comentó Tanner.

La señora Keator resopló.

—Bebida, drogas, apuestas, tortura. Yuri no es un tipo al

que se quiera al mando de una operación, si se desea que sea estable —continuó Aisha.

—¿Nos hemos tropezado antes con él? —preguntó Tanner.

—Al parecer sí —contestó Aisha—. La agente 765, de la Sección F, con base en París. Comenzó como ayudante de segundo grado en operaciones de campo y la ascendieron después de llevar a cabo una operación conjunta con 007. Según el expediente, ella le salvó la vida. Dimitió hace diecinueve años para dedicarse al sector privado. En la actualidad trabaja en gestión de crisis. Su verdadero nombre es Mary Ann Russell.

—Qué desperdicio de recursos —intervino la señora Keator.

—¿Por pasarse al sector privado? —preguntó Aisha.

—Por salvarle la vida a James —respondió bruscamente la señora Keator—. Mira lo que ha hecho con ella. Desaparecido o muerto sin dejar ninguna información valiosa. ¿Para qué se hizo ese contacto?

Aisha desplazó el contenido de la pantalla hacia abajo.

—Russell se reunió con esa persona en un casino de París después de la operación conjunta con Bond. Informó sobre el contacto, pero no hubo seguimiento. Tampoco aparecen muchos detalles sobre la naturaleza del encuentro. Se decidió que Yuri no era una amenaza activa.

—¿Quién lo decidió? —preguntó la señora Keator acercándose a la pantalla.

Aisha tamborileó con los dedos en el escritorio.

—No aparece ningún oficial asignado al caso. Un momento, dice que Russell vio recientemente a esa persona y lo comunicó.

—Quizá no sea un desperdicio de recursos —indicó la señora Keator.

—Russell se reunió con sir Bertram cuando estaba trabajando para un amigo de este, un magnate naviero cuyo vertido de petróleo molestó a los accionistas, entre otras cosas. Russell dirigió la operación de limpieza.

Tanner exhaló un profundo suspiro.

—Probablemente ahora utiliza el nombre de Mary Ann.

—Te llamaremos Mary si no aprendes a moderar tu tono en mi taller —intervino la señora Keator—. Continúe.

—No hay mucho más. Russell se puso en contacto con nosotros hace un año para avisarnos de que había visto a Yuri con sir Bertram.

—Aisha, Ibrahim, ¿hay alguna explicación de por qué no hubo un seguimiento por nuestra parte?

Los dos miraron de reojo hacia la pared transparente que los separaba de Q.

—Ninguna disponible —respondió Ibrahim.

—A menos que se hiciera un seguimiento —aventuró Aisha— y solo fuera visual.

—Cuéntanoslo a los humildes técnicos. ¿Qué vieron tus ojos? —preguntó la señora Keator dándole un codazo a Tanner.

Este se dio una palmada en los muslos y se puso de pie.

—Por desgracia no a Mary Ann Russell. Seguro que James se enamoró de ella incluso antes de que le regalara una sonrisa. Buscaré el informe y os daré una respuesta a los humildes técnicos. ¿Qué te parece? ¿Contenta?

—Hace muchos años que no lo estoy —contestó la señora Keator mirando con el entrecejo fruncido a la pantalla de Aisha—, pero no puedo echarte la culpa, Bill.

—Imagina mi alivio. —Hizo una mueca a Aisha y miró a la segunda pantalla, que mostraba el expediente de Ruqsana Choudhury—. ¿Cuándo va a ponerse en contacto 009 con esa amiga suya, la activista?

—Esta noche. Q ha estado introduciendo recuerdos de su infancia en Facebook y da la impresión de que poner en marcha los algoritmos funciona. Casi me asusta mi poder. Choudhury ha pedido ayuda a 009. Solo hay un problema, está ocupando un edificio de la policía.

—No sería un trabajo gubernamental si no implicara cierto papeleo. Buen trabajo. Infórmeme si Q recibe otras voces del pasado. —Estaba moviendo la silla bajo el escritorio cuando se detuvo, tamborileó con los dedos en el respaldo y dijo—: Muertas o lo contrario.

La señora Keator observó cómo se iba. Después volvió a su oficina e inspiró el olor a suelo húmedo, aliviada por haber vuelto a su calor. No le quedaba calidez en los huesos. Descolgó el antiguo teléfono de baquelita y llamó a Moneypenny.

19

Viejas amigas

Hacía una mañana bonita para conducir. Moneypenny había pedido hacía poco a la Sección Q que convirtiera en eléctrico su Jaguar E-Type Series 1 4,2 de 1967 en color verde británico de competición, y dio rienda suelta al motor de iones de litio para que los 402 caballos y las 442 libras-pie de torque produjeran la misma sacudida en su cuerpo que la que sentía en un avión de combate cuando salía disparado por la pista de despegue, pero no hubo rugido ni sacudidas ni estruendo. Volaba silenciosamente por encima de un valle, que descendía abruptamente a la derecha, hacia una cuenca de niebla. Más allá, las vías férreas y los postes telefónicos atravesaban los campos bañados en bronce.

Redujo la velocidad cuando la carretera serpenteó por las colinas, en las que se ocultaban a la vista las villas de piedra de Bath y cristal. Le sorprendió que Mary Ann Russell se hubiera instalado en un granero reformado al norte de Bath, una ciudad que siempre le había parecido una contradicción, grandiosa, pero en cierta forma nostálgica, un monumento a los placeres romanos y georgianos, que jamás había recuperado su utilidad. Cuando llegó a lo más alto de la carretera se hizo sombra brevemente con una mano. Medialunas dibujadas en curvas doradas y verdes abrazaban con delicadeza el valle, y el sol reverberaba en las rejas de ventanas enormes y simétricas. Pensó si Mary Ann Russell compartiría la nostalgia de la ciudad. Era muy extraño que alguien se retirara del Servicio. Salió por la siguiente hondonada en dirección a un bosque y encontró la casi escondida entrada. Subió por la crujiente gravilla y apagó el motor.

Mary Ann Russell esperaba en la puerta. Todo un lateral del granero se había cubierto con cristal, y vio a un hombre descalzo con pelo rizado y piel oscura preparando el desayuno en una encimera de granito. Le acompañaba una niña a punto de ser mujer, que enrollaba una estera para hacer yoga.

Mary Ann Russell levantó una mano.

—Bienvenida a la jubilación.

—Podría acostumbrarme a esto —dijo Moneypenny—. Pero creía que estabas trabajando con tu marido en gestión de crisis.

—Ya he tenido suficientes crisis —explicó Mary Ann haciendo una mueca—. Digamos que le he prestado a Assim la gracia de mi sabiduría.

Mary Ann medía más de uno ochenta y tenía la elegancia y el porte de una atleta. El pelo rubio le llegaba a la cintura, como siempre. Llevaba una boina negra y un ajado impermeable Driza Bone. Evidentemente no iba a invitarla a pasar. Se oyó un ligero revuelo detrás de la puerta y Mary Ann la abrió para que saliera un pastor alemán que saltó hacia Moneypenny, listo para colocarle las patas en el pecho, pero su dueña dio un silbido corto y el perro se sentó inmediatamente. Moneypenny le acarició las orejas.

—Gracias por aceptar verme habiéndote avisado con tan poco tiempo.

—Siempre es agradable ponerse al día con los antiguos colegas —dijo mientras miraba por encima del hombro y atraía la atención de los ocupantes de la cocina—. Vamos, al perro le gusta correr como un loco alrededor del estanque.

El estanque era una piscina natural en el jardín trasero en cuya superficie había juncos marrones. El agua se deslizaba por un costado en un continuo flujo que mantenía húmedas las espadañas de la orilla. El jardín estaba organizado en bancales, con un sendero que subía la empinada colina. Moneypenny siguió a Mary Ann, que iba arrancando flores muertas por el camino. El perro corría entre ellas. Moneypenny divisó a lo lejos el brillo del puente colgante de Clifton suspendido entre las nubes.

—¿Cuántos años tiene tu hija? —preguntó Moneypenny.

Mary Ann sonrió por encima del hombro.

—Lo sabes perfectamente. Abandoné el Servicio cuando nació.

—Estudiante de segundo grado en Edimburgo. ¿Ha vuelto para pasar las vacaciones de Navidad?

—Así es. Clare no sabe lo que hago, quiero decir, lo que hacía. Y me gustaría que siguiera sin saberlo. —Mary Ann se puso frente a ella en el sendero—. No me malinterpretes, Penny, pero no te he echado de menos.

—Si eso es verdad, ¿por qué informaste sobre tu contacto con Michael Dobra el año pasado?

Mary Ann contuvo el aliento. Después se inclinó para acariciar al perro, que salió disparado camino arriba.

—Vamos. —Condujo a Moneypenny a un banco en lo alto del jardín. Se sentó y suspiró—. Imagino que jamás encontré el botón de apagado para el sentido del deber. Veo que tú tampoco.

—Nunca lo he buscado —contestó Moneypenny cruzando las piernas.

—Inténtalo —sugirió Mary Ann con la mirada moviéndose de un lado a otro del techo del granero—. No es una mala sensación. Aunque hay momentos…

—¿Sí?

—Estábamos haciendo unos trabajos para un sapo bastante odioso de la industria petrolera, un contacto de Assim. No me entusiasmaba, pero limpiar el medioambiente nos parecía fundamental y era un cliente importante. A veces echo de menos la transparencia. Quiero decir, hicimos cosas que moralmente eran turbias, por supuesto que las hicimos. Pero siempre había una sensación de transparencia. Imagino que la del deber, aunque a lo que se resumiera fuera a un juego de policías y ladrones. La última vez que trabajé con James...

—Se abotonó el impermeable—. ¿Qué tal está James? No vino a nuestra cita anual.

La cara de Moneypenny no dejó translucir nada.

—Ya conoces a James. Cuando no te deja plantada, te decepciona.

Mary Ann se echó a reír.

—Es verdad. En cualquier caso, nos invitaron a Assim y a mí a una fiesta en la que conocimos a Bertram Paradise. Supongo que sabes de quién hablo.

Moneypenny se quedó callada.

Mary Ann le tocó con la rodilla.

—La misma Moneypenny de siempre. Entonces vi a Michael Dobra. Me produjo escalofríos.

—No dices mucho en tu informe sobre ese primer encuentro.

Mary Ann frunció el entrecejo.

—¿No? Se lo conté con todo lujo de detalles a Bill Tanner. James también lo incluyó en su informe de la operación, que se llamaba Panorama para Matar. No recuerdo por qué no estabas coordinando a James entonces.

—Estaba solucionando un problema en Viena. Se suponía que James iba a regresar a casa para que sir Miles Messervy le diera un tirón de orejas, pero pasó por París y lo asignaron a tu operación.

—Es verdad. Era la primera vez que trabajábamos juntos. Recuerdo que James me dijo que esperaba descubrir si quedaba algo en ese manido cuento de hadas de pasarlo bien en París. —Se miró la palma de la mano y reprimió una sonrisa—. Después de la operación, James y yo hicimos el típico viaje a París en primavera, que incluyó una noche en las mesas de póquer del Club Elysées. James limpió a un gánster joven, que después nos invitó a una copa. Bueno, no era a champán rosado y violines, pero, como te he dicho antes, no hay botón de apagado para el sentido del deber, así que fuimos. El gánster se llamaba Michael y quería hacerle una propuesta a James. A mí prácticamente no me prestó atención. Quería hablarle de un nuevo negocio, un negocio en el que le iría bien un asesino como 007. Recuerdo el engreimiento en sus ojos cuando lo dijo, el deseo de impresionarlo. Por supuesto, James era famoso por no inmutarse y no parpadeó. Michael se sobrepuso a su decepción e hizo una oferta. Un nuevo equipo internacional de matones y terroristas. Tanta bebida, bencedrina y primaveras en París como quisiera. A cambio, lo único que tenía que hacer era traicionar a su país y unirse a Rattenfänger.

El perro ladró. Estaba husmeando en un extremo del jardín. Otro perro se unió a sus ladridos. Moneypenny se apretó el abrigo.

—¿Qué dijo Bond?

—¿A qué te refieres con qué dijo? —preguntó Mary Ann arqueando una ceja.

—¿No aceptó?

—Aceptó la tarjeta de Michael. Después informamos de todo a Tanner. ¿Has dicho que el informe está incompleto?

Las puertas correderas de la parte trasera del granero se abrieron y Assim silbó para que entrara el perro.

—¿Qué pensaste de que Michael estuviera con Paradise?

—Nada bueno. Si fueras Rattenfänger, ¿no te gustaría tener el poder para poner fin a las sequías o frenar la erosión costera para venderlo al mejor postor? Si se quieren estaciones de lluvia más prolongadas o potenciar los caladeros, sir Bertram puede hacerlo. Si se quieren apagar incendios, también puede hacerlo. O dejar que sigan ardiendo. Es un activo muy valioso para un grupo como Rattenfänger.

—Convertir la crisis climática en un arma.

—Ya se ha hecho. Ahora que las comunidades más privilegiadas están sufriendo el impacto de las inundaciones y los incendios es cuando nos preocupamos por hacer algo al respecto. No me hagas hablar, Penny. La idea de dejar a mi hija en un mundo así…

Moneypenny vio que Clare salió a la puerta con Assim y silbó.

—¿Tuviste la sensación de que sir Bertram no se sentía cómodo en compañía de Michael? O Yuri, como se hace llamar ahora.

Mary Ann esperó a que su marido y su hija entraran con el perro.

—Había algo entre ellos, me dio la impresión de que Michael estaba protegiendo de alguna manera a sir Bertram, aunque su jefe de Seguridad estaba allí también. Un hombre llamado Robert Bull, un tipo con aspecto repugnante. Se lo conté todo a Bill Tanner.

Moneypenny se tocó el reloj, diseñado por Nanna Ditzel para Georg Jensen con acabado satinado. Si sir Bertram se sentía presionado por Rattenfänger y su propio equipo de seguridad se estaba desmoronando, ¿qué podía hacer? Quizás encontrar una solución en el oscuro pasado de su segundo al mando. ¿Cuánto le costaría a un hombre con un ordenador cuántico encontrar a Joseph Dryden en el pasado de Luke?

Moneypenny lo imaginó como un espejo. Había ordenado a 004 que se aprovechara de su relación con Luke para infiltrarse en el círculo de Paradise. Quizás este le había pedido a Luke que encontrara a otro guardia de seguridad sabiendo que llamaría a su viejo amigo o quizás incluso sabedor de que —dependiendo de lo bueno que fuera realmente su ordenador— Steel North era una tapadera y de que Dryden era un agente 00. Sir Bertram había reclutado a su propio agente 00 y ella le había hecho el trabajo de campo induciendo a Dryden a que hiciera el contacto.

¿Había dejado sir Bertram entrar a 004 en su grupo para que se encargara de Yuri? Parecía lo suficientemente arrogante como para pensar que podía sustituir al MI6. Y, de ser así, ¿cuánto sabía Luke Luck de la verdadera identidad de Dryden? Los informes de Q indicaban que no sabía nada.

Quizás era realmente la versión de Paradise de una llamada de socorro. Se sacudió el barro de los pantalones de lana. Quizás había telefoneado al Gobierno de Su Majestad. Suspiró. Le habría venido muy bien el historial de Yuri antes de organizar la operación, pero Bill no parecía querer compartir nada.

—Moneypenny…

—¿Sí? —contestó esta levantando la vista.

—¿Va todo bien? —preguntó estudiando su expresión.

Moneypenny rozó suavemente su rodilla con la de Mary Ann.

—Siempre te he considerado una amiga, Mary Ann. Gracias.

—Avísame si puedo hacer algo más. —Su voz era firme y tenía una mirada de acero. No había nostalgia en aquella profesional.

—¿Y el botón de apagado del sentido del deber?

Los labios de Mary Ann se curvaron hacia abajo y dibujaron una sonrisa invertida.

—No tengo.

Cuando Moneypenny se alejó, vio por el retrovisor que Mary Ann abrazaba a su hija. Llamó a la Sección Q y le pidió a Aisha que diera nuevas órdenes a 004. Aislar a Yuri, descubrir el tipo de relación que mantenía Rattenfänger con sir Bertram y hacer uso de su licencia para matar.

20

Acción gubernamental

Hacía tres semanas que la Better World Coalition había ocupado la comisaría de policía más segura de Europa. Las cámaras de vigilancia colocadas en la cubierta de hormigón de Paddington Green transmitían las imágenes del tráfico en Edgware Road a las pantallas de recepción, en ese momento observadas por feministas, anarquistas, socialistas y defensores de la justicia climática. Las ventanas de la torre mostraban veintiuna letras pintadas con espray: SIN JUSTICIA NO HABRÁ PAZ. Pero la verdadera actividad se desarrollaba bajo tierra, donde había un reflejo de la torre, como proyectado por un estanque sucio. Aquellas celdas subterráneas habían encerrado durante casi cincuenta años a terroristas del IRA, hombres bomba y detenidos llevados allí desde Guantánamo. Después, antes de irse, la policía transformó la cárcel de Paddington Green en un centro de entrenamiento para la guerra que los manifestantes habían convertido en un recinto en el que impartir talleres, intercambiar conocimientos, proyectar cine y ofrecer música y conferencias. Ruqsana Choudhury, la amiga de infancia de 009, estaba dando una charla sobre la nueva legislación gubernamental destinada a frenar el activismo climático. Tal como un crítico había publicado en Google: «Un excelente espacio vital y un centro festivo anticapitalista».

003 no notaba ninguna vibración festiva, sino que tenía la sensación de «vais a ser unos buenos rehenes».

—¿Eres funcionaria? ¿De qué tipo?

La pregunta provenía de un adolescente que, si aquella situación la estuviera filmando un dron en Oriente Próximo, se describiría como hombre en edad militar. Llevaba capucha y máscara, y estaba detrás de un mostrador en el que brillaban cientos de llaves en la parpadeante luz de un generador.

—Del mal pagado —contestó Harwood.

—Eso es más que un contrato por horas sin horario definido —dijo el joven—. Gana más que los míos y yo, señora.

Harwood miró a Bashir.

—No se puede argumentar contra esa lógica.

—Hemos venido a petición de Ruqsana Choudhury —explicó Bashir.

—¿Conoces a Ruqsana? —preguntó el joven con sonrisa de suficiencia mientras miraba a Bashir de arriba abajo—. Seguro.

Harwood puso una mano apaciguadora en el brazo de Bashir.

—Quizás a Ruqsana ya no le interesan los hombres que visten camisas hechas a medida, pero no se lo eches en cara a mi amigo. Tiene un complejo de inferioridad que superar. Toda ayuda es bienvenida. —El joven resopló, Bashir le lanzó una mirada feroz y Harwood continuó—: Ruqsana nos ha dicho que necesita nuestra ayuda. Estáis aquí porque queréis que el Gobierno actúe. Al menos, eso es lo que parece.

El joven chasqueó la lengua.

—No me importaría actuar contigo.

Harwood apoyó una cadera en el mostrador.

—Satisfacción garantizada.

Otro resoplido.

—No sois propiedad del Estado. Un momento. —Su cara se iluminó de azul cuando se inclinó hacia el teléfono y envió y recibió un mensaje—. Podéis bajar. Cuidado con el desorden. La policía no sabe limpiar su mierda. —Otra mirada a Bashir—. Y tú, cuidado con las prácticas de tiro.

—No necesito practicar.

—Estos policías..., tú eres el blanco. Las escaleras están por ahí.

Harwood guardó silencio y leyó los carteles pegados a las paredes de las escaleras hasta que estuvieron bajo la ciudad: 200 MILLONES DE PERSONAS DESPLAZADAS POR EL CLIMA PARA EL AÑO 2050; EL ESTILO DE VIDA DEL 10 % DE LAS PERSONAS MÁS RICAS ES RESPONSABLE DEL 50 % DE LAS EMISIONES DE CARBONO; EL RECALENTAMIENTO DE LA TIERRA ALCANZA SU MAYOR NIVEL EN 125 000 AÑOS.

Casquillos de escopeta y seguros de granadas de mano crujían bajo sus pies. Abajo se oía el retumbar de gritos y un bajo. Miró a Bashir y vio que su ceño estaba más marcado. Sintió que le faltaba el aire, como si las escaleras se fueran estrechando.

—Se llama encanto —dijo finalmente.

—No cabe duda de que llamarme inferior es encantador.

—Ha sido encantador para el objetivo. Además, si rebobinas, te darás cuenta de que no he dicho eso, sino que tenías complejo de inferioridad.

—Odiaría ser simple al respecto. Sé que te aburres fácilmente.

Harwood hizo una mueca.

—La torre se come a la reina, señor Bashir. Nunca me recuperaré. Dime entonces por qué te has comprado de repente camisas en Turnbull and Asser, si no es porque James te llevó allí para que te tomaran medidas cuando trabajasteis juntos por primera vez.

Bashir aspiró por la nariz.

—Ruqsana cree que soy un funcionario que ha ascendido por la vía rápida. Tengo que interpretar ese papel.

—Podría decirse que vas vestido para matar.

Bashir le lanzó una mirada amenazadora.

—Podría. Ruqsana ha tocado fondo. En primer lugar representa a los manifestantes gratis. Muy bien. Y ahora está bajo vigilancia también. No es la mujer que conocí. Nuestra misión se limita a encontrar a la doctora Zofia Nowak y conseguir lo que sepa sobre sir Bertram y su tecnología. Así que, si he de hacerlo, iré a Turnbull and Asser.

—¿Por la reina y la patria?

—Algo así.

Harwood se echó a reír.

—Un día de estos tendrás que elegir un bando.

—Tiene gracia que lo digas tú.

Harwood hizo caso omiso al comentario y pasó por encima de una grieta que imaginó tan grande como el abismo que se abría entre ellos.

—Te gusta hacer alarde de que estás fuera, de que para ti no hay reina y patria, solo la vida intelectual. Pero tu amiga se resiste, acaba en unas listas de vigilancia que tú y yo sabemos que se preparan para justificar el exceso de vigilancia, y crees que ha tocado fondo.

—Es una cuestión de sentido común —explicó Bashir—. Este tipo de protesta, cualquier tipo de protesta, ¿qué va a conseguir? El juego está amañado.

—¿Y qué sugieres que hagamos? ¿Hacer volar el juego? Eso solo funciona con las personas que tienen un ático acogedor desde el que ver las llamas. Ahora que lo pienso..., personas como Bertram Paradise.

—¿No te cae bien el mesías?

—¿Qué incentivo tiene para un multimillonario cambiar el sistema que lo ha hecho rico?

—Quiere vivir, como el resto de nosotros.

Harwood entrelazó brevemente un brazo con el de Bashir.

—No todo el mundo es tan lógico como tú, cariño —dijo antes de soltarse y empujar la puerta de emergencia que había al final de las escaleras, teniendo cuidado con las esquirlas de un cristal de seguridad con una fractura radiante que atribuyó a un disparo de escopeta. La práctica hace al maestro. La inundó aire atrapado durante décadas en una botella y con él, desesperación y miedo, vibrando con música *grime*. En el pasillo no había casquillos dejados por policías que practicaran para posibles asaltos a bloques de viviendas; en un rincón había una escoba sobre un limpio triángulo de latón. Pero seguía habiendo un cartel a tamaño natural grapado a la pared de un hombre del sur de Asia vestido con traje, una pistola en la mano y una diana en el corazón. Bashir se detuvo.

—A eso se refería —dijo Harwood—. Somos el blanco.

Bashir arrugó la nariz.

—No somos el blanco del sistema, Johanna.

—¿No?

—¿Tú y yo? No. —Continuó andando—. Nosotros somos el sistema.

Pasaron por una cocina con un cartel en el mostrador que rezaba OFICINA DE INFORMACIÓN, junto a un montón de panfletos y otro escrito con rotulador que ofrecía un menú de bandejas con comida horneada para la cena. Un grupo de mujeres de la edad de Harwood miraba un mapa y hablaba sobre defensas contra una redada policial. La puerta de una sala de personal, en la que se estaba acalorando un debate sobre si invitar a la prensa, estaba abierta. El siguiente pasillo era una fila de puertas metálicas azules. Las celdas.

Notó un nudo en el estómago. De repente se sintió ingrávida: levantada del suelo, lista para que la llevaran a golpes por ese pasillo, perseguida por risas. Pero no eran de los guardias de Rattenfänger que querían divertirse. Era un grupo de personas apilando sillas e intercambiándose papeles. En el centro, Ruqsana Choudhury ofrecía su tarjeta mientras con la otra mano mecía torpemente a un bebé en la cadera. Por la forma en que se elevaron las cejas de Bashir, el bebé era una noticia desconocida. Por la forma en que se mantuvieron elevadas, Ruqsana era más que una amiga. Harwood reparó en la mirada de absoluta concentración de la abogada y en la alegría de su sonrisa, y supo el porqué.

—¡Sid!

Bashir bajó los hombros y fue hacia ella.

—Ruqsana, no me digas que el niño es atrezo político.

—Corazones y mentes, Sid, qué crees. Esta es Hope.

Harwood se quedó atrás cuando Sid se arrodilló para quedar cara a cara con la niña, le movió los dedos y se rio cuando la niña lo hizo también.

—Gracias por venir —dijo Ruqsana, y después dudó al ver a Harwood—. Creía que ibas a venir solo.

—Soy su escolta —dijo Harwood intentando esbozar una expresión transparente—. Estoy aquí para que no tropiece.

—¿Eres abogada también?

Harwood entendió la suposición y asintió.

—Entre nosotras, cuando la policía recupere este lugar vais a tener problemas muy serios.

—Tiene razón, Ruqsana —intervino Sid—. Sal conmigo ahora, tomemos algo y me dices en qué podemos ayudarte. Estoy seguro de que no quieres que hagan daño a Hope.

—La amamanté en Greenham Common, así que corta el rollo —dijo Ruqsana mirando por encima de sus hombros. Harwood siguió su mirada y vio una fila de jóvenes acarreando cajas con máscaras, listas, imaginó, para el gas lacrimógeno. Después Ruqsana indicó con la cabeza hacia la celda número doce—. Ve allí y cierra la puerta.

—No se quedará bloqueada, ¿verdad? —preguntó Harwood.

En la celda había un banco, eso era todo. No había ventana en la puerta ni en los ladrillos ni en el techo. Jirones de papel marrón temblaban en las paredes. Cuando llevaban a terroristas suicidas allí, era de vital importancia conservar cualquier prueba de material explosivo en su ropa. El papel marrón impedía que la frotasen. Harwood se sentó, colocó las manos en el regazo y se pasó un dedo por una muñeca libre de ataduras y en la que se habían cicatrizado las marcas de las agujas. Movió el reloj. Bashir cerró la puerta.

—Tu mensaje decía que todo esto tiene algo que ver con la próxima conferencia de las Naciones Unidas sobre el cambio climático.

—Hasta cierto punto. Es por Zofia Nowak, la directora científica de Bertram Paradise en Berlín.

Bashir suspiró.

—Si me has hecho venir aquí para que hable con el ministro sobre un informante, deberías saber cuál es su palabra menos favorita.

—Qué extraño, creía que su palabra menos favorita era pensión alimenticia —replicó Ruqsana dándole un codazo a Bashir en las costillas.

—Eso son dos palabras —dijo antes de mirar a Hope—. No me digas que...

—Por favor, ¿crees que llamaría Hope a la semilla infernal de ese cerdo?

—Supongo que conociste al buen ministro —intervino Harwood.

—Aceptó mi apoyo a un subsidio para los refugiados.

—¿Y tú y tu subsidio no estuvisteis encantados? Me sorprende.

Una burla.

—A él también le sorprendió.

—Imagino que Zofia Nowak y tú arreglasteis el mundo cuando os conocisteis —dijo Harwood cruzando las piernas.

Ruqsana asintió.

—Fue en la Cumbre del Clima en Katowice. Estamos muy unidas desde entonces. Zofia conocía esta acción planificada. Estuvo pensando en venir y dar una charla sobre tecnología y clima, pero sabía que pondría en peligro su trabajo. Después, hace tres semanas, recibí un correo electrónico en el que me decía que sir Bertie quizá llamaría para ofrecer algún tipo de ayuda. Un cambio radical.

—Dudo mucho que un amigo del Gobierno como sir Bertram ofrezca ayuda a unos ocupas encumbrados —dijo Bashir—. Sin ánimo de ofender.

—Me has ofendido mucho. —Otro codazo en las costillas—. Dije lo mismo, excepto sin tu cinismo robotizado, cuando contesté. —Se volvió hacia Harwood—. Recibí una respuesta automática que decía que Zofia estaba de permiso. No había mencionado nada al respecto. Al principio creí que vendría a Paddington Green, pero he llamado a todos mis contactos para preguntar por ella. Ha desaparecido de la faz de la Tierra.

—Y empezaste a tener sueños. Se te ocurrió lo peor —dijo Harwood mirando a los ojos a Ruqsana.

Bashir cambiaba el peso de un pie al otro.

Ruqsana tragó saliva.

—Zofia me dijo algo en una ocasión.

—Te dijo que tenía miedo de alguien —aventuró Harwood suavemente.

Ruqsana asintió.

—¿De quién?

Entonces, el edificio se estremeció.

21

Un agente trajeado

—¡Policía!

El grito atravesó el edificio, seguido de otra detonación. Los lloros de Hope rebotaron en la celda.

Harwood se levantó con el corazón acelerado.

—Tengo que salir de aquí —dijo Ruqsana.

Bashir se interpuso en su camino.

—Espera —pidió mirando a Harwood—. Podemos decirles quiénes somos. Nos dejarán ir con Ruqsana.

Las luces se apagaron.

—No voy a abandonar a los que me necesitan solo porque seáis miembros del club —les previno Ruqsana.

La conversación se vio interrumpida cuando un grito horadó el aire.

—¡Están bajando!

—¿Dónde está la caja de fusibles? —preguntó Harwood.

—¿Caja de fusibles?

—Hay diez pisos y diez puertas. Me he fijado en el mecanismo. Puedo encerrarlos electrónicamente desde aquí.

—Pero la policía ha cortado la electricidad —repuso Ruqsana.

—Las puertas funcionan en otro circuito, en caso de que se dé esa situación.

—¿Cómo lo sabes?

Harwood miró a Bashir y este agarró a Ruqsana por el brazo.

—No soy el tipo de funcionario que crees.

—¿Y de qué tipo eres entonces?

—La caja de fusibles. ¿La has visto? —repitió Harwood.

Ruqsana estudiaba a Bashir con los ojos entornados.

—La tienda de información.

—De acuerdo. ¿Sabes lo que estoy pensando? —preguntó Harwood a Bashir.

—La tendré preparada.

Harwood le sonrió, no porque él lo necesitara, sino porque quería sonreírle, porque quería decirle: «Me encanta trabajar sincronizada contigo». Pero, en vez de ello, se volvió hacia Ruqsana y le agarró el brazo.

—¿A quién le tenía miedo Zofia?

—No tenemos tiempo.

Harwood apretó con fuerza.

—He perdido a un amigo. Haría cualquier cosa porque volviera. Tienes capacidad de obrar.

Hope gimió.

—A un hombre llamado Robert Bull. El jefe de Seguridad de Paradise.

—¿Qué te dijo? —preguntó Bashir.

—Zofia creía que le había intervenido el teléfono. No sé. No puedo hablar hasta que todos los manifestantes estén a salvo.

—Entonces, ¡manos a la obra!

Harwood salió. Oyó ruido de botas, botes de humo que rebotaban y escudos que entrechocaban y se acercaban como una armadura blindada por las escaleras. Los manifestantes gritaban a su alrededor. Cada facción había ido allí con una intención diferente: que los detuvieran, ocupar el edificio tanto como pudieran, atraer la atención de los medios de comunicación a su causa y escapar mientras fuera posible. Era un caos, algunos movían los muebles para bloquear las puertas con barricadas, otros gritaban que había que votar si se rendían o no, y otros aseguraban que solo se rendirían si incendiaban el edificio antes.

Harwood llegó a una puerta en la que un grupo de universitarios y anarquistas apilaba archivadores. Ayudó a volcar el último y después agarró del brazo a un joven vestido de negro, con una chaqueta llena de insignias reivindicativas.

—¡Sujetad la puerta! —pidió—. Solo necesito dos minutos.

—No te he visto antes por aquí. ¿Quién eres?

—La caja de fusibles. Puedo ganar algo de tiempo.

Los archivadores rebotaron a sus pies cuando la policía embistió la puerta. El joven asintió.

Las consignas se intensificaron conforme más gente se concentraba en el pasillo, unas contradictorias, otras se superponían y todas eran cada vez más escandalosas:

«¡Sin justicia no habrá paz!».

«Somos pacíficos, ¿y vosotros?»

«¿Quién lo ha paralizado todo? ¡Nosotros!»

«¡Esta es nuestra democracia!»

Harwood cruzó la habitación y cogió una silla para llegar a la caja de fusibles. Después agarró un pisapapeles, se subió a la silla y golpeó el candado. Se rompió. La comisaría más segura del mundo utilizaba candados chinos baratos. Pero la caja de fusibles era tan complicada como las de los espectáculos de luces en Leicester Square. Miró hacia el monitor de las cámaras de seguridad, que también debían utilizar otro circuito, porque mostraba que había policías en todos los niveles de la escalera.

«¡El pueblo unido jamás será vencido! —gritaron las voces al unísono—. ¡El pueblo unido jamás será vencido!»

La puerta retumbó y gimió, pero resistió.

Si podía cerrar las puertas, atraparía a la policía. Sacó el móvil. No había señal, pero eso no iba a ser un problema. Abrió el teclado y marcó #003. Miró por encima del hombro y vio a Bashir y a Ruqsana dirigiendo a una fila de personas hacia el pasillo de las celdas. El gas se filtraba por los conductos de ventilación. Le empezaron a picar los ojos.

—Respiras con dificultad —dijo una voz.

Harwood se colocó el teléfono entre la oreja y el hombro.

—La policía me pone nerviosa.

—¿Estás segura de que estás haciendo lo correcto?

—Dejemos eso para luego. La policía y un ejército de agentes judiciales están asaltando el edificio. No me impresionan. Estoy mirando la caja de fusibles que controla las puertas electrónicas. Quiero echarlos de aquí. Imagino que tienes acceso al esquema.

—Captura y liberación.

—Seguramente te refieres a algún chiste sobre peces. Pero ¿puedes ayudarme?

—¿Es una pregunta de verdad?

Harwood no contestó.

—Muy bien, manténgase a la espera. Ok, tengo el esquema. Presta atención.

Entonces los estudiantes gritaron que la policía había entrado. Harwood juró en voz baja, dejó el móvil en la caja de fusibles, cogió el pisapapeles y saltó el mostrador. El oficial de policía llevaba una linterna y Harwood imaginó la escena: el policía había caído a través de la puerta cuando había cedido y había aterrizado a los pies de diez personas aterrorizadas, que volvieron a cerrarla para dejar fuera a los refuerzos. El policía se estaba poniendo de pie y blandía una porra cuando un adolescente cogió una silla e iba a lanzársela.

—¡No te muevas! —gritó Harwood, y funcionó. La escena tembló. Zarandeó al joven que la había ayudado y las insignias de la chaqueta chocaron entre ellas—. Sube a esa silla, coge el teléfono que hay encima de la caja y sigue las instrucciones.

—¿Quién eres? —volvió a preguntar—. ¿Quién es tu contacto?

—Ruqsana Choudhury —respondió antes de mirar las insignias, sin duda había pasado mucho tiempo colocándoselas—. Si haces lo que te diga la voz al otro lado del teléfono, podremos detener a la policía en la puerta. Intento poner a salvo a todo el mundo y asegurar el edificio.

—¿Cómo sé que no abrirás las puertas? Acabas de aparecer y la policía está entrando.

Harwood abandonó el acento británico.

—Mi abuela no confiaba en la policía de Argel, mi padre no confiaba en la policía de Belfast y yo no he confiado en ella desde que dejé de creer en el ratoncito Pérez —dijo antes de ver una insignia contra la brutalidad policial—. No voy a entregar mi cuerpo a un policía furioso en un sótano oscuro.

El joven se puso en marcha. Harwood le arrebató la silla al adolescente, se abrió camino entre el grupo, agarró al policía por las solapas y lo levantó del suelo. Después lo colocó contra la pared y le dijo que se estuviera quieto si quería salir de aquello, mientras lo sujetaba con una mano en el pecho.

—Así se habla —dijo un adolescente pálido con ojos saltones y una nariz roja que no se había soldado bien después de más de una fractura—. Esto los detendrá.

—¿El qué? —preguntó una mujer cuyo rostro poco compasivo indicaba que se dedicaba a aquello profesionalmente.

—Un rehén.

—Nadie ha dicho nada de hacer rehenes —intervino Harwood volviéndose hacia la mujer—. ¿Verdad?

Esta asintió.

—La idea es ocupar este lugar pacíficamente.

—¿Quién ha dicho que esa era la idea? —gritó otra persona.

Demasiadas facciones, demasiados golpes en la puerta, demasiado miedo y furia fluyendo del pecho del policía a través de su mano hacia el brazo. Preguntó a la mujer el nombre del joven que estaba en la caja de fusibles. Se llamaba Lee.

—¿Qué tal vas, Lee?

—¡Funciona!

Harwood sonrió al policía.

—Es tu día de suerte. —El pecho le empezó a palpitar con mayor intensidad cuando el adolescente de la cara pálida le lanzó una mirada llena del odio que había madurado durante toda su vida. Harwood se volvió hacia él—. ¿Cómo te llamas?

—Ruairi.

—Encantada de conocerte, Ruairi. Quiero que lleves a todo el mundo a las celdas.

—Joder, ¿por qué?

Harwood inspiró para calmarse y vio que el adolescente la imitaba.

—Porque necesito tu ayuda, Ruairi. Te lo pido por favor. Las puertas de las celdas están cerradas y se respira mejor.

—¡Putos gamberros! —gritó el policía.

Harwood bloqueó a Ruairi con el hombro y afianzó los pies en el suelo. Recordó que cuando era pequeña su padre quería rescatar a un perro callejero, pero que este apuntalaba su centro de gravedad en un punto y era imposible moverlo. Por mucho que intentaba convencerlo y tirar de él, el perro seguía pegado al suelo. El joven se echó hacia atrás cuando el policía se lanzó hacia delante y Harwood le golpeó con el pisapapeles.

El policía se desplomó. ¡Mierda!

Harwood se arrodilló, le tomó el pulso y comprobó la respiración. Ambos estaban bien. Dirigió una sonrisa relajada a Ruairi.

—¿Reúnes a todos?

El joven miraba al oficial.

—Mi padre era policía.

—¿Era bueno?

—¿Existe eso?

Harwood colocó al agente en posición de recuperación. «Hago lo que puedo», pensó.

—Vamos, Ruairi. Lee, buen trabajo.

El monitor mostraba que la policía, al ver que las puertas estaban cerradas, evacuaba la escalera. No tenía sentido embestir algo que no iba a ceder.

—Toma tu teléfono —dijo Lee—. ¿A cuánta gente tengo que matar para conseguir uno igual?

—Al menos dos. ¿Quieres salir de aquí?

—¿A qué te refieres?

Bashir y Ruqsana habían reunido a la mitad de los manifestantes en el pasillo, una fila inestable de unas treinta personas con máscaras de gas o pañuelos. Otras tantas se instalaban en las celdas para continuar con la ocupación tanto como pudieran. Cuando Bashir vio a Harwood al final de la hilera le hizo un gesto para que se aproximara. Ruqsana quería quedarse con los manifestantes. Harwood la apartó del grupo.

—Sé que quieres protegerlos y ayudar a Zofia también. Si vienes con nosotros, podrás hacer las dos cosas. Irás directamente a una comisaría, con la ventaja de no estar detenida. —Ruqsana ciñó el abrigo alrededor de Hope—. Piensa en ella.

Ruqsana meció a Hope y apretó tanto los labios que se le pusieron blancos. Asintió.

—Hay una entrada para los repatriados de Guantánamo una planta más abajo —les informó Bashir—. Conduce a un túnel de seguridad que se utilizó durante los bombardeos. —El edificio volvió a estremecerse—. Tenemos que irnos.

Bashir lideró el grupo mientras pasaban por unas duchas en las que los azulejos se habían teñido de color marrón rojizo y una armería vacía. El gas los perseguía. Harwood agarró un brazo de Ruqsana y sintió que alguien le cogía la otra mano. Se volvió y vio a Lee. Apretó con fuerza.

Un corto tramo de escaleras acababa en una puerta metálica. Harwood distinguió la tapa de un tablero de mandos. Cuando empezó a levantarlo con los dedos, Lee le dio una navaja.

—Gracias —dijo Harwood.

La tapa saltó y dejó ver un teclado numérico. Bashir se llevó el teléfono a la oreja y repitió una serie de números. Harwood los apretó. Se oyó un sonido metálico y la puerta se abrió con un siseo.

Durante la Segunda Guerra Mundial se construyeron refugios antiaéreos en túneles paralelos de cuatrocientos metros, con la idea de integrarlos posteriormente en el metro. Harwood sintió el estruendo de un tren circulando en el túnel contiguo. Pero no todos se habían incorporado a la red. Con el tiempo se utilizaron como refugio para los emigrantes caribeños que llegaron en el Empire Windrush, alojamiento donde pasar la noche para las multitudes que visitaron el Festival de Gran Bretaña, cloacas y almacenaje de archivos, y formaban parte de la ciudad subterránea de Londres. Ese túnel se había alisado con cemento y mostraba un gris perfecto cuyas manchas ocasionales hablaban de prisioneros que una vez llevados allí habían intentado resistirse.

Harwood y Lee cerraron la puerta a su espalda.

Bashir colgó el teléfono.

—Por aquí.

—¿Cómo vamos a salir? —preguntó una joven con la cabeza afeitada y manchas moradas en la cara por el gas.

Harwood le preguntó si tenía un teléfono y esta asintió.

—Necesito que enciendas la linterna. Londres cuenta con cloacas, túneles, subestaciones eléctricas y otros muchos espacios subterráneos que tienen que respirar. Como tú. Ni más ni menos. Seguramente nunca te has fijado en los conductos de ventilación que hay por todas partes. Saldremos por uno de ellos. Alumbra hacia delante, por favor.

La mano de la mujer se mantuvo firme y el haz de luz, estable.

El grupo corrió por el andén de una estación de metro con carteles de pastillas para la espalda y medias. Una escotilla de servicio los condujo a otro túnel y después a otro. Por encima de ellos era invierno, pero el otro Londres no conocía el frío. Harwood tenía el cuerpo empapado en sudor. Seguía agarrando a Ruqsana. Las ratas se apartaban de la luz de las linternas, y el polvo y la suciedad se le acumulaban en la boca y la nariz.

—Esta es —dijo Bashir empujando con el hombro una puerta baja de madera sujeta con una cadena oxidada. Lee y la mujer de la cabeza afeitada le ayudaron. La cadena cedió.

Harwood se protegió los ojos del sol de ledes y aspiró el olor a tierra mojada y semillas de mostaza, una combinación que su mente le dijo que era imposible allá abajo. Cuando consiguió enfocar la vista de nuevo se dio cuenta de que estaba en un refugio antiaéreo a mucha profundidad transformado en granja hidropónica. Hileras de estanterías llenaban aquel lugar, todas frondosas, con brotes de guisantes o lechugas a los que no afectaban los cambios de temperatura o las estaciones. Bashir, que se había detenido en el umbral, atravesó las estanterías haciendo zigzag hacia la puerta que había en el otro extremo. Sacó una ganzúa del reloj y la puerta, abierta en treinta segundos, mostró una escalera iluminada por una cuadrícula de sol. Un conducto de ventilación. Los manifestantes parecían aturdidos cuando olieron esos cultivos. Bashir les pidió que subieran la escalera y salieran. Fue alineándolos y paró a Ruqsana poniéndole una mano en el brazo. Después la llevó a la línea de empaquetado.

Ruqsana se inclinó hacia Hope.

—¿Está bien? —preguntó Bashir.

—Sí. —Ruqsana soltó una risa próxima a la histeria—. Su primera manifestación ha resultado ser un éxito rotundo.

Harwood se sentó en un banco y pidió a Ruqsana que se acercara.

—Es mejor que empiecen jóvenes. ¿Por qué creía Zofia que Robert Bull había intervenido su teléfono?

Ruqsana se pasó una mano por la cara y, al retirarla, la palma brillaba.

—Zofia estaba oyendo un pódcast sobre el futuro de la vivienda en Nueva York o algo así y al día siguiente Robert Bull se puso a hablar con ella inesperadamente de la Sociedad para la Conservación Histórica de Greenwich Village. Empezó a llevarle café por la mañana solo los días que no había dormido bien. Se dio cuenta de que el móvil estaba monitorizando su ciclo de sueño, aunque ella no lo había activado. Después la invitó a cenar y ella le dijo que no socializaba con los compañeros.

—¿Y se lo tomó como un caballero?

Ruqsana limpió con cuidado las mejillas de Hope.

—Robert dijo que no serían compañeros durante mucho tiempo. Zofia se asustó, pero él se lo tomó a risa. A pesar de todo, no la dejaba en paz y seguía pidiéndole que salieran juntos. Zofia incluso le dijo que mantenía una relación con alguien, aunque solo habían tenido un par de citas. Robert Bull le comentó que ya lo sabía.

—¿A quién estaba viendo Zofia? —preguntó Bashir.

—A un americano que vivía en Berlín —contestó mirando a Bashir—. Uno de los vuestros. Un agente gubernamental trajeado.

Bashir se metió las manos en los bolsillos.

—¿Sabes cómo se llama?

—Recuerdo que su apellido me pareció poético, Felix... algo.

La linterna del teléfono de Bashir iluminó hacia arriba, había olvidado apagarla.

—¿Felix Leiter?

Ruqsana protegió los ojos de Hope.

—Sí, ese es. ¿Lo conoces?

—Conozco a su sastre.

22

Ícaro

Baikonur era una pesadilla en cuestión de seguridad. La base espacial se extendía a lo largo de cien kilómetros de estepa, escalonada por cauces secos, barrancos endurecidos y vallas desmoronadas por los que los pastores kazajos conducían sus rebaños a su antojo y solo se retiraban a través de los matorrales cuando se iba a lanzar un cohete. Desde que los rusos la habían abandonado, los decrépitos almacenes y silos subterráneos de misiles en el interior de aquel enorme complejo se habían convertido en escondrijo y guarida de contrabandistas y saqueadores. Los lugareños tenían motivos de sobra para estar molestos con la base espacial: desde las enfermedades misteriosas a la falta de agua. El miedo al terrorismo los atemorizaba. Quizás había llegado el momento de pensar dónde ir, pero ¿acaso no estaban en su tierra, entregada a ellos por su Dios?

Joseph Dryden veía esa pregunta en los ojos de las limpiadoras, del personal de la cantina, del equipo de mantenimiento mínimo y la respuesta a ese miedo en los ojos del nuevo ejército privado que vigilaba Baikonur, la milicia de Paradise, integrada por lugareños ansiosos de trabajo. Habían registrado al grupo de Paradise y a los periodistas a la entrada y Dryden se había visto obligado a perder el móvil robado antes de que le cachearan. La base era un polvorín, pero sir Bertram, el mago que iba a mostrar al mundo su último truco, parecía hacer caso omiso. Condujo a la prensa en medio de un viento huracanado hasta la nueva pista de despegue de cemento que se extendía sobre la tierra agrietada. Vehículos de apoyo, cajas con cables y el personal de tierra rodeaban el *jet* 747 reconvertido que lanzaría un cohete ligero cargado con la última colección de satélites de órbita baja.

Sir Bertram estaba explicando por qué eran especiales sus satélites. En vez de uno del tamaño de un camión, que costaban cuatrocientos millones de dólares, él contaba con satélites del tamaño de una cabeza humana que costaban un millón. El lenguaje de Paradise formaba parte de sus muchas excentricidades. Dryden lo había oído acordar con Hester, su publicista, que utilizaría las palabras «balón de fútbol» para describir el satélite, porque era gracioso y fácil de relacionar. Pero en ese momento se reía al explicar a la prensa que una cabeza humana que costaba un millón de dólares era el ordenador más caro del mundo. Mientras que la mayoría de las mentes solo utiliza una fracción de su capacidad —expresado como si esa regla no lo incluyera—, sus satélites hacían un escaneo lineal de la Tierra y sacaban fotografías de superficies terrestres que juntas formaban un retrato cambiante diario de nuestro mundo.

—Mi ordenador cuántico, Celestial, procesa esas imágenes con tanto detalle que puedo contar el número de árboles deforestados en el Amazonas o quitar la lona azul colocada sobre pozos mineros o ver las grietas de un glaciar que presagia un colapso inminente. —Un periodista preguntó dónde guardaba su ordenador cuántico, un secreto industrial por el que se ganó una negación con el dedo índice antes de que siguiera hablando—. Esos datos, junto con los de mis sensores terrestres, dirigirán el rumbo del Arca, mi yate, y finalmente a toda mi flota para ayudarme a dirigir el programa de siembra Nube Nueve. También me capacitará para alertar a las autoridades locales sobre desastres que puedan afectar a la humanidad antes de que se produzcan.

Pronunció esa última frase como si fuera una ocurrencia de último momento.

—Hagamos una apuesta —propuso haciendo un gesto hacia

el 747—. No pretendo ser un hombre del pueblo ni un inconformista en el mundo de los negocios. No afirmo estar comprometido con el bienestar de otras personas cuando hago evasión de impuestos. No poseo periódicos ni financio campañas políticas con la única intención de fomentar la discordia y la disidencia, y aumentar mi margen de beneficio. No predico que la felicidad no tiene precio mientras paseo descalzo por mi isla privada.

Dryden se preguntó a quién iba dirigido realmente ese discurso de campaña. Yuri estaba junto a Paradise y fruncía el entrecejo a las cámaras. Dryden había recibido órdenes de Q de camino a Baikonur y un currículo abreviado de Yuri. Aislar, interrogar y eliminar. No tenía escrúpulos respecto a la última parte. Deseó que hubiera un acuario cerca en el que ahogarlo.

—Les diré lo que hago —continuó Paradise—. Respaldo mis palabras con dinero. He desarrollado una nueva forma de lanzar cohetes ligeros desde las alas de un *jet* 747, diseñado expresamente para mis satélites más pequeños, con lo que pueden lanzarse desde cualquier lugar del mundo. A pesar de que he comprado este puerto espacial, por lo que no necesito invertir en nuevas tecnologías de lanzamiento, he optado por este nuevo método porque es mejor para el medioambiente local. Me he comprometido a que Baikonur funcione para su pueblo y no a costa de él. Mi nuevo sistema de lanzamiento conseguirá que sustituir los satélites defectuosos sea más rápido, fácil y asequible. Desde este olvidado rincón del mundo liberaré mi bandada de tórtolas turcas. Me han dicho que no es posible hacerlo. Que un lanzamiento de ese tipo sigue siendo teórico, con razón. —Una débil sonrisa—. Este *jet* se ha rebautizado como Ícaro. Nuestra piloto es la capitana Katherine Drylaw.

En ese preciso momento se abrió una puerta del 747 y la piloto saludó a la prensa mundial. Las cámaras entraron en acción y dispararon los flashes. Sir Bertram se frotó las manos.

—Esto es a lo que me arriesgo. Estoy dispuesto a apostar contra cualquiera de los presentes lo que gano en una noche contra lo que gane en una noche a que este lanzamiento es un éxito.

El saludo de la capitana Drylaw pasó inadvertido.

—Si alguien cree que veremos una bola de fuego en el cielo después del despegue y tiene razón, le entregaré ochenta y ocho millones de dólares. Si tengo razón y la capitana Drylaw sobrevive y hace historia, esa persona me dará la parte del sueldo que destina a su sueño reparador. ¿Alguien se anima?

Luke no exteriorizaba nada. Los periodistas se empujaban como una manada de animales nerviosos y miraban hacia la extensa estepa y el distante escenario que se ultimaba para el concierto que entretendría a los presentes mientras esperaban la cuenta atrás. Una risita tensa se unió al estruendo y chisporroteo de los altavoces.

Sir Bertram hizo crujir los nudillos.

—Si hubieran sido más valientes, me habría visto obligado a entregarles los ingresos del día. Trabajo de noche.

Elena Ilić levantó una mano.

—¿Qué ingresos diarios tiene, sir Bertram?

Se encogió de hombros.

—Ayer mi patrimonio aumentó veinticinco mil millones de dólares. —Una ligera sonrisa—. Fue un buen día.

—¿Si la capitana Drylaw se estrellase y muriese me daría veinticinco mil millones de dólares?

Sir Bertram se puso las gafas de sol riéndose.

—La capitana Drylaw tiene las alas de un ángel.

—¿Cómo puede estar tan seguro? —preguntó Elena inclinándose hacia delante contra el viento.

Sir Bertram dirigió la mirada hacia el avión.

—Nunca fracaso.

—Está licenciado en Economía, Desarrollo Internacional y Política, no en Ingeniería —continuó Elena—. No es un inventor. Es un patrocinador, un inversor. Esos satélites y sensores terrestres podrían estar vendiendo información confidencial a Gobiernos y empresas privadas que no pueden lanzar su propia flota de satélites, pero que pagarían sus servicios. Podría estar espiándonos a nosotros ahora mismo. ¿Cómo puede justificar tanto poder en manos de alguien que no ha sido elegido?

Luke cambió el peso de un pie a otro.

—La democracia es una ilusión —aseguró Paradise— Vivimos en una meritocracia. El público ha de apostar a que los que tenemos el poder de salvar al mundo queramos hacerlo realmente. ¿Deberían creer en un sueño tan infantil? No. Pero es el sueño que tenemos. Ver el mundo desde la perspectiva de mis satélites me ha ofrecido la visión de un planeta unido en su destino y su suerte. El clima se desmorona. ¿Es un riesgo confiar en mí y los muchos Gobiernos que han respaldado mi tecnología? ¿Supone un peligro desconocido la geoingeniería aunque remedie los existentes? Sí. Una vez que reúna mis datos sabré dónde se encuentran los lugares más efectivos para detener el deshielo en los mares. La primera herida que sanar. Quizá me equivoque. Quizás empeore la situación o quizá salve el planeta. El tiempo se agota. Es el momento de doble o nada.

—Pero ¿qué le da derecho a arriesgar el destino del mundo?

La sonrisa de sir Bertram mostró un puntiagudo colmillo.

—El dinero. —Dio una palmada—. Perdone mi ligereza. Le contaré una historia. Mi padre era un hombre de negocios. Vivía para el dinero, porque el dinero representa el poder y un hombre nunca tiene suficiente poder. En cualquier caso, eso es lo que me enseñó. Hacia el final de su vida se especializó en la minería de neodimio, un metal esencial poco común que se utiliza en los vehículos eléctricos, los móviles, las turbinas de aire…, el futuro. Pero sus minas producían materiales tóxicos y radioactivos, y hubo muchas violaciones de los derechos humanos en ellas. Cuando sufrió una apoplejía comencé a cambiar el panorama de la minería de tierras raras. Revolucioné las minas con métodos de extracción respetuosos con el medioambiente, con sistemas a base de sal. Conferí orgullo y dignidad a los trabajadores, tal como estoy haciendo aquí.

—¿Qué pensó su padre de eso? —preguntó Elena.

El viento cambió y las nubes se dispersaron por encima de sus cabezas como gaviotas perseguidas por perros en la arena.

—Mantuvimos nuestra última conversación en su lecho de muerte. Dijo que nunca estaría a su altura. —Sir Bertram puso rectos los hombros—. Y tenía razón. Mi padre representa lo peor de la humanidad. Ruego a Dios no estar nunca a su altura.

—Ha cuadruplicado con creces su margen de beneficios. Se rumorea que…

La publicista de sir Bertram hizo una bocina con las manos contra el creciente viento para gritar:

—¡Señoras y señores, hagan el favor de seguirme! ¡Debemos volver a la sala de control!

La guardia armada dio unos pasos adelante y los periodistas intercambiaron miradas de desconcierto e incredulidad cuando los condujeron al oxidado microbús. Yuri no siguió a Ahmed y St. John. Atravesó la multitud en dirección a Elena Ilić. Dryden buscó a Luke, pero este ya estaba en el vehículo. Dryden sacó el arma, la mantuvo en un costado y cruzó a paso ligero el hormigón cuarteado de la pista de aterrizaje para cortarle el paso a Yuri antes de que llegara a la periodista.

Dryden le dijo a Elena por encima del hombro:

—Suba al autobús y mantenga baja la cabeza.

No estuvo seguro de si le habría oído debido al viento y la vibración de los motores, pero fue a toda prisa hacia el grupo de periodistas. Sintió un pinchazo en el dorso de la mano, hizo un movimiento reflejo, agarró la muñeca de Yuri y casi se la partió.

—Siempre el caballero de la brillante armadura, ¿eh? —comentó con desdén Yuri.

—Vamos a dar un paseo.

El conductor tocó el claxon. Dryden vio que sir Bertram hablaba rápidamente con él. Revolucionó el motor. Luke estaba de pie en el pasillo del autobús y lo miraba con cara confusa. Después, el vehículo se alejó y dejó a Yuri y a Dryden solos en el desierto.

23

Experimentos en el cuerpo humano

004 inmovilizó a Yuri con una llave y fueron tambaleándose por la zona de despegue como dos borrachos que salieran dando tumbos de un bar. Joseph Dryden sintió que el suelo temblaba bajo sus pies y un sabor amargo de productos químicos en la garganta. Estaba mareado por los gases y le temblaban las piernas. El 747 se preparaba para despegar. El rugido se intensificó cuando el avión recorrió la pista. Dryden se volvió para mirar. Yuri intentó darle un codazo en las costillas, pero Dryden le golpeó en la parte de atrás de las rodillas y cayó al suelo. Después lo arrastró detrás de un almacén de chapa ondulada. Lo aplastó contra la pared y levantó la pistola.

—Tiene gracia —dijo Yuri—. Te han ordenado matarme y a mí matarte a ti.

—Con tantas cosas en común deberíamos empezar a salir juntos. —Amartilló el arma—. ¿Órdenes de quién? ¿Quién sabe que estoy aquí?

Yuri se rio.

—¿Quién no lo sabe? Nos enfadamos mucho cuando nos enteramos de que Bertie te había llamado. Interfiere en nuestros planes.

El avión se recortó contra el resplandor del cielo azul mientras se elevaba por detrás del almacén y dejaba atrás tres rayas blancas como sal arrojada por un salero. Dryden agarró a Yuri por la chaqueta y lo golpeó contra el metal. El eco resonó en su cabeza. Una convulsión temblorosa le sacudió el brazo.

—¿Qué haces para Paradise?

Yuri hizo una mueca.

—Soy su canguro. Nada importante. ¿Por qué la has tomado conmigo?

—¿Lo estás cuidando para Rattenfänger?

—¿Qué creías? ¿Que estaba esperando a que tirara las sobras para lamerlas? Ese es tu trabajo, agente secreto extraespecial. Ya me he cansado de tus preguntas y malos modos.

Dryden sonrió.

—¿Ah, sí?

—Sí.

Yuri abrió el puño y un frasco rodó en la palma de su mano. Dryden reconoció la etiqueta. La había robado en la isla Renacimiento.

—Nunca he experimentado con carbunco. Estoy deseando probarlo contigo.

La sonrisa de Dryden se desvaneció.

—Si lo dejas caer, morirás también. Aunque mi bala te matará mucho más rápido que el carbunco. Eso si me siento compasivo.

—¿Crees que soy tan idiota como para exponerme también? No, vas a tirar el arma y daremos una vuelta en coche para poder hablar mientras tengas lengua.

—¿Por qué iba a hacer algo así?

—Porque estás perdiendo el control de los músculos. Una droga está actuando en los neurotransmisores de tu cerebro y diciéndote que te relajes. Así que relájate, tío.

El pinchazo en la mano. Tragó saliva, o alguien lo hizo por él. Yuri le había inyectado algo. Su garganta parecía pertenecer a otro cuerpo. Sacudió la cabeza. Le lloraban los ojos. De repente, la pistola pesaba una tonelada.

—¿Ves? —intervino Yuri—. Me encantan mis experimentos en el cuerpo humano, pero son mucho más divertidos si la víctima es obediente. Ahora te sientes más sumiso, ¿verdad,

004? Después iremos a dar un paseo y a jugar a hacer girar el frasco de carbunco. Al juego de la confesión. Tienes mucho que contarme, ¿verdad?

El almacén parecía estar desmoronándose. Por encima del techo inclinado el 747 había alcanzado la altitud de crucero. La capitana Katherine Drylaw estaría poniendo una mano en la palanca y anunciando tranquilamente: «Subiendo». Y alguien en la sala de control le diría las palabras mágicas: «Suéltelo, suéltelo, suéltelo». Dryden miró la mano en la que sujetaba la pistola. Sus dedos se estaban despegando. El cohete se liberó. Parecía una bomba cayendo de un avión. Pero entonces otra línea incandescente salió del cohete. Ignición. Una bola de llamas brilló con tanta intensidad que formó un hongo nuclear en la mente de Dryden. El avión y el cohete se estaban separando y sus estelas formaban un hueso de la suerte roto. El cohete abandonaba la atmósfera. El avión se elevaba haciendo un arco triunfal antes de regresar a tierra. Misión cumplida. Su misión.

Dryden disparó.

Pero su mano no estaba en el mismo lugar. La bala falló por dos centímetros. Yuri se quedó quieto como un gato ante las luces de un coche. Pero el sonido no atrajo a nadie. El aire ardía y todo el mundo vitoreaba. Dryden oyó los aplausos cuando se desplomó de rodillas y Yuri lo recogió.

Una valla pisoteada. Una extensión borrosa. Una tierra compacta reverberaba a través de sus rodillas. Las manos como con membranas de Yuri lo colocaban en el asiento del copiloto. Tenía la garganta llena de polvo. El motor se puso en marcha y dio botes en la pista. No había nadie alrededor ni figuras en el horizonte. Los kilómetros pasaban a toda velocidad y le hacían preguntas: «¿Era tan fuerte aquella droga? ¿Seguía despierto?».

Estudió la punta del codo. «Tu cuerpo te pertenece. Siempre lo ha hecho. Siempre lo hará. Incluso después de la explosión en Afganistán.» Tenía que despertar. «Venga, Q, despiértame.» Se pasó la lengua por los labios. Tenía que concentrarse en las palabras, como después de Afganistán. «Pero no es entonces, es ahora.» Era 004. «Si una droga está afectando los neurotransmisores del cerebro, solo tengo que anularla.»

Yuri lo miró de reojo.

—¿Echando una ojeada por ahí? Me encantaría meterte un bolígrafo por el ojo y ver qué pasa. Pero no tengo un bolígrafo.

—Mi madre siempre decía: «Agradece los detalles». Mi implante funciona estimulando el cerebro para identificar las palabras entre el ruido.

—¿Qué implante?

—Estimúlame, Ibrahim. Y no es una insinuación.

—¿Con quién hablas?

Dryden sonrió.

—Contigo no. —Imaginó que Ibrahim y Aisha estaban sopesando los riesgos, porque no sucedió nada.

Después, la voz de Ibrahim taladró su cerebro.

—No se ha probado nunca.

—Hazlo ya o perderéis una herramienta muy cara.

Todo su cuerpo sufrió una sacudida, como si fuera una marioneta y alguien hubiera tirado de los hilos. Dryden le propinó un codazo a Yuri en la entrepierna. El UAZ-469 dio un bandazo y cayó frontalmente en el cauce de un río seco. Las ruedas giraron y llenaron de tierra a Yuri. La cabeza de Dryden golpeó el salpicadero.

Cuando volvió en sí, Yuri lo estaba metiendo en un hangar, una estructura espectacularmente grande con agujeros en el techo de hojalata, que dejaban entrar una lluvia de luz en el transbordador espacial soviético que había dentro. Aquella reliquia fantasmal se apoyaba en bloques de madera y las elevadas paredes estaban forradas de pasarelas; el cemento, manchado y agujereado. Yuri mantenía el frasco en lo alto, como si fuera una medalla. Dryden decidió que ya no le importaba nada. Golpeó a Yuri con un hombro y corrió bajo un ala de la nave inspirando el olor a sueños malogrados y excrementos de aves. Se oyó un disparo. Yuri tenía el arma. Había una escalerilla apoyada bajo el vientre que conducía a una escotilla abierta. En el interior podía haber una radio o un arma. Casi se rio de sí mismo. Después de tantos años, lo primero que pensó fue en llamar a Luke para pedir refuerzos.

—Te veo…

Un disparo ensordecedor, una explosión de movimiento. Las palomas estallaron en el techo. Todo el hangar pareció tambalearse. Recordó un detalle del dosier para la prensa. El hangar de un cosmódromo se había hundido a causa de un terremoto, habían muerto ocho personas y había destruido el último transbordador lanzado al espacio durante el gobierno de la hoz y el martillo.

Echó a correr por debajo de la nave y agarró la escalerilla. Una bala rebotó en el metal. Ascendió torpemente y, ayudándose con la mano que estaba en mejor estado, llegó al interior del transbordador. Arrojó la escalerilla y la oyó rebotar en el suelo. Tiró de la escotilla y la cerró.

Respiró con dificultad. Hacía tiempo que habían saqueado el interior. Estaba tumbado en el suelo acolchado y tuvo una visión de sí mismo siendo arrastrado por una mesa de póquer junto con un montón de fichas, la ganancia de Paradise o Yuri; la pérdida de Moneypenny, M o incluso Luke, quienquiera que fuera contra el que luchaba, quienquiera que fuera para el que luchaba.

La estructura de la nave estaba forrada con caucho podrido de color mostaza. Unos paneles e instrumentos plateados colgaban como lapas. Se había arrancado de la pared lo que parecía una linterna de cables trenzados. Cogió una llave inglesa. Un armario se abrió y se echó hacia atrás. Había un traje de astronauta. Un casco brillaba en el estante superior. Oyó un repentino ruido metálico y la nave vibró. Yuri estaba golpeando la base. Se agachó, fue hasta el extremo de la nave y entró a la cabina por una puerta estrecha.

Soltó un juramento. Yuri estaba sentado en el morro del transbordador.

Yuri ladeó la cabeza y le regaló una sonrisa enloquecida. Después levantó la pistola. Dryden se agachó. El parabrisas se agrietó, pero no se rompió.

Había una radio. Dryden se colocó detrás del asiento del piloto y buscó a tientas en los paneles con ambas manos mientras otra bala rebotaba en el cristal. No podía pedir a Ibrahim o a Aisha que llamaran a Luke; si quería refuerzos, tendría que pedirlos él. Sus manos no encontraban la maldita radio. ¿Cuántas balas le quedaban?

«Respira. Sabes que llevabas un Colt 1911. Sabes que es de acción simple, semiautomático, alimentado por cargador y con retroceso directo. Esos adjetivos son tus oraciones nocturnas, tus himnos diarios. Sabes que carga siete balas, con una en la recámara. Haz retroceder los últimos minutos. Ha disparado dos veces a los pájaros, una al transbordador. Le quedan cuatro. Da igual, ya has encontrado el interruptor.»

Dryden rezó una oración a cualquier dios que lo aceptara y encendió la radio. Oyó un zumbido.

Se agachó cuando otra bala acertó en el parabrisas. Estalló.

Fue probando hasta llegar al canal de socorro mientras le llovían encima trocitos de cristal. Yuri entró como una araña en la cabina y sus botas aterrizaron en las costillas de Dryden. Este intentó encontrar un asidero, hacerse con el arma. Los huesos de Yuri crujieron bajo su puño derecho. Le gustó la sensación.

El transbordador se tambaleó y se soltó uno de los bloques de madera.

Dryden intentó agarrarse a algo, pero se le había dormido el brazo izquierdo. Cayó hacia atrás y se golpeó en la barbilla con el borde metálico de la escotilla de la cabina. La radio salió disparada.

Cuando volvió a parpadear su visión temblaba roja y morada. Tenía sabor a sal en la boca. Sus músculos crujían como si no los hubiera utilizado en meses. Se arrojó al asiento del piloto.

—Despierta, 004. ¡Ahora! —le ordenó la voz de Ibrahim.

Dryden dio un cabezazo a Yuri con todas sus fuerzas. Chocó contra un cristal. No se rompió, solo recorrió el cerebro de Dryden como un susurro en San Pablo. Pero oía. No pasaba nada. El implante funcionaba. Yuri iba vestido como un astronauta. Dryden había golpeado el casco. Yuri le dio una bofetada.

—¿Qué quieres de mí?

Yuri suspiró y empañó el cristal. Le apuntó indolentemente, apoyado en el panel de los controles. Su voz sonaba amortiguada, pero todavía le ponía los pelos de punta.

—Quiero hacer un experimento contigo, 004. Nunca he visto morir de carbunco a nadie. Ni siquiera mi maestro, el coronel Mora, lo hizo jamás. Imagino que eso impresionará a Rattenfänger.

Dryden tragó saliva. Se concentró en la mano enguantada y el frasco que iba de un lado a otro de la palma.

—Incluso llevo un traje para materiales peligrosos. ¿Ves?, no estoy incumpliendo ningún protocolo de seguridad.

—El carbunco tarda días, semanas, en matar a una persona. ¿Vas a estar sentado aquí todo ese tiempo?

La lengua de Yuri salió disparada de la boca y se lamió los labios.

—Quizá me prepare un pícnic.

—Debes de querer algo, más información.

—¿Por qué debería? —Su voz sonó irritada, como la de un niño al que le niegan un juguete—. Solo quiero divertirme. ¿No te apetece divertirte conmigo?

«Piensa. Piensa como si tu vida dependiera de ello, porque es así.»

—¿Quién te dijo que era un agente 00, Yuri?

El traje apenas permitió distinguir que se encogía de hombros.

—Quizá Bond, James Bond se abrió de piernas para mí. —Levantó el frasco. Lo agitó—. Me pidieron que acabara contigo. Dijeron: «Ese chico es muy molesto, sabe demasiado. Echará a perder este fantástico día». No dijeron cómo debía matarte.

—¿Qué día fantástico? ¿Por qué está tan interesado Rattenfänger en Paradise?

—Rattenfänger es Paradise.

Dryden sintió que su sangre fluía más despacio cuando las piezas se unieron.

—Rattenfänger le apoyó. Le dimos dinero para que construyera sus máquinas. Utilizaremos su poder para nuestros fines —continuó Yuri.

—¿Cómo? ¿Con terrorismo? ¿Pidiendo rescates a los Gobiernos?

—Con días fantásticos como este. Pero se le ha subido a la cabeza. La ha perdido. No sé qué pasará con la tuya.

Dryden miró el frasco.

—¿Qué ha planeado Paradise que no le gusta a Rattenfänger?

—Una demostración de independencia, quizás, impresionar al resto de los inversores, dejar de necesitarnos. O tal vez solo le gusta apostar. Su comportamiento es errático. Tenía que cuidarlo, pero ya no le gusta nuestra compañía y por eso te contrató para librarse de nosotros. Le demostraré que sus métodos no son los correctos. Bertie no tiene buenas ideas. Solo necesitamos su rostro para los carteles. Pero, si deja de cooperar, nos gustaría tener acceso a sus ideas. Imagino que no sabes dónde esconde sus ideas.

—Por eso me estás interrogando. Crees que el MI6 conoce el paradero de Zofia Nowak.

Otro encogimiento de hombros malhumorado.

—Creen que Zofia sabe cómo encender y apagar las valiosas máquinas de Bertram. Quieren tener acceso a Celestial. A mí no me importa mucho.

—¿Por qué no le preguntáis a Luke?

—Bertie se ocupa de él. Me han pedido que Bertie esté contento, si puedo. Pero no tú. ¿Estás listo?

Abrió la mano y empezó a ladear la palma.

—¡Espera! Ese traje lleva décadas en el desierto. He contado por lo menos una docena de agujeros. ¿Quieres morir también?

La mano vaciló. La cabina abovedada se movió.

—Quizá tengas razón. —Se levantó. Pasó a través de las sillas. La pistola golpeó el hombro de Dryden—. Observaré desde fuera. Buenas noches, 004.

El frasco cayó. ¿Se rompió? Es lo que creyó Yuri. La puerta se cerró.

24

Revelación

—¡Sal de ahí tan rápido como puedas! —le ordenó la voz de Ibrahim.

—Dryden, tienes que moverte —le apremió Aisha.

Dryden se rio. La sangre formaba burbujas en sus labios. «¡No me digas!»

Sintió otra sacudida en el cuerpo.

Se puso de pie de un salto, pasó por encima del frasco, dio una patada a la puerta y agarró a Yuri por el tubo de oxígeno que colgaba del casco. Se soltó con un silbido y dando aletazos. La pistola se disparó y perforó el fuselaje. El transbordador se hundió otros treinta centímetros. Dryden agarró el antebrazo de Yuri y lo aplastó contra la pared para que soltara la pistola. Otro disparo pasó rozando la mejilla y la oreja, y retumbó en su cabeza. Tiró del casco de Yuri y se lo quitó de la cabeza. La puerta de la cabina se abría y cerraba. ¿Estaba el carbunco penetrando en el aire? Cogió el tubo del oxígeno y rodeó el cuello de Yuri. La mano enguantada le golpeaba los ojos y la boca. Enrolló una y otra vez el tubo en el cuello de Yuri, como si estuviera colocando luces en un árbol de Navidad. Yuri se puso morado y sacó la lengua como una rata saciada. Tiró hacia abajo y Yuri cayó al suelo. El arma salió despedida y la recogió. Quedaba una bala.

El disparo resonó en todo el hangar y alborotó a las palomas que habían vuelto a posarse.

Dejó que Yuri se pudriera en el transbordador espacial. Saltó al cemento. La sangre lo cegó, bajó por el cuello y se mezcló con el sudor por debajo de la camisa. Sintió un martilleo en la cabeza. Se sentó en el suelo y la colocó entre las piernas.

Entonces se abrieron las puertas correderas y entró Luke con un arma en la mano. Paradise iba detrás de él.

Dryden no supo si rendirse o esperar un aplauso.

Luke guardó la pistola, corrió a su lado y se arrodilló.

—Recibí la llamada de socorro. Joder, te he visto en mejor estado. ¿Dónde está Yuri?

Dryden indicó con el pulgar hacia el transbordador.

Paradise sorteó los obstáculos y se paró debajo de la escotilla abierta. Husmeó como si intentara percibir el olor a muerto de Yuri.

—No inspire con demasiada fuerza. Riesgo de exposición a carbunco —le informó Dryden antes de agarrar la mano de Luke—. No puede estar aquí.

—De acuerdo —aceptó Luke levantando la vista hacia Paradise—. Deberíamos irnos, señor. Aquí no está a salvo.

Paradise se dio la vuelta. Transcurrió un largo segundo mientras captaba la imagen de Luke con el brazo alrededor de Dryden. Una arruga se acentuó entre sus cejas. Después asintió.

Dryden sintió que le inundaba el cansancio, como una ola que lo hundiera. Estaba tumbado en el asiento trasero de un UAZ-469 con un trozo de tela en la boca para evitar una posible infección. Conducía Luke y Paradise lo observaba, vuelto hacia atrás. Dryden no estaba seguro de si se debía al relajante muscular, los estímulos enviados a su cerebro, la bala que casi le había abierto la cabeza o el resto de las heridas, físicas o de otra índole. Quizás era la sensación de seguridad, la imagen de Luke entrando con la pistola desenfundada y apoyándole como en los viejos tiempos. Lo único que deseaba era dormir. Paradise le tocó la rodilla.

—Gracias. —La voz de Paradise era nítida; las palabras, tan precisas como un cristal tallado—. Has cumplido con tu deber de forma admirable.

Dryden miró la parte de atrás de la cabeza de Luke

—¿A qué deber se refiere, señor Paradise?

—Sir Bertram —lo corrigió dándole una palmada en la rodilla—. No te preocupes, Joe. Aquí todos somos amigos. Yuri era un agente del mal que intentaba robarme. Has salvado Nube Nueve. Recibirás atención médica inmediatamente para asegurarnos de que no tienes dentro ninguna de esas repugnantes esporas.

—Tiene que descontaminar el hangar. Hay lugareños, gente que podría... —Sintió otra oleada de fatiga. El sol estaba alto, una cadencia constante. El viento le heló las articulaciones.

—Eres un héroe —lo alabó Paradise.

Tras el lanzamiento, cuando Elena Ilić llegó a Sarajevo en la neblina azulada entre la noche y el día, dejó la bolsa de viaje en el suelo del cuarto de estar, se desnudó y se frotó todo el cuerpo. Después se desplomó horizontalmente en la cama y se quedó dormida con la toalla puesta. La familiar armonía de la llamada a la oración del muecín y las campanas de una iglesia le recordaron que estaba en casa. Se puso una bata, llenó la *džezva* de cobre y la puso al fuego. Después fue a sacar el móvil y la tableta de la bolsa. Había desaparecido. Un escalofrío la clavó al suelo. El agua empezó a hervir. Miró en el recibidor, el armario y el dormitorio. El café formó espuma en la parte superior. Llamó a su madre por el teléfono fijo y le preguntó si había utilizado su llave para entrar y limpiar el piso. Quitó los cojines del sofá y movió la mesa. Llamó a la puerta de los vecinos. La *džezva* rebosó el café, mojó la cocina y salpicó los azulejos. Llamó a la policía. Le dijeron que solo eran imaginaciones. Se puso en contacto con el director de la publicación para la que trabajaba. Este le explicó que unas veces se gana y otras se pierde, que esas personas le estaban diciendo que podían entrar y salir de su casa cuando quisieran; que había perdido aquella noción. Cuando le preguntó quiénes eran, una risita mezclada con tos de fumador le dijo que eran los de siempre; que tenía suerte de estar viva.

—¿Estás ahí? ¿Hay alguien ahí?

Un paño mojado relajó su frente.

—¿Luke?

Las gotas de sudor se filtraban por las cejas de Dryden y resbalaban por las pestañas. Levantó una mano. Unos dedos se cerraron en su muñeca y devolvieron la mano al colchón.

—Luke no está aquí —le informó Paradise—. Ni hay nadie más.

Dryden abrió los ojos. Estaba en el Cosmonaut Hotel, envuelto en las sábanas color melocotón. Paradise ocupaba el trozo de suelo en el que había yacido con Luke y acercó una silla a la cama. Escurrió el paño mojado en la alfombra y dejó una mancha oscura. Dryden se tocó la cara, tenía tiritas para cerrar heridas en la mejilla y la oreja.

—Me temo que tus pulmones están sanos —le informó Paradise—. Yuri no era exactamente un químico.

—¿Me temo? —gruñó Dryden.

Paradise sonrió.

—Luke está preparando el viaje. Es un chico estupendo. No tengo hijos, pero si los tuviera me gustaría que mostraran la misma lealtad que él. Mi padre nunca se preocupó por mi lealtad. Mi padre, mi abuelo, mi bisabuelo eran magnates miserables que comerciaban con acciones en minas muy valiosas y trabajo de esclavos, como si poseer un pozo en la tierra fuera algo muy importante. —El labio inferior se le llenó de saliva—. Tenían muy poca imaginación. Pusieron el planeta al límite para los bancos y para tener estatuas. No conocían el significado de la palabra «beneficio». Mi fortuna durará siempre, una nube que me envolverá mientras hierven los mares. No tengo intención de imitar a mi padre. Pretendo superarlo.

—Con la ayuda de Rattenfänger —dijo Dryden intentando mantener firme la voz.

Paradise contuvo el aliento y se limpió la frente.

—Luke estará conmigo para disfrutar del botín. Es mucho más que lo que hizo por él el Ejército. Más de lo que hiciste por él.

—Es un soldado condecorado.

Paradise se rascó detrás de la oreja.

—Lo fue. Después descubrí su conexión con un agente 00 y comprendí su valor potencial en el futuro, lo animé a deshacerse de esas medallas, a lucir una insignia diferente. La mía. Le pesaban demasiado, eran reliquias de una vida que lo dejó mendigando en la calle hasta que lo rescaté. Imagino que todavía guardas tus medallas en un cajón, para poder sacarles brillo cuando te sientes solo y desorientado.

—No lo estoy. —Imitó la mano de Paradise y se la llevó a la oreja. El implante estaba debajo. Supuso que seguiría funcionando a pesar de los golpes. Procesaba bien los sonidos. Perfectamente. De repente, se le hizo un nudo en el estómago.

—Eres un artilugio accionado por control remoto que no compraría a ningún niño en Navidad —pronunció esas palabras suavemente, casi con amabilidad—. Has estado oyendo voces, ¿verdad, Joe?

Los dedos de Dryden se detuvieron en la oreja.

—Es terrible la forma en que el trauma de la guerra deja marcados mentalmente a hombres como tú. Imagina que eres un espía y unos murmullos agradables te dicen qué has de hacer. Una pena, la verdad. Me has hecho un gran favor eliminando a Yuri de la ecuación. Era lo que esperaba que consiguieras y lo hiciste, con una enrevesada serenidad, pero terminaste el trabajo. Bravo. Sabía que podía contar con un agente 00.

—¿Cómo supo quién era?

—Celestial consigue que Q parezca algo salido de la contracubierta de un catálogo de Argos. Animé a Luke para que entraras en el redil, aunque él no se dio cuenta. Quería que la famosa sección de agentes 00 me quitara de encima a Rattenfänger. Y estáis haciendo un buen trabajo, muy bueno. Pero no puedo dejar que sigas transmitiendo nuestras charlitas, Joe. No más conversaciones secretas. Tus padres deberían haberte enseñado que es de muy mala educación hablar a la espalda de tu anfitrión. Realmente es un artilugio muy ingenioso. Desde aquí controlo Celestial y he ajustado tu implante con las mismas técnicas que utiliza tu Sección Q. He dejado que sigas oyendo. No quiero enfadar demasiado a Luke. Pero ya no habrá más transmisiones, no más cotilleos.

—Luke nunca participará en ninguna maquinación diabólica que haya urdido.

—¿No? «He aquí que viene con las nubes, y todo ojo le verá, y los que le traspasaron; y todos los linajes de la tierra harán lamentación por él.» Quizá Luke quiere estar en el bando vencedor por una vez. Tiene un nombre escrito en él, el mío.

—«Y prendió al dragón, la serpiente antigua, que es el diablo y Satanás» —replicó Dryden—. Y le dio una buena paliza.

Paradise chasqueó la lengua.

—Podría intercambiar citas del Apocalipsis contigo todo el día, hijo mío, pero he de ir a un combate de boxeo, la última parada en mi gira de buena voluntad ante toda la prensa, fuera del alcance de Rattenfänger. Y después tengo que quemar un mar.

—¿Eso es lo que ha planeado?

Paradise fingió que se llevaba una mano a la boca.

—He hablado demasiado.

—¿Le ha dicho a Luke quién soy?

Paradise no prestó atención a la pregunta.

—Todavía no he decidido qué voy a hacer contigo. Quizá te envíe a un hospital mejor. A Luke le gustará. Pero sé que Rattenfänger me reclamará a mí, ahora que me he librado de su guardaespaldas. No se detendrá. Y no quiero perder a Luke. «Carne de cañón» no es una expresión muy reputada, pero sí una descripción clara de cómo hemos utilizado a los hombres y mujeres de nuestras colonias en todas nuestras guerras. Tú puedes proporcionarme ese servicio.

—El Imperio ya no existe. No voy a luchar por usted.

—¿Ya no existe? —Paradise suspiró—. Supongo que nunca te enseñaron nada acerca de los zoos humanos hasta bien entrado el siglo XX; personas de las colonias británicas, francesas y belgas exhibidas en reproducciones de poblados en las exposiciones universales, niños alimentados a través de los barrotes, un hombre metido en una jaula con monos en el Bronx. Por supuesto, en la actualidad se considera una aberración. Lo veo como una expresión sincera de nuestro absoluto desprecio por la dignidad de los demás. Los derechos humanos son un constructo. Todo es un juego. En la ruleta estadounidense dos ceros significan que la casa gana, pero esta es mi casa. Y la casa siempre gana.

—Ese hombre del Bronx se llamaba Ota Benga y se pegó un tiro en el corazón.

—Así que no solo sabes lo que oyes decir a tu amo en tu cabeza. —Paradise se estiró. Un rayo de luz, horadado por los cuerpos de las moscas atrapadas en la ventana, moteó sus piernas y se reflejó en el cristal del reloj—. Dejaste que experimentaran contigo como si fueras un mono.

Dryden se incorporó y Paradise se estremeció.

Dryden sonrió.

—Si está intentando sulfurarme, tendrá que buscar algo más original. No es nada nuevo, hijo mío.

Paradise tragó saliva y después soltó una risita.

—Entonces imagino que no estás pensando en cuánto te costaría partirme el cuello.

—¿Quiere apostar? —lo incitó antes de moverse con más rapidez que nunca en su vida y agarrarle el cuello con las manos. La puerta se abrió y entró el equipo de seis hombres de seguridad con los rifles levantados. Poulain, el líder, tenía un teléfono en la mano. La pantalla atrajo la atención de Dryden mientras Paradise se ponía rojo.

—He hecho algunos experimentos también —graznó Paradise—. Gracias a Celestial he saboteado la línea con Q y la he actualizado.

—Un toque y te frío el cerebro —amenazó Poulain.

Dryden miró a Paradise, contorsionado entre la silla y la cama, con espuma en los labios, y después a Poulain, que tenía el pulgar sobre la pantalla. ¿Qué posibilidades había de que fuera verdad? ¿Era posible? Estudió los ojos de Paradise, cuyas venas se enrojecían. Sí, era el loco que utilizaría el dispositivo en su cabeza para freírlo. Y disfrutaría haciéndolo.

Lo soltó. Paradise cayó a la alfombra. Se reía.

25

En busca de un hombre honrado

Moneypenny condujo con la capota bajada, siguiendo la deshilachada linde entre el suave cielo y los calcáreos pliegues y fisuras de los Sussex Downs. El frío de la helada la mantenía despierta. Había sido una noche larga. Después de volver de casa de Mary Ann Russell había ido a Archivos para informarse sobre la evolución de 003 y 009 en Paddington Green. Llamó a M y después a Felix Leiter, que intentó evitarla. Todavía era temprano cuando llegó a Holly Lodge Estate, una manzana de villas imitación estilo Tudor en el noroeste de Londres, que aún eran más falsas porque la señora Keator vivía allí bajo el disfraz de jubilada, entre familias nucleares cuyos trabajos no implicaban el manejo de ningún material nuclear. La señora Keator la esperaba en la puerta y la invitó a dar un paseo por el cementerio Highgate, cuya arboleda era un borrón sobre las chimeneas.

La profunda respiración de la señora Keator era el único sonido que alteraba el silencio y Moneypenny sabía que era mejor no apurar a la maestra. Se detuvo para rendir homenaje ante las tumbas de George Eliot y Claudia Jones, y disfrutar de los pájaros. Cuando pasaron por la de Patrick Caulfield —con las letras D E A D recortadas en una losa de piedra escalonada— la señora Keator comentó que al menos había alguien con un admirable respeto por la realidad. Moneypenny asintió, consciente de que el monumento a Karl Marx esperaba más adelante con su arenga de que los filósofos solo han interpretado el mundo de distintas formas cuando de lo que se trata es de cambiarlo. La señora Keator llevaba en la mano un bote de cristal lleno de agua y ramas de acebo y supo dónde iban: la lápida del comandante Boothroyd, que había vivido en Archway Road, en un bloque de pisos que compartían su añada. Moneypenny solo había ido a verlo una vez para tomar un escocés en una cocina estrecha. La maleza del cementerio estaba cuidadosamente recortada alrededor de la tumba. El rostro de la señora Keator se tiñó de dolor cuando hizo una reverencia y Moneypenny la ayudó a colocar el bote bajo las palabras: TODA UNA VIDA DEDICADA AL SERVICIO.

Moneypenny bajó la cabeza.

—Suéltalo —pidió la señora Keator.

Una ligera sonrisa.

—Me dijiste que Tanner actuó como si no supiera que habíamos tenido contacto con Yuri, o Michael Dobra, como prefería llamarse entonces. Pero Bill fue el agente encargado del caso cuando Mary Ann Russell y Bond informaron sobre su encuentro con Yuri. Russell asegura que Yuri pidió a Bond que se uniera a Rattenfänger cuando esa organización se estaba formando. Esa información no aparece en el informe.

La señora Keator lanzó una mirada de reproche a Moneypenny.

—Un pedestal inestable, ¿verdad?

Moneypenny le devolvió la mirada.

—Si Bond fuera un agente doble sería la primera en meterle una bala entre los ojos. Si lo encontramos. Me gustaría saber por qué Tanner redactó esos expedientes ocultando una información muy beneficiosa para mi agente. Has trabajado con él desde los tiempos en los que los dos dormíais bien. —Moneypenny miró la lápida—. Al igual que el comandante. ¿Qué puedes decirme?

—¿Por qué no se lo preguntas a M?

—Estás tan metida en este lío como yo.

La señora Keator suspiró, tosió, se sonó la nariz ruidosamente y sacudió el pañuelo, gestos que Moneypenny sabía que estaban destinados a frustrar a su interlocutor para que dejara de molestarla. Finalmente meneó la cabeza.

—Bill Tanner es un hombre honrado, sin tantos puntos débiles como tu James Bond, que estaba en las últimas antes de que lo capturaran, si es que lo capturaron y no se pasó al enemigo.

—No voy a discutir contigo.

—Estupendo. Sigue así. Y escucha esto, por si te sirve de algo, aunque no creo que sirva de nada: Bill ha ido al pueblo de Lewes el segundo sábado de cada tercer mes. De hecho, hoy mismo. No conoce a nadie allí y nadie lo conoce a él. No ha comunicado que estuviera preocupado por su seguridad. Desconecta el teléfono, bendito sea. Cree que así no puedo rastrearlo. O quizá piensa que es intocable.

—¿Cuánto tiempo lleva haciéndolo?

—La primera vez fue cuando su mujer lo dejó hace cinco años. Después, nada. Luego intermitentemente. En los últimos meses ha incrementado las visitas. He investigado un poco, Lewes no es importante en ningún sentido.

Moneypenny sintió que se le ponían de punta los pelos de la nuca. Se dio la vuelta y vio pasar a una familia vestida con los apagados colores de un luto reciente. Se arrodilló junto a la señora Keator y notó la tierra húmeda bajo los pantalones de algodón.

—La mujer de Bill lo abandonó poco después de que el primer 009 fuera asesinado, ¿verdad?

La señora Keator gruñó y después se inclinó insegura hacia delante para agarrarse a la lápida del comandante Boothroyd y darle una palmadita.

—Bill Tanner es un hombre honrado. El comandante lo adiestró en lo que verdaderamente cuenta. Al comandante, a sir Miles Messervy y a mí nos modelaron las guerras, activas y frías. Guerras reales, no guerras contra las drogas o el terror. Construimos las murallas con las que este país se siente seguro. Vosotros sois nuestros herederos. Os elegimos porque creímos que erais competentes. No esperábamos que nos importunarais. Sabes bien que cuentas con mi apoyo, señorita Moneypenny, pero Bill fue nuestro primer alumno. Nuestro protegido antes que Bond, tú o el resto de esos aprendices de agentes 00. Es un hombre honrado.

Moneypenny fue a Lewes en busca de un hombre honrado. Pasó por la estación con dos andenes, laterales con revestimiento de tablillas y aparcamiento. No había rastro del BMW E23 de 1984 color bronce beis. El almacén de la estación se había convertido en un cine con cafetería y bar. Se adentró por una calle estrecha sin hacer ruido y a través de los ventanales vio a clientes que compartían platos. Bill Tanner no estaba. Subió una pequeña colina y pasó por un pub con las contraventanas cerradas y una tienda de discos con carteles en el escaparate que animaban a la revolución y hacían publicidad de la libra de Lewes. Miró en la parte posterior de un hotel, en tiempos un establecimiento distinguido en la ruta de la diligencia y ahora ampliado con un anexo prefabricado que parecía empaparse con las primeras gotas de lluvia. Bill Tanner no estaba ni en los balcones ni meciéndose en una silla en las combadas baldosas de amianto para disfrutar de los acantilados blancos. Recordó que la mujer de Bill pintaba paisajes.

Volvió a la calle principal y observó los pulcros edificios de Queen Anne, la cadena de cócteles y cerveza artesanal, la inmobiliaria, una cafetería pintada en color gris pizarra que prometía a los hípsters granos de café de procedencia única. No podía imaginar que fuera el lugar al que iría Bill cuando se jubilara ni para mantener una aventura amorosa. Paró en el semáforo detrás de unos turistas. El Tribunal de la Corona estaba a la derecha, un edificio georgiano de fría piedra de Portland con columnas dóricas y tres relieves en la parte superior. Interpretó su significado de izquierda a derecha: sabiduría, justicia, clemencia. El semáforo se puso verde y el vehículo que estaba delante se desvió al pie del castillo. No vio a Bill Tanner buscando libros de anticuario, cerámica del Báltico u otras cosas que le gustaran a su mujer.

La señora Keator no había podido determinar la ubicación exacta de Tanner, el teléfono desconectado lo había impedido. Continuó por la calle principal hasta que solo vio casas —algunas de estilo Tudor, otras revestidas con piedra y algunas casitas de campo con abultadas ventanas saledizas— y se preguntó dónde ir, la corazonada de que enseguida saldría a una carretera y entraría en el campo resultó ser cierta. Se detuvo en un cruce y miró el mapa que había en la pantalla donde antiguamente el velocímetro ocupaba el lugar de honor. La prisión de Su Majestad estaba a la izquierda —echó un vistazo a su aciago muro apenas oculto por unos árboles desnudos— y el Hospital Victoria a la derecha.

Entonces vio a Bill Tanner en el patio delantero de un taller. Salía de su coche. Tenía aspecto de no haber dormido tampoco. Tocó el claxon. Cuando la vio, Moneypenny pensó que el color de sus mejillas desaparecía ligeramente, pero podía deberse al ciclo grisácco. Paró.

—Hola, Bill. ¿Problemas con el vehículo?

Bill se limpió la frente.

—Me has dado un susto de muerte, Penny —dijo indicando con el pulgar hacia el taller—. Morris es un experto en BMW antiguos. Hemos estado haciendo unos arreglillos al mío.

Moneypenny dio un golpecito con el dedo en el marco de la ventanilla del Jaguar.

—¿No confías en Ibrahim y sus herramientas?

—Ese chico tiene demasiadas titulaciones para mi gusto. ¿Qué estás haciendo aquí?

—Buscarte. ¿Conoces bien esta zona?

—No mucho. ¿Problemas en la oficina?

Moneypenny miró al cielo, sería mejor que pusiera la capota.

—Sube, Bill. Vamos a dar una vuelta mientras Morris trabaja.

Tanner intentó ajustarse la corbata, pero no llevaba ninguna puesta.

—Empiezas a preocuparme, Penny.

Creo que es mejor que hablemos extraoficialmente, de amiga a amigo —propuso Moneypenny—. ¿Seguimos siendo amigos, Bill?

—Siempre he creído que lo éramos —contestó todavía delante de la puerta abierta de su coche.

—Yo también, sube.

Bill miró de forma casi imperceptible al asiento del conductor del BMW. Después cerró la puerta, saltó el muro bajo y corrió hacia el vehículo de Moneypenny cuando empezó a llover.

La tormenta avanzaba hacia los Downs, una línea negra cargada de truenos. Moneypenny aparcó en un lugar elevado. Los limpiaparabrisas eran el metrónomo de una silenciosa sinfonía. Cada pasada abría una cortina a cientos de millas color verde neón electrificadas por los relámpagos y después se cerraba dejando a Moneypenny y a Tanner a oscuras.

—La señora Keator me dijo que actuaste como si no tuvieras nada que añadir al exiguo informe sobre Yuri. Mary Ann Russell me dijo que Bond y ella te lo contaron todo. Eras el oficial al mando de aquella misión. Aunque ahora has dejado de serlo, eres jefe de Personal y hace décadas que no has estado al cargo de ningún agente. Y esta es mi misión.

—Intenta no enfadarte mucho, abuelita.

—No me llames abuelita y seré un modelo de ecuanimidad.

Bill se rio mientras tamborileaba con los dedos en el salpicadero. Un trueno dejó notar sus garras en la capota.

—No sueles desconectarte, Bill.

—¿Cómo has sabido que estaba aquí?

Moneypenny observó los limpiaparabrisas: la apertura, el cierre…

—¿Qué pasa aquí?

—Ya te lo he dicho.

—Sí, has venido a ver a un mecánico. ¿Algo más?

—¿Por qué no pides a Q que me siga?

—Tengo intención de hacerlo.

Bill se movió en el asiento.

—¿Con qué autoridad? ¿Has olvidado que soy tu superior?

—Con la autoridad de M, con la mía. Elige. A no ser que quieras informarme ahora.

Bill intentó recuperar la mirada de sorpresa, intentó suavizarse.

—No es necesario hacer un drama. No quité nada de ese expediente y no recuerdo que James o Russell me dijeran mucho más, aparte de que habían establecido contacto.

Moneypenny notó que Tanner sudaba.

—¿Y no se te ocurrió informarme cuando estudiamos el círculo de Paradise antes de enviar a 004 a su misión?

—Ninguno somos intachables.

—¿Es eso una confesión?

Tanner se llevó la mano a la garganta.

—Esa es una observación muy torpe. Los dos sabemos que las pérdidas que hemos sufrido recientemente apuntan en un sentido. Una filtración. ¿Cómo voy a saber en quién confiar? Lo entiendes, ¿verdad? Al fin y al cabo, y convenientemente, no estabas allí cuando se informó a James. No había nada que te vinculara. Estabas limpiando en Viena, aunque ese no fuera tu trabajo. Deberías haber acompañado a James a París.

Moneypenny se sorprendió a sí misma y a Bill sonriendo. El golpeteo del granizo atrajo su atención hacia la ventanilla.

—Todos nos volvemos paranoicos con la edad.

—No pierdas la ecuanimidad ahora.

Moneypenny acarició su reloj Nanna Ditzel y pensó en el de Hermès de Harwood.

—James no me informó del contacto. Estaba a mi cargo. Debería haberme alertado.

Tanner suspiró.

—¿Ha estado James alguna vez a cargo de alguien?

El móvil de Moneypenny vibró. Lo sacó de la chaqueta. Era la Sección Q. Escaneó el pulgar y aceptó la llamada.

Tanner observó con interés la expresión de su cara mientras Moneypenny escuchaba durante más de un minuto, pero esta no reveló nada, ni sorpresa ni miedo ni satisfacción ni cólera.

En vez de ello se limitó a decir: «Entendido» y a colgar. Recorrió con la mirada el campo que los rodeaba.

—004 está desconectado.

26

Un americano en Berlín

Johanna Harwood estaba sentada en la terraza del Hotel Adlon, en la esquina de Pariser Platz, el centro de lo que en tiempos se conocía como la Ciudad de los Espías. La nieve caía lentamente sobre el toldo de tela. El bar de champán estaba haciendo negocio y atraía a visitantes que habían ido a ver el árbol de Navidad, mientras las extraordinarias columnas de la Puerta de Brandeburgo se tornaban doradas con los últimos rayos de la puesta de sol. Estaba utilizando uno de los bolígrafos del hotel para escribir una postal a su madre, que sabía que nunca enviaría, en la que le preguntaba si se acordaba de su viaje a Berlín para dar una conferencia, cuando ella tenía quince años. En su tarde libre la había llevado allí para tomar un helado de cinco estrellas. Era lo único que se podían permitir, pero le pareció algo mágico y más aún cuando la camarera les sirvió el agua del grifo en copas de champán y la bola de helado, adornada con fresas, dos cucharillas y un botón de chocolate estampado con el nombre HOTEL ADLON en pan de oro comestible. Les habían cobrado tres euros.

Harwood había pasado el día fingiendo ser una turista. Estaba pidiendo indicaciones en el aeropuerto, en un adorable y risible alemán, cuando sintió en la nuca que alguien la estaba mirando. Se volvió y vio a un taxista que sujetaba un cartel con un nombre que no conocía. Paseó por Unter den Linden y vio acelerarse el mundo en los escaparates de concesionarios de automóviles y grandes almacenes, antes de entrar en uno y acomodarse en un reservado del Café Einstein, con vistas perfectas de los turistas que se inclinaban hacia sus móviles para encontrarse a sí mismos. Ni Rattenfänger ni Felix Leiter acechaban detrás de los árboles ni dirigían sus cámaras hacia ella. Pasó un tiempo en Ampelmann, una tienda de recuerdos dedicada a los elegantes indicadores de los semáforos de Berlín, donde compró una postal del hombre de color verde, con el sombrero hacia atrás y los brazos y las piernas extendidos, caminando hacia delante. Se detuvo en un mercado navideño y miró las baratijas pintadas a mano. El dueño de un puesto le preguntó si estaba en Berlín por negocios o placer, y contestó que esperaba que por ambos motivos. Tras pagar por una estrella roja vio que el vendedor enviaba un mensaje de texto y que la observaba mientras se tomaba una *bratwurst* y salía vapor de su boca.

Un camarero pisó con fuerza en el suelo para dar vida a sus fríos pies y se paró a su lado.

—¿En qué puedo servirla, señora?

Harwood dio la vuelta a la postal.

—Una bola de helado de chocolate, *bitte*.

—Hace mucho frío, señora. ¿Está segura?

—Sí, solo una bola, por favor.

—¿Y para beber, señora?

—Un vaso de agua, *danke*.

—¿Eso es todo lo que desea, señora?

—Eso es todo.

El camarero se retiró tras hacer una breve y ligeramente preocupada reverencia. La mirada de Harwood deambuló por los bancos y las embajadas de Pariser Platz y se centró en la bandera estadounidense. Aquella embajada fue el edificio que completó la remodelación de esa plaza después de los tiempos en los que el cielo era siempre de color asfalto y el viento prusiano, afilado como un cuchillo, llevaba el polvo de los escombros a los ojos y las bocas, los tiempos en los que sir Emery era un agente 00. Pariser Platz había caído en el lado oriental y el

Hotel Adlon, reducido a tres plantas con marcas de balas y un restaurante decorado con papel pintado beis y macetas con cactus polvorientos, era el lugar en el que sir Emery organizaba cruces de la frontera mientras tomaba café de molienda gruesa. El honor del remate en la transformación del centro de Berlín había recaído en el Gobierno estadounidense, que en los años treinta había comprado un palacio rebosante de corrientes de aire en aquel solar. En ese momento, la pálida y cautelosa embajada de color blanco monolito estaba separada del público por una fila de pilares hasta la cintura, un amortiguador contra los coches bomba.

Miró su reloj de esmalte de Hermès, diseñado por Anita Porchet; el rojo resplandor de los calentadores de halógeno se reflejaba en los caballos geométricos resaltados con alambre de oro y cocidos en un horno. Poco antes de las cinco de la tarde fijó la vista en las puertas bajo la bandera y se preparó para esperar a Felix Leiter, el hombre de la CIA en Berlín.

Se llevó una ligera decepción. Una noche, Bond había hablado en la cama sobre las costumbres de Leiter, cuando el mundo exterior parecía no existir y Bond buscaba afanosamente lo que definió como «una vida después de esta». Le contó que Leiter parecía saber cuándo iba a aparecer y lo seguía para adelantársele. En una ocasión, en Nueva York, cuando se hacía pasar por un traficante de diamantes, notó un ligero hormigueo en la cabeza y una sensación de alerta extra por las personas que lo rodeaban, y entró en una tienda de la Sexta Avenida. Alguien le agarró por detrás el brazo con el que sujetaba la pistola y una voz le dijo al oído: «Muy mal, James. Te han capturado los ángeles». Felix se le había adelantado. En otra, entró en la habitación de un hotel y se encontró a Leiter disponiendo las flores que había junto a la cama, como «parte del famoso "servicio con una sonrisa" de la CIA». Así que, o Leiter había desatendido la solicitud de información por parte de Moneypenny y no esperaba que enviara un agente 00 a Berlín para convencerlo después de haberse negado a colaborar, o era un juego reservado a James; un juego en el que esperaba que la admitiera y le trasladara la confianza que había tenido en Bond, porque Bond había confiado en ella. Quizá tendría que adelantarse a Leiter.

El personal de la embajada empezó a salir, se paraban para ver el árbol o quedaban para tomar una copa. Buscó la alta y esbelta figura de Leiter y su pelo color pajizo veteado de gris. Nada, a pesar de que la información que había recibido Moneypenny lo situaba sin duda en Pariser Platz.

Con el rabillo del ojo vio que se acercaba el camarero con una bandeja en la mano izquierda, aunque minutos antes era diestro. Sacó la punta del bolígrafo y lo agarró como si fuera un cuchillo.

—Ahora, dime —pidió una voz lúgubre y relajada—. ¿Quién se está adelantando a quién?

Harwood se volvió y vio una cara afilada, un mentón y pómulos pronunciados, una boca irónica y unos ojos color ceniza enterrados bajo las líneas de expresión. Había un resto de cicatrices cerca del nacimiento del pelo, encima del ojo derecho. Un abrigo de lana marrón le colgaba de los hombros. Tenía la mano derecha en el bolsillo, para ocultar la prótesis. Felix Leiter dejó la bandeja en la mesa: agua del grifo en dos copas de champán. Dos cucharillas, un bol de cristal, una bola de helado, fresas y un botón de chocolate estampado en oro.

Harwood jugueteó con las pesadas bolas de rodamientos de su collar y miró la bandeja.

—Dígamelo usted, señor Leiter.

—¿Te importa si me siento? —preguntó con un acento tejano sorprendentemente marcado después de tantos años destinado en el extranjero.

—No sé quién va a utilizar la otra cucharilla si no.

Felix acercó una silla. Harwood se fijó en el rígido doblez de su pierna izquierda.

—¿Has pasado una tarde agradable? —preguntó Felix.

—Un poco solitaria ahora que lo mencionas.

Felix se encogió de hombros.

—¿Te importa si te digo que elegir esa estrella roja en un mercadillo lleno de ángeles y Santa Claus ha sido muy cruel? No sé cómo he conseguido contenerme y no enviar a los marines.

—¿No te has enterado de que la Guerra Fría ha acabado?

—No debí de recibir el memorando. —Cogió la cucharilla y la movió entre los dedos como un tahúr experimentado—. Así que eres la joven que James no podía dejar de alabar la última vez que hablamos.

—Podría serlo.

—Al parecer, eres la auténtica.

Harwood apartó las hojas de una fresa.

—Podría serlo.

Leiter se relajó en la silla.

—Te ha enviado tu jefa, ¿verdad?

—Moneypenny no podía creer que rechazara a una vieja amiga.

—Tocado. Muy bien, Auténtica. ¿Qué tienes para mí?

No podía ser tan fácil. Harwood no quiso evidenciar sus pensamientos ante él y se centró en el bol.

—Quizá puedas decirme algo. ¿Te habló James del helado o es lo habitual en este hotel?

—¿Eso es lo que quieres saber?

—Sí.

—Quizás he leído lo que estabas escribiendo en la postal.

Harwood pasó la vista de la postal a las flores que había en el centro de la mesa y calculó las posibilidades de que Leiter hubiera podido leer su letra al revés en el reflejo de un jarrón y a oscuras sin que se hubiera dado cuenta.

—Muy mal, Felix.

Este se echó a reír.

—Quizá James era un cachorrito enamorado y me entretuvo con historias sobre tu triste juventud. O quizás el personal de hotel tiene predilección por las mujeres guapas que se sientan solas.

Harwood indicó con la cucharilla hacia la embajada.

—Imagino que la doctora Zofia Nowak o Robert Bull no están allí, ¿verdad? Parece que tenemos entre manos un caso de personas desaparecidas.

Leiter fingió mirar de reojo por encima de su hombro, como si no hubiera visto la embajada en la vida.

—¿Allí? No.

—Pero ¿los tenéis escondidos en algún lugar?

—Normalmente no escondo a las mujeres con las que salgo.

—¡Venga, por favor! ¿El principal contacto en Berlín está saliendo por casualidad con una científica de alto nivel que trabaja con tecnología climática confidencial?

—¿Qué, no tengo suficiente encanto?

—¿Salías con ella?

Leiter volvió a reírse.

—Supongo que nos llegó el tufillo de algo que realmente apesta en Paradise Incorporated y que, cuando inauguró la fábrica en Berlín y me invitó, apestaba aún más. Supongo que no me gusta ser un objetivo y vi la forma de que lo fuera ella sin causarle ningún daño.

—¿Sin ningún daño? Depende de lo que pasara en esas citas.

—Eh, que no soy James Bond.

—No —aseguró Harwood—. Él no estaría aquí tomando helado mientras Zofia Nowak está en peligro y sola en algún sitio.

—Sería más tonto aún. —Leiter se inclinó hacia ella—. En tu opinión, ¿está tomando helados en algún sitio nuestro chico?

Harwood acarició la esfera del reloj.

—No me he dado por vencida —dijo en voz baja.

Leiter se incorporó y enderezó la espalda.

—Se me ocurre algo, Auténtica. ¿Qué te parece si me cubres las espaldas y yo te cubro las tuyas de camino a mi casa? Puedes freírme un poco más y yo hacerme el tonto. Lo sé hacer muy bien.

Harwood empujó el bol en su dirección. Solo quedaba el botón de chocolate.

—Yo también.

—Estupendo. Vamos a fingir juntos que no sabemos nada.

27

La casa en el lago

Tomaron el S-Bahn suroeste hasta el final de la línea. Al principio solo había sitio para ir de pie y se agarraron a los asideros y se tambalearon entre otros viajeros. Berlín era una placa de circuitos de luces que se deslizaba por las ventanillas con efectos estroboscópicos. Hubo un momento en el que Harwood dio un traspié y sintió el brazo derecho de Felix a su alrededor y la suave aleación de la mano en la cintura. Lo miró a los ojos y le sorprendió la sinceridad que vio en ellos. Después, las zonas de oscuridad que aumentaban conforme el tren iba dejando atrás el ruido y el pálpito de la capital en busca del extrarradio comenzaron a engullir los cubos dorados de los edificios de la ciudad. Leiter y Harwood se sentaron en gastados asientos opuestos y sus piernas se rozaron. La rodilla izquierda de Felix estaba fría y dura. Harwood miró a través de su reflejo hacia una comunidad improvisada e inamovible, imaginó, que se extendía a los lados de las vías: caravanas destartaladas, parcelas ilegales, cabañas de hojalata y, entre ellas, la borrosa y lenta fluctuación de personas atrapadas entre las corrientes de la historia, quizá contentas de serlo.

Cuando salieron al andén el aire olía a pino. Un cartel escrito a mano con letras góticas rezaba: BERLÍN – WANNSEE. Siguieron al grupo de viajeros hasta el interior de un vestíbulo octogonal pintado de color verde menta descascarillado tras haber pasado por debajo de unas rechonchas letras mayúsculas que decían AUSGANG, salida, en un tipo de letra futurista de los años treinta. Afuera, el sonido más intenso era el del viento contra los árboles. Una joven con aspecto de mochilera estaba cerrando el café de la estación; hizo un gesto con la mano y saludó a Felix con acento australiano. Este le preguntó si quería que la llevara a casa.

—Tengo la bicicleta, gracias Felix. —La joven se alejó bamboleándose en una bici de segunda mano.

Harwood miró a Felix de arriba abajo.

—¿Servicio con una sonrisa?

—Ni más ni menos, señora. ¿Te importa ir dando un paseo? Detrás de un escritorio me siento encerrado.

Harwood lo siguió y olió el lago escondido por un ejército de árboles.

—¿Cómo has acabado aquí?

—Digamos que echaba de menos los cielos abiertos.

Felix Leiter vivía en una villa gótica de ladrillo rojo en la orilla oriental del lago Wannsee, con el bosque Grunewald al norte. Harwood se quitó las botas y dejó la bolsa de lona amarilla con ruedas en un mullido sofá —al tiempo que se fijaba en los muebles alquilados, la única silla con señales de haberse utilizado y el solitario en la mesita de café, una vida más retraída de lo que había imaginado— y fue hacia una ventana arqueada con la esperanza de ver el agua. La nada se extendía ante ella.

—Una vista excepcional por la mañana —dijo Leiter, que buscaba en una pila de discos en el suelo.

—¿Es una invitación? —preguntó Harwood sonriéndole.

Felix se encogió ligeramente de hombros y dejó bajar la aguja del tocadiscos.

—*Play your cards right.* —Un antiguo tema de jazz que Harwood no reconoció se oyó en los altavoces—. Vamos a ver qué hay para cenar…

Compartieron una tortilla en la encimera de la cocina, inclinados sobre el plato, cabeza con cabeza, como si las dos cucharillas para el helado hubieran conjurado una camaradería de por vida. Leiter se mostró abierto sobre el papel que desempeñaba en Berlín: solucionar el incidente diplomático causado por su predecesor, expulsado sumariamente por Angela Merkel cuando se descubrió que había intervenido su teléfono. Pero le sorprendió la vaguedad de esa muestra de generosidad, a pesar de que le proporcionó mucha información, no había nada en ella que no hubiera podido deducir por sus informes. Después encendió la chimenea y abrió un pequeño mueble bar. Harwood se sentó en el suelo con la espalda contra la mesita del café. Estiró las piernas hacia el fuego para calentar los fríos dedos de los pies, pero se aseguró de que el vestido no se subía más allá de las rodillas. Se fijó en que los hombros de Leiter se tensaban cuando se sirvió un Haig con hielo. Después se volvió hacia ella.

—¿Qué quieres tomar?

—¿Te romperé el corazón si te pido un martini con vodka, agitado pero no revuelto?

—Solo un poco —dijo con una sonrisa que se reflejó en sus ojos—. Vamos a ver, tres partes de Gordon's, una de vodka, media de Kina Lillet… ¿Me olvido de algo?

—Solo la corteza de limón.

Leiter chasqueó los dedos.

—Y una corteza de limón. Es el mayor cabrón que he conocido en mi vida.

Harwood observó cómo preparaba la bebida y el brillo blanco de la mano derecha, que prácticamente solo utilizaba para agarrar. Leiter evitaba su mirada.

—Conociste a Vesper también —comentó Harwood.

—Estaba con él cuando se la presentaron y bautizó la bebida —confesó Leiter—. También cuando lo traicionó en cuestiones del corazón. Nunca supo en qué momento enamorarse o no. —Le entregó la copa, se subió ligeramente los pantalones y se sentó a su lado en el suelo—. Evitemos el brindis, solo te prometo mi alma.

Tomó un sorbo e intentó no evocar los miles de recuerdos que le traía antes de mirar a Leiter directamente a la cara.

—¿Crees que también traicioné a James?

Leiter se encogió de hombros.

—James no tiene muchas debilidades. Conforme pasaron los años cada vez tenía menos. Pero las debilidades son lo que nos hace humanos. Nos obligan a admitir nuestra mortalidad. Le pedí que lo dejara. Le dije que este asqueroso trabajo apesta. ¿Sabes a qué? A formaldehído y a lirios. Creí que lo dejaría. Pero entonces llegaste tú y volvió a sentir esa debilidad, aunque no consiguió que eligiera la chimenea y el hogar, sino que lo estimuló más.

Harwood tomó otro trago y pensó en el sueño de James de tener «una vida después de esta». Al principio creyó que se refería a la vida después de la jubilación en el servicio activo tras cumplir cuarenta y cinco. Pero luego se dio cuenta de que ese sueño —que hizo realidad en breves escapadas— de una casa en la playa con ella no era un plan para la jubilación. Era simplemente un lugar soleado en el que escapar los dos del mundo cuando quería olvidar, un refugio para los pocos años que esperaba vivir. No podía imaginar dejarlo para siempre. Solo con la muerte. 007 era una tragedia anunciada, si no se había producido ya, mucho antes de que lo conociera. Todas las personas apegadas a James Bond acabarían llorándolo y no podía soportar ser su último testigo. Ya lo había hecho antes. Necesitaba a alguien que soñara con un futuro, de verdad.

—Ha habido una coincidencia —dijo Felix, y atrajo su atención—. No era el único agente que te vigilaba hoy. Me han seguido dos tipos robustos con aspecto de mercenarios de Europa del Este. Dime, Johanna Harwood, ¿qué puede pensar un viejo espía?

—Dímelo tú.

A Leiter le tembló la mandíbula.

—El jurado sigue deliberando. Si pensara que eres la razón por la que he perdido un amigo... —Miró el fuego—. Bueno, digamos que no tengo vecinos y el lago es profundo.

—Si estás intentando asustarme —comenzó a decir dejando la copa—, lo estás haciendo muy bien.

—No creo que te asusten muchas cosas.

Harwood agarró el atizador y empujó un tronco hacia las llamas.

—¿Qué asustaba a Zofia?

—¿Prefieres un interrogatorio directo?

—Estoy de servicio hasta medianoche, después podemos suavizarlo.

—Mi madre me decía siempre que no hiciera promesas que no fuera a cumplir.

—Debió de ponerse muy contenta cuando entraste en el negocio del engaño.

—¿Lo hizo la tuya?

Harwood se echó hacia atrás sin soltar el atizador y lo levantó ligeramente.

—Si el destino del mundo no colgara de un hilo, podríamos andarnos con evasivas toda la semana, Felix Leiter.

—Los agentes 00 sois siempre muy dramáticos. Me llevaba bien con Zofia. Es el tipo de mujer con la que todo el mundo congeniaría. Muy inteligente. Muchas veces andaba por las nubes, pero solo porque su mente estaba haciendo cosas mejores y más importantes. ¿Cómo se lo vas a tener en cuenta si lo que busca son los ángeles, con un optimismo tan a flor de piel que cualquiera puede lacerarlo? Un viejo espía como yo siente añoranza por ese tipo de comportamiento. Se vuelve protector. Imagino que por eso me habló de Robert Bull, ciudadano de Estados Unidos de América y de la República Paradise, experto en seguridad con antecedentes penales por acoso y agresión sexual en otra vida, aunque ahora eliminados de los registros. Una compañía curiosa para Paradise.

—¿No lo viste venir?

—No lo suficientemente pronto. Mi orden de someter a vigilancia a Bull iba a ponerse en práctica la mañana después de que Zofia dejara de contestar el teléfono. ¿Sabes una cosa, 003? Que la CIA no encuentre a alguien quiere decir algo.

—¿Encontraste a Robert Bull?

—La policía berlinesa lo detuvo en un hospital a la vuelta

de la esquina de su apartamento. Las enfermeras dieron el aviso. Tenía sangre en la ropa y bajo las uñas, la mayoría no era suya. Magulladura en la órbita del ojo derecho. Imagino que Zofia le dio un puñetazo o dos.

Harwood quería preguntarle si lo había dejado bajo custodia en la policía o lo había hecho desaparecer en algún agujero negro de la CIA. Pero era demasiado pronto. Estaba bailando con ella y él llevaba el ritmo. Levantó la copa.

—Está vacía.

—No puedo permitirlo.

Una copa más y después otra. Los hombros de Leiter se relajaron. Cuando el fuego empezó a decaer echó un grueso tronco a las brasas y un destello rojo se reflejó en su cara y ensombreció el profundo ceño que había entre sus ojos. Se preguntó si no estaba solo, sino que se sentía solo. Un amigo perdido.

—Felix, ¿qué significa realmente que la CIA no consiga encontrar a alguien?

Él tamborileó los dedos de la mano izquierda en la palma de la derecha con un ritmo enérgico.

—Créeme, he puesto a buscar a James a todos los soplones de todos los círculos del infierno. Nada.

—¿Y qué explicación tiene?

Una risa corta.

—Para mí que James ha seguido finalmente mi consejo y está disfrutando de unas vacaciones permanentes en alguna isla tropical fuera del alcance de Langley o Londres, o en algún otro sitio. O es eso o tendré que llorar tomándome un whisky, y el cinturón de mi padre me enseñó a no hacerlo nunca. De hecho, James es la única persona que me ha visto llorar. Vino a verme al hospital después de... —Levantó el brazo derecho.

Harwood volvió a notar el escalofrío que había sentido cuando Bond le contó que había encontrado un cuerpo en la cama del hotel de Leiter. Aquella forma estaba tapada con una sábana. Cuando James retiró el sudario de la cara, no había cara. Solo algo envuelto una y otra vez con vendas sucias, como un nido blanco de avispas. En el torso tenía más vendajes que supuraban sangre. Habían metido la parte inferior del cuerpo en un saco que estaba prácticamente vacío. Todo se había empapado de sangre. Un trozo de papel sobresalía del hueco en las vendas en el que debería haber estado la boca, como una tarjeta de agradecimiento en un ramo de lirios. Decía: DISCREPABA DE ALGO QUE LE ESTABA RECONCOMIENDO. Cuando Bond recordó estar sentado en el borde de la cama para esperar a los paramédicos, mirando el cuerpo de su amigo y preguntándose cuánto podría salvarse, había un sosiego que raras veces se oía en su voz, como si estuviera de nuevo en aquella habitación de hotel, conminado a esperar la muerte.

—Cualquiera habría llorado —dijo Harwood con suavidad.

Felix esbozó una breve sonrisa.

—Cosas peores suceden en el mar. —Después soltó una carcajada que atravesó la habitación como un vendaval que arrastró a Harwood con él. Pero ya no enfocaba la vista y parecía contemplar la escena desde una gran distancia—. Si quieres saber lo que es el terror, imagina el momento en el que una mole blanca te golpea las piernas con el peso de un tanque y sabes que solo acaba de empezar. Pensé que aquello era el final. Una pelea con tiburones puede ser una buena historia que contar en una fiesta en Washington, pero habría preferido la de un tesoro pirata hundido y una hermosa joven. James acapara la suerte. —Miró su vaso—. Estaba allí cuando desperté y sujetaba la mano que me quedaba. Es uno de sus trucos de salón. Cuando necesitas un amigo…

—Ni Moneypenny ni yo nos hemos dado por vencidas.

—Tampoco te has casado. James me dijo que ese tipo es un genio.

—Le gusta creer que lo es —comentó tras imponerse un tono cordial.

—Pero no lo suficientemente inteligente como para cubrir las espaldas de su compañero.

—Lo que le pasara a James no fue culpa de Sid. —Metió la mano en el bolsillo del vestido, donde tenía el móvil silenciado, y pensó en cómo le iría a Sid con Ruqsana en su intento de averiguar los últimos movimientos de Zofia en Berlín. Se habían despedido junto al Barbican con un prolongado beso en la nieve y después habían subido a aviones diferentes—. James le dijo a Sid que iba a seguir una pista solo y que volvería pronto.

—Así es como te comen los tiburones —comentó Leiter apurando su vaso—. Me destinaron aquí porque perdí la mano con la que disparaba y ya no puedo perseguir a nadie. Esta es mi recompensa. Una casa junto a un lago. Un juego de espías. Ahora has venido a jugar una partida, tú y tu novio. Lo has apartado para poder coquetear conmigo. ¿Por qué iba a confiar en ninguno de los dos? Bashir no se ajustó al protocolo básico y dejó que su compañero siguiera una pista solo. Fue la última persona que lo vio vivo. James me dijo que después de esa misión esperaba reunirse contigo, la famosa Auténtica, para una última despedida. Apuesto a que uno, o los dos, lo traicionasteis.

—¿Eres jugador, Felix?

—Cada vez menos.

—Digamos que me dejas acceder a Robert Bull y que le interrogo. Si soy una agente doble, o lo que creas que soy, verás lo que hago con esa información y tendrás la prueba que necesitas para saber si soy una traidora o una aliada. Si me lo impides, perderemos toda oportunidad de encontrar a Zofia y descubrir en qué está metido Paradise.

—Estás muy segura de tu capacidad en un interrogatorio.

—¿Pensabas que acabarías diciéndome que lloraste cuando despertaste en el hospital?

Leiter se rascó el mentón.

—No puedo decir que lo esperara —confesó antes de centrar su atención en el atizador que sujetaba Harwood—. Ni tampoco que no me haya fijado en que has estado armada gran parte de la noche.

Un golpeteo en la ventana anunció la lluvia.

—No tienes vecinos y el lago es profundo —dijo Harwood—. Una mujer toma precauciones. Además, esa lista de las personas en las que confiaba James, la lista que según tú le inspiró una falsa sensación de seguridad antes de su caída, te incluye a ti, Felix.

Sus mejillas resplandecieron.

—¿Crees que le daría la espalda?

—No. —Harwood apartó el atizador—. Confío en ti. ¿Por qué no lo intentas?

28

Temeridad

Mercadillo de Mauerpark. Una mañana de domingo en diciembre.

Anya, una diseñadora de camisetas, miraba cómo hacía una bola de nieve perfecta su hija pequeña. Le gritó que se limpiara las manos —por la suciedad de las botas que la habían pisado— y después volvió a hablar inglés para dirigirse a los turistas estadounidenses que admiraban sus estampados de la hoz y el martillo. Su hija tiró la reluciente bola, tropezó entre las patas metálicas de la mesa y fue trastabillando hacia el siguiente puesto, en el que dos hermanos turcos con estómagos a juego y cabezas calvas estaban sentados uno junto a otro en sillas de plástico verdes, y sus orejas se rozaban mientras los pensamientos fluían entre ellos y observaban impasibles a los frikis y *Lebenskünstlers*, vividores, que regateaban por sus Polaroids y Box Brownies. Los hermanos eran inflexibles. Samuel y Erich, que regentaban un café cercano y dedicaban el tiempo libre que les permitía la ley de cierre dominical a comprar porcelana antigua, sabían que los hermanos eran inquebrantables y esperaron a que el hípster que tenían delante dejara de regatear. Compraron la Polaroid y pusieron una película instantánea. Los paraguas aparecieron como bulbos de primavera en un vídeo a cámara rápida. La señora Linz vació el contenido de su ático en una larga mesa con caballetes y chasqueó la lengua a los estudiantes con resaca que gritaban al ver los cachivaches de su marido: recuerdos de la RDA, cinta para máquinas de escribir, sellos, las joyas verdaderas que nunca le había enseñado…

Sid Bashir se había distraído, algo ocupaba sus pensamientos, y no vio que Ruqsana Choudhury acercaba su tarjeta al teléfono de uno de los vendedores —olvidando, bajo las punzadas de la intensa lluvia, la advertencia de utilizar efectivo solamente— para comprarle un teléfono Fisher-Price a su hija. Bashir se hizo con una docena de sellos austriacos con el cambio que llevaba en el bolsillo.

Había convencido a Ruqsana para que se reuniera con él en Berlín, con la esperanza de que los reservados amigos de la doctora Zofia Nowak hablaran con una persona cercana a ella. Se había separado de Harwood porque había insistido en que le resultaría más fácil utilizar su magia con Felix Leiter si estaba sola. No quiso entrar en detalles sobre lo que implicaba esa magia, no por ser posesivo, sino porque esa adaptabilidad suya hacía sospechar a M y sus éxitos solo parecían perjudicarla más.

Ruqsana meneó el juguete para que los ojos saltones miraran de reojo a Sid.

—¿Te acuerdas?

—Espero no saber nunca qué es —dijo Bashir haciendo sonar el dial giratorio.

Ruqsana se llevó el auricular al oído mientras se oía el timbre.

—Está llamando tu conciencia, quiere una devolución.

—Dile que estoy muy ocupado salvando al mundo en nombre de la democracia occidental y los precios bajos de la gasolina.

Metió el juguete en el bolso y pensó en qué tal le iría a su madre con Hope.

—Estás haciendo un trabajo excelente. Ninguno de los amigos o colegas de Zofia sabe nada. Y su vecino nos ha mirado como si estuviéramos reconociendo el terreno antes de entrar a robar en su casa.

La miró por encima de las gafas de carey.

—¿Estás hablando como una espía?

No lo había visto nunca con gafas. Parecía Omar Sharif en una de esas películas antiguas que solían ver.

—Sería una buena espía —aseguró Ruqsana.

—¿Por qué? —preguntó mientras se detenía delante de un puesto en el que había instrumentos quirúrgicos encima de un trozo de tela negro. Cogió un espejo de dentista y lo inclinó en distintos ángulos. El sensor instalado en un tornillo de sus gafas, encargado de mandar información a Q, acababa de enviar una alerta a su teléfono, había vibrado tres veces en el bolsillo: «Dispositivos de vigilancia electrónica cerca».

—Bueno, de momento sé que esa abogada, Johanna Harwood, y tú no sois solamente amigos.

Bashir eligió un par de tijeras y buscó una nota en su bolsillo.

—¿Celosa?

—Mi madre lo estará. Piensa que tú y yo seguimos destinados el uno al otro.

—Lleva diciendo eso desde que teníamos seis años —comentó mientras hacía sonar el espejo contra las tijeras.

—Es muy perseverante.

Bashir se echó a reír y la guio a contracorriente hacia la siguiente hilera. Ruqsana se fijó en que llevaba las tijeras en la mano con la punta hacia arriba y recordó la forma en que solía moverse cuidadosamente en clase con la punta de las tijeras rojas infantiles mirando al techo. Ella siempre iba corriendo.

Ruqsana tropezó con una niña a la altura de las rodillas, se tapaba la cara con las manos y los mocos se le escurrían entre los dedos. Tenía un roce en una muñeca. Ruqsana se agachó, le dijo hola y le puso un brazo en los hombros antes de que una mujer apareciera lanzando una impetuosa verborrea en ruso y cogiera a la niña en brazos.

—¿Cuánto cuesta la de la hoz y el martillo? —preguntó Bashir.

Ruqsana intentó ocultar que se había puesto pálida al darse

cuenta de que habían encontrado el puesto de camisetas que buscaban, a pesar de que el itinerario elegido por Bashir le había parecido errático.

Anya, la diseñadora, buscó refugio detrás del puesto y le lanzó una mirada feroz, no por nada que hubiera dicho o hecho, sino porque todavía tenía el corazón acelerado por haber perdido de vista a su hija.

—Veinte.

—Bonitos diseños.

—Ja, ja. ¿La quiere?

—¿La tiene en talla de mujer?

—Son unisex.

—Deja que adivine —intervino Ruqsana—. A Johanna Harwood le gusta la ironía.

Bashir sonrió.

—No mucho. ¿Tiene una tarjeta de visita?

Anya metió la camiseta en una bolsa de papel y le ofreció una tarjeta.

—¿Podrá dibujar un mapa en ella?

—¿No tiene Google? —preguntó Anya.

—Me he quedado sin datos —explicó Bashir.

—¿Qué quiere?

Bashir se inclinó hacia el puesto, como si quisiera ver cómo dibujaba en la tarjeta.

—Iba a clases de inglés con Zofia Nowak. No levante la vista. Zofia ha dejado de ir porque tiene problemas. Su profesor me ha dicho que eran amigas, pero no hay rastro de su amistad en línea. Creemos que eso la puso a salvo. Nadie sabe que existe.

—¿De qué va todo esto? —siseó Anya.

—Tenemos que averiguar dónde está. Su vida corre peligro.

La niña volvió a llorar. Ruqsana sacó el teléfono Fisher-Price del bolso y lo movió para que las campanillas y tonos sonaran a la vez. Los lloros de la niña se convirtieron en risas.

—Me llamo Ruqsana Choudhury. ¿Mencionó mi nombre Zofia alguna vez?

—¿Cómo sé que son quienes dicen ser?

Ruqsana sacó el móvil del bolsillo, lo mantuvo bajo y le enseñó una foto con Zofia.

—Por favor —pidió Bashir—, cuanto más tiempo estemos aquí, más peligro corre.

—Entonces váyanse.

—Zofia necesita ayuda.

Anya hinchó los carrillos y movió el bolígrafo un par de veces en la tarjeta, sin dejar marca, hasta que salió tinta y escribió una palabra.

—Ahí tiene. Ahora váyanse. Aléjense de mí.

—*Danke* —agradeció Bashir metiendo la tarjeta en la bolsa. Cogió del brazo a Ruqsana y dijo—: Vamos a buscar un sitio donde comer.

Bashir guio la marcha entre las hileras de puestos en dirección a la zona oriental del parque, blanca por la nieve pero muy animada: un círculo de percusionistas de *reggae;* un grupo de *performance* con más *piercings* de los que había visto nunca en tantas personas; y lugareños y turistas pasando entre ellos. Quería utilizar esas aglomeraciones para cruzar el parque y desaparecer, pero aquel mercadillo estaba demasiado lleno y prácticamente no avanzaban. Miró el espejo de dentista que llevaba en la mano izquierda. En la derecha tenía las tijeras y las apretó con más fuerza cuando vio reflejados a dos hombres en edad militar, blancos, con la cabeza afeitada, vestidos de paisano pero con botas militares, y los ojos fijos en su nuca.

—¿Qué pasa? —preguntó Ruqsana.

—¿Sabrías volver a la estación desde aquí?

—¿Qué?

—La estación, ¿te acuerdas del camino?

—Sí.

—Quiero que me sigas hasta el trozo del Muro de Berlín en lo alto de la colina. No lo has visto nunca. Te fascinará. Iremos hasta el extremo. Te colocarás en la parte oriental y yo en la occidental. Cuando te diga, echarás a correr hacia la estación. Busca a un policía y pide que te lleven a la embajada estadounidense. Cuando estés allí di que solo hablarás con Felix Leiter. ¿De acuerdo?

Ruqsana sintió que le invadía una calma desconcertante, como si el mundo se hubiera reducido a pocos centímetros a su alrededor, a la voz tranquilizadora de Sid, a la forma en que se le enrojecían los nudillos al apretar las tijeras, al golpeteo de su corazón en los oídos. Tenía la garganta seca. No se había dado cuenta hasta ese momento. «Ok, Sid —dijo, pero las palabras no salieron por su boca—. Venga, enséñame el trozo. Es muy interesante, Sid, ¿por qué se conocía Mauerpark como "la franja de la muerte" durante la Segunda Guerra Mundial? Porque este trozo de tierra discurría entre dos muros de cemento paralelos que conformaban el Muro de Berlín. Ahora solo es una pared de trescientos metros llena de grafitos.» Los ojos de Bashir recorrían el muro a la altura de la cabeza como si tuvieran rayos X y pudiera ver a los fantasmas que los acechaban al otro lado o los átomos que reflejaban sus movimientos en el universo; las metáforas y símiles se agolparon en su mente y recordó una pregunta en primaria en la que tenía que elegir entre el sol es un penique y el sol es como un penique. No lo entendió, entonces todavía estaba aprendiendo inglés, y Sid le apuntó la respuesta. En ese momento le estaba enseñando historia y movía los dedos para que tocara la pintura fluorescente. «Sí, mira, estoy tocando un trozo de historia. Ponte en el lado occidental, Sid, eres el sucio capitalista, yo soy la soñadora. ¿Qué dices? ¿Que corra? Ok, Sid, correré.»

Salió a toda velocidad y el bolso con el teléfono Fisher-Price sonaba ring, ring, ring cuando le golpeaba un muslo. Miró hacia atrás por encima del hombro mientras esprintaba haciendo una curva colina abajo, una mirada que le permitió un atisbo del lado occidental, donde lo que vio parecía computado en flashes: Sid y un hombre que le recordó a un matón de discoteca abrazados en la sombra del Muro; el brazo de Sid moviéndose para dar golpes cortos y rápidos que producían un afloramiento de sangre, como si Sid estuviera pinchando un globo lleno de pintura roja, un ensayo en el que Sid y ella habían trabajado para un proyecto científico, aunque no recordaba qué ciencia podía haber en él, sobre el tiempo que tardaba la pintura en salir y el globo en deshincharse, que era lo que el hombre estaba haciendo, hundiéndose ante el frenético brazo de Sid; todo eso en un microsegundo que no le dio tiempo a procesar porque otro hombre con aspecto de matón de discoteca salía corriendo del mercado hacia ella.

Vio la amplia explanada del parque delante, más allá de los percusionistas y los artistas. El hombre ganaba terreno. No quería cruzar ese espacio vacío teniéndolo en los talones, abandonar la multitud y dirigirse hacia el desolador vacío dominguero de las calles cercanas a la estación. Así que corrió en zigzag, una treta con la que engañó al hombre, que tropezó en la nieve, mientras ella aceleraba de vuelta hacia el mercado. «Haz tu mejor esprint, Ruqsana», una carrera de relevos con Sid, como los récords que mantenían en los días de deportes. Y sí, lo consiguió, llegó a la reconfortante maraña de las personas que desconocían lo que estaba sucediendo.

Samuel y Erich, los propietarios del café, la sujetaron cuando chocó contra ellos y la Polaroid de Erich se disparó y tomó una foto de los tres. Le preguntaron si estaba bien y se agacharon para recoger su bolso. Ruqsana, consciente de que estaba llorando, escondió la cara entre las manos. Erich le puso un brazo alrededor de los hombros y soltó una risita de desconcierto antes de decirle que no se preocupara.

Samuel se dio cuenta de que solo las lágrimas no podían causar semejante tensión en los hombros de Ruqsana. Apartó a Erich y le dijo que aquella mujer estaba sufriendo un ataque.

Anya oyó esas palabras a través del bullicio de la multitud. Sentó a su hija en el regazo de uno de los hermanos turcos y se abrió paso con los codos entre los idiotas que obstaculizaban el paso. Estaba a poca distancia de la mujer india —aquel hombre tan grosero la había llamado Ruqsana— cuando algo en su interior le gritó con todas sus fuerzas: «¡Para!». Un hombre que apestaba a policía secreto se había detenido junto a Ruqsana e informaba a los crecientes curiosos que era epiléptica y que había que encontrar su bolso. Anya buscó por el suelo. El ridículo teléfono estaba en la nieve y emitió un alegre tono [illegible] que alguien tropezaba con él. Pero el indio grosero e insistente había metido la tarjeta de Anya en la bolsa de la camiseta. Volvió a mirar al policía secreto y vio que una aguja sobresalía de su mano. Le inyectó algo a Ruqsana.

Anya fue a toda velocidad por una hilera y luego por la siguiente y preguntó a la señora Linz: «¿Ha visto al indio?». La viuda acumuladora se encogió de hombros. Anya soltó un juramento y miró hacia el este y el oeste hasta que oyó un grito que provenía de la trampa de los selfis, el apodo de lo que quedaba del Muro de Berlín. Miró hacia la colina y vio el reflejo de un papel en la nieve gris. El indio había lanzado la bolsa hacia una papelera saturada que no se había limpiado desde el día anterior. La recogió: la ridícula camiseta y la tarjeta con la palabra incriminatoria. Alrededor de la papelera se extendía la habitual colección de botellas de cerveza abandonadas por los idealistas para los sintecho, que las recogían y recibían un poco de dinero de las plantas de reciclado. Rompió la tarjeta en veinte pedazos y metió cada uno de ellos en una botella diferente.

Cuando se levantó un grupo de personas avanzaba hacia ella desde el Muro.

—¿Qué veis? —gritó.

Le dijeron que, después de una pelea en la que un hombre había acuchillado a otro, los habían metido a los dos en una furgoneta.

Se dio la vuelta e intentó localizar a Ruqsana, pero también había desaparecido, al igual que el policía secreto.

En el lugar que había estado Ruqsana solo quedaban Samuel, que buscaba la Polaroid caída, y Erich, sujetando el teléfono Fisher-Price, como si esperara que alguien contestara su llamada.

29

Regreso al Barbican

El lago Wannsee era una hoja de papel jaspeado en la que el color dorado se convertía en verde y se mecía suavemente cuando una mano invisible movía las tonalidades, primero hacia las suntuosas villas de enfrente, desde las que se elevaba un humo lánguidamente ensortijado, y después hacia la distante orilla, salpicada de arboledas. La bruma se había levantado en el bosque y el cielo controlaba su sonrojo y difuminaba el rosa en azul. Harwood regresó por la orilla hasta la carretera principal y envió un mensaje a Moneypenny con la información que había obtenido de Leiter. Hizo crujir el cuello, que le dolía después de haber pasado la noche en el sofá. Leiter no era James Bond. Había poco tráfico, pero vio avanzar un BMW alquilado en las ventanillas de unos coches aparcados. El café de la estación estaba abierto para los viajeros. La mochilera australiana colocaba la repostería en la estantería de cristal de una vitrina. Le preguntó qué pedía normalmente Leiter.

—Café de filtro. ¿Dos?

—Un café solo, por favor. Y un dónut —pidió al tiempo que imaginaba la mueca de Leiter al verla volver con el sexto grupo de alimentos de los policías estadounidenses—. Bonito sitio.

—¿Verdad? —admitió la joven mientras daba un golpe en la reacia cafetera.

Se apartó para dejar paso a un hombre vestido con un

mono que quería coger servilletas. Su reflejo se deslizó por la caja metálica y se dio cuenta de que [illegible] que había visto en el BMW alquilado. ¿Un mono y un BMW no era una combinación muy extraña? Aquel pensamiento se unió a un olor que agarrotó la columna vertebral, una mezcla de alcohol, sudor y gasolina que hizo regresar a su mente a la celda de los interrogatorios y le confirmó: Rattenfänger.

El hombre tomó dos servilletas, dijo *danke* y volvió despacio a una mesa en la parte trasera. Harwood observó cómo desaparecía su reflejo y metió dos dedos en el servilletero para sacar la servilleta que había visto aparecer entre los carnosos dedos del hombre. Con ella había envuelto una Polaroid arrugada y llena de huellas dactilares. Mostraba a Ruqsana Choudhury en medio de una muchedumbre y detrás de ella un hombre en cuya mano se veía el brillo infinitesimal de una aguja. El agente de Rattenfänger que la observaba mientras tomaba café había escrito unas instrucciones en el espacio destinado al pie de foto, junto a tres palabras en francés: «*Aller jusqu'au bout*». Tres palabras que podían traducirse de distintas formas, «llevarlo a cabo», «ir hasta el límite», «aguantar hasta el final», pero que en realidad su traducción era una advertencia, además de un cliché: «Esto no es un juego y está demasiado involucrada en él como para echarse atrás. Así que no lo intente. Si se resiste, acelerará su funeral». Y seguramente el de Sid también, porque era imposible que hubiera dejado que capturaran a Ruqsana. Hizo una bola con la foto. Los glóbulos rojos de su cara parecían contraerse. Se estaba poniendo roja y le costaba respirar.

¿Habían pasado solamente unos días o una eternidad desde que Rattenfänger había estado en el Barbican? Tras finalizar las pruebas en Shrublands había regresado a casa más sensible, la habían presionado demasiado. Cuando recibió la llamada de Moneypenny para decirle que Ruqsana Choudhury se había puesto en contacto con Bashir y que se reunirían pronto, sacó la caja de Turkish Lokum que había comprado en el aeropuerto de Estambul, y en la que había tachado el nombre con un rotulador y había escrito la palabra griega *loukoumi*. Eso habría conseguido que la señora Kafatos, la amiga de su padre en la Defoe House, se riera. Mientras esta buscaba dos platos para dividir los dulces, cambió las postales que mostraban el reverso en la escalera. En el centro puso una que decía: «Vengo con regalos». Era la contraseña acordada con Rattenfänger. Después se fue a su apartamento y se dio un baño antes de tumbarse y mirar las baldosas blancas sin pensar en nada. Se sentía igual de adormecida cuando abrió la puerta de la calle para que entrara Bashir, se puso una bata y miró en el espejo ese extraño autómata que se había apoderado de su cuerpo desde que había dicho a Rattenfänger las dos palabras que quería oír en aquella montaña en Siria: «Lo haré».

Y, además, muchas otras palabras. Lo haré si dejáis de hacerme daño; lo haré si me dejáis salir de aquí viva; lo haré si hacéis retroceder el tiempo y me devolvéis a Sid Bashir como mi novio; lo haré si hacéis retroceder el tiempo y me devolvéis a James Bond como fuera lo que fuese que había entre nosotros dos; lo haré si hacéis retroceder el tiempo y me devolvéis a la sencillez de la infancia, al bien contra el mal, a un amor en el que pueda confiar y un hogar con un punto cardinal constante, aunque esos últimos binarios eran cosas que nunca había tenido, cosas que había echado de menos desde el primer día, y cuando se desmoronó creyó que Rattenfänger podía curar todas sus heridas. Bond habría meneado la cabeza al oír esos deseos. «Nunca vuelvas al pasado. Lo que podría haber sido es una pérdida de tiempo. Sigue tu destino y conténtate con él, alégrate de no ser un vendedor de coches de segunda mano, un minusválido por un accidente en una misión o estar muerta. Tu fuerza reside en el mito. Los mitos se forjan con hechos heroicos y personas heroicas. Alégrate de ser el chaval que está en el puente ardiendo.»

Pero ella no había estado en el puente ardiendo cuando se hundió el barco. Había pronunciado las dos palabras que todos los agentes temen o desean en un interrogatorio, dependiendo de en qué lado estén —«Lo haré»— y cuando le abrió la puerta a Sid en el Barbican solo era una marioneta. Pero en el momento en el que Bashir se echó el pelo hacia atrás y le regaló una sonrisa tonta, sintió una descarga eléctrica, una agitación que duró hasta que se quedaron dormidos y le permitió sacar de su mente las razones de por qué lo había hecho y simplemente obtener placer de él y darlo a cambio, porque lo quería a él y los quería a ellos.

Entonces se despertó. La radio de onda corta de Sid emitía un programa de propaganda china desde Estados Unidos sobre la calidad de la vida en Hong Kong. Y un láser rojo inundaba el techo. No era la luz recta de una grúa de construcción. Era la señal que había estado esperando desde que había pronunciado esas dos palabras.

El punto vulnerable más dulce de Sid —y también el más triste— era que no se despertaba si lo besaba suavemente primero en el hombro. Fue lo que hizo, y ni se movió cuando se levantó y se dirigió desnuda al cuarto de estar. Encendió la luz de seguridad de cuarto oscuro, que parpadeó roja antes de apagarse. Había aprendido que las señales de la traición son innumerables y era milagroso que nadie las hubiera contado. Aunque no creía que durara mucho, Sid nunca dejaba pasar ni un solo número. Fue a la cocina, abrió el armario más alto y sacó la bolsa de viaje. Se vistió de negro.

Su padre había manipulado la puerta de salida de emergencia para que estuviera abierta aunque el panel con caracteres Letraset estuviera intacto y, aparentemente, sin usar. Una vía de escape que no dejaba huella. No se armó. Eso lo tenía claro. Empujó la puerta con la palma de la mano y se abrió sin hacer ruido.

Evitó el ascensor, por si Sid oía el deslizamiento de las puertas por encima del programa de radio, gemidos que le recordaron un juguete que su madre había traído de alguno de sus viajes. Se llamaba tubo sonoro y estaba diseñado para animarla a hablar. Había observado a sus padres muda tanto como pudo. Ya hacían suficiente ruido entre los dos. Según una leyenda familiar, su primera palabra fue una frase compleja con al menos tres oraciones subordinadas. «Antes no tenías nada que decir al mundo —había comentado su madre— y ahora te empeñas en cambiarlo hablando.» Pero nunca olvidó cómo escuchar. Escuchaba lo suficientemente bien como para saber lo que había querido decir su madre. «No puedes cambiar el mundo con palabras.» «Pues aquí estoy, mamá. Mírame.»

Veintiocho pisos hacia abajo. Bajó las escaleras una por una. Que Rattenfänger esperara. Habían sido ellos los que la habían dejado dolorida. Eligió la salida del podio y se dejó abrazar por la niebla. Le habían ordenado reunirse con ellos en el invernadero. Las pasarelas eran un mapa de brechas invisibles y los charcos empaparon rápidamente sus silenciosas zapatillas de deporte conforme avanzaba por el puzle de pasos elevados y escaleras. El húmedo eco de sus pasos se acompasó con sus latidos. Estaba segura de que alguien la seguía. Cuando miró por encima del hombro solo vio la niebla, que la observaba inexpresiva. Creyó oír un ruido, un marcado chasquido o sonido metálico. Pero el Barbican se había construido para albergar secretos y el cemento era tan grueso que en una ocasión se produjo un incendio en el apartamento de una torre y nadie se enteró.

Una vez M comentó que un traidor siempre se siente observado. Fue en una sesión formativa en la que se revisó un caso antiguo, el del agente 006, un excompañero de Bond que había ido por el mal camino, aunque había quien creía que iba por el bueno. Otro binario. James se había sentado en el fondo de la sala y había observado. Era uno de los que más convencidos estaban de que 006 era honrado. Al igual que estaba convencido de que ella lo era.

Saltó al techo del invernadero conteniendo el aliento. El volumen del zumbido de las abejas aumentó para darle la bienvenida. «Sé dulce con el mundo y el mundo será dulce contigo.» Se acercó más a una colmena. El ruido se intensificó. Puso una mano cerca de la cerradura.

—¿Por qué has tardado tanto?

—Haría lo que fuera por una habitación con vistas.

—Lo sabemos.

El agente de Rattenfänger salió de la niebla. Harwood solo consiguió distinguir parte de sus facciones, pero reconoció el lánguido timbre de su voz, lo había oído en los días en los que era su única compañía en la oscuridad.

Era Mora. Había demostrado su puntería. No había disparado a ningún punto vital.

Harwood agarró la cerradura de la colmena, pero no la abrió. Se puede estar preparado con un arma o con un botiquín. Hacía tiempo que había optado por el arma.

—¿Qué regalos tienes para nosotros?

—Una pista sobre la doctora Nowak. Antes de desaparecer se puso en contacto con Ruqsana Choudhury, una abogada que hace voluntariado defendiendo a los activistas de la justicia climática. Choudhury quiere hablar.

—Ese es el lazo bonito, pero ¿qué hay en la caja?

—De niña me aburría soberanamente en clase. Estaba deseando ser mayor. Mi abuela me dijo que si solo aprendía una cosa de la infancia, que fuera la paciencia.

—Una lección muy edificante. ¿Fue recompensada tu paciencia? —Harwood notó que el calor del cuerpo de Mora se evaporaba a través de la lluvia—. ¿Eres feliz ahora siendo adulta, querida Johanna cuya experta puntería me dejó vivo con tanta ternura?

Harwood inspiró profundamente.

—La felicidad es para otras personas.

—¿Cómo vives entonces?

—Con paciencia.

—Qué mediocridad. Te perdoné la vida y te volví a meter en tu pecera porque puedes darnos acceso. Quiero a la doctora Nowak. Iba a dar la voz de alarma sobre nuestro apoyo a Paradise. Este ordenó a Robert Bull que silenciara esa voz. Rattenfänger le ordenó que me la trajera. Falló a los dos pagadores. Sir Bertram nos ha cerrado la puerta a Celestial, su ordenador cuántico. Sigue vivo porque esperamos animarlo a que vuelva al redil y nos dé acceso de nuevo. Pero si él no lo hace, ella lo hará.

—¿Cómo sabes que sir Bertram se ha separado de vosotros? ¿Qué planea?

Las luces moradas del invernadero iluminaron su mirada lasciva.

—No somos tan amigos, querida Johanna. Se te permitirá ver a Bull. Creemos que la CIA lo tiene preso. Encuéntralo y procura estar a solas con él en la habitación. No me importa cómo lo consigas. Cuando quedó claro que la doctora Nowak había descubierto que respaldábamos a Paradise se le encargó que la silenciara. Pero, en vez de ello, nos metió en un lío y la perdimos. No toleramos el fracaso. Demuéstraselo.

—Los agentes 00 no matamos a prisioneros.

Mora se encogió de hombros.

—Ya no eres una agente 00. Considérate afortunada. Los demás están muertos o pronto lo estarán.

—¿Todos?

Mora le apuntó con un dedo.

—Deberías librarte de esa obsesión, Johanna, deja de perder tus años más fértiles añorando a James Bond. Te has tragado su mito como un niño se toma las medicinas. El poder de tu país se basa en los mitos: el mito del imperio, el mito de Churchill, el mito de Scotland Yard y Sherlock Holmes. El mito de James Bond. Los mitos se forjan con hechos heroicos y personas heroicas. O quizá solo han sido siempre fantasías.

Harwood sintió como si estuviera transitando entre momentos: oía a Mora y disfrutaba del sonido de su voz y después oía a Bond utilizar casi las mismas palabras. En alguna ocasión entre esos dos momentos, los dos hombres habían intercambiado ideas. Se le aceleró el pulso.

Mora continuó:

—Ese hombre es una fantasía. Los coches, las mujeres, los artilugios, la resistencia, el valor, el hombre que se mantiene firme y no flaquea. —El dedo de Mora aterrizó entre las clavículas. Le dio un golpe en el plexo braquial. Harwood se agarró el pecho y unos puntos ciegos aparecieron en la periferia de su visión— Ha llegado el momento de seguir adelante. Eres la nueva heroína del Servicio Secreto. ¿No está orgulloso de ti M?

Harwood retrocedió y tropezó con una colmena. El espantoso zumbido se intensificó a su alrededor. Se masajeó la garganta.

—Te llamaré en cuanto me entere de lo que sabe Choudhury. Estamos negociando una reunión con ella en Paddington Green, la antigua comisaría de policía, en la que una protesta se ha convertido en una ocupación. Si quieres impresionarme con vuestra penetración en los sistemas de inteligencia y justicia británicos, mantén a la policía lejos de ese edificio.

No consiguió hacerlo, por alguna razón la policía hizo caso omiso al poder de la persona que estaba en las garras de Mora. Lo que implicaba que la filtración que había traicionado a Bond no era tan sólida.

La voz de Mora disminuyó hasta convertirse en el rumor de un tren que anuncia su llegada con el temblor de las vías.

—¿No te he impresionado ya?

Notó un hormigueo en la cabeza.

—Siento que creas que has dejado huella, pero he conocido a hombres más memorables.

Mora se echó a reír.

—Y por eso, jovencita, hemos tomado ciertas medidas esta noche para recordarte tu deuda con nosotros. No encontrarás a 009 esperándote en la cama.

Harwood frunció los labios.

—Lo necesitamos. Choudhury solo confía en él. Son amigos desde que eran niños.

—Tú eres la actriz. Estoy seguro de que encontrarás una solución. Mientras tanto, Bashir será nuestro huésped durante un tiempo. Si me impresionas, te lo devolveremos más o menos intacto. No sé qué pesadillas podré causarle esta vez.

El sonido de un roce debilitó el creciente golpeteo de la lluvia. El cuerpo de Harwood se relajó. Sonrió.

—Te has olvidado de algo acerca de los agentes 00 —aseguró—. No creemos en las pesadillas.

—¿Por qué?

—Porque no dormimos.

Se dio la vuelta y se dejó caer por el lateral del edificio cuando apareció Bashir.

En ese momento se había quedado sin aire en el pecho. Cuando la camarera australiana se puso frente a ella en la barra del café de la estación sintió como si hubiera perdido algo. Quería registrarse los bolsillos, palpar el aire en busca de algún detalle, una señal fácil, pero había perdido a su objetivo y estaba allí sin sentido, observada por el agente sentado en un rincón, sin ningún tipo de máscara. Rattenfänger se la había quitado.

30

Asesinato en Macao

En palabras de M, Macao había sido en tiempos una diminuta posesión portuguesa a sesenta y cinco kilómetros de Hong Kong, el último baluarte del lujo feudal del Imperio británico. Hong Kong había ofrecido al antiguo agente 00 los mejores campos de golf del este. Trajes de seda *shantung* confeccionados en veinticuatro horas y masajes matinales con vistas a través de las cristaleras a una enorme orquídea cubierta de flores rosa oscuro, avivada por una mariposa confiada que después se posaba en la muñeca de un hombre mientras él devoraba huevos revueltos y beicon.

Por el contrario, al llegar a Macao —en un viaje en ferri por la bahía, atestada con una flota de cientos de juncos y sampanes— se veían almacenes decrépitos con carteles descoloridos y fachadas ruinosas de antiguas y grandiosas villas. Entonces Macao era principalmente famosa por albergar la mayor «casa de mala reputación» del mundo. El Hotel Central de nueve pisos se había considerado un rascacielos. Cuanto más se ascendía, más bonitas eran las camareras, más altas las apuestas y mejor la música. En la planta baja un trabajador local podía hablar con una joven del barrio mientras apostaba peniques en una red de pesca que descendía por un agujero en el suelo hasta las mesas del sótano. Los que tenían un presupuesto más elevado subían más arriba hasta llegar al paraíso terrenal del sexto piso: las crupieres eran todas mujeres y reinaban con un intachable porte de autoridad entre la decoración de una antigua y cara cafetería francesa en decadencia. Un espía británico podía probar su suerte en el *fantan* o el *hi-lo* o leerle la mano a una camarera que se llamaba Garbo. Por encima del sexto piso estaban los dormitorios, pero se podía estar a la altura del perfecto caballero británico y declinar la oferta rociando a Garbo con una pequeña tormenta de nieve de billetes de veinte en medio de protestas de amor eterno e irse envuelto en un aura de virtud y euforia —esta última expresada con un guiño— en nombre de la encantadora y útil información recibida de un agraviado gánster sobre la actividad en los pisos ocho y nueve.

Si Joseph Dryden salía de aquel embrollo, informaría a M de que el Venetian Hotel de Macao tenía treinta y siete pisos, tres veces más que el mayor hotel de Las Vegas. De hecho, todo allí era más grande que en Las Vegas. Macao era el único lugar de China en el que se podía apostar legalmente y, tras la salida de Portugal en 1999, entraron los negocios estadounidenses. Los ingresos de los casinos en Macao eran cinco veces superiores a los de Las Vegas. El interior del hotel incluso contaba con un sistema de canales y ofrecía paseos en góndola bajo un cielo pintado. Si en alguna ocasión se conseguía huir del hotel, seguramente no se verían las desvencijadas viviendas de hormigón armado de la Rua da Felicidade, en las que los cocineros y limpiadoras sobrevivían con una comida diaria, a la sombra de la Cidade dos Sonhos, una nueva identidad que se había construido con suficiente arena como para volver a levantar las pirámides. Eso si se conseguía salir vivo. A Dryden le parecía cada vez menos posible. No apostaría por ello mientras caminaba al mismo paso que Luke, más allá de los gondoleros que cantaban arias.

Quería bajar el sonido del implante auditivo, pero no podía permitirse debilitar sus sensaciones, aunque ya no estuviera enviando información a Londres. Eso era lo que quería la Cidade dos Sonhos. Quería que creyese que estaba atravesando una *piazza* en un bonito día soleado con un hombre guapo de la mano. Quería que creyese que era de día cuando en realidad era de noche. Quería que creyese que podía apostarlo todo cuando sabía que no podía permitirse perder nada. Ya había perdido demasiado. No estaba muy seguro sobre lo que Paradise le había contado a Luke sobre su identidad o su implante. Pero en algún lugar entre la Ciudad de las Estrellas y la Cidade dos Sonhos Luke había dejado de mirarle a los ojos y se mostraba esquivo, con la desequilibrada energía de un adicto que está acostumbrado a hacerlo y cree que puede mantenerlo en secreto.

Sir Bertram estaba exultante e intercambiaba apuestas rápidas con St. John y Ahmed. Dryden se metió la mano en el bolsillo. Habían ido allí —aparentemente— para hablar con el jefe ejecutivo de Macao sobre el puente Hong Kong-Zhuhai-Macao, el más largo del mundo sobre el mar, que conectaba Hong Kong con Macao. En su construcción habían muerto dieciocho obreros, pero eso no incumbía a Paradise. Estaba allí para tratar el tema del impacto del puente en los alarmantemente poco comunes delfines blancos chinos, cuya población estaba menguando rápidamente. En un lugar con los edificios más grandes y los puentes más altos del mundo, Dryden no necesitaba que la publicista de Paradise le dijera que era una mentira descarada. Sir Bertram había ido allí por la misma razón que los actores, políticos y miembros de la realeza. El Venetian había organizado ¡Asesinato en Macao!, con los signos de exclamación asegurados, aunque, con suerte, el asesinato no tanto. King contra Chao. Se disputaba el campeonato de pesos pesados, al igual que la reputación de Macao. Se había programado una noche de combates entre ganadores olímpicos y aspirantes desconocidos, con la esperanza de convencer al público televisivo chino de que el boxeo era el nuevo deporte nacional. Era su mayor apuesta. Podía salvar el boxeo, desprestigiado en Estados Unidos por las acusaciones de corrupción y la escasa venta de entradas. Podía salvar a Macao de una vez por todas.

Y Paradise iba a apostar en contra. Cuando los agentes de seguridad y los obsequiosos ejecutivos los conducían entre el alboroto de la multitud que se agolpaba frente al Cotai Arena, el Madison Square Garden del Venetian, Dryden oyó la risa estridente de Paradise y el lastimero lloriqueo de St. John: «¿Qué sabes, Bertie?». Lo que Bertie sabía —y a Dryden le encantaría sonsacarle cómo había averiguado exactamente— era que Chao caería a la lona en el tercer asalto y así se lo hacía saber a los corredores de apuestas. El personal del Venetian los llevó a través de las barreras hasta los vestuarios, una red de habitaciones con la habitual utilería entre bastidores: carritos con champú y papel higiénico aparcados en los rincones, gritos en otros idiomas, puertas de armario cerradas y limpiadores que seguramente estarían sentados en cubos boca abajo haciendo sus apuestas. Dryden deseó llamar en ellas y decirles que lo apostaran todo a King en el tercero. Dios había visto algo.

En el pasillo entre los vestuarios de los dos boxeadores se agolpaban matones, gorrones y personas que no deberían estar allí. El ambiente parecía sazonado con sudor y cera. Dryden tamborileaba los dedos en la pistolera vacía. Poulain, el jefe de los mercenarios, había guardado las armas en el avión y Luke no había dicho nada.

La estridente voz de sir Bertram paralizó a Dryden cuando le pidió que fuera con King, su héroe durante mucho tiempo. Y aún se quedó más rígido cuando Lucky Luke empezó a fanfarronear y le dijo a King que Dryden y él habían sido campeones de boxeo en el Ejército. La cálida sonrisa de King le atravesó el corazón. Lugar y momento equivocados, Cidade dos Sonhos.

Chao hizo una reverencia ante Paradise, y se mostró indefectiblemente educado cuando le dijo que debía su éxito al gran país de China, al que estaba profundamente agradecido. Luke forzó un apretón de manos luciendo una sonrisa tonta y analfabeta que Dryden no reconoció y despreció. Observó cómo retiraba la mano. No parecían haber intercambiado nada. ¿Estaría planeando Chao dejarse ganar? ¿Estaba King al corriente? ¿O podía determinar sus destinos Paradise sin que ni siquiera lo supieran?

Dryden se inclinó hacia Luke, zarandeado por los hombres que tenía detrás.

—¿Tienes un teléfono? Va, te haré una foto con el campeón.

Luke se echó a reír.

—Lo sabes bien. No se pueden llevar teléfonos cuando se está con sir Bertram.

—De acuerdo. —Se volvió hacia un empleado con la esperanza de que Luke no conociera el alcance de su presencia allí o lo supiera y se sintiera tan comprometido como para hacer la vista gorda—. ¿Puede prestarme un teléfono, por favor? Es para hacer una foto.

—Por supuesto, señor.

Pero Luke lo detuvo levantando un brazo. Dryden miró por encima de las cabezas de los presentes. Algunos sujetaban firmemente sus móviles. No se había dejado nada al azar. No había teléfonos de pago en la pared. Después de tanto tiempo en el que hablar consigo mismo implicaba hablar con Q, había olvidado lo que era estar desconectado, estar completamente solo.

De pie con el brazo de Luke en el hombro estuvo a punto de derrumbarse ante su antiguo compañero de peleas, de decirle: «Ayúdame, estoy solo por primera vez en la vida». Porque cuando su cerebro quedó afectado después de Afganistán, Luke estaba allí para sacarlo de aquel trance. Pero cuando estudió su expresión no consiguió encontrar nada, excepto un inamovible vacío, rígido e implacable.

Tenía que encontrar la forma de comunicarse con Moneypenny. No se le había presentado ninguna posibilidad de hacerlo en el vuelo privado desde Kazajistán —en el que Luke había confiscado los pasaportes y su cartera, para tenerlos «a resguardo», sin decir una palabra más— o en la cena en el Arca, el yate de sir Bertram equipado con el dispositivo para sembrar las nubes, anclado en ese momento en el puerto de Hong Kong. Volvió a inspeccionar la habitación otra vez y se fijó en un hombre con sudor en las cejas que llevaba dos sujetapapeles y dos teléfonos. El ruido de los fotógrafos inundó el ambiente.

—Disculpe —murmuró Dryden intentando retirarse.

La mano de Luke se posó en su hombro.

—Ha llegado la hora del ¡Asesinato en Macao!

Los condujeron al Cotai Arena, en el que las luces deslumbrantes y el rugido de quince mil personas consiguieron que le palpitara la yugular. Seguía a Luke hasta los mejores asientos del estadio. Luchó contra la apremiante sensación de abandono, de naufragio. Volvió a dar golpecitos al reloj. No había señal. Se habían cortado totalmente las líneas entre él y Q, y Aisha e Ibrahim no lo sabían. No había sonado ninguna alarma, parecía que no lo haría hasta que el implante auditivo se rompiera completamente y se quedara sordo del oído derecho y con el izquierdo incapaz de acceder al área del lenguaje, asolado por el alboroto y la confusión.

Sir Bertram se jactaba ante un jugador de baloncesto retirado.

—Caerá en el tercero.

Luke subía las escaleras dando saltos, atenazado por una nueva obsesión.

—¡Venga!

—¿No lo vamos a ver desde el palco real? —preguntó Dryden.

Luke lo agarró por los hombros.

—No, colega. —Le brillaban los ojos igual que cuando en Afganistán había tomado substancias que no debería haber tomado, después de haber perdido hombres o hecho cosas que no deberían haber hecho, no porque fueran contrarias a las órdenes, sino porque las órdenes no tenían sentido y deberían de haberlo sabido—. El combate de verdad no es aquí. ¡Nos vamos!

Dryden rechinó los dientes.

—¿Dónde es el combate de verdad, Lucky Luke?
—¡En el Hotel Central!
—Está en ruinas.
Luke levantó los puños e hizo un uno-dos en el aire.
—Vamos a ver si conseguimos derribarlo.

31

El verdadero combate

Hotel Central

En el techo del sótano del Hotel Central seguía habiendo agujeros, pero hacía años que nadie bajaba las apuestas en una red de pesca desde la planta baja. Los promotores inmobiliarios que habían comprado el edificio tenían intención de organizar una grandiosa reapertura para el aniversario de la devolución de Macao a China, pero su famosa torre verdeazulada seguía envuelta en andamios, estancada en una prolongada polémica que nadie esperaba que se resolviese. Mientras tanto, el sótano se había convertido en el escenario del floreciente negocio de las artes marciales mixtas clandestinas. El torneo eliminatorio de aquella noche se había organizado para rivalizar con la pelea por el campeonato y todos los boxeadores sin guantes y las leyendas del muay thai se encontraban allí. No había reglas, excepto una: en el ring no estaban permitidas las armas. Aunque, tal como le había dicho Dryden a Luke, sus puños eran armas letales.

Cotai Arena

Se calentaba al público con combates entre jóvenes estrellas chinas y aspirantes mexicanos, estos últimos ensangrentados y derrotados en una continua sucesión de éxitos nacionales.

Hotel Central

En los primeros combates en el sótano hubo sangre. Paradise estaba con St. John, Ahmed y hombres que conocía de noches como aquella sentados en desvencijadas sillas y sofás de terciopelo llevados allí desde el último piso. Los gritos del público atronaban en la cabeza de Dryden mientras intentaba disuadir a Luke entre los detritus del antiguo bar. No había camareras, solo hombres ariscos sin dientes que repartían números. Luke sacó unos guantes de una bolsa de lona y empezó a dar saltos en un pie y luego el otro.

—No tienes por qué hacerlo —gritó Dryden por encima del bullicio—. Si es esto a lo que te referías con lo de que Paradise te había pedido que hicieras algo…

—Ya está prácticamente hecho —vociferó Luke mientras se quitaba los pantalones y las botas.

Dryden le agarró el brazo.

—¿Qué has hecho, Luke?

Luke se puso los pantalones de boxeo.

—Chao caerá en el tercer asalto.

—¿Cómo lo sabes?

—A sir Bertram no solo le gusta apostar, sino también controlar las probabilidades.

Dryden atrajo a Luke hacia él.

—¿Qué has hecho?

—Nada, colega. Solo le he enviado una foto a Chao, eso es todo. Una foto de su hijo.

—¿Has puesto en peligro a un niño?

Los ojos de Luke eran más grandes que fichas del póquer.

—No le pasará nada. Relájate, colega. ¿Qué hay de tu famosa serenidad?

—¿Dónde está? ¿Dónde está el hijo de Chao?

—¿Por qué? No puedes informar de nada.

A pesar del humo y el acaloramiento que reinaba a su alrededor, se quedó helado por dentro.

Luke le dio un puñetazo no muy suave en el brazo.

—¿No tienes nada que decir, 004?

Dryden preparó los puños.

—Sir Bertram me contó en el avión por qué habías venido realmente.

—Me han enviado para protegerlo de sí mismo. Dos de los principales miembros de su equipo han desaparecido y ha estado invirtiendo mucho dinero en la web oscura. Ahora me doy cuenta de que lo hacía en combates ilegales y estoy aquí para protegerte de ti mismo. El Luke que conocí jamás pondría en peligro a un menor. En tiempos fuiste ese niño.

Luke aspiró por la nariz.

—Eso es lo que estabas haciendo en el Hotel Cosmonaut. Cubrirme la espalda, ¿verdad, Joe?

—No era mi intención… —Otro boxeador lo empujó.

Luke meneó la cabeza.

—Esa es la verdad, ¿eh, Joe? No era tu intención. En nada. Solo miras por ti mismo.

Dryden le colocó una mano en el cuello e intentó sujetarlo.

—Primero Paradise te obliga a raptar a un niño y ahora va a ganar dinero viendo cómo sangras por él en el ring. Ese no eres tú, Luke.

—¿Cómo lo sabes?

Dryden olió el sudor de Luke.

—No voy a dejar que pelees solo.

Luke lo apartó de un empujón.

—Entonces entra en el ring y dame algo a lo que atacar.

Cotai Arena

Finalmente la campana sonó para anunciar el combate principal. King avanzó desde su rincón sonriendo, a pesar de la presión de tener que conservar el título. Seguía sonriendo cuando lanzó una andanada que culminó en un golpe que hinchó el ojo izquierdo de Chao. Este, un zurdo famoso por su valor, respondió con un ataque hacia delante en el que descargó un torrente de golpes en el cuerpo de su contrincante que levantó del asiento al público. Pero cuando sonó la campana King meneó la cabeza y le dijo a Chao sonriendo: «Ni hablar».

Hotel Central

Finalmente anunciaron el número de Luke, que saltó al cuadrilátero con una sonrisa sedienta de sangre en los labios. Su oponente le sacaba la cabeza y era mucho más ancho, un boxeador sin guantes que se rio de los de Luke. Este le arrebató la sonrisa de la cara con un gancho que Dryden —que se había abierto paso entre el público para ver la pelea desde el rincón de Luke— conocía bien. Aterrizó en las grandes costillas de su adversario y le hizo tambalearse, al igual que al hotel, con el estampido de los pies en el suelo. Luke se alejó bailando de las costillas del adversario, se movió en zigzag y se agachó para lanzar un puñetazo para provocarlo y acabar con una rápida combinación de golpes que solo Dryden vio llegar. El luchador sin guantes cayó al suelo y se quedó inmóvil. KO. Dryden miró a Paradise. Estaba rojo de placer.

Cotai Arena

En el segundo asalto King lanzó seis puñetazos a la cara a Chao, pero no consiguió tirarlo a la lona. Chao permaneció impasible hasta los últimos segundos, en los que puso a King contra las cuerdas y le golpeó como si buscara venganza. El árbitro tuvo que apartarlo.

Hotel Central

El siguiente adversario de Luke fue un luchador de jiu-jitsu con la piel casi negra por unos tatuajes que evidenciaban su paso por cárceles de Asia. Luke estaba en desventaja, ya que se limitó a las técnicas del boxeo, y los codos y las rodillas de ese luchador empezaron a producir sangre rápidamente. Dryden puso un pie en las cuerdas.

Paradise gritaba a Luke que matara a aquel cabrón.

Dryden se mordió un labio. Quería arrancarle la cabeza a Paradise. Poulain acechaba en el rincón y le enseñó el móvil con el dispositivo estroboscópico, listo para freírle el cerebro. Un golpe seco atrajo la atención de Dryden hacia el ring. El luchador de jiu-jitsu estaba en la lona. Segundo KO para Luke. No recordaba que hubiera conseguido dos consecutivos en la vida.

Cotai Arena

La campana anunció el comienzo del tercer asalto. King salió con más cautela, protegiéndose la costilla rota. Chao dudaba, fuera de alcance. No aprovechó la ventaja, sino que se limitó a rondar pasivamente dentro del límite de alcance de King. El público empezó a abuchear.

Hotel Central

A Zhang Yi, que supervisaba el juego para las tríadas de Macao y se suponía que debía estar viendo pelear a King contra Chao, jamás se le había visto en el sótano del Hotel Central en una noche de combates. Prefería llevarse su parte de los beneficios desde lejos. Por eso, cuando los hombres de los corredores de apuestas se apartaron de las puertas para dejarle paso, la multitud de borrachos apenas se fijó en él. En la ronda de octavos de final tres perdedores habían tenido que ser sacados y arrojados a un callejón para que los recogiera un taxi o una ambulancia, o ninguno de los dos. Lucky Luke volvía a estar en el ring para disputar la semifinal como firme favorito. Su contrincante era un antiguo luchador olímpico de judo expulsado por abuso de esteroides, cuyas venas aún sobresalían. Luke daba saltos en su rincón sin hacer caso a los gritos de Dryden. La voz de Paradise atravesó la multitud: «¡Apuestas a que mi chico mata al olímpico!».

Cotai Arena

King lanzó un golpe y esperó a que Chao respondiera. Este tenía la guardia alta, pero no era firme. King miró a su rincón y preguntó con los ojos qué estaba pasando. El público aulló.

Hotel Central

Zhang Yi esquivó a Ahmed y puso una mano seca en el hombro de Paradise. Dryden leyó sus labios, la pronunciación exacta:

—¿Está disfrutando de Macao, sir Bertram?

—No me deja ver —protestó Paradise, que aceptaba apuestas a que Luke mataría a su adversario.

Dryden tiró del tobillo de Luke. Nada.

«Entra en el maldito ring.»

Dryden rodeó el cuadrilátero, se agachó entre las cuerdas y avanzó hacia el olímpico, que lo miró con ojos perplejos. Dryden dijo: «Lo siento», e hizo una finta, seguida de un vacilante puñetazo que sabía que lo dejaría KO, y así fue.

El Hotel Central explotó. Los corredores de apuestas y matones se abalanzaron hacia ellos. Dryden se encogió de hombros y volvió la cara hacia Luke.

—Si quieres matar a alguien, aquí me tienes —dijo mientras se levantaba las mangas.

Cotai Arena

En el estadio reinaba un silencio confuso. Chao apenas se preocupaba por defenderse y miraba a su alrededor incontroladamente. Los segundos seguían pasando. King le gritaba que peleara. Después levantó los brazos frustrado y se echó hacia atrás. Sonó la campana. Los comentaristas más cercanos gritaban en los micrófonos: «Da la impresión de que el campeón no quiere ganar este combate fácilmente y Chao, considerado favorito esta noche después de la deficiente actuación de King en sus últimos combates, está pidiendo al rincón de King que continúe la pelea. Se nos dijo que veríamos un asesinato en Macao, pero, señoras y señores, de momento solo podemos ofrecerles caos en Macao».

Hotel Central

Zhang Yi levantó una mano. El sótano se quedó en silencio y los luchadores y los apostadores finalmente lo reconocieron. Alzó un pulgar, un gesto rígido que seguía significando lo mismo que para los gladiadores. Que siga vivo. Dryden había derrotado al olímpico.

Lo que quería decir que, si el torneo continuaba, tendría que pelear contra Luke. Dryden se concentró en la voz del jefe de las tríadas, el implante todavía le permitía amplificarla por encima del ruido de la sala. Si Q pudiera oír lo mismo que él…

Zhang Yi apartó a St. John y ocupó su asiento. Apretó el hombro contra el de sir Bertram.

—He recibido un comunicado muy interesante esta mañana, sir Bertram. De un hombre llamado Mora.

Paradise se puso pálido. La campana sonó. Dryden se quedó quieto y vio cómo avanzaba Luke con pasos nerviosos. Los guantes colgaban a ambos lados del cuerpo. Dryden miró a los labios de Zhang Yi, su voz se intensificó.

—Es un coronel de Rattenfänger, un grupo con el que colaboramos de vez en cuando. Me ha informado de que lleva tiempo pagando grandes sumas en combates como este en otros territorios. Hasta hace poco, cuando empezó a ganar. Me ha dicho que lo consigue amañando las peleas. Y que le ha tomado el gusto a ese tipo de apuestas.

Dryden dio unos pasos imitando el arco que describía Luke en la lona. Se balanceó a izquierda y derecha para seguir la conversación por encima del hombro de Luke.

—Me ha contado que es el tipo de persona que amañaría el combate King-Chao, aunque desconocía qué tipo de artimaña utilizaría para esa proeza. Me ha pedido que lo detenga. No sé qué problema tienen entre ustedes, ni me importa. Me he ido del Venetian cuando las piernas de Chao se han vuelto de cemento. Como si intentara dejarse ganar. King no ha aceptado la oferta. Ha sido absurdo. Ahora veo que a su luchador le va muy bien aquí. ¿Es mago, sir Bertram?

Cotai Arena

El público del Cotai Arena había puesto el grito en el cielo.

Hotel Central

Los apestosos hombres del sótano del Hotel Central pedían sangre.

Zhang Yi chascó los dedos. Un miembro de la tríada vestido de traje colocó una pistola en la sien de sir Bertram.

—¿Le gusta ver cómo derraman sangre para usted sus empleados? —preguntó Zhang Yi cruzando las piernas—. Mi padre fue propietario de este hotel, el primer magnate del juego en Macao. Trajo el bacarrá a la isla. Respetaba el beneficio. Levantó un imperio empresarial. Construyó hospitales, sir Bertram. Me temo que usted no es un buen hombre de negocios.

La cara de sir Bertram resplandeció. Se inclinó hacia delante en la silla y parpadeó hacia el suelo.

Zhang Yi se rascó una sien. Sacó una pitillera de plata de la chaqueta, cogió un cigarrillo y buscó las cerillas en los bolsillos. Una vez encendido lo agitó en el aire.

—Se ha divertido con mis juguetes. Ahora vamos a jugar con los suyos. —Levantó la voz—. A muerte, por favor. Me da igual la de quien sea. La de él, la suya. —El humo siguió la mano cuando hizo un gesto hacia sir Bertram—. A estas alturas es simplemente cuestión de secuencia.

Dryden estudió la sala. Había miembros de la tríada con ametralladoras en todas las puertas. El público, presa de la incertidumbre, apenas respiraba. Ahmed soltó un chillido. St. John mantuvo un deliberado silencio. Los pies de sir Bertram se giraron hacia dentro, como si intentara replegarse sobre sí mismo.

Dryden subió la guardia y se puso frente a Luke.

—¿Qué le pasará al niño si Chao no se deja caer?

Los pies de Luke se movían con lentitud.

—Se lo dije, no quería hacerlo. Creía que Chao se dejaría ganar.

—¿Les dijiste qué?

Luke dejó de moverse.

Un disparo atravesó la sala. El cerebro de St. John salpicó una pared. Paradise gritó. El pistolero le colocó el arma en la mejilla y les gritó que pelearan.

Luke se puso colorado, soltó un juramento y lanzó un puñetazo indeciso. Dryden notó que le quemaban los ojos. Los guantes estaban impregnados con cloroformo. Por eso había conseguido tantos nocauts. Meneó la cabeza. Luke titubeó y cogió el velcro de los guantes entre los dientes para quitárselos. La ráfaga de balas casi tiró el techo abajo. Dryden se agachó ante el aluvión de escayola y polvo. Luke se quedó inmóvil.

—Mataré al que no pelee —amenazó Zhang Yi antes de volverse hacia Paradise—. ¿Empiezo por su mascota de ojos azules?

Dryden soltó un juramento y rodeó a Luke con una serie de golpes y un gancho. Luke se tambaleó y casi cayó a la lona. Su cara reflejaba turbación y pánico.

Dryden lo acorraló en las cuerdas y le golpeó las costillas mientras gritaba:

—¿Dónde está el niño?

Luke intentó protegerse la cara.

—¡En las Chungking Mansions! ¡En la Orchid Tree Guest House! Se supone que me llamarán antes. —Se agachó y el golpe de Dryden pasó por encima de su cabeza. Luke acertó con un golpe en el estómago de Dryden y le obligó a echarse hacia atrás.

Dryden recobró el equilibrio y se alejó dando saltos de los guantes envenenados. Tumbó a Luke con un gancho de izquierda. Luke se puso de pie. Dryden dirigió un segundo gancho de izquierda a la cabeza. Luke se arrastró hacia las cuerdas, tambaleándose con piernas inseguras. Dryden lo agarró en un abrazo impregnado de sudor y jadeó a su oído:

—En la parte derecha de la cabeza, por encima de la herida. Paradise cortó las transmisiones, pero no viene la caballería, así que en el cuartel general deben de pensar que estoy bien. He de romper el maldito aparato.

—Que le den, tío —susurró Luke.

Dryden dejó irse a Luke y después avanzó hacia él lanzando la combinación más dura que pudo y dejó que toda la furia y decepción —con Luke, consigo mismo, con el Servicio— saliera por sus brazos, hasta que vio que la luz se apagaba en los ojos de Luke. Dryden se puso de lado para que la sien derecha estuviera frente a Luke, bajó la guardia, contuvo el aliento y cerró los ojos.

El golpe aterrizó sobre su oreja derecha.

32

El puente

Levantan a Dryden del suelo. Una bomba de veinticinco dólares fabricada con fertilizantes ha destrozado su vehículo blindado de un millón de dólares. En el efecto explosivo primario, la ignición precipita una reacción química. Durante ese segundo, los gases se expanden formando una muralla esférica a una velocidad superior a la del sonido. La onda expansiva envuelve todo objeto a su paso en un globo de presión estática. Dryden lo siente como una explosión en el pecho que parece arrancarle las tripas. Después, la caída de presión crea un vacío que despedaza todos los órganos o huesos que contengan aire. Una ráfaga de viento supersónico llena ese vacío y arroja y fragmenta los objetos que encuentra. Es el efecto explosivo secundario. Dryden se fractura un tobillo, se le perforan los pulmones y se aplasta la cabeza en el techo del vehículo antes de golpearse al caer, romperse la base del cráneo y cercenarse el nervio situado bajo la oreja derecha. Lo rocían fragmentos de hueso, el hombre que estaba a su lado ha desaparecido.

Lo siguiente que ve es a Luke —que iba en el vehículo siguiente— agachándose hacia él y gritando: «¿Estás bien? ¿Estás bien?». Pero un silencio absoluto se traga las palabras y nota un pitido tan intenso que le entran ganas de vomitar, al tiempo que la caja negra que es el vehículo parece girar ensangrentada. Busca a tientas el arma, agarra el fusil y da un golpecito en el hombro de Luke: «Estoy bien». Los vehículos de transporte están inmovilizados. Salen de allí disparando y, aunque Dryden no sepa qué día es, sí sabe cómo matar. Siempre lo ha sabido.

Tarda un par de días en darse cuenta de que el pitido empeora y de que necesita todas sus fuerzas para procesar incluso las palabras más sencillas, a menudo absorbidas por una barrera de sonido. Le cuesta unos días más informar de que no oye nada por el oído derecho y solo porque le presiona Luke. Lo evacúan en una ambulancia aérea a Birmingham y después a Headley Court, el centro militar para traumatismos craneoencefálicos. No oye el adiós de Luke.

Normalmente es el primer hombre que sale por la puerta después de un ataque. Ha sentido el impacto de una explosión muchas veces, pero ese día, esa bomba, es diferente por razones que los médicos no pueden explicar. «Quizá fuera el momento de que sucediera», comenta uno filosóficamente. No pueden decirle si la onda expansiva entró en su cerebro por los ojos, la nariz, los oídos o la boca, o si se canalizó por los vasos sanguíneos y ascendió hasta el cuello y el cerebro. En la Primera Guerra Mundial creían que después de una explosión la onda expansiva llegaba al cerebro a través del líquido cefalorraquídeo. Bautizaron los efectos secundarios como neurosis de guerra. Después, los jefazos decidieron que los soldados que padecían dolores de cabeza, paranoia, alucinaciones, ansiedad, pérdida de audición o del habla eran unos cobardes. Que estaban mal de la cabeza. Dryden experimentaba todos esos síntomas.

Le comunican que sufre una pérdida sensorineural en el oído derecho. El izquierdo, intacto, se esfuerza por distinguir las palabras entre el ruido debido a un trastorno del proceso auditivo, resultado de una lesión cerebral traumática leve. El oído derecho tiene problemas con el soporte físico; el izquierdo, con la programación. Los esperanzadores datos sobre el traumatismo craneoencefálico, en tiempos considerado una quimera, admiten que es la lesión distintiva de las guerras de Irak y Afganistán entre las tropas occidentales.

En un primer momento se compromete a llevar a cabo un

tratamiento multidisciplinar con médicos, psicólogos, terapeutas ocupacionales y fisioterapeutas. Le ayudan a recuperar el equilibrio y le ofrecen pautas de recuperación. También le aconsejan que medite y practique yoga, pero la respiración profunda devuelve su cuerpo al momento en el que se estimulaba a sí mismo para entrar en combate. No puede dormir. Su mente inventa sonidos. Enajenado por el *tinnitus*, abre un agujero en el cabecero de la cama de un puñetazo. Las migrañas le obligan a vivir en la oscuridad.

En ocasiones oye bien las palabras, como si se levantara una niebla. En otras, se diluyen en los sonidos circundantes, e incluso, en las conversaciones de tú a tú, las frases se mezclan y el significado se trastoca. El dueño de una tienda del barrio intenta conversar con él y se siente tan turbado por la confusión que se va sin pagar. Después, la vergüenza le impide volver y lo deja paralizado en su apartamento. La mayoría de los días le suceden cosas similares. No consigue distinguir los ruidos y la cercana línea de tren, las bocinas de los coches y los martillos neumáticos de las obras se funden en un terrible estruendo.

Se siente angustiado. Las sombras se alargan. Los compañeros del Ejército le animan a que solicite un diagnóstico de estrés postraumático, a conseguir apoyo, pero le resulta muy difícil mantener conversaciones. No puede soportar la idea de que algo no va bien en su cabeza, en especial porque no se ha reprimido tanto desde que tenía dieciséis años y no lo ha exteriorizado para desahogarse. En ocasiones se siente suicida, pero entonces aparece Luke y vuelve a respirar. Puede relajar los hombros. «La serenidad de siempre», dice Luke. Pero un día Luke ya no está allí, lo han llamado. Se ha quedado solo.

Hasta que Moneypenny lo va a ver al pub al que suele ir y le explica pacientemente que tiene acceso a interfaces vanguardistas entre cerebros y ordenadores con las que se puede combatir el trastorno del procesamiento auditivo. Le explica que necesita alguien con su habilidad. Un hombre con su valentía. Lo conectan con Q. Está vinculado a un nuevo objetivo. Duerme por la noche. Echa de menos a Luke.

004 cayó al suelo del sótano del Hotel Central. La sala se convirtió en una neblina estática. Luke se puso de pie a su lado y le gritó, pero no recibió su voz. Aunque vio que movía los labios. Luke estaba gritando: «¿Estás bien? ¿Estás bien?».

Cerró los ojos.

Aisha colgó el abrigo de lana húmedo en un gancho detrás de la puerta del laboratorio y se quitó las botas que le llegaban hasta las rodillas. Ibrahim y ella respetaban la norma de nada de zapatos sucios en el interior del cristal reforzado, por lo que guardaba unas zapatillas en el cajón inferior. Levantó el hervidor eléctrico para ver si había agua, notó el peso y lo puso a calentar antes de sacar las zapatillas, para no perder tiempo. Estudios de tiempo y movimientos era el mantra de su padre. El padre de Aisha había trabajado veinte años como principal proveedor de *catering* en el Oval Cricket Ground y juraba que el tiempo y los movimientos en una cocina eran más complicados que la mecánica cuántica. Miró a Q. No había habido ningún cambio. Nunca lo había, pero siempre lo comprobaba, movida por el mismo impulso con el que saludaba a las plantas de su casa. Desde que se había recibido el informe de Mary Ann Russell, Ibrahim y ella habían hecho turnos para que uno de los dos estuviera siempre despierto y atento a Q. No era que no confiaran en los cuidadores adjuntos, sino que creían más en ellos y eso era muy valioso. Por el silencio en el edificio de Regent's Park dedujeron que la confianza no abundaba, motivo por el cual Aisha se sorprendió cuando Ibrahim volvió al laboratorio. Se suponía que ella iba a hacer el turno de noche.

—¿Qué pasa?

—Puede que no sea nada —contestó Ibrahim. Llevaba dos

calcetines diferentes, con agujeros—. Hace un rato se ha recibido el diagnóstico y después se ha estabilizado. He comprobado los sistemas y parecen estar bien, pero, no sé... Q no parece estar bien.

—Creía que Q no manifestaba emociones.

Se mordió el labio. Tenía el semblante gris que lucía cuando se olvidaba de comer.

Aisha le lanzó una barrita energética que llevaba en el bolso.

—¿Qué tipo de envío?

Ibrahim la agarró al vuelo, pero la dejó sobre el escritorio. Giró la pantalla para que la viera.

—004 dejó de transmitir en Baikonur. De momento, eso es lo que parece. Después llegaron sus estadísticas vitales y su ubicación, Macao. Lo llamé, pero 004 me pidió que desconectara.

De pronto, Aisha se sintió demasiado grande para las zapatillas. Se las quitó y movió los dedos entre las medias en el frío suelo.

—¿Tenemos confirmación de que la señal provenia de 004?

—Me proporcionó el código correcto. No hay manera de acceder a la transmisión, ¿verdad?

Aisha abrió la ubicación de Dryden y leyó en voz alta:

—Macao. Ondas cerebrales y ritmo cardíaco normales. No se puede engañar a Q. Ningún ordenador en este tiempo y espacio conseguiría hacerlo. Excepto uno, quizás. El diseñado por la doctora Nowak.

—Las comprobaciones del sistema están limpias —comentó Ibrahim—. Acaban de llegar, inmaculadas. Me estoy poniendo paranoico. Se ha desconectado.

El té había hervido demasiado. En la superficie nadaban nubes oscuras.

—Macao. El gran combate. Era la siguiente parada de Paradise. ¡Ponlo!

Ibrahim abrió la transmisión en directo. Chao se tambaleaba en el ring con la guardia bajada. Estaban en el séptimo asalto. King bailaba a su alrededor, le lanzaba algún golpe y le pedía que intentara golpearlo. Los abucheos del público casi ahogaban la voz de los comentaristas.

Aisha tecleó para pedirle a Q que encontrara a sir Bertram, Luke Luck o Joseph Dryden en el Cotai Arena. Este escaneó las caras y las masas corporales. Nada. No estaban allí.

Ibrahim miró por encima del hombro de Aisha hacia la otra pantalla.

—El audífono de 004 funciona. Debería poder oír todo a su alrededor y, si quisiera, llamarnos. Me oyó, me contestó. El equipo funciona.

Aisha enarcó una ceja.

—A menos que fuera una voz generada por inteligencia artificial, una imitación.

Ibrahim cogió la barrita energética y volvió a dejarla.

—Me dio el código correcto.

—Los códigos los genera Q. Si han accedido a Q o alguien aquí ha filtrado…

El público del Cotai Arena explotó. King se negó a salir de su esquina. El árbitro le gritaba que negarse a pelear significaba perder el combate. King hizo un gesto hacia Chao. «Dígaselo a él.» Aisha observó las lecturas de Dryden. No mostraron ninguna reacción.

—Venga, Joe. Danos algo —dijo.

Las pantallas chirriaron. Dejaron de verse las lecturas, la actividad cerebral y los estímulos.

Ibrahim puso una mano en el cristal que los separaba de Q. Un espejo empañado apareció bajo sus dedos.

—O el audífono de 004 ha dejado de funcionar o está muerto.

—Lo ha roto. Nos está hablando. Está pidiendo ayuda.

—¿Cómo lo sabes? No podemos estar seguros.

—¿No lo ves? —preguntó Aisha indicando hacia la pantalla en la que King seguía meneando la cabeza—. Solo hay dos opciones: funcionar o no funcionar, ganar o perder. King está utilizando una tercera, por la razón que sea. —Apagó el combate—. El equipo de Dryden no está enviando los informes de diagnósticos que debería, ni siquiera el sonido que debería. Lo ha apagado todo sabiendo que activaría la alarma de seguridad.

No fue Lucky Luke el que le sacó del ring, sino un hombre que olía a jazmín y a tabaco. ¿Jazmín? ¿En serio? Su forma de agarrarlo evidenciaba seguridad. Dryden atenuó la respiración y se dijo que no importaba, al igual que la avalancha de vacío a su alrededor. Lo único que le interesaba era el olor metálico de la ametralladora de ese hombre y el golpeteo del arma en su brazo.

Abrió los ojos. Antes de que el hombre de la tríada se diera cuenta, lo puso de espaldas. Le arrebató el arma, eligió al que tenía una pistola contra la cabeza de Paradise, apuntó y disparó. El matón cayó al suelo sin apretar el gatillo. Después ametralló el techo. Los impactos sonaron tan distantes que parecían pompas de chicle que explotaran. El techo se arqueó y cayó sobre Ahmed. Luke se libró de otro miembro de la tríada. Dryden notó que le tocó el hombro. Le estaba diciendo algo, pero no conseguía oírlo. La voz de Luke había desaparecido.

Luke lo agarró por las solapas y después le dijo en lengua de signos: «Juego de triles».

Dryden tragó saliva y asintió. Sí, podía hacerlo. Eliminó a los dos hombres que estaban en la salida con disparos limpios mientras los luchadores y los apostadores salían corriendo a su alrededor. Luke agarró a Paradise. Dryden les cubrió la retirada. La noche era húmeda. Notó inmediatamente el olor a pato marinado en miel y envuelto en plástico, mezclado con el de sudor humano disimulado con desodorante barato en camisas de nailon. Necesitaban dos vehículos iguales. La parada de taxis. Una flota de Toyota Crown negros. Hizo un gesto a Luke hacia ellos y retrocedió por la atestada calle —los coches viraban bruscamente a su alrededor— para cubrir la huida al tiempo que los hombres de la tríada aparecían en la acera. Apuntó. Uno, Dos, Tres. Luke le tocó el hombro: exfiltración.

Había encontrado dos taxis, ambos con anuncios del combate entre King y Chao. Los conductores vociferaron con las bocas abiertas como los mimos que mueven los brazos. Luke estaba metiendo a Paradise en el asiento del copiloto del vehículo de atrás.

Dryden lo agarró por el hombro y de dijo en lengua de signos: «Por el puente. Rescataré al niño».

Luke dudó y después se volvió como si Paradise lo estuviera llamando. «Nos vemos allí», respondió con las manos.

Dryden saltó al interior del taxi. El motor estaba en marcha y el precio reflejado en el taxímetro iba aumentando. Metió una marcha y salió a la calle. Los viandantes se apartaron. Sus gritos eran como un gemido sordo. Su primer impulso fue pedir a Q que le indicara una ruta despejada hasta el puente Hong Kong-Zhuhai, pero estaba solo. Miró por el retrovisor y vio el coche de Luke dando bandazos hacia él. Aunque no estaba solo realmente, los hombres de Zhang Yi los perseguían en tres vehículos.

Ibrahim sacó la cabeza de las manos cuando sonó la alarma. Casi pegó la nariz a la pantalla.

—Q está recibiendo informes de un tiroteo en el Hotel Central y dos taxistas han dicho en la radio que les habían robados los vehículos.

—¿Pueden rastrearse esos taxis?

Ibrahim contestó con un prolongado sí cuando encontró su identificación.

Aisha abrió la página del satélite.

—Los tengo, dos taxis dirigiéndose hacia el puente que une Macao con Hong Kong. Y tres coches más que parece que los persiguen.

—Se necesita un permiso para cruzar ese puente, espera… —Ibrahim leyó por encima y chasqueó los dedos—. Los taxis lo tienen. El puente mide cincuenta y cinco kilómetros, de los que treinta están sobre el mar. Hay un túnel submarino de seis kilómetros, construido entre dos islas artificiales, que permite el paso de barcos. Conecta las dos antiguas colonias a través de territorio chino en tierra firme, por lo que la conducción se comienza en el lado izquierdo. Tras pasar un control se circula por la derecha y, después de otro, se vuelve a conducir por la izquierda. El de Macao tiene conexión, pero carece de personal y el de Hong Kong se está reparando.

Aisha observó cómo aceleraban los taxis en el puente vacío hacia el primer control.

—Los perseguidores quizá tengan suficiente velocidad como para detenerlos en la aduana. —Levantó la cabeza en dirección a la cámara de Q—. A menos que levantemos la barrera.

El puente serpenteaba hacia la noche, delante y detrás, sin dar la impresión de estar conectado a nada. Por debajo, el delta del río de las Perlas bostezaba sombríamente, iluminado por el escaso resplandor de los barcos. Dryden abrió la ventanilla para dejar entrar el aire, a pesar del polvo de la contaminación que recibió en la cara. El coche tenía al menos quince años, quizá más, pero llegaba a los ciento veinte sin problemas. Se acercaba al primer control. Esperaba que la matrícula del taxi levantara automáticamente la barrera, si Zhang Yi no había avisado.

Pero, por otra parte, jamás se había enfrentado a una barrera que no pudiera traspasar.

Aminoró la velocidad y levantó una mano con la esperanza de que la viera Luke: «Preparado para cambiar».

En la ventanilla de la aduana solo había un guardia mirando una pantalla. Este se levantó y se quedó en la puerta. Dryden se fijó en que gritaba algo al compañero de al lado. Estaban armados.

Entonces se levantó la barrera.

No consiguió oír su risa, pero en ese momento no le importó. Pasó a toda velocidad con Luke pegado a sus talones. Los carriles se apartaban para emerger en el lado derecho. Avanzó más despacio y dejó que Luke se pusiera a su altura. Se estiró y abrió la puerta del copiloto. Sir Bertram estaba acurrucado en la parte de atrás. Miró por el retrovisor, los perseguidores casi habían llegado al control. Tenían que hacer el cambio sin que los vieran. Pero Paradise se aferraba a la puerta, demasiado asustado como para saltar. Dryden mantuvo emparejado el coche. Se les acababa el tiempo. Las señales de carretera cambiaban de los caracteres tradicionales sobre fondo azul a simplificados sobre verde. Los vehículos que los seguían pasaron el control y se dirigieron a los carriles de la derecha en el momento en el que Paradise se atrevió a saltar del coche de Luke al de Dryden y aterrizó de golpe en el asiento del copiloto.

Dryden le gritó que cerrara la puerta. Paradise dudó y estudió su cara una fracción de segundo antes de cerrarla. ¿Se daba cuenta de que la cabeza de Dryden sonaba a más volumen que una alarma contra incendios?

Paradise le estaba diciendo algo, pero no lo entendía, era como si intentara comunicarse con él bajo el agua. Paradise se echó a reír. Dryden vio saliva en sus labios con el rabillo del ojo.

Hizo sonar el cuello. Había abrigado la esperanza de quedarse con Paradise y llevarlo a una sala de interrogatorios mientras los hombres de la tríada perseguían a Luke, una esperanza vana que en aquel momento le pareció ilusoria. Los perseguidores habrían visto el cambio: sabían que tenía a Paradise. Si quería salvar al niño y mantener a Paradise fuera de las garras de la tríada, la mejor opción era ir a buscar al niño solo y confiar en que Luke le apoyara, una confianza que implicaba separarse de Luke. Si quería salvar al niño. Otra idea vana. ¿Podía salvarlo así? ¿Podía confiar en Luke?

Recordó la expresión de Luke cuando le preguntó: «¿Estás bien? ¿Estás bien?».

Bueno, pues ¿estás bien, Luke?

En toda tu vida solo has confiado verdaderamente en una persona, Joe Dryden, y fue en él.

Miró a Paradise, que se agarraba al asiento con miedo en los ojos cuando aceleró a ciento cuarenta. Los hombres de la tríada creían que Dryden tenía a Paradise y seguirían creyéndolo si volvían a hacer el cambio sin que los vieran. Luke podría mantener a salvo a Paradise mientras él salvaba al hijo de Chao. Pero tenían que alejarse más de los perseguidores antes de llegar al siguiente control.

—¡Es una interdicción de vehículo a vehículo! —dijo Aisha limpiándose el sudor del labio superior—. Dryden está intentando alejarse lo más posible, pero los coches que los persiguen tienen motores muy potentes. Necesitan más tiempo para efectuarla.

—¿Cómo les damos más distancia? —preguntó Ibrahim.

—¿De qué marca son los vehículos?

—¿Vas a entrar en su sistema electrónico desde aquí?

Aisha se retiró el pelo del hombro.

—Yo no, Q lo hará.

—Tienen sistemas a prueba de fallos, solo podrás controlarlos unos segundos.

—Eso es lo que necesita Dryden.

Los coches que los perseguían aminoraron la marcha con un repentino debilitamiento, como si perdieran potencia. La carretera se hundía en un túnel que descendía desde una isla de cemento. Una luz blanca inundó sus ojos, ledes que rebotaban en las paredes embaldosadas. Dryden hizo un rápido viraje hasta el siguiente carril, su cuerpo reproducía el traqueteo del coche cuando lo puso a la altura del de Luke. El estruendo del motor subía vibrando por sus piernas. La puerta del asiento de atrás estaba abierta. Dryden agarró con fuerza a Paradise por un brazo y lo empujó. Luke se alejó. Habían tardado segundos.

Dryden comprobó el retrovisor. Los perseguidores acababan de entrar en el túnel. Tenía vía libre. El túnel pasaba a ráfagas a toda velocidad. Aceleró. Empezaba a sentir los golpes del combate. Le ardían las costillas. La sangre se secaba en el ojo derecho. El viento le oprimía la cabeza, notaba un terrible vacío. Las siguientes barreras estaban abiertas. Grúas gigantescas aparecían y desaparecían de la vista. Las vigas que brotaban del cemento parecían antenas. El último tramo del puente no estaba supervisado. Esperó que sí hubieran supervisado el cemento. Hong Kong se abría ante él, un despliegue cegador de luces que se elevaban hacia las nubes. Había dos carriles entre los que elegir: el puerto o el centro de la ciudad. Luke se alejó hacia el puerto. Dryden rezó una oración y eligió la ciudad. Los vehículos que los perseguían los siguieron. Se habían atendido sus oraciones. Si buscas problemas, los encontrarás.

33

Chungking Mansions

El primer hedor que notó en el puerto de Hong Kong fue el del caos de verduras podridas, incienso y pescado en hielo, después el del *dai pong dong* en el que miles de hongkoneses compartían platos de pollo borracho y flan de huevo. Dryden se abrió paso entre brillantes rascacielos intentando aislarse del confuso griterío de la multitud que se acercaba demasiado con jaulas, aves que agitaban las alas y se espantaban junto a la ventanilla, bicicletas, sombrillas y niños. De vez en cuando miraba por el retrovisor: ni rastro de los perseguidores. De momento. Se acercó a un bordillo y apagó el motor. Después hizo palanca en la caja de caudales que había ido dando tumbos de un lado a otro. La abrió y se metió las monedas y los billetes en el bolsillo. Bajó el retrovisor, escupió en la manga e hizo lo que pudo con la sangre que tenía en la cara. La camisa blanca se había vuelto carmesí. El chaleco no estaba tan mal. Tendría que arreglárselas así. Envolvió la ametralladora en la camisa y se la puso bajo el brazo antes de salir del Toyota.

Se unió a un grupo de gente que cruzaba la ancha calle. Resultaba difícil distinguir las letras doradas CHUNGKING MANSIONS entre los neones, sobre una discreta entrada al complejo en el que estaba cautivo el hijo de Chao y que ocultaba el centro comercial de dos pisos que servía como cimiento de otros quince en cinco bloques. Por su aspecto, la mayoría de las personas que se cruzaban con él eran cantoneses, pero cuando se dirigió hacia las puertas despertó cierto interés en un grupo de hombres de Oriente Medio vestidos con túnicas color marfil. Perdieron el interés en él igual de rápidamente y se hicieron a un lado.

Las Chungking Mansions eran un centro de comerciantes, emigrantes, solicitantes de asilo, empresarios de poca monta, restaurantes y estudios. La creciente presencia de cámaras de seguridad, conectadas con una sala de control en la que los guardias vigilaban comportamientos anómalos, había rebajado ligeramente su reputación como foco de delincuencia. La seguridad existía en un espacio entre la ley de Hong Kong y la ley de las Chungking Mansions. Si la policía pedía imágenes, no se negaban a enseñárselas, pero tampoco atosigaban a pacíficos migrantes en un complejo conocido como gueto, mina de oro o las Pequeñas Naciones Unidas. Todo el mundo acudía allí para prosperar. Observó a los mirones y subió las escaleras. El techo era un espejo y al mirarlo vio una agobiada versión invertida de sí mismo.

Relajó los hombros y los brazos. Establecimientos con relojes para fichar a la derecha y a la izquierda: Hui's Brothers Foreign Remitance Company Limited, Quick Quick Laundry, dioses y diosas indias, la bandera de Costa de Marfil sobre una tienda que vendía productos de energías renovables a mayoristas africanos. Afuera, las minorías eran prácticamente invisibles. En las Chungking Mansions habría pasado inadvertido, de no ser por su estado. Apartó unas esteras de oración que colgaban para llegar a una tienda de ropa para hombres que no vendía las clásicas imitaciones, sino, tal como rezaba valientemente su cartel: PROLONGACIÓN DE LOS CLÁSICOS. Compró un sombrero *trilby* marrón y un abrigo de espiguilla. Indicó hacia los probadores y el anciano gesticuló para que entrara. Hizo una bola con la camisa y la metió detrás del banco. Se colgó la correa de la ametralladora en el hombro, colocó el arma bajo el brazo y se puso el abrigo. Se ajustó el sombrero y salió hacia el vestíbulo mirando al suelo.

Lo siguiente: un teléfono. Las Chungking Mansions eran la verdadera Cidade dos Sonhos. La tienda de enfrente, engalanada con la bandera de Uganda, le ofreció teléfonos devueltos por clientes europeos antes de que acabaran las dos primeras semanas desde la compra. Eligió un Nokia antiguo sin conexión a internet. El comerciante empezó a protestar y le mostró iPhones nuevos antes de mirar repentinamente por encima del hombro de Dryden. Este siguió su mirada y volvió la cabeza. Nueve hombres de la tríada vestidos con trajes elegantes y actitud amenazadora congestionaban el pasaje.

Le colocó con urgencia el dinero en la mano y estaba a punto de irse cuando los secos dedos del vendedor se enredaron con los suyos. Miró la suave barbilla, las cejas blancas y los dulces ojos. El hombre dijo algo y Dryden reconoció la forma de la palabra «ayuda».

Asintió.

Una sonrisa con empastes de plata. El hombre tiró suavemente de él y Dryden pasó detrás del mostrador y después a través de una cortina donde recibió una palmada de despedida en la espalda acompañada de un saludo con dos dedos en la sien. Dryden llegó a la siguiente puerta y se detuvo para estudiar un mapa del complejo. La Orchid Tree Guest House estaba en el decimotercer piso. Subió las escaleras de dos en dos al tiempo que llamaba por teléfono.

El teléfono de Aisha sonó en la caja de metacrilato en la que dejaban los móviles al entrar en Regent's Park. Bob Simmons estaba viendo el gran combate en su oficina, pero el breve brillo le sacó del caos que estaba presenciando. Habría archivado ese detalle como algo que debía decirle a Aisha luego, si la llamada no se hubiera cortado al cabo de tres tonos, para volver a oírse otra vez. Recordó su paso por el Ejército. Abrió la caja. Número desconocido. Se puso de pie y contestó.

No oyó a nadie, solo una respiración profunda y un eco reiterado. Después una voz se impuso sobre el ruido:

—004.

Simmons se enderezó.

—Recibido 004, espere.

Simmons llamó por la línea segura a Moneypenny. Su secretaria, Phoebe, dijo que estaba en la Sección Q y que transfería la llamada. Respondió Moneypenny.

—Señora, 004 está llamando al móvil de la doctora Asante. Si lo bajo en el ascensor, quizá lo perdamos.

—Póngalo en el altavoz junto al auricular —pidió Moneypenny.

Simmons los colocó sobre el escritorio y apagó la emisión del combate.

La voz de Moneypenny inundó la oficina.

—004, soy Moneypenny.

—004 informando. No puedo…

—Sabemos que tienes problemas para oír y que quizá no nos entiendas. No pasa nada. Dinos qué necesitas —pidió la voz del doctor Suleiman.

No se oyó ninguna respuesta, solo el sonido de una respiración.

—Orchid Tree Guest House. Hijo de Chao. Q expuesto.

—Recibido —aseguró Moneypenny—. Le enviaremos la información por mensaje de texto. Mantenga abierta la línea si puede. Quédese con nosotros, 004.

Los seis hombres pagados por Luke Luck para secuestrar al hijo de Chao en una de sus clases de piano llevaban una hora discutiendo qué hacer con el niño, que lloraba en la bañera. Habían llamado al número que les proporcionó Luke, pero no hubo respuesta. Uno de ellos dijo que lo mejor sería dejar al niño allí, alguien lo encontraría, pero no podría identificarlos. Lavarse las manos en aquella situación. Los otros opinaron que había que matarlo, librarse del peligro de que los localizara la policía o la tríada. Estaban desesperados, tenían que estarlo para aceptar un trabajo así. Les había parecido dinero fácil. Chao no iba a dejar que muriera su hijo. Pero el quejumbroso boxeador había malogrado la operación. ¿Iban a recibir el dinero? El líder estaba perdiendo la paciencia. Gritó a los demás que se callaran y sacó una pistola del abrigo. Lo había hecho en otras ocasiones y, al principio, ninguno le había dado importancia. Pero en aquella abrió la puerta del baño y le dijo al niño que lo sentía, que no tenía otra opción.

Dryden seguía corriendo cuando el Nokia vibró. El mensaje de texto llegó como una racha de disparos en *staccato*: «Han entrado en el sistema. Intentamos identificarlo. Cúbrase las espaldas».

No necesitaba que se lo dijeran.

El mensaje también le informaba de que en las imágenes de satélite seis hombres habían entrado en el complejo antes del combate. Uno de ellos acompañaba a un menor. Las grabaciones de las Chungking Mansions se guardaban en cinta, no eran digitales, no podían acceder a ellas desde el exterior. Pero los teléfonos de los vehículos de la tríada que les perseguían se habían dividido en dos grupos. Era evidente que creían que tenía a Paradise e intentaban localizarlo. Varios habían subido en el ascensor hasta el último piso y bajaban inspeccionando planta por planta. El resto registraba los pasillos en dirección opuesta. Pronto se encontrarían a mitad de camino, en el que en una habitación grabada por las cámaras de seguridad de un rascacielos cercano había seis hombres. Ni rastro del niño.

A Dryden le dio un vuelco el corazón. Comprobó la ametralladora. Era una FN Minimi, un arma automática de escuadrón con cerrojo abierto, diseñada para llevarla en pelotones o secciones de apoyo. La mira trasera podía adaptarse dependiendo del viento y la elevación, y tenía un ajustador para visión nocturna. El cargador estaba medio gastado. O medio lleno. Sonrió y se detuvo en la puerta del decimotercer piso, junto a una caja de fusibles.

Recibió otro mensaje de texto: «Está en la esquina noroeste. La tríada se acerca desde el suroeste, por la izquierda. Gire a la derecha y después a la izquierda. ¡Ahora!».

Se metió el teléfono en el bolsillo de la chaqueta y después hizo palanca en la caja de fusibles con un extremo del arma. Extrajo todos los interruptores. Se quitó el sombrero y cambió la mira de la ametralladora a visión nocturna antes de salir al pasillo con el arma levantada. Recorrió silenciosamente la raída alfombra roja contando los segundos, con la cabeza baja.

Cuando llegó a la puerta, la visión nocturna hizo que brillara la orquídea pintada en ella. Inspiró para calmarse y la abrió de una patada.

La visión nocturna le mostró a seis asiáticos en edad militar armados. Eliminó a dos cronometrando los segundos y se agachó cuando vibró el teléfono. Oyó una ráfaga de disparos desde el pasillo, la tríada había abierto fuego. Plumas, escayola y madera revolotearon a su alrededor. Se metió bajo una cama. Los secuestradores disparaban a los hombres de la tríada y estos respondían. La puerta del baño estaba abierta. Había un niño agachado en las baldosas con las manos sobre la cabeza y un hombre que le apuntaba con una pistola. Aunque no había visto a Dryden, decía algo, gritaba hacia la habitación. Dryden se colocó en posición de tiro debajo de la cama. Reconoció la palabra «rehén».

No por mucho tiempo.

Silbó suavemente.

El niño levantó la vista, lo vio y se quedó quieto.

Dryden movió la cabeza hacia la derecha.

El niño se encogió hacia la derecha cuando Dryden disparó.

Fue un tiro limpio en la cabeza. El arma del secuestrador no se disparó.

La habitación se quedó en silencio. Salió de debajo de la cama. Había cadáveres por todas partes. Ningún superviviente ni de la tríada ni de los secuestradores. El acre olor a pólvora y a sangre le inundó la nariz y reconoció algo intranquilizadoramente familiar, porque le pareció muy agradable. Pasó por encima del cuerpo del líder y tendió una mano al niño.

Este la agarró. Dryden sonrió y lo cogió en brazos. Se apretó contra la pared de la habitación y tardó una fracción de segundo en echar un vistazo al pasillo. Había personas que corrían hacia las escaleras y los ascensores. No vio a ningún miembro de la tríada.

Se llevó el teléfono a la oreja.

—Audición intermitente. Voy al Arca a buscar a Paradise. Luke de nuestro lado. Envíen refuerzos.

El Nokia vibró y leyó el mensaje de texto: «Paradise entró en nuestro sistema. Proceda con extremo prejuicio».

Se preguntó brevemente si Moneypenny, Aisha o el que hubiera tecleado el mensaje había querido decir «extrema precaución». Después echó un último vistazo a la humeante habitación.

Probablemente no.

Colgó y salió al pasillo con el niño en los brazos. Tenía ocho años como mucho y la cara llena de mocos. Le ofreció una amplia sonrisa. Entonces notó que alguien le tocaba el hombro. Se volvió. Lucky Luke le agarraba el brazo y miraba el interior de la habitación a través de unas gafas de sol baratas que ocultaban prácticamente sus ojos amoratados.

—Sabía que ibas a iniciar la Tercera Guerra Mundial —dijo en lenguaje de signos.

Dryden se echó hacia atrás.

—He tenido que limpiar lo que habías ensuciado. ¿Dónde está Paradise? —preguntó con las manos.

—Necesitamos tu ayuda. Ha aparecido Rattenfänger —contestó Luke.

Estaba a punto de decir que pondría a salvo al niño cuando vio en los cristales de las gafas de Luke que parte del equipo de seguridad de Paradise se acercaba, dos de los hombres que estaban apostados en el yate.

El niño se soltó de sus brazos cuando le atravesó una descarga eléctrica de una pistola paralizante de treinta y cinco millones de voltios.

34

Un escándalo indecoroso en la guerra de espías

Felix le contó a Harwood la historia del gran túnel mientras el ascensor descendía por debajo de Berlín.

—En algún momento de 1955, los británicos estabais estudiando el mapa del Gran Berlín cuando un brillante encargado de comunicaciones se fijó en que el principal grupo de cables de Berlín Este a Leipzig pasaba por debajo del sector estadounidense. Esos cables enviaban información que llegaba desde el Ejército de Alemania del Este e incluso de una línea oficial rusa de teletipos. Un asunto muy sabroso si se es un brillante encargado de comunicaciones en la Alemania de 1955. Imagino que estarás de acuerdo.

»Así que los británicos nos convencisteis a los yanquis para que excaváramos un túnel bajo una estación de radar estadounidense cercana. Se llamó el Agujero de Harvey, en recuerdo del entonces agente de la CIA en Berlín, al que el propio Hoover había expulsado del FBI por beber estando de servicio. Había mucho que desentrañar allí, pero ¿quién tiene tiempo? Durante meses cientos de personas descifraron todos los jugosos cotilleos susurrados a través de esos cables veinticuatro horas al día. Fue todo un éxito. Excepto que no lo fue. En el Servicio Secreto británico había un topo. ¿Te imaginas? George Blake. Fue el que levantó el acta cuando se diseñó el Agujero de Harvey. Los soviéticos lo dejaron pasar durante meses para proteger la tapadera de Blake. Hasta que un día un grupo de reparaciones telefónicas del Este descubrió un fallo en las líneas causado por el agua de lluvia y empezaron a excavar.

»Los británicos y los yanquis lo evacuaron, pero no les dio tiempo a retirar la costosa maquinaria que iluminaba el túnel. Entonces llegaron los soviéticos con ametralladoras, asomaron la cabeza y… ¿qué vieron? Todos los artilugios tenían el rótulo de la Oficina General de Correos del Reino Unido. A continuación se produjo un alboroto, un escándalo indecoroso en la guerra de espías, de los que no le gustan a nadie. Así que pusimos un cartel en el túnel que decía fríamente: CUIDADO, ESTÁ ENTRANDO EN EL SECTOR ESTADOUNIDENSE, y tuvimos que cargar con una humillante retirada. Pero las propiedades inmobiliarias son propiedades inmobiliarias y la agencia no iba a abandonar un puesto de escucha en perfectas condiciones bajo la capital de la nueva Europa, ¿no crees? Incluso tras nuestro escándalo indecoroso más reciente. Mi predecesor interceptó textos de Angela Merkel desde aquí. Yo lo utilizo para hacer desaparecer a tipos que no me gustan. Incluido Robert Bull.

Las puertas del ascensor se abrieron y Felix hizo un amplio gesto con el brazo.

—Después de ti, Auténtica.

Harwood entró en el área objetivo: una celda de cristal a prueba de balas con techo de rejilla para el gas y el ojo imperturbable de una cámara enfrente. Imaginó que habría un aparato para leer el ritmo cardíaco y respiró calmadamente cuando Felix pasó delante de ella y colocó la mano derecha sobre un panel negro. Lo que había sido el plástico opaco de una prótesis, que incluso carecía de las cinco tonalidades que un artista de pompas fúnebres añadiría para dar vida a un ataúd abierto, brillaba en la luz de la pantalla. Leyó la prótesis como si fuera un código de barras.

—Buen truco —lo alabó Harwood.

—Gracias —dijo Felix mientras se deslizaba un panel de cristal—. Me ha costado un brazo y una pierna.

Harwood arqueó una ceja.

—Soy el único que puede hacer ese chiste. Venga, tienes una cita.

—¿Y qué más puedes hacer con ella? —preguntó siguiéndolo hacia un pasillo bajo con destellos azules y blancos. Sensores de barrido para armas.

—Te encantaría saberlo, ¿verdad?

El túnel podría haber sido el pasillo de cualquier base militar del mundo, pero Harwood sintió la presión de la ciudad por encima y las paredes curvándose hacia dentro, la opresión de las puertas cerradas a izquierda y derecha que parecían mirarla y preguntarle: «¿Qué vas a hacer ahora, 003, con Sid Bashir en manos de Rattenfänger y sin haber cumplido tu misión? ¿Un escándalo indecoroso en la guerra de espías?».

Tras la detención de Robert Bull en un hospital, después de la desaparición de Zofia, Felix Leiter convenció a la policía de Berlín para que le dejaran librarlos de ese quebradero de cabeza. Cuando Bull se despertó, lo hizo en una celda a cuarenta grados, sin muebles, sin ventana y sin aire de verdad. El suelo era de arena. Gritó a los guardias que le llevaban la comida que le dijeran dónde estaba. Parecía creer que era Egipto, porque exigió que le dejaran hablar con Reed Jacobs, un reclutador de la agencia que se hacía pasar por un tipo divertido en la Embajada de El Cairo.

Cuando Leiter investigó qué tipo de relación existía entre Bull y Jacobs descubrió que se habían conocido en una fiesta organizada por el Banco Europeo para la Reconstrucción y el Desarrollo en el Nile Ritz-Carlton, en la que sir Bertram estaba encandilando a unos tipos dedicados a las infraestructuras de internet con una charla sobre satélites. Ese era el patrón en la vida laboral de Robert Bull, congeniar con los encargados de seguridad allí donde sir Bertram estuviera haciendo negocios, ya fueran puros como la nieve o tuvieran todos los tonos del gris.

Como los guardias ni confirmaron ni negaron que estuviera en Egipto, Robert Bull analizó sus rostros inexpresivos en busca de pistas. Después les suplicó que mencionaran su nombre a Lucas Wells, el director financiero de una sociedad de responsabilidad limitada que, entre otras cosas, contrataba a trabajadores filipinos por seis dólares al mes para limpiar las celdas de interrogatorios en una base naval estadounidense en Diego García, una isla militarizada en el Territorio Británico del Océano Índico. Si se unieran Egipto y Diego García, daría la impresión de que Robert Bull estaba de acuerdo con los planes de vuelo de la rendición extraordinaria y creía que estaba detenido en algún desierto alejado, en el que lo torturaría la CIA.

—Acertó a medias —le dijo Felix a Harwood, y estudió su cara mientras ella observaba a Robert Bull, que sudaba al otro lado de un falso espejo—. Vio arena y pensó en la CIA. Eso quiere decir que sir Bertram anda detrás de algo que le interesaría a la CIA, ¿no te parece?

—A menos que piense que las dos citas de Zofia Nowak con el señor Leiter de la embajada estadounidense significaron mucho para ti.

—Así fue —confirmó Leiter apretando un interruptor. La celda se quedó a oscuras. Bull gritó. Evidentemente no le gustaba lo que sucedía allí sin luz. Continuó gritando durante un minuto—. Pero está más asustado por algo ajeno a su desierto imaginario que por mí. Dijiste que podías hacerle cantar lo que le había sucedido a Zofia y dónde podría estar ahora. Es el momento de que utilices tu magia, Auténtica.

Harwood se detuvo en la puerta. Llevaba una silla plegable y comprobó si las bisagras se abrían con facilidad, concentrándose en el mecanismo. En la mente de todos los agentes hay una habitación de los huracanes. «Nunca estuviste presa en esta celda. Ningún hombre te ató a una silla aquí. Ningún hombre te perforó la piel con agujas. Ningún hombre se rio cuando ocurrieron cosas que no revelarías. En tu habitación de los huracanes no hay nada que pueda hacerte daño. Estás a salvo en tu habitación de los huracanes. Puedes hacer círculos lentamente y disfrutar de la libertad de no tener que contar historias ni sentirte obligada, mientras 003 hace su trabajo. Mora quería la ubicación de Zofia y la muerte de Bull.»

Al oír la puerta, Robert Bull intentó levantarse, pero los grilletes se lo impidieron.

—No pasa nada —dijo Harwood. Luego levantó la voz—. Enciendan las luces, por Dios. —La celda se inundó de blanco—. No son un poco demasiado las ataduras… —La botella de agua que colocó entre ellos provocó la sombra del mediodía—. Soy la señora Goodmaiden. He oído todos los chistes que se le puedan ocurrir, así que no se preocupe por contármelos. Soy una observadora de las Naciones Unidas y estoy aquí para garantizar que no se han vulnerado sus derechos humanos. Veo que llego un poco tarde. —Cuando acabó de decir esas frases desplegó la silla y la colocó de forma que diera la espalda al espejo mientras veía desenrollarse a Bull como un helecho deslumbrado por una repentina primavera. Después Bull quitó el tapón de la botella y roció la mayor parte del agua en la camisa porque le temblaba la mano. Harwood añadió—: Supongo que sabe que la responsabilidad recaerá sobre usted.

El alivio de Bull sufrió un amargo cambio.

—Cerda, llevo meses ahogándome en este puto agujero.

—No tanto, señor Bull. Me temo que le han estado engañando.

—Soy el jefe de Seguridad de Bertram Paradise. No tendría que estar aquí.

—Si no tendría que estar aquí, ¿quién debería hacerlo? ¿Sir Bertram?

Bull abrió la boca para escupirle una respuesta, pero después se contuvo. De repente, el miedo asomó a sus ojos. Miró hacia el espejo.

—Este no es mi sitio. No tengo por qué estar aquí —dijo en voz baja.

Harwood suspiró, cruzó las piernas y se limpió la arena de una bota.

—¿Le han proporcionado comida y agua regularmente?

—No.

—Eso no es lo que dicen ellos.

Bull se puso de pie, pero no avanzó.

—¿De qué lado está?

—¿Ha sufrido pérdida de peso o deshidratación? ¿Alguna alteración de su estado mental? —Harwood cerró los ojos cuando Bull gritó una serie de obscenidades hasta quedarse ronco. Un poco de saliva aterrizó en la cara de Harwood. Se la limpió—. ¿Ha acabado? —Planteó su nuevo envite fríamente—. Aquí dice que violó a la doctora Zofia Nowak.

Bull se giró y tropezó con las cadenas.

—¡Eso es mentira!

—¿Porque lo frenó?

Bull dudó.

—¿Qué tipo de observadora es?

Harwood se inclinó hacia delante, bajó la voz e imaginó a Felix Leiter entrecerrando los ojos detrás del espejo.

—Soy la observadora que envía Rattenfänger cuando sus empleados la cagan, señor Bull.

Bull se agarró el estómago, como si lo hubiera dejado sin aliento.

Felix silbó, cruzó los brazos y se relajó en un rincón de la sala de escucha. Si eso era una treta en el interrogatorio, era una muy atrevida, si era otra cosa… Sacó el móvil del bolsillo y llamó a Control. Le respondieron las interferencias que siempre le recordaban a los anticuados *walkie-talkies*.

—Atentos a la cerradura de la sala uno de interrogatorios. La puerta solo ha de abrirse cuando lo ordene yo.

Harwood vio que se dibujaba una nueva mancha de sudor bajo los sobacos de Bull. Harwood continuó hablando en voz tenue:

—Se le encargó una misión muy sencilla, señor Bull: eliminar a Zofia Nowak. No le pedimos que la acosara. No le pedimos que la asaltara. Le pedimos que la silenciara. Ahora usted está aquí y ella, libre. ¿Se da cuenta del problema?

—¡Me pidieron que pareciera real! Los novios son los que perpetran la mayoría de los asesinatos de mujeres. Pensé que, si daba la impresión de que la había atacado su novio, sería coser y cantar. Lo tenía todo planeado, pero se defendió y se fue…

—La policía encontró mucha sangre en el apartamento.

—Me pidieron que pareciera real. —Las palabras se separaron de él como si Bull estuviera abandonando su cuerpo.

—Tiene mucha imaginación.

—Sáqueme de aquí y le entregaré a Paradise. Se ha cansado de ser su cabeza de turco. Ahora hace negocios él solo. Está tramando la forma de enviarles su despedida definitiva. Zofia me lo contó todo. ¡Sáqueme de aquí!

Harwood permaneció inmóvil.

—Si Zofia lo descubrió, ¿para qué lo necesito?

—¡Conozco los detalles!

—¿Es científico, señor Bull? No me había dado cuenta. Lo único que tiene a su favor es que el valor de la doctora Nowak ha aumentado muchísimo. Rattenfänger ya no quiere que muera. Prefieren contar con sus ideas. Sir Bertram se ha convertido en una responsabilidad demasiado grande. ¿Sabe dónde está Nowak?

—¡Sé dónde se esconde! ¡Con su abuela!

—Zofia Nowak no tiene parientes vivos.

—Encontró a su familia biológica —adujo Bull enfadado—. ¡Es adoptada! ¡Sé dónde encontrar a su abuela!

—No será necesario —repuso Harwood levantándose—. ¿Qué iba a hacer con su cuerpo después de violarla y matarla?

—¿Y eso qué importa ahora, joder? Hice lo que pude.

Harwood enarcó las cejas y agarró la silla por un travesaño.

—Me temo que ha dejado de sernos útil, señor Bull.

—¡No! —gritó Bull lanzándose hacia delante. Las cadenas lo contuvieron—. Si me libera, Paradise le pagará el doble de lo que le haya pagado Rattenfänger.

—¿Por qué iba a hacerlo cuando acaba de venderme a su directora científica por nada?

El móvil de Harwood vibró y lo sacó del bolsillo. Era Moneypenny. El código tardó un momento en desenmarañarse en su mente. 004 había desaparecido, ningún satélite podía localizar el yate de Paradise y el sensor de las gafas de 009 indicaba que su corazón estaba fallando.

Liberó un aliento que no sabía que estaba conteniendo.

—A mí también me pidieron que pareciera real, señor Bull.

Detrás del espejo, Felix fue corriendo hacia la puerta, pero era demasiado tarde. Miró por encima del hombro y vio que Harwood estampaba la silla contra la laringe de Bull con tanta fuerza que le partió el cuello.

35

Demasiado bueno para ser verdad

—¿Está con nosotros, señor Bashir? Juega, juega y juega limpio.

Tiene once años y no va a ir al colegio durante un trimestre. Se ha roto una pierna con el monopatín. El dolor más intenso que ha sentido en toda la vida. No puede ir al viaje de Historia a Normandía. Sus amigos van a Snappy Snaps y hacen copias de fotografías de grupo, en las que no aparece. Le envían deberes desde el colegio y deja que se amontonen en el pequeño escritorio bajo la ventana hasta que la luz decolora la cubierta del libro de Ciencia y palidece la sección transversal de una cabeza humana hasta que ya no tiene piel y se convierte en una calavera. Se niega a jugar al ajedrez con su padre. Su madre está preocupada por él. Lleva a casa una radio portátil encontrada en objetos perdidos en el hospital. Es verde y recibe emisiones de todo el mundo. Se tumba en la cama con él y le explica lo que es la onda media y la corta, las modulaciones y las frecuencias. Él gira el dial y un lenguaje desconocido aparece entre las interferencias. Es magia. Tiene miedo de respirar, consciente por primera vez del mundo que habla a su alrededor, tiene miedo de tragárselo. La radio se convierte en su profesor. Oye a predicadores estadounidenses, noticias rumanas y canciones pop francesas. Por la noche hay menos radiaciones del sol y se emociona cuando sintoniza Japón. Oye música de Bollywood con su madre, que le da una charla sobre la historia del cine y busca en los armarios cintas a las que jamás había prestado atención. Sale de la cama.

Pero la radio está muy alta. Se superpone a su noche de cine. Hay una voz que canturrea entre el alboroto y le pregunta si juega, juega y juega limpio. Es la voz de sus pesadillas.

Bashir abrió los ojos. Se estremeció. Mora le sonreía. Era una sonrisa orgullosa y horrenda. El tatuaje de la esfinge de la muerte sobresalía por el cuello y también le sonreía. Meneó la cabeza. Estaba perdiendo el control. Estaba viendo fantasmas.

Mora le dio un golpecito en la frente.

—Bienvenido de vuelta al mundo de los vivos, señor Bashir. Tendrá que perdonar a mis hombres. Se enfadaron con su truco de las tijeras. —Otro golpecito—. Quédese conmigo, hijo. Dígame lo que ve. ¿Cuántos dedos?

Bashir intentó erguirse, pero le apresaban unas esposas. Estaba atado a una silla. Desnudo. Tenía frío. Unas lámparas de quirófano le enviaban su aliento por el cuello. Se oía el parloteo de una emisora de policía. Tenía los pies en un cubo del que salían cables y había agua por todas partes. Siguió los cables con la vista hasta una batería sobre un carrito oxidado, junto a un par de tijeras, una colección de sellos austriacos e instrumentos de dentista. Sus hallazgos en el mercado.

Luchó contra el pánico que le atenazaba el cuello y le había llenado la boca con sabor a cobre. Estaba en un quirófano, un pozo rodeado de asientos que se elevaba kilómetros hacia el cielo, surcado y ahogado por hiedra. El musgo relucía en las paredes. La lluvia y el viento soplaban a través de las hierbas que atravesaban las ventanas. Un hombre enmascarado sangraba por la nariz frente a una puerta y acunaba un MK. Otro hombre enmascarado esperaba junto al carrito y acariciaba desconsoladamente el interruptor de la batería, listo para apretarlo de nuevo. Un tercero se había desplomado en una silla, pálido como la ceniza, sin camisa. La víctima del apuñalamiento de Bashir. Tenía vendas alrededor de la cintura y un gotero le enviaba sangre al brazo.

Y Mora, nada muerto, le hablaba mientras le tomaba el pulso. Bashir parpadeó. Había sido un milagro que sobreviviera al disparo de Harwood.

—Estamos en un complejo hospitalario militar abandonado, señor Bashir, en las montañas Taunus. Los pacientes con tuberculosis se recuperaban aquí, lejos de la civilización. O no. Tengo entendido que se despidió de su madre en el hospital en el que trabajaba por la noche como enfermera psiquiátrica. Cáncer de pecho, ¿no? Después de aquello odia los hospitales. Y, sin embargo, se enamoró de la doctora Harwood. Me temo que Freud lo vería como algo predecible. Mis hombres me han dicho que se ha mostrado tercamente poco cooperativo. Muy caballeroso acerca del paradero de Zofia Nowak. Pero debo insistir en que me diga dónde está ahora. He pensado mantener vivo a Bertram Paradise como la imagen pública útil de Nube Nueve, pero ha resultado ser poco de fiar. Tendré que apañarme con el cerebro de Zofia. Le sugiero que cante su canción ahora. Después de todo, es posible que no sobreviva a otra descarga. Y entonces, ¿qué pasará con Ruqsana? Me temo que la inyección que le he administrado es letal. Necesita un antídoto desesperadamente.

Mora se echó hacia atrás. Bashir se levantó con la silla. Mora le dio una bofetada con la mano abierta y lo envió al suelo. Se le rompieron las gafas. Una pata de la silla se quebró ligeramente. Se quedó quieto, jadeando. En el reflejo del charco, la cama metálica en la que Ruqsana yacía inerte en el centro del pozo estaba boca abajo y se estremecía; se dio cuenta de que no era real. En vez de ello pensó que tenía catorce años, estaba en la cama con Ruqsana, con los pies a la altura de su cabeza, le enseñaba la radio y se enamoraba de ella cuando le traducía un programa de cocina español. Iba a estudiar idiomas a Oxford. Lo tenía todo planeado. Él esperaba encontrar la forma de acercar una mano a las suyas.

Pero eran otros tiempos. En ese momento estaba inconsciente y no respondía, tenía la cara pegajosa y el pulso del cuello latía por él.

Mora chasqueó la lengua antes de agarrarle por el pelo y alzarlos a la silla y a él.

—Me sorprende. Creía que mostraría más preocupación por su amiga de la infancia. Sin el tratamiento para el veneno que le he administrado, morirá. Y aun así no quiere jugar con nosotros. ¿Cómo va a vivir con usted mismo, señor Bashir, si se aferra a esa filosofía tan utilitaria? ¿Qué se dirá por la noche cuando le despierten las pesadillas? —Se limpió las manos—. Quizá tenga pesadillas conmigo.

Bashir apretó la lengua contra los dientes.

—Tengo demonios mayores.

Mora se rio.

—Eso está mejor. —Se dirigió hacia la cama. Habían colocado a Ruqsana allí sin miramientos. Un brazo colgaba en un lateral. Mora le agarró la mano y le puso el brazo sobre el pecho.

—¡No la toque!

—Es demasiado tarde para el caballero errante, hijo mío. La enterraremos pronto.

—No sé dónde está Zofia Nowak. No sé nada de Bertram Paradise. He venido de vacaciones con Ruqsana.

—¿Salió del apartamento de Johanna Harwood para hacer una escapada romántica a Berlín con otra mujer? Quizás hay más James Bond en usted de lo que imaginaba —dijo Mora mientras ponía el otro brazo de Ruqsana sobre su pecho, como preparándola para el sepelio.

—¿Qué sabe de James Bond?

Mora se rio.

—Interrogatorio inverso, le felicito. Le entrenó bien. Dígame, ¿desarrolló esa belleza de adolescente o más tarde? Imagino una juventud difícil, incapaz de controlar sus extremidades de gacela, desmañado, esperando que Ruqsana se fijara en usted. Después, de la noche a la mañana, apareció un adonis. ¿Fue entonces cuando se volvió tan insensible, tan frío, cuando se dio cuenta de lo fácilmente que lo abandonaría?

—Que le den.

—Qué original. Quizá su sangre se enfrió cuando su madre murió. Me pregunto cómo le irá a Hope cuando muera su madre. —Miró el reloj—. Voy a darle otros quince minutos a Ruqsana.

—Ok, ok, póngale el antídoto y se lo diré.

Mora soltó una risita y se agachó hacia el cubo. Le echó agua en la entrepierna y se rio cuando se encogió.

—Hemos venido de vacaciones.

—¿Y ese repentino interés en los sellos? —Mora levantó el paquete y sujetó las diminutas escenas alpinas contra la luz—. La diseñadora de camisetas rusas le escribió algo. El paradero de Zofia. ¿Lo hizo en los márgenes? —Les dio la vuelta—. A lo mejor debería buscar tinta invisible. Sé que a los agentes 00 les gustan los trucos.

Todos los músculos de Bashir se tensaron cuando avanzó hacia él. Golpeó con los sellos en uno de los cortes en la frente.

—¿Qué me dice, hijo mío? ¿Viene con regalos?

Bashir cerró los dientes en dirección a los dedos de Mora. Este se echó hacia atrás riéndose. Después hincó dos dedos en la garganta de Bashir y lo acercó a él. La radio se encendió de nuevo invitándolo a bailar en sus ondas. La habitación se oscureció. Estaba aprendiendo los números de las emisoras, ráfagas de ondas cortas en código utilizadas para comunicarse clandestinamente a través de distancias extremadamente largas en territorios en los que sería imposible para un agente utilizar comunicaciones abiertas. Bond le enseñaba, un perro viejo con trucos viejos. ¿Quién dijo eso? M, riéndose cuando Bond replicó que era tan anacrónico como su maestro. Primero, una señal de intervalo: una canción o un poema leído por una voz como la de un locutor. Después, una serie de números con la misma voz.

Las líneas del poema que le habían asignado le calmaban:

> Ve donde quieras: no hay nada más que decir.
> Tienes lo que pude dar; tómalo y vete.
> No discutiré quién asestó el golpe.
> Se ha roto, arroja los fragmentos...

Ahora los números. Pero los había olvidado. En vez de ello, Mora le preguntaba si había ido con regalos. ¿Por qué había elegido los sellos austriacos como señuelo con todo lo que había para elegir? ¿Qué le había llamado la atención? La postal con la parte frontal hacia la escalera del Barbican, la vigilancia que según Harwood había ordenado Moneypenny...

Todavía había esperanzas.

—¿Me ha estado vigilando?

Mora chasqueó la lengua.

—A ti no, hijo mío.

Se le encogió el estómago.

Chirrido de bisagras cuando el hombre que estaba arriba se levantó y la silla del quirófano se plegó. Las puertas se abrieron. El guardia dijo algo en árabe. Johanna Harwood estaba en el umbral y observaba la escena. El guarda se hizo a un lado y relajó la mano en el arma. Harwood pasó a su lado y bajó las escaleras. Bashir miró si tenía ataduras en las manos, pero estaba libre. Se sacudió y buscó la pistola con la que apuntaba a Mora, un segundo disparo, fatal en esa ocasión. Pero la funda estaba vacía.

—¿Johanna?

Harwood llegó al final de la escalera y vio el cubo y sus piernas, pero no miró más allá. Se volvió hacia Mora.

—Sé dónde está Zofia. Robert Bull está muerto.

—Johanna, ¿qué estás haciendo?

La mirada de Harwood pasó del guardia herido a Ruqsana.

—Veo que te has estado divirtiendo.

No estaba muy claro hacia quién iba dirigida esa observación, pero Mora se rio y le bloqueó el paso hacia Bashir. En un primer momento dio la impresión de que quería abrazarla, pero después se dio cuenta de que la estaba cacheando, bajo el pelo, bajo los brazos, agachándose para pasar los dedos por las costuras de los vaqueros, palpando bajo la camisa. Johanna dejó que lo hiciera, con la vista en Ruqsana.

—¿Veneno?

Mora se levantó y le dio un beso en la frente.

—Necesito tu experiencia con mi teniente. Múltiples laceraciones. Por suerte, su chaleco recibió la mayoría. Pero Bashir es muy insistente. Stan, dile a la señora cuánto te duele en una escala de uno a diez.

Pareció que el soldado herido iba a maldecir a Mora, pero se mordió el labio y le temblaron las piernas.

—Ha llegado el momento del ángel de la guarda —anunció Mora.

—Antes deja que me ocupe de Choudhury —replicó Harwood—. Tengo lo que quieres.

—Las cosas no son así.

Harwood se volvió hacia el soldado que había junto al carrito.

—¿Cuántos voltios tiene?

Mora le puso una mano en el hombro.

—¿Quieres una demostración?

Seguía sin mirar a Bashir a los ojos.

—Sé cómo funcionan las baterías.

—Puta —dijo alguien. Él, Bashir. Lo repitió—: Puta. Confié en ti. Te creí.

Entonces lo miró a los ojos. Estaba pálida, pero Bashir no consiguió descubrir ningún sentimiento. Estaba temblando. Temblando con tanta rabia que podía romper la silla en mil pedazos.

—Si algo parece demasiado bueno para ser verdad, Sid, normalmente lo es. No me digas que te sorprende. —Entonces sacudió el torso como si hubiera tenido un escalofrío y preguntó a Mora—: ¿Tienes un botiquín o he de utilizar una aguja oxidada en Stan?

—Lo vas a malcriar —protestó Mora antes de indicar hacia una bolsa de cuero abierta en el suelo.

Harwood sacó el botiquín de campaña, se arrodilló entre las rodillas de Stan y le dijo en voz baja que iba a echar un vistazo. Bashir vio por encima del hombro cómo retiraba las vendas y se le teñían las manos de rojo. Pidió agua y chasqueó los dedos cuando nadie se movió. El soldado de la puerta se puso firme y fue a cumplir sus órdenes abandonando su puesto. Un guardia menos en la puerta.

«Piensa, Sid. Tiene razón. Viste venir su traición, aunque no quisieras aceptarlo. Así que sal de la habitación de los huracanes y despierta.» Estaba atado a la silla, pero una pata se había quebrado. Si hacía palanca, liberaría la mano izquierda.

—¿Cómo encontraste a Bull? —preguntó Mora, que disponía el pelo de Ruqsana en forma de abanico en la cama—. ¿Maravillada e impresionada por la CIA?

—Aguanté hasta que llegué allí —respondió sin mirar alrededor.

—Entonces le inculcaste el temor a Dios.

Harwood se dio la vuelta y le regaló una sonrisa de satisfacción.

—El miedo a ti.

Mora aplaudió.

—Cuidado, Johanna, me vas a poner caliente y con ganas. ¿Y te dio su paradero sin más?

Johanna volvió a su trabajo.

—Más o menos. Dijo que sir Bertram se había cansado de que Rattenfänger le dictase cómo tenía que utilizar su tecnología. ¿Qué querías…?, ¿usarla para tomar el mundo como rehén?

—Me gusta tu imaginación. ¿Y te contó eso sin más?

Chasqueó los dedos.

—Te dije que el toque humano sería más eficaz que un ordenador cuántico que buscaba la ubicación de Nowak.

—Para introducir un ordenador cuántico en la cuestión tendríamos que utilizar a sir Bertram. Un pequeño problema cuando ya no contesta nuestras llamadas. El hijo pródigo que no regresa.

Harwood se encogió de hombros.

—Siempre puedes recurrir a Q.

Bashir se puso tenso. Las manos de Mora seguían sobre el pelo de Ruqsana.

—Supongo que podríamos haberte ordenado que introdujeras las cifras en Q.

Harwood le pidió a Stan que se estuviese quieto y después dijo:

—Sabes demasiado sobre mí como para no tener un hombre infiltrado. Me obligaste a renegar porque sabías que Moneypenny sospechaba y ya no informaba a su fuente original.

Mora se recostó en la segunda fila y puso sus enormes piernas en el respaldo de la butaca que tenía delante. Se subió la manga y le mostró el reloj a Bashir.

—Recibí parte de mi formación de su Gobierno, durante un breve periodo de paz. También disfruté de una estancia en una de sus salas de interrogatorios, durante un periodo de guerra más largo. Hice amigos allí. Los interrogatorios se hacen en ambos sentidos, tal como acaba de demostrar 003. Es una chica inteligente. Se ganó mi respeto en Siria. Sé lo que les han enseñado a soportar. Lo hizo bien. Usted también ha satisfecho mis expectativas físicamente. Pero emocionalmente, mentalmente..., no esperaba que dejara morir su amor juvenil, su flechazo de infancia, esta madre soltera militante, por guardar un pequeño secreto. No sé si estoy impresionado u horrorizado. Quizás eche una moneda al aire. Y ahora, para nada. Ve, señor Bashir, su Johanna Harwood es ahora mi Johanna Harwood. Fue valiente como usted, durante un tiempo, hasta que pasó muchos días sin que apareciera su caballero con armadura resplandeciente.

—No le creo —dijo Bashir.

—Más caballerosidad.

—No creo que la obligara a renegar. Siria fue puro teatro, ¿no? Sabía que sospechábamos de ella y quiso probar su lealtad. Pasó los detectores de mentiras porque no la obligó a renegar con las torturas. La obligó hace tiempo. —Se volvió hacia Harwood—. Fuiste tú, ¿verdad? Fuiste tú la que traicionó a Bond. Eres el bisturí. Eres...

—Cuide sus modales —pidió Mora.

El soldado que había junto al carrito apretó el interruptor. Bashir se desencajó, fuera de la habitación, fuera de su cuerpo, fuera del tiempo para bailar con Harwood en el balcón después de declararse, mover la cabeza en la alfombra del cuarto de estar de su casa con Ruqsana, copiar los movimientos de Bollywood con su madre, golpear la silla, romperse el brazo izquierdo. Está roto, arroja los fragmentos...

El dolor se disipó como la estática de la cinta entre las emisoras de radio. Harwood hablaba con calma, pero no a él, sino a Stan.

—Estate quieto —le pidió—, deja de moverte. Un hombre crea su suerte. Una mujer elige. Y puedo elegir coserte mi firma.

Bashir se incorporó. Sus huesos parecían gelatina.

Cuando le dijo a Harwood las últimas palabras de Bond se quedó callada y él se preguntó si lamentaba haberlo elegido a él en vez de a Bond. En ese momento se le ocurrió, como si hubiera recibido un golpe, que podía haber estado meditando otra elección. No la de traicionar, sino la de dar la impresión de que traicionaba en aras de un mayor ideal y, de esa forma, posiblemente, perderlo todo incluso sin el consuelo del amor. ¿Podía ser verdad?

—¿Qué veneno es? —preguntó Harwood por encima de los juramentos de Stan.

—Antidepresivo tricíclico —contestó Mora—. Nada sofisticado, me temo.

—¿Ataques?

—Eso explicaría las costillas rotas —comentó Mora

mientras se acercaba a la cama de hospital, en la que le dio un codazo a Ruqsana en un costado. Esta se movió, pero no emitió ningún sonido. Mora guiñó un ojo a Bashir y este gruñó.

—Necesitará benzodiacepinas y carbón activado —aseguró Harwood.

—Te equivocaste de carrera —dijo Mora.

—Eso dígaselo a Stan —replicó Harwood mientras se agachaba y Stan intentaba agarrarle el pelo—. Estate quieto o te coseré lo de dentro por fuera.

El soldado accionó el interruptor de nuevo. Bashir oyó el monitor cardíaco de su madre. Oyó llorar a su padre con gemidos espantosos y la cara apretada contra la pared de la habitación del hospital, golpeándose la cabeza, la primera y única vez que había visto llorar a su padre. Extendió la mano hacia su madre. Su padre estaba riéndose. No, no era su padre, era Mora que lloraba de risa y Harwood le decía desalentada que cortara aquello y le llevaría directamente a Zofia Nowak.

—Un poco tarde para preocuparte por el bienestar de 009 —objetó Mora.

—Nowak está cerca. Vive con un nombre falso en Fráncfort. Puedo llevarte allí.

Bashir se encorvó en la silla. Allí era donde la había llevado su padre la noche que creyó que los seguían, la noche que atacó al vagabundo. Se le llenó la cara de sudor. Pero Zofia Nowak no estaba en Fráncfort, seguía en Berlín. Eso era lo que había escrito la diseñadora de camisetas en la tarjeta de visita. Escupió sangre en el suelo.

—Creo que dejaremos al querido Sid aquí —propuso Mora—, por si acaso cambia de idea.

Harwood se puso de pie e hizo rodar la aguja de coser en la palma de su mano. El reflejo rebotó en su reloj y destelló en la luz verde de las ventanas cerradas.

—No cambio tan fácilmente.

En ocasiones lo que es demasiado bueno para ser verdad resulta ser incluso mejor de lo que se esperaba.

Harwood llevaba botas con suela de goma. No se las había visto nunca.

El disparo de un francotirador fue la frecuencia cardíaca de su madre, el pitido del Servicio Mundial de la BBC, la señal horaria de Greenwich que le decía que estaba vivo.

Felix Leiter volvió a cargar. Estaba boca abajo en el techo del sanatorio que había enfrente. La cubierta de estrellas dibujaba la silueta irregular de la arbolada montaña. Ajustó la mira y disparó de nuevo en medio de un viento huracanado, una explosión de enredaderas y hojas revoloteaban verdes en su campo de visión. En esa ocasión la bala acertó en el soldado que estaba junto a la batería, que cayó hacia delante y accionó el interruptor. Bueno, nadie es perfecto.

Leiter apuntó a las lámparas de quirófano. Pam, pam, pam. Ajustó la mira de nuevo, a tiempo para ver que 003 daba una patada al cubo que había a los pies de Bashir, los cables caían al suelo y los charcos llameaban azules. Bashir levantó los pies justo a tiempo. El soldado que Harwood había estado remendando bailó dando saltos. Había sido buena idea que tomase prestadas las botas de goma del maletero del coche después de evaluar la situación. Leiter acabó con el soldado con un disparo en el centro del cuerpo.

Harwood había desaparecido. Buscó a Mora por todo el quirófano. El gigante no estaba. Cambió el alcance al de la parte frontal del edificio y vio dos coches poniéndose en marcha: un Alpine A110S, que no había visto escondido entre los árboles, y un Mercedes negro clase G. Los motores producían un rugido combinado y los dos vehículos salieron despedidos hacia delante. Volvió a la ventana para buscar a algún Rattenfänger que hubiera sobrevivido. Harwood había demostrado tener la cabeza muy fría al ver cómo freían a 009. Confió en que siguiera así y aquello no fuera un baile no tan divertido en el que ella llevaba el ritmo.

Un segundo rugido atrajo su atención al grupo de Mercedes aparcados en el patio del hospital. Cuatro coches más se ponían en marcha. Las ratas escapaban. Leiter dirigió el siguiente disparo a una rueda delantera de uno y el siguiente a la trasera de otro. Soltó una maldición cuando el tercero rebotó y el vehículo salió del complejo.

Con todo, dos de cuatro no estaba mal para un viejo asesino como él.

Deseó suerte a Harwood y guardó el rifle al tiempo que gritaba órdenes en el micrófono que llevaba en la solapa, para que el médico preparara benzodiacepinas, carbón activado y un desfibrilador. Bashir estaba rígido en la silla.

36

Lealtades

Johanna Harwood se quitó las botas de Felix, abrió la puerta del Alpine y se dejó caer en el asiento envolvente, su baja altura le procuraba un confort familiar, que retenía en lo más profundo de su mente como el regreso a la seguridad, el regreso a ella misma. Pero todavía no estaba a salvo. Y quizá tampoco lo estaba Sid, dependiendo de lo rápido que Felix hubiera podido evacuarlo médicamente de aquel macabro hospital a uno verdadero. Apretó un botón, el motor cobró vida y retumbó en su pecho. Tragó el miedo que sentía por Sid y pulsó el botón rojo del volante que decía recatadamente SPORT y salió a toda velocidad hacia Fráncfort sintiendo en los huesos el rebote en los antiguos adoquines.

Puso una marcha con los mandos de control, evitando de momento la caja de cambios automática, pisó a fondo el acelerador y mientras salía a la carretera de montaña murmuró una oración de gracias a Moneypenny por haber llevado el coche allí. El torque la empujó hacia atrás, hasta el ante ecológico Dinamica con un repentino tirón que la devolvió a su infancia en París, donde su madre conducía un Alpine A110 amarillo clásico, un vehículo que estaba para la chatarra, pero del que había restituido su belleza y demostrado que tenía manos de cirujana. Si la calle estaba vacía, su madre le guiñaba un ojo y aceleraba. De niña aquello la emocionaba. Como en ese momento la emocionaba ir a toda velocidad entre los árboles coronados de nieve y tomar con seguridad la curva del paso de montaña mientras los faros le mostraban una muralla de árboles a la derecha, algunos finos, otros en tupidos grupos y, por encima de ellos, empinados techos puntiagudos y una luna translúcida; el suelo cobrizo con hojas caídas serpenteando con flechas que desaparecían en la oscuridad, una promesa curvada; y a la izquierda, una pronunciada caída a la oscuridad, iluminada por las distantes luces de las señales ferroviarias.

Encendió la pantalla táctil con un toque. El mapa de las montañas Taunus se iluminó, una cordillera baja espesamente arbolada, quebrada por una franja de pueblos y balnearios termales que se extendían en dirección sur hacia Fráncfort. Las tierras altas estaban limitadas por tres ríos: el Rin al oeste, el Meno al sur y el Lahn al norte. Un viaje de cuarenta y cinco minutos. Entrecerró los ojos cuando unos faros brillaron en el retrovisor. Pensó que cuarenta y cinco era la edad reglamentaria de jubilación para los agentes 00, pero jamás había ido a una fiesta de despedida. Era una forma educada de decir que la esperanza de vida era cuarenta y cinco, en el mejor de los casos. Miró por el espejo. La perseguían dos coches y probablemente Mora iba en uno de ellos. O pensaban que había dicho la verdad e intentaban llegar antes que ella a Fráncfort con intención de encontrar a Zofia o creían que había mentido y querían matarla. O algo entre las dos opciones. Fuera cual fuese la motivación, le daba igual, solo quería sacarlos de la carretera y dejar la verdadera carrera para liberar a Zofia.

Conducían el nuevo Mercedes G63. Ese todoterreno era casi dos veces y media más pesado que el Alpine, no tenía su aerodinámica y parecía estar diseñado con regla y cartabón: todo líneas burdas y ángulos de noventa grados. El techo del Alpine solo llegaba a las manecillas del Mercedes. Mientras que el Alpine A110 de Harwood era una reproducción del coche de su madre, aún más pequeño, el Mercedes G63 representaba un nuevo enfoque del Mercedes de la década de 1970, una versión civil del 4x4 fabricado para el Ejército alemán. El peso del G63 exigía un torque considerable del motor biturbo. Podía acelerar de cero a cien en 4,4 segundos, algo que estaban demostrando amablemente en ese momento. El Alpine podía ponerse de cero a cien en 4,2 segundos, pero lo importante era el peso; construido principalmente en aluminio, ofrecía velocidad, reacción y agilidad. Con una suspensión de doble horquilla y un motor central, era un vehículo ágil que tomaba las curvas mejor que cualquier otro coche que hubiera conducido. Pensó en todo eso mientras veía que los Mercedes ganaban terreno detrás de ella. Cuarenta y cinco minutos, cuarenta y cinco años, ¿qué más daba? Era la carrera de su vida. «Es la carrera de tu vida. Acelera.»

El halo del botón D en el puente entre los asientos cambió de blanco a azul cuando dio un toque para utilizar el cambio de marchas manual. Pasó a «Track» e instó al vehículo a esprintar, mientras notaba en los músculos la vibración del desgastado asfalto bajo las ruedas. Otra curva. La tomó bien y salió hacia delante ganando unos valiosos segundos. Los dos Mercedes iban rezagándose. La ladera fue disminuyendo ante ella hasta convertirse en un barranco cubierto con neblina, atrapada por el ocasional destello de sodio de las farolas y los ojos de los gatos. Miró el velocímetro. Normalmente, la velocidad máxima de un Alpine es de doscientos cincuenta kilómetros por hora, limitada electrónicamente. Q había eliminado el límite y se preguntó qué aceleración podría alcanzar conforme se precipitaba hacia abajo controlando otra curva e imaginándose como un trozo de papel moviéndose suavemente en la superficie de una mesa. Soltó un gruñido cuando volvió a ver a los Mercedes en el retrovisor.

Se dio cuenta de que no había oído el sonido de su aliento en muchos minutos. Se aferró al volante con las manos en la posición nueve y tres, hinchó el estómago, imaginó cómo se expandían sus costillas hacia fuera cuando se colmaba el pecho y espiró lentamente y a un ritmo constante. Le temblaba la mano derecha, lo había hecho desde que había acabado de coser a Stan y ya no había tenido nada con lo que mantener alejada la mente del dolor de Sid. La sacudió para librarse del temblor y volvió a agarrar el volante. Cambió de velocidad y pisó el acelerador al llegar a un tramo despejado. Ya no temblaba. Rápida y firme.

«Lo único que tienes que hacer es llegar a Fráncfort; olvidar la imagen de Sid agitándose en la silla, desnudo y sangrando cuando lo devoraban los voltios. Lo único que tienes que hacer es olvidar el odio que reflejaban sus ojos, el cuerpo inerte de Ruqsana Choudhury. Lo único que tienes que hacer es olvidar tu formación médica y todo lo que sabes sobre los traumatismos en el cuerpo humano. En vez de ello piensa en el trozo de papel que se deslizó en la mesa en tu dirección. Moneypenny te ofreció una misión. Fue una oferta, no una orden, porque era peligrosa en más de un sentido. Pierde la vida, pierde la cordura, pierde el alma, elige.»

—Se encuentra en una posición única —le dijo Moneypenny—, una posición que quiero explotar para expulsar a Rattenfänger. Según Q, la única forma en que Rattenfänger ha podido atacar a tantos de nuestros agentes es teniendo un topo en el MI6. Q también ha identificado a Rattenfänger como la organización con más probabilidades de haber capturado o asesinado a James.

Harwood se enderezó en la silla. Como experta seductora reconocía las tácticas de la manipulación: llamarlo James, en vez de Bond o por su número, servía para subrayar la particular intimidad que tanto Moneypenny como ella habían compartido con James, aunque no supiera si había sido la misma. La mejor forma de debilitar un instrumento que puede influirte es reconocerlo. Lo reconoció en ese momento, pero no quiso debilitarlo. Sintió que se le presentaba una oportunidad para hacer algo finalmente, para contener la hemorragia, y estaba dispuesta a aceptarla, sin que fuera necesaria la manipulación.

—Si Rattenfänger tiene acceso a nuestra información, sabrá que mantuvo una estrecha relación con James durante un tiempo. Creerá que ha ido a buscarlo extraoficialmente a Siria. Empezaré a dejar caer migas de pan. Tendrá que soportar el interrogatorio lo suficiente como para que la confesión parezca real. Quizá le ofrezcan algo a cambio. Si es poner fin al dolor, acepte, pero no demasiado pronto. Si es el paradero de James, mejor aún, pero no presione demasiado. Si es dinero o privilegios, diga que no. Conocen su perfil como médico. Saben que no entró en este juego por las recompensas. Quiere ayudar a la gente. Es una idealista. Deje que se queden con esas ideas, si encuentran la forma de hacerlo. Poner fin al derramamiento de sangre, por ejemplo. Para usted, y en una perspectiva más amplia, la vida de un hombre sigue siendo importante. Ese tipo de cosas.

Harwood sonrió y repitió:

—Sí, ese tipo de cosas.

Moneypenny consiguió captar la atención de un camarero. Ultimaban una noche veraniega en el Keeper's Garden de la Royal Academy, un patio cerrado por los muchos costados de la galería. Unos helechos gigantes se combaban por encima de ellas con las hojas húmedas por la lluvia reciente y rozaban el pelo de Harwood. La Royal Academy estaba abierta aquella noche para los miembros y había encontrado a Moneypenny medio escondida en esa hondonada de sombras. No había luz natural y nadie había optado por arriesgarse con aquellas nubes. Estaban solas, aparte del camarero, al que Moneypenny recitó la comanda: ginebra Hendrick's, sirope de zumo de lima, licor de rosas y Cocchi Americano, agitado y colado en un vaso alto sobre hielo picado y decorado con una ramita de menta y una tira larga de pepino, lo que tuvieran a mano. Harwood ya había visto esa bebida, con pétalos de rosa, en la mesa de Moneypenny y se preguntó si el camarero intentaría ganarse una sonrisa y una propina de Moneypenny si los ponía esa noche. No se la veía de buen humor.

—*Gin-tonic*, elija los ingredientes usted —pidió Harwood al camarero, con lo que recibió una mirada agradecida por no añadir una segunda copa personalizada. Después se preguntó por qué era tan importante para ella conseguir lealtades, grandes o pequeñas, duraderas o fugaces. El hombre desapareció como solo los buenos camareros saben hacerlo. Se recostó y prestó atención a los helechos.

—¿Cuántos años cree que tienen?

—Doscientos cincuenta —contestó Moneypenny—. La Royal Academy los importó de Australia con un permiso especial, cuando cortan el bosque tropical normalmente queman los helechos.

Harwood puso un dedo en la delicada curva de una hoja. Fue como un juramento de meñiques.

—¿Cómo sobrevivieron al viaje?

«Buena pregunta», pensó en ese momento, cuando una bala impactó en la luna trasera que la Sección Q había reemplazado con cristal antibalas. Miró por el retrovisor exterior y vio a Mora asomado a la ventanilla del copiloto del Mercedes que iba delante. La carretera empezaba a tener más baches y el segundo disparo, a las ruedas, falló cuando dio un volantazo y olió a neumático quemado mientras daba bandazos colina abajo y los frenos hacían trabajo extra. Los discos delanteros del G63 se pusieron rojos y los frenos echaron humo. La carretera serpenteaba hacia las vías del tren que atravesaban el paso de montaña. Había un paso a nivel. El mapa, con algunos ajustes de Q, detectaba no solamente el tráfico, sino todo tipo de vehículos. Mostró un tren de carga que viajaba a toda velocidad hacia la colina.

Aceleró y vio que el velocímetro subía a más del límite máximo. Pero no necesitaba números. Lo sentía en la sangre, tal como había sentido que se le aceleraba en la mesa con Moneypenny. Las bebidas habían llegado. El aroma del verano británico acosado por el olor agridulce del Cocchi Americano, ¿no había siempre algo agridulce en el verano británico y en Moneypenny también, cuyos ojos fríos e inquisidores llevaban a preguntarse cómo habría conseguido las arrugas propias de la risa?

—Aceptará recibir órdenes de Rattenfänger —dijo Moneypenny— y cumplirá su palabra. Debe convencerlos de que pueden contar con usted y tener confianza. Consiga que parezca real, 003. Consiga que confíen en usted como solo usted sabe hacerlo. No revelará su situación hasta que haya identificado al topo en el MI6. Solo yo sabré que es una agente triple. Si queremos descubrir la filtración, tendremos que controlar el flujo de información. Eso supondrá mentir a M, mentir al resto de los agentes 00 y mentir a Sid. Convencerlos de que confíen en usted cuando deberían recelar. Puede hacerlo, ¿verdad?

Reconoció aquello como la formulación de un negociador de rehenes que intenta provocar un sí, ya que decir no sugeriría que no podría gestionarlo, que no se está a la altura, expresar palabras de fracaso: «No, no puedo hacerlo». La forma más fácil de debilitar un arma de manipulación es reconocerla. Volvió a reconocerla y no hizo nada por atenuar su impacto.

Se limitó a decir suavemente, como poco antes:

—Sí, puedo hacerlo.

Rattenfänger quería que localizara el paradero de Zofia Nowak. Mora ambicionaba las ideas de Nowak para poder acceder a Celestial y deshacerse de Paradise. También confiaba en que Zofia le dijera qué tenía planeado Paradise. Mientras tanto, su protegido Yuri vigilaba a Paradise, ya que no estaba seguro de que Paradise no fuera lo suficientemente temerario como para ser imprevisible.

Hizo lo que Moneypenny le había ordenado. Mintió a Sid, mintió a Felix y se mintió a sí misma sobre el trauma que un cuerpo podía soportar. Pero no había conseguido averiguar la identidad del topo. Cuando utilizó la mira telescópica de Felix y vio que los latidos de Sid se desvanecían admitió que su juramento como médico, su juramento como ser humano implicaba que su capacidad de resistencia era limitada. Le pidió a Felix que siguiera la pista de la abuela biológica de Zofia él solo, que no confiara en nadie. Iba a tirar la toalla, poner fin a su misión como agente triple sin descubrir quién era el topo, que le dieran a Moneypenny y a todos los demás. Solo quería librar a Sid y a Ruqsana de Mora.

Y sin embargo, cuando Sid forcejeaba con las ataduras y los minutos de Ruqsana menguaban, volvió a conseguir lealtades, grandes o pequeñas, duraderas o fugaces. Mora le había dado la respuesta quizá sin darse cuenta o, al menos, sin que le importara. El topo, la filtración en el MI6 lo había interrogado. Lo único que tenía que hacer Moneypenny era introducir el expediente de Mora en Q y esperar a que le facilitara el nombre. Soltó la mano que estaba en la posición de las nueve y buscó la corona del reloj en la muñeca derecha. El reloj era un regalo de Moneypenny, el más sencillo de los artilugios: enviaba señales de morse al reloj de Moneypenny.

Un flash en el espejo retrovisor captó su atención. Mora se asomaba de nuevo por la ventanilla y las luces reflejaban un MK. Otra ráfaga agrietó el cristal y sintió una sacudida en el asiento. Le temblaba el pulgar en la corona. ¡Maldición! Iba a llegar a una curva en la que estaría frente a Mora en la hipotenusa formada por los ángulos de las montañas y, entre ellos, una caída de quinientos metros. Sacó la Glock 15 de la funda sujeta con velcro a la puerta del conductor y quitó el seguro. Tomó la curva y se detuvo. La quebrada se abría ante ella. Al otro lado, Mora seguía asomado a la ventana. Se inclinó en el asiento, apoyó la pistola en la estructura del Alpine y disparó dos veces.

Falló el tiro a la cabeza por un pelo. La segunda bala acertó en una rueda de atrás. El coche hizo un trompo y se dirigió no al precipicio, sino al bosque. El segundo vehículo lo sustituyó, realizó una rápida comprobación y siguió adelante. Harwood dejó la pistola en el asiento y aceleró con tanta rapidez que olió a goma quemada en el momento en el que la carretera cambiaba de dirección y el coche desaparecía. Redujo una velocidad negándose a perder velocidad y controló la curva.

El segundo vehículo apareció, pero había sacado a Mora de la carrera. Seguro que tendría una rueda de repuesto en el maletero. Se preguntó cuánto tardaría el conductor en aquella parada en boxes, sabía que Mora no tenía mucha paciencia. Lo había demostrado en Siria en repetidas ocasiones. «Ha de soportar los interrogatorios lo suficiente como para que parezca que la confesión es real.» Le había parecido algo abstracto, incluso una fantasía bajo el helecho gigante en una cueva de sombras escurridizas en una cálida noche estival.

Mora lo había concretado. Miró el mapa y verificó la posición del tren que se acercaba. Lo que Sid consideraría un divertido acertijo matemático.

Pisó el acelerador, agarró el volante con la mano derecha y volvió a buscar la corona del reloj con la izquierda. Envió tres frases en código morse: «MI6 interrogó a Mora. Convenció al interrogador para que nos traicionara. Encuentre el nombre». En el reloj Nanna Ditzel de Moneypenny sonaría lo que le parecería una alarma muy extraña. Respiró por la nariz. Misión cumplida. Hora de volver a casa, 003.

Saltó a la carretera que discurría paralela a las vías del tren. El paso a nivel mostraba el color rojo. El tren de carga se les echaba encima. Notó la presión a través de la ventanilla abierta. Pisó el freno y observó el coche que la perseguía por el retrovisor, el conductor quería aprovechar esa parada. Harwood revolucionó el motor. El tren de carga aullaba. La niebla se alejó de su larga espina dorsal. El Mercedes paró en seco detrás de ella y los pasajeros adivinaron lo que estaba pensando. Abrieron las puertas y salieron dos hombres con MK que le gritaron que parara el motor y saliera del vehículo. Harwood sonrió, aceleró como su madre y cruzó las vías en el momento en el que el tren aparecía en su campo de visión aspirando su polvo, arenilla y potencia, y pasó al otro lado.

Se echó a reír, golpeó el volante con un puño y no dio tregua al Alpine. El torque aceleraba dentro de ella cuando aterrizó en la carretera de enfrente y salió atronando hacia el sur. Aquella jugada le había concedido unos segundos, minutos tal vez, antes de que los hombres de Rattenfänger subieran al coche, esperaran a que pasara el tren y cruzaran las vías. En el Alpine unos minutos era todo lo que necesitaba. Estaba ganando terreno en dirección a Fráncfort. La habrían estado controlando por satélite y habrían visto que en cuanto se había librado de ellos no había perdido tiempo en salir disparada, totalmente resuelta a llegar a la ciudad, y quizás habrían pensado que les había dicho la verdad sobre el paradero de Zofia. Eso era lo que esperaba. Debía alejarlos de Felix y de la ubicación verdadera.

El cansancio se apoderaba de ella. El precipicio saltaba y daba sacudidas en el retrovisor. Lo último que había comido había sido un cruasán esa mañana, horas, años antes de sentir el miedo de Sid, antes de calcular las posibilidades de Ruqsana, antes de romperle el cuello a Robert Bull.

Una sirena de niebla hizo que se enderezara en el asiento. Un camión de larga distancia salía de una curva más adelante y el conductor la había hecho sonar al verla, o más bien vislumbrarla. Harwood se apretó contra la pared de la montaña balanceándose en la estela del camión. El conductor, sobresaltado, había perdido el control, y la parte de atrás se escoraba hacia ella. Rozó la roca con el Alpine y lo sintió por el acabado mate. La salida que le ofrecía el hueco entre la parte trasera del camión y la pared se estrechaba. Confió en los frenos y la recompensaron tragándose la velocidad del vehículo con la rapidez de una aspiradora. El camión paró a un lado de la carretera. Harwood se inclinó brevemente contra el volante, volvió a reír y pisó el acelerador. Minutos ganados, minutos perdidos.

Estaba en un tramo estrecho de la carretera cuando los faros aparecieron de nuevo, cercada por un lado por la montaña. La caída mortal, delante. El vehículo había reanudado la persecución. Volvió a experimentar la sensación que había tenido en el Keeper's Garden: las altas paredes, el claustrofóbico patio, la impresión de que no había salida, la oscuridad que se cernía y a la que no se resistía, sino que le daba la bienvenida, como si la hubiera estado esperando toda su vida. El Mercedes se acercaba.

El Alpine A110S se había diseñado tomando como modelo el icónico Alpine A 110 Berlinette, el coche de su madre. Contaba con cinco interruptores plateados bajo la pantalla, al igual que en el coche de su madre. El quinto por la derecha había tenido como objeto accionar la capota, hasta que los ingenieros decidieron que pondría en peligro la rigidez de la estructura, con lo que perdería valiosos microsegundos. Pero dejaron el interruptor. Se puede modernizar un clásico, se puede incluso conducirlos en el siglo XXI, pero no se pueden mejorar. Los iconos son para siempre.

¿Qué podía hacer la Sección Q con un interruptor que no servía para nada?

Harwood redujo velocidad ligeramente y dejó que el Mercedes se acercara a un metro de distancia. Entonces apretó el interruptor. Hágase la luz. La noche centelleó con un cegador blanco detrás de ella como salido del centro del sol.

Las luces traseras estaban equipadas con una luz estroboscópica incapacitante que utilizaba un telémetro para medir la distancia a los ojos del objetivo y poder ajustar la intensidad de la luz y controlar la dosis del daño infligido. En un primer momento emitían una pulsación ultrabrillante que cegaba al objetivo.

No se atrevió a mirar por el retrovisor, pero oyó que el Mercedes daba un bandazo.

Después difundían pulsaciones luminosas que cambiaban de color e inundaban el paso de montaña con los flashes de una sirena o de un circo girando en la niebla, más largas o cortas que la anterior y sin ninguna pauta. Saturaban el cerebro y producían vértigo y náuseas. Los críticos de la luz estroboscópica incapacitante argumentaban que se podían cerrar los ojos y evitar la náusea. Pero no se deben cerrar los ojos cuando se conduce. El vértigo producido por las pulsaciones cambiantes no era nada comparado con el que produce caer por un precipicio.

003 apagó el interruptor y dio la vuelta para ver volar el Mercedes por el borde del precipicio. Chasqueó la lengua, cambió de marcha y aceleró en dirección a Fráncfort.

37

Un tiroteo a la antigua

Esperaba algo más grande, pero la estación Südbanhof de Fráncfort era tan pequeña en comparación con la Main que fue fácil preguntar por ella y descubrir que ya había llegado. Daba a la Diesterwegplatz, en la que las vías del tranvía dibujaban medialunas en los adoquines. Los plátanos apenas tenían hojas. Un café, una farmacia y una oficina de correos alineados cuidadosamente, como en un libro de cuentos. Nadie esperaba en los bancos a un autobús nocturno. Nadie alquilaba una bicicleta de las alineadas bajo dos farolas con forma de gota de agua. El ruido del Alpine espantó a los pájaros de los árboles, que proyectaron sombras aladas bajo las ramas. Cuando apagó el motor, oyó los sonidos del coche sobrecalentado, que se contraía al contacto con el frío, y el irregular golpeteo de su euforia, intensificada cuando salió de su interior. Espiró con fuerza y apoyó la frente en el volante un momento. La nieve tamborileaba en el parabrisas. Había aparcado en una batería de coches, en su mayoría cristalinos por el hielo.

Podía haber elegido cualquier lugar de Fráncfort para su último enfrentamiento, si eso era lo que iba a ser, pero, en realidad, solo había estado allí una vez en su vida y la noche había acabado en el café. Los propietarios, que imaginó que vivían arriba, les habían abierto la puerta, a pesar de que también era pasada la medianoche. Una mujer con una colorida bata le sirvió un chocolate caliente para contener sus gritos ante la inquieta mirada de un policía. En ese momento, el anuncio de un tren nocturno se oyó por encima del viento, aunque no logró entender el destino. Pensó en enviar las llaves del coche a través del buzón del café y subir al tren. Encontraría un compartimento vacío y cerraría los ojos. Se despertaría en un lugar que no conocía ni la conocía a ella.

O no. El descontento de un motor demasiado forzado chirrió mientras se acercaba a ella. Había disfrutado de tres minutos de gracia. Lo que le había costado a un hombre de Mora cambiar la rueda. Cuando el Mercedes apareció en el retrovisor haciendo un viraje muy cerrado hacia la plaza que removió la nieve, cogió las botas del asiento trasero. Recargó la pistola, volvió a poner en marcha el coche y salió por la puerta del copiloto sin cerrarla. Se agachó en la nieve detrás del motor. La Sección Q había sugerido blindarlo, pero habría limitado la velocidad. La puerta de un vehículo proporciona poca protección, o ninguna, contra los disparos. La única parte que ofrece cobijo contra las balas penetrantes de acero es el bloque del motor. Se tumbó sobre el estómago y se arrastró hasta colocarse en posición de disparo. Estaba entre el Alpine y un VW Golf que llevaba tanto tiempo aparcado que las ruedas estaban hundidas en la nieve.

Se cerró una puerta, solo una. Había visto dos figuras en el coche. O Mora se había deshecho del hombre que había cambiado la rueda, o lo contrario. Los adoquines cubiertos de nieve apenas ofrecían un centímetro de espacio hasta la parte baja del coche, y a oscuras resultaba muy difícil disparar desde tierra. Seguramente, el agente de Rattenfänger estaba detrás del motor del Mercedes estudiando el terreno. Se preguntó si habría visto el movimiento de la puerta o si intentaba distinguir su silueta en el asiento del conductor.

Oyó un crujido en la nieve. Después otro. Vio una sombra en el haz ámbar de la farola.

—¿Estás aquí, 003?

Era una voz suave, no la de Mora. Rezó porque aquello no significara que se había enterado del verdadero paradero de Zofia.

Otro crujido.

—Me vas a llevar donde está la científica, ahora. Sin rencores. Somos profesionales que hacemos nuestro trabajo

Bonito. La nieve se filtraba en la ropa y agradeció que la mantuviera despierta.

Otro crujido.

—Dime la dirección y lo olvidaremos todo.

Se acercaba al maletero del coche. Su sombra se alargaba por el arma que llevaba en la mano. Iba a ser una prueba de destreza y velocidad. Levantarse y disparar más rápido que él y después volver tras el motor en caso de que los dos fallaran e hiciera un segundo intento siguiendo sus movimientos. Un tiroteo a la antigua. Del tipo que habían practicado continuamente durante la instrucción.

Del tipo que Rattenfänger también practicaría continuamente durante la instrucción.

—Sal y buscaremos a la científica juntos.

Oyó un marcado sonido casi de poliestireno hundiéndose en la nieve cuando el agente se colocó en posición.

Calculó el espacio entre el quinto interruptor plateado y ella. Para cuando se lanzara hacia él, el mercenario podría haberle disparado. El cristal antibalas tendría que resistir los disparos. Tendría. Miró el Golf que había detrás de ella. Daba la impresión de que llevaba aparcado unos días, quizá lo había dejado allí alguien que había tomado un tren para irse el fin de semana. Era un coche bonito, un modelo nuevo, y parecía bien cuidado. Esperó que la alarma estuviera en buen estado.

Estiró una pierna hasta encontrar la rueda trasera del Golf y le dio una patada con todas sus fuerzas. Se produjo un ligero bote y después un gemido.

La sombra se estremeció. Harwood se levantó e hizo un disparo. Se agachó al mismo tiempo que una bala impactaba en el maletero del coche. El pistolero había imaginado que se había puesto a cubierto detrás del motor, había intentado encontrar un ángulo desde el que disparar y había fallado.

Silencio. Las ventanas que daban a la plaza se tiñeron de amarillo cuando los ocupantes encendieron la luz.

Se le ensancharon las aletas de la nariz cuando inhaló el humo de la pistola y recordó la nieve, el pánico y las contraventanas que se abrían como grandes párpados aquella noche después de que su padre dejara al hombre tendido en los adoquines y llegase la policía.

Se oyeron sirenas.

Harwood se irguió y avanzó hacia la plaza con la pistola levantada. Permaneció quieta un momento, amenazando la calle, el edificio, el cielo, la tranquilidad, sin amenazar a nadie. Volvió junto al agente de Rattenfänger. Había acertado. Cuatro víctimas en una noche. Cinco si Choudhury no sobrevivía. Seis si el corazón de Sid se rendía.

Las puertas de la estación se cerraban con ruido metálico. Un chirrido de coches se acercaba. Fue al Mercedes. En el asiento del copiloto había una radio. La cogió y volvió al Alpine para comprobar los sistemas. El disparo lo había atravesado sin dañar los órganos vitales.

Salió minutos antes de que la policía acordonara la zona. Grados de gracia.

38

Zofia Nowak

La abuela biológica de Zofia Nowak vivía en una residencia de ancianos, o una comunidad de vivienda asistida, como prometían los folletos apilados en el mostrador de recepción, que Leiter tradujo para sí mismo del alemán. Hojeó uno antes de lanzar una espléndida mirada que sugería «no voy a hacer ningún daño a la mujer que había detrás». Hacía tiempo que no trabajaba sobre el terreno y la misión lo había llevado a una residencia de ancianos. Intentó no tomárselo como algo personal.

—Dice que es amigo de Zofia, ¿la nieta de la señora Schulz?

—Sí, señora.

—No está en la lista de visitas autorizadas —contestó la recepcionista después de echar una ojeada llena de dudas a la pantalla.

—No puede permitirse que cualquier hijo de vecino entre e intente robarles la pensión a las ancianas, ¿verdad?

La recepcionista era seguramente una universitaria que intentaba ganar algo de dinero y la habían destinado a la recepción por ser joven, blanca y tener mucho pecho, como habría dicho su madre, a diferencia de la celadora que torcía la esquina arrastrando un carrito cargado hacia la puerta de seguridad, una mujer negra con la espalda hundida. La recepcionista se entusiasmó brevemente con la imitación de Leiter de un timador antes de desanimarse. Al parecer, allí no había nada tan excitante como las estafas. «Dame medio minuto, cariño.»

—Supongo que no le dará un anillo a Zofia de mi parte y, de hacerlo, le dirá que estoy aquí.

—No molestamos a nuestros residentes antes del desayuno. —El canto de los pájaros al amanecer acababa de comenzar—. ¿No tiene el número de teléfono de Zofia?

—Ya conoce a Zofia —aventuró Leiter con una temeraria sonrisa—, odia la tecnología.

—Es verdad, la señora Schulz siempre me cuenta que su portátil está estropeado y que tengo que llamar a algún informático porque Zofia, que tiene tres carreras, no sabe arreglarlo.

Mostraba cierto resentimiento. Quizá no era una universitaria. Se fijó en las bolsas bajo los ojos. Quizá trabajaba por las noches para mantener a una familia joven, alguien a quien le iba bien algo de dinero extra, aunque mostraba orgullo profesional y no le había dejado entrar sin más. Leiter miró más allá del mostrador, donde las puertas de seguridad cortaban el paso al nido principal del edificio. Las ventanas tenían barrotes. «Dios, no permitas que acabe en un sitio así», pensó.

«¿Preferirías la alternativa?»

—¿Ha notado algún comportamiento extrano en Zofia?

—Es raro, muy raro que el familiar de un residente venga a vivir aquí. Y la señora Schulz dice que ni siquiera sabía que tenía una nieta.

—Ajá. —La celadora aceleraba como para marcar un tanto. Puso un codo sobre el mostrador y sacó una placa de la chaqueta. No era de la policía alemana, pero tampoco era totalmente de la policía alemana. Regalos del oficio—. Tiene buen ojo. Estoy aquí por un caso de fraude. Me gustaría que se resolviera discretamente. Hay una recompensa por la captura de la señorita Nowak.

Ojos muy abiertos. Asentimiento.

—Habitación 103.

Leiter le guiñó un ojo, se apresuró para alcanzar a la celadora y la ayudó a pasar con el carrito un pliegue en la alfombra antes de que se cerraran las puertas. Sabía por experiencia que siempre es más fácil persuadir a alguien para entrar por un umbral que, en cualquier caso, se estaba abriendo. Se preguntó qué pensaría 003. Era una excelente interrogadora, lo reconocía, y admitía que, inútilmente, le había estado interrogando a él todo el tiempo que estuvieron juntos y que, si bien no le había regalado la granja, sí le había obsequiado con varios pastos para el ganado. Quizás un par de graneros. La celadora asintió agradecida.

El edificio estaba distribuido en forma de herradura alrededor de un escarchado césped. Fue hacia la derecha, contando las puertas a partir de la cincuenta y oyendo el despertar de las cañerías. Le había dolido en su orgullo profesional que la CIA —y él en particular— no se hubiera enterado de que Zofia era adoptada. Se sintió ligeramente satisfecho cuando no encontró nada en los registros oficiales, al igual que le había pasado a Q. Así que o Robert Bull había mentido a Harwood o se había adoptado a Zofia de una forma menos oficial. Acordó con Harwood sellar herméticamente la información de Bull. Bashir sabía el lugar y le había obsequiado con una palabra antes de perder el conocimiento, la palabra que Mora había intentado extraerle: Pankow. Harwood sabía quién era, una abuela. Un equipo eficaz. Robert Bull se había enterado de alguna forma de que Zofia era adoptada. Era un acosador. ¿Y qué ve un acosador que otras personas no ven? Todo.

Había seguido el movimiento de datos en el teléfono de Robert Bull y lo había comparado con el de Zofia, que lo había subido a la nube. En un momento determinado había dejado de llevarlo con ella, seguramente cuando se dio cuenta de que Bull lo había intervenido. Pero vigilaba los pasos de Bull y los siguió al Café Chagall, un establecimiento ruso lleno de humo, iluminado con velas y animado por estentóreas conversaciones a las tres de la mañana, con las paredes medio revestidas con paneles y medio cubiertas con carteles y folletos publicitarios. El teléfono de Bull le indicó que aquel asqueroso había estado esperando en el pasillo del servicio de señoras, en el que un cartel recomendaba que, si alguna mujer se sentía acosada o sufría algún tipo de violencia en una cita, preguntara al personal del bar: «¿Está Luisa?», y llamarían a un taxi o a la policía, dependiendo de lo que consideraran necesario.

Era un local pequeño y supo que Bull no habría pasado inadvertido durante mucho tiempo. Preguntó a la mujer con tatuajes detrás de la barra si se acordaba de Zofia y le explicó que estaba investigando un caso de acoso, con la placa nada oficial en la mano de nuevo. Esta le lanzó una mirada por debajo de unos párpados azules eléctricos que explicaba que, aunque supiera que había neutralizado múltiples objetivos con un rifle de francotirador, le importaba un comino. Después le contó que Zofia iba a veces con Anya, la diseñadora de camisetas con la que había hablado Bashir y que desde entonces había abandonado la ciudad, sabiamente. Le preguntó si recordaba que Zofia hubiera tenido problemas con un hombre utilizando la contraseña Luisa. La camarera se encogió de hombros, mantuvo una rápida conversación con la delgadísima mujer que se ocupaba de los cócteles y asintió. ¿Tenían cámaras de seguridad? Solo una y no estaba segura de si funcionaba. Pero si servía para poner freno a los babosos, de acuerdo. Parecía auténtica basura. «No se equivoca», aseguró Felix asintiendo.

Las imágenes mostraron lo que había estado esperando; Zofia, que se sentía vigilada en casa, había pensado que quizás un espacio público le ofrecería la intimidad que necesitaba para llevar a cabo un acto desesperado: buscar refugio en los brazos de una persona ajena a ella. El propio Felix encendió el ordenador e hizo zum en la carta que Zofia había escrito en una mesa cercana a una ventana, antes de ver el reflejo de Bull en un espejo y salir corriendo. Dedujo que Bull había leído lo suficiente en el espejo como para descifrar la primera frase.

La carta conmovió a Leiter:

> Sé que le parecerá extraño, pero creo que puede ser mi abuela. Soy huérfana. Mis padres murieron cuando era joven. Hace poco descubrí, gracias a una prueba genética, que no soy cien por cien judía como creía. Mi ADN está conectado con su hijo, que murió hace muchos años, al igual que el ADN de muchas otras personas

> de la misma zona. Si su hijo era donante de esperma, como imagino, sé que se le habría prometido anonimato mucho antes de que [illegible] las pruebas de ADN, y quizás usted nunca se enteró de su generoso acto. Le escribo porque estoy sola. Si trajera niños a este mundo, sabiendo lo que hago respecto a su futuro, no tendría la conciencia tranquila. Pero me siento sola.

Lo que más le sorprendió fue la forma en que Zofia hizo una pausa y levantó la cabeza como un ciervo que ha oído la pisada de un ser humano antes de acometer las últimas líneas:

> Cada vez tengo menos fe en mi trabajo. Se está utilizando para cosas que nunca habría deseado. Espero que perdone esta intrusión. No tengo a nadie más a quien recurrir.

Pensó en lo aislada que estaba, seguramente por Paradise, el salvador del mundo, ¿quién iba a creerla? Acosada por Bull y cada vez más consciente de su presencia en todos los ámbitos de su vida. Testigo de la cuenta atrás de las posibilidades del planeta. No quería estar sola. Deseó haber dejado a un lado el encanto de chico bueno y haberla escuchado como hombre y no como agente.

Se detuvo frente a la puerta de la abuela de Zofia. «Anímate, Leiter. No eres el clavo ardiendo de nadie, solo la cara sonriente de la CIA.»

Llamó con suavidad. Un fuerte crujido de muelles de sofá o de cama sonó en el interior. Esperó. Junto a la puerta había un sujetapapeles que rezaba, en la apresurada letra de una enfermera: BERTHE SCHULZ, ☺ MÚSICA, PUZLES ☹ FAMILIA, DEPORTES. Cosas que mencionar y cosas que no. Hacía poco se había borrado la palabra familia, pero alguien había utilizado un rotulador equivocado en la pizarra blanca y no había desaparecido del todo. Le encantaba la idea de una anciana para la que hablar de deportes te convertía en *persona non grata*. Al fin y al cabo, la vida es corta y se va acortando. Unos pies que se arrastraban se dirigieron hacia la puerta. Bajo lo que se debía y no se debía hacer había una nota escrita en letra pequeña, pero ineludible: «Afligida por su incontinencia urinaria». Se estremeció ligeramente y esperó por el bien de la señora Schulz que no pudiera leer ese comunicado.

La puerta se abrió. La señora Schulz medía apenas un metro cincuenta, y llevaba zapatillas y un vestido de estar por casa descolorido. Olía a agua de pétalos de rosa. Sus ojos brillaron como abalorios cuando lo evaluó con tanta rapidez como él a ella. Deseó llevar sombrero para poder descubrirse.

Se expresó en alemán.

—Señora, he venido a hablar con Zofia.

El pomo vibró en su mano.

—¿Es policía?

—Sí, señora.

—Me gustaría ver su identificación.

«Deberían contratarla para la recepción», pensó cuando frunció el entrecejo ante su placa.

—No pertenece a las autoridades federales.

No era el momento de decir tonterías sobre el partido del viernes.

—Trabajo en la embajada estadounidense, señora. Zofia corre peligro. Me llamo Felix Leiter. Quizá me haya mencionado. Me gustaría ayudarla si puedo.

—¿Es estadounidense?

—Muy a mi pesar.

—Zofia no dijo que fuera estadounidense. Su nombre parece alemán.

—Hace tiempo. —Levantó la vista por encima de la cabeza de la señora Schulz. Había medallas de plata enmarcadas en la pared y en la mesa lo que parecía un puzle inacabado de dos mil piezas de *La noche estrellada*, de Van Gogh. Una jarra de café con una taza esperaba en una consola junto al ventanal—. Zofia no está aquí, ¿verdad?

La señora Schulz cerró un centímetro la puerta.

—¿Se ha valido de su elocuencia para entrar, *Herr* Leiter? —preguntó con tono mordaz.

Leiter emuló ese cambio con un sencillo:

—Sí, señora.

—¿Intentó hacer lo mismo con mi nieta?

—Por supuesto que lo intenté.

—Lo tenía en alta estima. Incluso pensó en pedirle ayuda.

—Ojalá lo hubiera hecho, señora. Tenía muy buena opinión de ella.

—Ella no tenía muy buena opinión de su jefe.

Leiter le ofreció su mejor sonrisa de ¿quién, yo?

—Es una mujer inteligente. Si lo hubiera sido un poco más, la habría instalado en un lugar seguro.

La señora Schulz se hizo a un lado. Leiter cerró la puerta tras él.

—¿Se sorprendió cuando Zofia se puso en contacto con usted? —Las puertas comunicantes estaban abiertas y dejaban ver una cama turca con sábanas que brillaban como el plástico y un catre de campamento.

—Supongo que también va a decirme que es una timadora.

Felix se fijó en que la señora Schulz tenía los tobillos hinchados.

—¿Le importa que nos sentemos?

Le sirvió una taza de café solo y tomaron asiento para admirar un arriate de eléboros.

—El director de esta institución —empezó a decir la señora Shultz con delicadeza volviendo al alemán— también sospechó, pero estoy en mis cabales y no hay ninguna norma que prohíba acoger a una nieta. Pago lo suficiente.

—Todavía no he encontrado la prueba de ADN de Zofia.

—La borró. Es muy buena con la tecnología informática.

Felix sonrió.

—Sin duda lo es.

—Mi hijo fue donante en esas causas cuando era estudiante de Medicina.

—¿Le gustaban las ciencias también?

—Se habría sentido orgulloso de Zofia. Vimos el lanzamiento de ese hombre en la televisión. Su gran discurso sobre su ordenador y su yate. Son creaciones de mi nieta.

—Tiene mucho que ofrecer al mundo. Me gustaría asegurarme de que lo consigue.

La señora Schulz se limpió el vestido, aunque estaba impecable.

—¿Cómo sé que es Felix Leiter y no ese Robert Bull? —preguntó apuntando con un dedo hacia su rodilla—. Zofia me dijo que tenía una amputación.

Felix se subió la pernera.

—Esto es difícil de falsificar. ¿Le dijo lo que hizo Bull?

Su rostro se endureció.

—Sí.

—Está muerto.

—Me alegro.

Leiter tomó un sorbo de café.

—Lo imaginaba.

—Entonces Zofia ya no tiene por qué estar asustada.

—Casi. Pero si alguien la encuentra antes que yo, necesitará un amigo. Soy un amigo, señora Schulz.

—No puedo ayudarle. Después de ver las noticias me dijo que tenía que intervenir. Que tenía que decir la verdad sobre ese hombre. Llamó a alguien y después se fue.

—¿Se llevó el teléfono? —preguntó con voz suave.

—Lo rompió y echó los pedazos entre las flores.

—Bueno, como diría mi madre para no decir palabrotas: eléboros, eléboros, eléboros. ¿A qué hora hizo esa llamada?

—Cuando el cohete de ese hombre salió de la atmósfera.

—¿Tiene idea de a quién pudo llamar?

Movió una mano de un lado a otro.

—No era un amigo. No parecía muy relajada. Quizá fue un periodista. Dijo que no iría en avión, lo recuerdo porque está en contra de los aviones. Tenía que llegar a algún lugar a las siete y veinte de la mañana.

—¿Y se fue inmediatamente?

—Sí.

Leiter acabó el café.

—Me ha ayudado mucho, señora Schulz —dijo levantándose—. ¿Le importa si voy a fisgar entre las flores?

—Ya lo ha hecho en toda la casa.

Felix se rio.

—Gajes del oficio.

Estaba saliendo al escarchado suelo cuando la señora Schulz le preguntó:

—¿La ayudará, *Herr* Leiter?

—Sí, señora.

—Tiene los ojos de mi hijo.

Felix titubeó.

—Sí, señora.

Salió de la casa con el bolsillo de la chaqueta mojado por los fragmentos húmedos de un teléfono desechable. Los llevaría al laboratorio para ver si podían hacer un milagro. Pero antes llamaría a la única amiga en la que podía confiar en esa situación. Le pediría a Moneypenny que consultara a esa bola número ocho mágica que llamaban Q y buscara horarios de salida, radios de viaje y llegadas, y los cotejara con la ubicación de las personas relacionadas con el caso, sobre todo los periodistas. Un poco como Pinkerton. Se quitó el sombrero que no llevaba ante la recepcionista y abandonó las instalaciones sacando el teléfono que no estaba en pedazos. El sol le acarició la cara. Suspiró al recordar la confesión de Zofia: «Cada vez tengo menos fe en mi trabajo». Se alegraba de que, en un recoveco de su corazón, tuviera fe en el trabajo que había hecho ese día.

39

El lago Bled

La bola número ocho mágica proporcionó un nombre y un lugar. El nombre: la periodista Elena Ilić, señalada ya por 004 y conocida por su informe crítico sobre sir Bertram, alguien en quien Zofia podía confiar. El lugar: el lago Bled, Eslovenia.

De niña, Elena acampaba allí en veranos en los que suplicaba que le compraran helados en el restaurante del castillo frente al lago; remaba en la brillante superficie hasta la isla del centro, en la que hacía sonar la campana de la iglesia y pedía un deseo; y a veces simplemente se dejaba flotar en bañador haciendo un suave círculo en la estela de los botes, con las almenas meciéndose en la periferia de su visión y después tupidos bosques y un camino seco mientras el sol brillaba en las gotas de agua de su cara. Era el lugar en el que más segura se sentía en el mundo, por eso le dijo a Zofia Nowak que se vieran allí. Pero la familia de Elena no había ido nunca en invierno y los árboles que rodeaban el lago Bled parecían desconocidos espectrales. Aquella falta de familiaridad la inquietó. Cuando era niña, el futuro le parecía incierto. En ese momento esperaba en la isla y observaba con anteojos la orilla del lago, en la que un remero o *pletnar* esperaba a Zofia en una barca tradicional.

Harwood y Leiter estaban en la carretera que llegaba hasta allí desde el camping Šobec. Harwood había conducido toda la noche para reunirse con Felix en el aeropuerto de Trieste, pero no hallaron a Zofia. Q les informó sobre ese camping, el lugar en el que se habían hecho la mayoría de las fotos de infancia de Elena. En el registro que llevaban los encargados, sorprendidos de que los despertara esa especie de policía, no aparecía nadie acampado que se pareciera a Elena o a Zofia. Harwood y Leiter avanzaron sigilosamente entre las dormidas tiendas hasta el río de aguas bravas, en el que Harwood se mojó la cara y se puso una mano helada en la nuca; pensó en Bashir, que esperaba sus noticias en el hospital. Llevaba la radio en el bolsillo, pero se había quedado callada. Mora se había dado cuenta de que estaba expuesto. «¿Acaso no lo estamos todos?», razonó Harwood mientras paseaba por la orilla del lago Bled. Leiter observaba las imágenes del satélite térmico en la pantalla.

—Hay movimiento en la isla y una persona en la barca.

Harwood miró hacia la isla y tuvo que protegerse los ojos por el destello plateado de unos anteojos.

—A tus nueve, Felix. Seguro que es Elena, preocupada por Zofia.

Leiter buscó una mira telescópica con revestimiento de caucho, sujeta con velcro detrás del asiento. Elena estaba prácticamente en el agua. Zofia llegaba con retraso.

—Es ella mirando con unos anteojos. El hombre de la barca parece estar esperando para poner a salvo a Zofia.

—Confiemos en que lo haga.

La pantalla vibró. Alguien bajaba de un taxi en la orilla del lago. Leiter levantó la mira de nuevo: Zofia Nowak salía de él y echaba un vistazo a su alrededor con los hombros hundidos. Apretaba una mochila contra el pecho. Leiter contuvo una repentina sensación de esperanza. Todavía no estaba a salvo. Zofia vio al remero, que agitó un brazo en la barca. Se echó la mochila en la espalda y anduvo con cuidado por el helado camino hasta el embarcadero.

Llegaron a un tramo de carretera recto. Harwood pidió a Felix que se agarrara mientras el Alpine aceleraba y producía un profundo eco. A esa velocidad resultaba difícil distinguirlo, pero le sorprendió que mientras Zofia levantaba la vista sorprendida, el remero no mostró la reacción que garantizaba la aparición de un coche deportivo en una carretera desierta al amanecer. Observó las colinas.

—¿Hay alguna señal térmica de un francotirador?

Leiter no preguntó por qué y se limitó a mover la pantalla del Alpine con el dedo.

—Techo del castillo, hay un rastro leve en el restaurante. Un poco pronto para abrirlo.

—¿Cómo de leve?

La barca se tambaleó con el peso de Zofia y el mapa registró el movimiento.

—¡Maldita sea! —protestó Leiter al ver que el remero impulsaba la barca confiadamente hacia el lago.

La repentina parada del Alpine al pie del castillo hizo saltar gravilla y piedras. Harwood salió y corrió hacia el embarcadero. Su pistola esperaba en la funda colgada al hombro debajo del abrigo y estuvo a punto de sacarla, pero la forma en que el remero bajaba la cabeza hacia Zofia y le susurraba algo la contuvo. Zofia se puso tensa. Se agarró a la borda y se quedó quieta. La barca se balanceó suavemente en el agua.

La radio que llevaba Harwood en el bolsillo cobró vida.

—Quédate muy quieta, Johanna, o dispararé a la doctora Nowak. —Era Mora. Se le puso la carne de gallina—. Ábrete el abrigo.

Oyó el crujido de la nieve cuando Leiter se detuvo en el sendero detrás de ella. Levantó las manos e hizo lo que le había ordenado Mora.

—Arroja el arma al lago.

Harwood se mordió el labio para no soltar un juramento. La pistola produjo un ligero chapoteo.

—Dile al agente Leiter que se deshaga también de su pistola. Tengo entendido que le queda un brazo bueno para hacerlo.

Harwood miró por encima del hombro a Felix. Estaba a dos metros del coche. Se puso rojo y después arrojó el arma que llevaba al cinto haciendo un amplio arco.

—Saca la radio del bolsillo y luego quítate el abrigo. Y el jersey. Y creo que los zapatos y los calcetines también.

En esa ocasión, Harwood sí que soltó un juramento antes de despojarse de la ropa y dejarla en la hierba plateada. El hielo se adhirió a sus pies descalzos. Se quedó en vaqueros y camisa. Sintió como si tuviera una fiebre repentina. Abrió la línea de la radio e intentó que no le castañetearan los dientes cuando dijo:

—Te has tomado muchas molestias para atraparla. No dispararás.

—¿Molestias? Solo he estado oyendo a los pájaros. Son muy buenos recogiendo migajas. Pero me gustaría poner fin a este asunto de forma civilizada, así que deja de bailar sobre las puntas de los pies como una marioneta, querida Johanna, o dispararé a la doctora Nowak en el estómago.

Harwood bajó las plantas de los pies hasta tocar el suelo.

—Dispara. Soy cirujana. Correré el riesgo.

—¿Igual que cuando salvaste a Sid? Me han dicho que ha muerto hace cuarenta minutos de un repentino fallo cardíaco.

Harwood casi deja caer la radio. Se volvió hacia Felix. Este negó con la cabeza.

—Te he dicho que no te muevas.

Una bala impactó en la rueda izquierda delantera. Se quedó quieta, medio vuelta hacia el lago. El disparo provenía de las almenas. Era el francotirador que no había querido dispararle en Fráncfort. Oyó el chapaleo de los remos conforme Mora avanzaba hacia el otro extremo del lago. Un frío intenso le subía por las piernas. En la cara de Leiter bailó una luz. No era el rayo rojo del francotirador en las almenas, sino el reflejo de los anteojos de Elena Ilić. Vio que Felix sonreía y el alivio inundó su pecho, una oleada contra el dolor, el mismo que había sentido en misiones con Bond si sus ojos reflejaban alegría cuando todo iba mal. Leiter también tenía los brazos extendidos e indicó con un dedo a Elena hacia el castillo.

El reflejo de los anteojos de Elena siguió el gesto y rebotó en una superficie metálica en las almenas creando una estrella momentánea que cegó al francotirador. Disparó, pero Harwood y Leiter ya se habían tirado al suelo. Leiter detrás del coche y

Harwood dentro de una de las barcas, en la que se agachó junto a la borda al tiempo que entrechocaban entre ellas.

Leiter abrió el maletero. Era pequeño, pero tenía el espacio suficiente como para guardar el estuche de su rifle. ¿Cuánto se tarda en armar el rifle de un francotirador con una sola mano? Había sido uno de sus desafíos durante las prácticas. La respuesta: prácticamente nada.

—Le dispararé. —La voz de Mora restalló en el aire frío.

Harwood buscó los remos intentando mantener la cabeza baja. Una bala falló por poco y se introdujo en el agua.

—He igualado la apuesta, Mora. Puedes enseñarme las cartas o abandonar la mesa.

—O subirla.

La siguiente bala atravesó la barca. El agua se precipitó en el interior. Tuvo que saltar a la siguiente. No podía ver si Leiter había armado el rifle que le colgaba a la espalda. Deseó que lo hubieran tenido preparado, a pesar de la frontera que habían atravesado. Medidas de gracia. Medidas de fe. Gateó para verlo. El sonido de Felix disparando una y otra vez contra las almenas fue pura música. Pero no fue solo el arma. Miró hacia el lago cuando sonó la campana del monasterio. Sonrió. Elena Ilić hacía todo lo que podía, aunque solo fuera más ruido. Como debería hacer una buena periodista.

—¿Has alcanzado al francotirador? —preguntó Harwood.

—Ese hijo de puta se mueve muy rápido —contestó Leiter.

Harwood iba ganando terreno a Mora y a Zofia, a pesar de que los brazos se le agarrotaban con el gélido viento y los témpanos de hielo chocaban contra el casco. Mora remaba con las dos manos. Eso quería decir que confiaba en que el francotirador continuara disparando entre Zofia y los agentes. Estaría armado, pero para desenfundar tendría que dejar de remar.

Se oyó un disparo, la campana dejó de sonar y su repique se convirtió en un eco moribundo. Perdió el ritmo de los remos un momento.

Así que las órdenes eran acabar con la periodista también. O quizás al francotirador le molestaba la campana.

Leiter movió la mira por la isla. Elena yacía inmóvil en un charco de sangre bajo la campana. Un disparo limpio del francotirador en el techo del castillo. Leiter respiró por la nariz y reajustó la mira en dirección a la torre. El francotirador había encontrado un escondrijo detrás de una aspillera que no ofrecía ningún ángulo de tiro. Leiter realizó dos disparos a través de la abertura, por los que le habrían concedido una medalla al mérito, pero no sirvió de nada, el enemigo debía de estar agachado. Leiter siempre había sido un buen tirador con cualquier tipo de arma. Cuando perdió la mano con la que disparaba le dijeron que sus días heroicos habían acabado. Sintió no estar de acuerdo.

Observó el patio del restaurante. Junto a cada mesa se alzaban quemadores, como centinelas cubiertos de nieve, seguramente no muy utilizados a esas alturas de diciembre. Esperó que siguieran llenos de propano. Hizo tres disparos, uno detrás de otro, a los quemadores. Pam, pam, pam. Sonrió. Siempre había querido asediar un castillo.

Harwood se agachó instintivamente. De las almenas salió un disparo. Vio que Mora comprobaba lo que había sucedido, al igual que había hecho ella, y después remaba a más velocidad, pero Zofia, quizá consciente de que ya no había un arma apuntándole a la cabeza, o porque no le importaba, forcejeaba con Mora. Vio el láser del rifle de Leiter moviéndose sobre las formas que peleaban.

—¡Agáchate, Zofia! —gritó Harwood. El viento arrebató sus palabras, pero no le importó. Casi los había alcanzado.

Entonces, el punto rojo del arma de Leiter desapareció. Miró por encima del hombro. El último disparo no había salido de su rifle. El francotirador había sobrevivido a la explosión. Leiter estaba inerte junto a las ruedas traseras del Alpine. La hierba blanca de debajo se oxidaba.

Sintió la turbulencia de la bala mientras se tumbaba entre los bancos de la barca. Algo frío la tocó y por un momento creyó que era algo caliente, que era sangre. Pero no lo era. Era agua helada. La bala había atravesado el casco. Se hundía. Mora dejaba de estar a su alcance. Controló la respiración para evitar hiperventilarse. Llenó de aire los pulmones y saltó por la borda al lago Bled cuando otro disparo hizo pedazos la barca.

La impresión le atenazó la garganta. Forzó los brazos para impulsarse más abajo. Otra bala agitó el barro. Sabía que lo estaba consiguiendo porque cada vez había menos luz. No sentía el cuerpo, solo el frío que la rodeaba. Estaba entrenada para contener la respiración cuatro minutos bajo el agua. Se movió de un lado a otro avanzando lentamente y cerrando los ojos. Sus pies eran bloques de cemento que la arrastraban hacia el fondo. Las hierbas del lago le agarraban el cuello y la estrechaban como si fueran brazos. La camiseta se hinchó y le golpeó las costillas, el pecho. Los vaqueros tiraban de ella. Durante la instrucción, un compañero esperaba junto a la piscina, atento al reloj. Intentó contar los segundos. ¿Cuánto se alejaría Mora en cuatro minutos? ¿Los aguantaría Felix perdiendo sangre? ¿Y sabía el francotirador —que parecía conocer su entrenamiento para el combate por el tiroteo de Fráncfort— cuánto podía contener la respiración? ¿Esperaría al quinto minuto? Estaba llegando a él. Tenía el cuero cabelludo helado, le ardían los pulmones y su mente le gritaba: «¡Nada hacia arriba!». Esperó. Un delicioso alivio se extendió por sus extremidades. «Eso es. Relájate. Y respira.»

Se sacudió. «No respires, te ahogarás.»

Sexto minuto.

Salió a la superficie jadeando, mareada, con náuseas. El oleaje la meció y empujó. No podía mover los brazos. Las algas se pegaron a la cara.

No hubo disparo.

Los fragmentos de la barca flotaban cerca. Sus dientes chocaban como martillos. Le pareció tardar horas en mover los brazos, llegar al casco, agarrarse a él, flotar.

El lago Bled estaba vacío. Mora había desaparecido. Debía de haber un coche esperándolo en la orilla. ¿Cuánta ventaja le llevaba? Podía nadar hasta la orilla occidental, cambiar la rueda y perseguirlo. Minutos de gracia. Se dio la vuelta. Felix estaba prostrado en la orilla oriental. Minutos de fe.

Comenzó a nadar, con más lentitud que nunca, minutos que se perdían. Cuando llegó a la orilla le costó tres intentos sacar el cuerpo. Se arrastró por el embarcadero y se puso de pie en la costa. Temblaba inconteniblemente. No podía pensar.

—¿Harwood? —Felix tenía los ojos abiertos. Miraba el cielo—. Mora tiene a Zofia.

Avanzó con dificultad y gritó cuando sus pies parecieron partirse en dos. Levantó la tapa del maletero de delante y se envolvió en una manta térmica. Agarró el botiquín y lo dejó caer. Recogió la caja de debajo del coche con manos temblorosas y corrió a la parte trasera. Felix tenía el color de la ceniza. La observó con distante curiosidad.

Harwood se echó alcohol en las manos. Le ardieron.

—Te vas a poner bien. Quédate conmigo. Te vas a poner bien.

«Soy cirujana. Correré el riesgo.» ¿Lo había dicho en serio?

—Zofia —dijo Felix. Su mirada divagaba entre las nubes. Su respiración era un hilillo de aire—. Tienes que encontrar a Zofia. Vete. Ahora. No pasa nada. Estoy bien así.

Harwood miró la carretera y dijo:

—Yo no estoy bien así.

Se arrodilló junto al cuerpo, abrió el abrigo y la camisa. La sangre le salpicó los brazos. Llevaba un chaleco antibalas. Estuvo a punto de besarlo. Pero la bala había penetrado a medias y se había alojado en el pecho. El francotirador había apuntado al corazón.

Le temblaban las manos. Tomó un trago de alcohol, se estremeció y extendió el instrumental.

40

Problemas en el paraíso

El Arca era el mayor yate de su clase. Con casi 143 metros de eslora y 12600 toneladas de peso, lo impulsaba un sistema de propulsión híbrido diésel-eléctrico, respaldado por tres mástiles que encarnaban la estructura compuesta independiente más alta y con mayor carga del mundo. Su superestructura de acero y portillos curvos le conferían el aspecto de una ballena espejada que surcara el mar. También estaba equipado con una red de comunicaciones que detectaba y neutralizaba las microondas. Pero no era por eso por lo que había desaparecido de la faz de la Tierra. Nuestra sensación de omnisciencia es tan poderosa como la de nuestra supervisión, y la nueva serie de satélites de órbita baja de sir Bertram contaba con una atribución que no aparecía en las especificaciones. Había secuestrado todos los satélites que pudieran detectar el rumbo del Arca. Se había borrado a sí mismo. Y había borrado a Joseph Dryden.

A este no le servía de nada pensar que había estado en infiernos peores. Estaba desnudo. Sin chaleco antibalas, sin apoyo, sin compañeros de armas, su oído cerrado, él mismo encerrado. Se abrazó las rodillas en el rincón más alejado de la jaula dorada. La cadena del tigre blanco lo mantenía a escasos centímetros de él, como mucho. El tigre emitía un sordo gruñido que impregnaba el pecho de Dryden como las vibraciones de una onda expansiva. Durante los últimos seis días lo habían alimentado tan poco como a él. Cuando el agotamiento lo abatía, el tigre se abalanzaba sobre él y la cadena y la jaula se estremecían como en un terremoto, y se despertaba y se apretaba contra los barrotes con el aliento del tigre en la cara. Después, el tigre se tumbaba en un rincón con los ojos fijos en los suyos haciendo preguntas para las que no tenía respuesta. La jaula estaba atornillada al suelo del salón principal, que iba desde la cubierta de proa a popa, con la parte delantera abierta. El Arca de Paradise navegaba hacia el mar de Ojotsk. Dryden pensó que, si no lo mataba el tigre, el frío lo haría. Lo único que lo mantenía vivo era la insistencia del tigre.

La cubierta principal se había equipada con unas espinas gigantescas. Le recordaban a un pez león y sus puntiagudas torres estaban listas para rociar no veneno, sino una niebla de partículas que pintaba las nubes de blanco y enfriaba el mar. Al menos eso era lo que se había dicho al mundo. Cuando se volvió y vio a Lucky Luke en el pasillo de las Chungking Mansions, el alivio y el impacto de la traición se habían superpuesto. Creyó que Luke estaba allí para pedirle ayuda, pero solo había ido para entregarlo a Paradise. Se había despertado en el yate, con el tigre olisqueando su miedo. Sir Bertram estaba sentado en un sillón de terciopelo blanco con las piernas cruzadas y daba golpecitos en los barrotes con un pie. Luke estaba detrás de él, más pálido que el cielo. Paradise hablaba y hablaba, y las sílabas se deslizaban y encabalgaban unas con otras en una boca torcida, con una expresión mezcla de desprecio y sonrisa. Si Dryden no respondía, Paradise daba un golpe en la jaula y el tigre se abalanzaba. Luke se adelantaba y hacía signos con las manos rápidamente.

Las palabras de Luke no encajaban con la expresión de Paradise mientras aquel lunático seguía perorando. Le dijo con manos temblorosas que lo sentía. Paradise había ordenado al equipo de seguridad del yate que localizara y acabara con él antes de zarpar de Hong Kong. Él lo había convencido para que lo mantuviera con vida, alegando que un agente 00 podría proporcionarle una amnistía por parte del MI6 y conseguirle protección contra Rattenfänger. No sabía lo que iba a suceder.

Dryden movía sus magulladas y sangrientas manos.

—Podía haberme enfrentado a ellos. Conseguirte amnistía.

Sir Bertram volvió a golpear la jaula. El tigre merodeó la jaula, la caída de sus patas, la caída de la munición.

—Quiere oírte hablar —le dijo Luke con signos.

Posó la mirada en Paradise. Así que ese hombre quería saber si el área del lenguaje de su cerebro mezclaría las palabras, si encontraba el valor suficiente como para expresarlas. Así que ese hombre quería reírse de él. Si podía llamársele hombre. Siguió mirándolo fijamente hasta que obtuvo la satisfacción de ver aparecer una gota de sudor en sus cejas, a pesar del viento cortante. Tragó saliva y se aclaró la garganta. No sabía cómo saldrían las palabras, le daba igual que Paradise se riera. Volvió la vista hacia Luke.

—La vida son elecciones, tío, las que se hacen en los momentos difíciles. Nací pobre, negro y gay. Sé lo que son los momentos difíciles. Serví a mi país y perdí la audición y casi la mente. Me recuperé. Sé que tuviste momentos difíciles. Sé que sufriste. Sé que no estuve a tu lado cuando tú estuviste al mío, lo siento. Pero tú nunca te recuperaste, caíste en el lodo con este falso mesías, y eso es culpa tuya. Lo que nos define son nuestras elecciones, no nuestras palabras. Así que no me eches encima tu sentimiento de culpa. Métele un tiro en la cabeza.

Paradise se estremeció. Luke tenía los ojos muy abiertos. Movió la mano hacia el arma, que esperaba en la funda. Detrás, el equipo de seguridad levantó los rifles. Poulain blandió el teléfono que le freiría por dentro. Paradise tragó saliva, la nuez bajó por la garganta como si estuviera atravesando escombros. Después se echó a reír. Luke se quedó quieto.

Sir Bertram alargó una mano para acariciar la cabeza de Dryden.

—No estés tan decepcionado. —Dryden leyó los signos de Luke—. Solo es un poco de congoja, y tienes cosas más importantes de las que preocuparte. Confiaba en que el impresionante 004 me librara de Rattenfänger. Esos gánsteres quieren utilizar a Nube Nueve como instrumento de rescate. Pero, al parecer, y ese es otro giro inesperado —otro golpe en la jaula, otra acometida del tigre—, has estado ayudando a Rattenfänger todo el tiempo. Todas las palabras que enviabas a Q se filtraban a Rattenfänger.

—¿Cómo lo sabe? —graznó Dryden.

—Te desconecté, pero Mora sabía exactamente dónde encontrarme en Macao. Hijo mío, viniste de buena fe, pero me temo que esa fe estaba mal dirigida desde el principio. No soy un salvador y el MI6 nunca quiso salvarme. Alguien muy arriba quería entregarme. Me habrían dejado ser la víctima de una forma u otra —otro golpe, un repentino zarpazo que rajó la camisa de Dryden y le despellejó un hombro mientras Paradise se reía—, pero nunca he sido una víctima y nunca lo seré. Voy a acelerar la crisis climática a cambio de dinero. Voy a derretir el mar de Ojotsk, a cortar el oxígeno hacia el Pacífico y a forzar el deshielo de los glaciares. Abriré nuevas rutas de comercio. Las he trazado con Celestial. Mis amigos me pagarán por ellas.

Dryden retiró la mano con la que se había presionado el hombro, miró la sangre. Hizo signos con dedos pegajosos:

—A él no le importa la gente que se verá afectada. ¿Y a ti, Luke?

Este repitió la pregunta a Paradise. Escuchó intranquilo y dijo con las manos:

—Dice que el deshielo es inevitable, que esas empresas se alegran de ganar dinero mientras puedan. El resto es colateral. Según él, los seres humanos son unidades de beneficio o pérdida. Dice… dice que tendrás un asiento en primera fila.

La cara de Dryden reflejó sal y hielo. Estudió a Paradise y se expresó lentamente, midiendo las palabras:

—No es el primer industrial blanco que mete a un hombre como yo en una jaula y estoy seguro de que no será el último. Pero antes de que lleguemos al mar de Ojotsk será la comida de este tigre.

Paradise soltó una risita.

Eso había sucedido hacía cinco días. Dryden había tenido que soportar las cenas de Paradise con su equipo de seguridad en las que tomaban champán con langosta, bistec tártaro, salmón ahumado, caviar, cocaína, café y helado. Paradise parecía atracarse como un Nerón coartado. La escalera de caracol que conectaba con la cubierta estaba iluminada con la proyección en directo de imágenes de la cápsula de observación submarina sujeta a la quilla. Imágenes de glaciares resquebrajándose aparecían en un extremo de su campo de visión y se le repetían en sueños, hasta que una noche se despertó y vio a Luke agachado junto a los barrotes. Tenía lágrimas en los ojos. No llevaba pistola. Cogió el candado.

Luke susurró algo y Dryden intentó encajar las palabras unas con otras.

—Paradise se ha dormido. No sabía que te iba a hacer esto. Creía que era un hombre bueno. Pensé que Rattenfänger intentaba robar su tecnología. Me devolvió la vida, volví a sentirme hombre gracias a él. Cumplía órdenes, aunque sabía que eran erróneas. No debería haberme prestado a participar en esos combates o en el secuestro del hijo de Chao; cuando descubrí que me estabas utilizando, perdí el control, me perdí a mí mismo. Pero ahora estoy aquí, te he traído algo de comida y un cuchillo. —Pasó un paquete entre los barrotes—. Le quitaré el dispositivo a Poulain y después le cortaré el cuello a todo el que se me resista.

Dryden recordó la pregunta que le hizo Moneypenny cuando salía de la oficina: «¿Quién podría resistírsele, Joe?». Susurró esa frase a Luke, sin estar del todo convencido de que aquello no fuera un sueño. Luke se echó a reír, apretó algo dulce contra sus labios y la electricidad fluyó entre ellos. Antes de perder el conocimiento vio que Poulain disparaba a Luke con la pistola paralizante. Cuando se despertó, la transmisión en directo desde el casco mostraba los esfuerzos de la luz por filtrarse a través de trozos de hielo. Estaban acercándose al centro de ese mar. No tenía la comida ni el cuchillo, ni estaba Luke. El tigre susurraba que iba a matarlo.

Luke no volvió a aparecer. No sabía si seguiría vivo, pero sí que el barco estaba a día y medio del lugar de la emisión. Golpeó suavemente el suelo con lo único que tenía en el bolsillo. Una moneda que guardaba desde que había robado el contenido de la caja de caudales de un taxista. El tigre abrió un ojo torvo y lo miró. Casi se echa a reír. Le entraron ganas de preguntarle: «¿Tienes alguna idea mejor? Porque a mí se me han olvidado». El tigre se alzó, levantó la cabeza y cayó pesadamente de espaldas con los ojos azules clavados en las nubes. La cadena vibró. Dryden avanzó ligeramente. Los grilletes parecían forzados. Estudió las bisagras de la jaula.

41

Complejo Dagger

Bashir no movió la cabeza en la almohada del hospital. No quería que Johanna supiera que estaba despierto. Ella dormía en una silla mullida junto a la ventana. El cansancio de los últimos días se reflejaba en las marcas grises de su cara. La habían tratado por hipotermia cuando llevó a Felix Leiter al Complejo Dagger y después se había dedicado a ir de la habitación de Luke a la de Bashir y a la de Ruqsana. Luke se estaba recuperando. Ruqsana, no, el coma iba consumiendo sus segundos, minutos y días. Se informó a la madre de que había sufrido una reacción alérgica desconocida. Bashir sabía que tenía que llamar a la señora Choudhury, pero cada vez que levantaba el pesado teléfono que había junto a la cama, se echaba atrás y colgaba. Lo había hecho todo mal: darle pena cuando tendría que habérsela evitado; preguntarle a ella —que lo conocía desde que era niño, cuando dirigía la guardería del centro comunitario de Barton Hill— cómo había llegado él allí. Cómo se había equivocado tanto como para aprovecharse de su amistad y dejar que los cielos de Ruqsana se ensombrecieran.

Los padres de Bashir se habían conocido durante el *iftar* en Barton Hill. Su padre era sudanés y su madre pakistaní. Su madre había organizado la Islamic Cultural Fayre en Bristol todos los años. Recordó haber pasado miedo a su lado después del 11S bajo una pancarta que rezaba: QUE NO CUNDA EL

PÁNICO, SOY ISLÁMICO. Recordó los torneos de fútbol que organizaba, intercambiando países en los equipos como si fueran cartas de Pokémon: niños somalíes, paquistaníes, indios, blangadesíes, kosovares, indonesios, ingleses… Enviaba solicitudes continuamente para solicitar financiación al concejo municipal: linieres voluntarios, un rotafolio para utilizarlo como marcador, incluso la presencia del sector público. Sus amigos le preguntaban si su madre estaba loca cuando invitaba a la Fayre no solo a la policía, sino al Ejército, el Cuerpo de Bomberos y el Servicio Procesal de la Corona, que pregonaban sus virtudes en casetas decoradas con los colores rojo, blanco y azul. Querían oficiales de libertad provisional musulmanes, bomberos musulmanes, amigos musulmanes que tuvieran los ojos y los oídos abiertos (esto último sugerido solo entre líneas). Su padre, alto y delgado como el poste de una portería de fútbol —algo que Bashir había heredado—, observaba desde las bandas, junto a su taxi azul de Bristol, deseoso de evitar las tensas sonrisas de los policías y similares, pero clavado allí por los inagotables esfuerzos de su mujer. Y, en medio de todo, Bashir: desesperado por quedarse en casa, jugar al ajedrez y alejarse de las buenas intenciones de su madre y de la reacia fe de su padre. Pero nunca lo hizo. Y allí estaba. Un espía que había puesto en peligro a la única amiga con la que deseaba estar en la Fayre y la había abandonado, ni siquiera por sus ideales, solamente por su filosofía. Una vida. Muchas vidas.

Sabía lo que le iba a decir la señora Choudhury. «¿En qué estabas pensando, Aazar Siddig Bashir? Tu madre te enseñó que salvar una vida equivale a salvar a toda la humanidad y, en vez de honrar su memoria, has sacrificado a mi hija por tus fríos cálculos.»

¿Y para qué? Habían perdido a la doctora Nowak. Habían perdido a 004 a manos de Paradise, que había desaparecido de todas las imágenes de los satélites y todos los informes de embarque. Habían perdido a Paradise o quizás ante él. Habían perdido ante Rattenfänger.

—No parece un sitio muy cómodo en el que estar —comentó Harwood. Estaba despierta, con la manta doblada cuidadosamente en la silla.

—¿Cuál? —preguntó Bashir.

—Tu cabeza. Ruqsana tiene muchas posibilidades de recuperarse, Sid.

Este se aclaró la garganta y miró las sombras de la mañana en el suelo.

—No debería de haberla involucrado en esto. Tendría que haberme escuchado a mí mismo.

—No sabía que habías dudado.

Sid puso una mano sobre la moradura del pecho.

—Al principio de todo esto, cuando estaba organizando la operación en Siria para rescatarte, M creía que seguramente nos habías traicionado, habían pasado muchos días. O que ya eras una agente doble. Pensó que podríamos utilizarte. Que yo podría utilizarte. No fue una misión de rescate.

Harwood unió las manos entre las rodillas. La expresión de su cara no revelaba nada.

—Deseaba querer salvarte porque te quiero. Deseaba querer salvarte, porque el que salva una vida salva a toda la humanidad. Esa era la filosofía de mi madre, la fe de mis padres. Quería que esa fuera la única razón, mi único compromiso. Pero no lo fue. Era la fracción de un cálculo. M me pidió que me acercara más a ti, reavivar nuestra relación y estar atento a cualquier tipo de traición. Lo hice, a pesar de que sabía que no era ético. —Soltó una risa amarga—. Y no hice un buen trabajo.

Harwood se acercó a la cama, se sentó a sus pies y ajustó la caída de la manta.

—Los dos estábamos jugando una partida muy larga. Lo sabes. Tú me mientes, yo te miento. Quizá deberíamos casarnos.

Aquello provocó su sonrisa.

—¿Y cuál es la verdad?

—La verdad. —Miró a lo lejos, más allá de la pared de la

habitación, más allá de la base militar estadounidense, hacia el pasado quizás, o el futuro, hacia algún sitio en el que pudiera describirte fácilmente la verdad—. La verdad es que te quiero, Sid. Y siempre lo haré. La verdad es que tengo un trabajo que hacer, igual que tú. Siempre lo hice, siempre lo haré.

—Pero fracasamos.

—Lo he dado todo en esta misión y no estoy dispuesta a aceptar el fracaso. Moneypenny está buscando al agente del MI6 que interrogó a Mora y, mientras tanto, Tanner está en una celda preventiva. Al parecer había estado haciendo unas misteriosas visitas a un contacto desconocido y ocultando información sobre el círculo de Paradise. Estamos a punto de descubrir al topo. Aisha e Ibrahim intentan desactivar los satélites de Paradise para encontrar su barco. Y M trata de convencer al Gobierno para que lance un cohete antisatélite contra los de Paradise si Q no consigue desactivarlos. 004 estará haciendo todo lo posible porque aparezca Paradise. Varios equipos terrestres están barriendo Baikonur para localizar el ordenador cuántico de Paradise y desactivar los satélites desde él. Si lo encontramos podremos intentarlo desde su propia estación de control. Todo el mundo está haciendo su trabajo, Sid.

—Excepto nosotros.

—Entonces, dime, con esa asombrosa mente tuya, ¿cuál es nuestro trabajo?

—Rescatar a la doctora Nowak de las garras de Rattenfänger. No importa si salvamos o detenemos a Paradise, da igual. Si Rattenfänger consigue sus conocimientos, la consigue a ella, todo esto habrá sido en vano.

La puerta se abrió al golpearla una silla de ruedas. Felix Leiter maniobró para deslizarse por el suelo de caucho. Le guiñó un ojo a Harwood.

—No deberías estar levantado —dijo Harwood.

—Estoy como nuevo, doctora. Tengo un recuerdo para ti. —Un casquillo brilló en la palma de su mano—. El francotirador se descuidó. Quizá sea lo único que necesitemos, una bala de 7,62 milímetros. La enviaré a Moneypenny con un lazo para ver qué averigua su laboratorio.

—¿Alguna idea de quién podía ser? —preguntó Harwood—. Un francotirador tan bueno ha de pertenecer a un club muy elitista. Seguramente te lo habrás tropezado antes.

—Me halagas. Tengo una teoría, pero solo es una corazonada. ¿James nunca te habló de Gatillo?

Harwood asintió. La francotiradora que fingía ser violonchelista y Bond había dejado escapar en un enfrentamiento en Berlín después de pasar tres días inventando una fantasía sobre su bonito y rubio perfil. Aquel día no los había impresionado ni a M ni a ella. Pero se calmó cuando Bond le recordó que era nueva en aquel juego: «Cuando el asesino te alcance harás todo lo posible para que Tanner te saque de la Sección 00 y poder acomodarte y prepararte un confortable nido de papeles como una empleada normal y corriente. Entonces, atemorizar a tu homólogo y quizás amputarle la mano izquierda en vez de quitarle la vida no te parezca tan insensato».

Harwood le recordó a James el cómodo nido cuando le dijo que todo había acabado entre ellos. Le preguntó si creía realmente que lo conseguiría, si realmente quería conseguirlo. James contestó con la misma pregunta. «Estamos cortados por el mismo patrón», dijo.

Entonces no estuvo de acuerdo. Se preguntó si no lo estaría en ese momento.

Se aclaró la voz.

—Creía que James había herido a Gatillo lo suficiente como para ponerla fuera de juego.

Luke lanzó el casquillo hacia arriba y lo atrapó en el aire.

—Todavía no he colgado el arma. Gatillo tenía un historial impresionante como francotiradora y su firma sigue apareciendo de vez en cuando. Una teoría apunta a que los rusos le dieron la patada por fallar con Bond y empezó a trabajar de forma autónoma. Sus misiones han pasado por mi escritorio un par de veces.

—¿Crees que ha sido ella? —preguntó Harwood.

—Había algo en la forma en que se movía…

El francotirador disparó a Elena. No era necesario. ¿Encaja eso en el *modus operandi* de Gatillo?

—Es difícil saberlo. Es despiadada.

—Menudo idilio a distancia no correspondido para James.

—No te subestimes —dijo Leiter—. A James le gustan despiadadas. Después, su secuestrador fijó la vista en Bashir. Lo siento, chaval. Me han dicho que fuiste el cerebro del equipo. Y ahora, la pregunta del millón. ¿Dónde hace desaparecer a la gente Rattenfänger, Johanna? ¿Mora no te dio alguna pista de dónde esconden a sus prisioneros? Debisteis de hablar de James.

—Lo intenté —contestó Harwood—, pero no cedió.

—Dondequiera que tenga a la doctora Nowak ha de ser un lugar sin tecnología, ¿no? —aventuró Leiter—. De otra forma Q la habría encontrado al instante. Al igual que a James.

Bashir tocó la rodilla de Harwood con el pie.

—¿Sabía Moneypenny dónde te llevarían cuando aceptaste que te capturara Rattenfänger?

—No, pero podía seguirme. —Levantó el brazo—. Mi reloj le mostraba mi ubicación. La señora Keator desarrolló un buscador y transmisor de morse que Rattenfänger no podía detectar. Los clásicos funcionan.

—Pero finalmente Q localizó imágenes de satélite en las que aparecías entrando en el recinto.

—Eso es lo que dijo Moneypenny. Tenía que esperar hasta que mi confesión pareciera convincente a Rattenfänger. Siempre supo dónde estaba.

Leiter silbó.

—Eres auténtica.

—¿Manipuló las imágenes Moneypenny? —preguntó Bashir.

—Ella no, la señora Keator era su cómplice —respondió Harwood.

—¿Se ordenó a Q que no vigilara ese recinto?

—No, orientar nuestros satélites fuera de Siria habría despertado sospechas —contestó Harwood entrecerrando los ojos—. Pero, aun así, Q no me grabó entrando en el recinto.

—¿Cómo es posible? —intervino Leiter.

—No lo es —aseguró Bashir—. ¿Estás segura de que te mantuvieron en ese recinto durante todo el cautiverio?

Harwood dio un golpecito al reloj.

—Hay una forma de averiguarlo.

42

Doble o nada

El Arca llegó tan lejos como pudo. El mar de Ojotsk, el brazo noroccidental del Pacífico, está rodeado por la península de Kamchatka al este, controlada por Rusia, las islas Kuriles al sureste y la isla de Sajalín y la costa oriental de Siberia al oeste y el norte; la isla japonesa de Hokkaidō ceñía el límite meridional. Tan entrado el invierno, la navegación se limitaba a los pescadores que faenaban en esas aguas y, a menudo, eran infranqueables incluso para ellos. La gran cantidad de agua dulce proveniente del río Amur rebajaba la salinidad, elevaba el punto de congelación y formaba grandes témpanos de hielo que crujían en la superficie. Aquel mar de hielo se estaba derritiendo desde la década de 1950, conforme los océanos se calentaban, y estaba previsto que se redujera en un cuarenta por ciento para el 2050. El mar de Ojotsk nutría uno de los ecosistemas marinos más diversos y abundantes del mundo, que enviaba oxígeno al corazón del Pacífico. Si el mar de Ojotsk se derretía, desencadenaría una catástrofe en cascada que acabaría con la vida marina y fundiría la capa de hielo de todo el océano.

Joseph Dryden se sopló la punta de los dedos. No podía mover las manos. El tigre roncó y emitió un breve soplo cálido en el que deseó sumergirse. El día anterior había estado acercándose al tigre centímetro a centímetro, incitándolo a saltar. Había atacado a su abrigo y tenía en las garras jirones de la herida en la tela. Los eslabones de la cadena se estaban abriendo. La jaula, sacudida por las acometidas del tigre y helada por los vientos, sonaba como el cristal.

Sir Bertram entró en la cubierta de proa. Estaba flanqueado por seis guardias de seguridad y seis miembros de la tripulación, todos armados. Cuadró los hombros ante las espinas que liberarían las mortíferas partículas en la capa de nubes marinas. Llevaba un portátil, era la primera vez que lo había visto utilizar tecnología.

—Ha llegado la hora de un nuevo mundo —dijo antes de indicar por encima de su cabeza. Un pigardo de Steller atravesó el cielo blanco.

Dryden sacó la moneda del bolsillo. Parecía lo más pesado que hubiera levantado nunca. Dijo, más bien graznó:

—¿Está seguro de que no es un albatros?

Paradise lo miró y decidió no hacerle caso.

—Comiencen la secuencia de inicio.

Los miembros de la tripulación se dirigieron a las espinas y colocaron un torno en cada base. Paradise se concentró en el portátil.

Dryden apoyó la cabeza en los barrotes.

—¿Quiere apostar?

Los dedos enguantados de Paradise se detuvieron. Estaba a veinte pasos de Dryden. Se acercó tres.

—No tiene nada que ofrecer.

—Cara, apaga la máquina —ofreció Dryden en voz baja, esforzándose para que las palabras salieran en orden—. Cruz: le entrego a Nowak.

Paradise se acercó un paso más.

—Habla más alto, chaval.

Dryden apretó la mandíbula.

—Cara: apaga la máquina. Cruz: le entrego a Nowak.

—No sabes dónde está. Y, en cualquier caso, ¿por qué habría de importarme.

Dryden se encogió de hombros.

—¿Le asustan las probabilidades?

Paradise se burló de él y después consultó el reloj. Los miembros de la tripulación estaban ocupados e intercambiaban números y palabras que no conseguía entender.

Entonces Paradise dijo algo, Dryden le leyó los labios.

—Acepto la apuesta.

Dryden echó al aire la moneda y la atrapó en el dorso de su pálida mano.

Cruz.

El tigre rugió.

Paradise dio otro paso.

—Mala suerte, Joseph.

Dryden acarició la moneda. Esta centelleó.

—Doble o nada.

—No tiene nada más que ofrecer.

Dryden entendió la palabra «ofrecer». Hincó una rodilla. El tigre se revolvió.

—Luke. ¿Dónde está Luke?

Una arruga de malestar se dibujó en la expresión satisfecha de Paradise.

—Abajo. Se ha comportado como un niño malhumorado. Le di una oportunidad, le di un objetivo, le di estabilidad, le di una familia. Y ahora se enfada porque le niego un juguete. Tú, un bruto sordo que no vale para nada.

—Doble o nada. Le perdonaré.

Los ojos de Paradise se entrecerraron.

—No te voy a sacar de esa jaula.

Dryden se encogió de hombros.

La tripulación vitoreó. Se sintió un temblor en la cubierta. Algo se había puesto en marcha.

—¿No quiere que Luke vea esto?

Paradise entrecerró los ojos. Asintió.

Dryden lanzó la moneda al aire. La moneda tintineó en el suelo de la jaula. El tigre se puso de pie pesadamente. Dryden se levantó después de recuperar la moneda. Estaba a un centímetro del alcance del tigre. Mostró la moneda. Cruz.

—La suerte no está de su lado —comentó Paradise.

La tripulación aplaudía. Uno de ellos le llevó una botella de champán. Dryden no entendió de qué estaban hablando. Pero un chorro de espuma salió disparado y se agachó. Aquello comenzaba.

Paradise levantó el reloj.

—Ni el momento. Dentro de treinta minutos será irreversible. Después, el daño estará hecho. Nadie puede pararme ahora. Incluso si tu precioso MI6 instigara a Rusia o Japón para que actuaran e incluso si me encontraran, no importaría. El mundo pensaría que fue un terrible accidente. Uno que solo yo puedo solucionar. Me temo que no sobrevivirás a la tragedia. La carne de tigre es solo peso muerto. He ganado. —Agarró la botella por el cuello y dijo a un miembro de la tripulación—: Trae a Luke.

El subordinado se fue rápidamente. Las palabras de Paradise se unían las unas a las otras. Dryden se dirigió a la parte más débil de la jaula. Estaba al alcance del tigre. Pensó que, si pudiera sentir algo, sentiría el aliento del animal en la parte de atrás de las piernas. La parpadeante proyección de imágenes del agua en la escalera pareció nublarse, pero quizás eran sus ojos agotados. Sacó un brazo por los barrotes con la moneda en la mano.

Paradise se acercó un paso más.

—¿Doble o nada? —preguntó desdeñosamente.

Dryden lanzó la moneda al aire. Brilló en el aire. Paradise se acercó más y dijo algo que Dryden no consiguió entender porque se tiró al suelo cuando el tigre se abalanzó sobre su espalda y el cuerpo le rozó la cabeza. La cadena se partió y la pared de la jaula cayó a la cubierta. El tigre aterrizó en el pecho de Paradise.

Dryden lo vio todo rojo. El tigre despedazó a Paradise, cortando, arañando y desgarrando. Paradise gritaba, pero sus alaridos se desangraban con él. Todo en su interior, fuera lo que fuese, impregnó la cubierta. El tigre le partió las extremidades como si fueran astillas húmedas. Los hombros del animal emitían vapor y las huellas dejaban una firma carmesí.

La tripulación y los guardias se quedaron quietos un momento y después abrieron fuego. Dryden se abrazó a la cubierta. El tigre pareció sortear los disparos, bufando y dando zarpazos al aire, hasta que saltó sobre Poulain. Este soltó el arma, que rebotó en la cubierta. Dryden la agarró.

Pasó por encima de Paradise. Era una masa deforme. Tenía los ojos desorbitados en blanco con hililos escarlata. Pensó en el último doble o nada de Paradise. Sopesó su importe, su parte, su valor y dijo: «Nada», antes de pegarle un tiro en la cabeza.

El tigre entró en el salón principal. Un miembro de la seguridad y otro de la tripulación estaban muertos. Quedaban cinco guardias, todos armados, y cinco miembros de la tripulación. Dryden hincó una rodilla. Le sangraban los dedos, estaban deshechos. El índice se había calcificado. Había gastado la reserva. No podía moverse. Se preparó para el final.

Entonces Lucky Luke apareció disparando.

43

Una colina en Siria

Harwood y Bashir entraron a la par en la cueva, con las armas listas. El suelo era resbaladizo y robaba y alargaba el reflejo en la punta de las estalactitas, que les rozaban la cabeza. La cueva se adentraba en el interior de la ladera y formaba una profunda red de túneles en los que no podían penetrar los sensores térmicos o terrestres debido al alto nivel de plomo. No tenían permiso para estar en Siria, ni tapadera, identidades falsas, coartadas o apoyo. Debían resolver un incidente internacional sin provocar otro. Harwood se levantó el cuello del jersey, hacía frío. La luz de la entrada se debilitó, eclipsó y desapareció. Su aliento se retorcía en el haz de luz de la linterna acoplada a la Glock. Miró a Bashir. Este asintió. Había llegado el momento de poner fin a aquello.

El itinerario del reloj de Harwood confirmó que había estado en el recinto durante todo el cautiverio o, al menos, por debajo de él. Facciones enfrentadas y guerrilleros habían utilizado esos túneles durante décadas. Moneypenny había encontrado estudios geológicos del siglo XIX en la Biblioteca Británica y los había introducido escaneados en Q, que encontró el punto de entrada más probable a unos diez kilómetros hacia el sur.

Aisha estaba furiosa y exigía saber por qué Q no había detectado el índice de masa corporal y la forma de andar de Harwood, a pesar de que llevara una capucha. Habían examinado las imágenes de satélite de su captura en Siria. Cuando las rebobinó para buscar ese día en concreto, obtuvo la respuesta, aunque no era la que deseaba. Mora y sus hombres arrastraban a Harwood hacia la entrada de la cueva, pero no se parecía a Harwood. El cuerpo era completamente diferente. La prisionera ni siquiera llevaba capucha. La cara era diferente también. La conclusión obvia era que se trataba de otra prisionera, a la que llevaban al recinto por la puerta de atrás. Se trataba de una profesora de primaria que estaba sana y salva en Escocia. Había pasado un escáner en el aeropuerto de Edimburgo el día anterior a que se tomaran esas imágenes.

El ordenador cuántico de la doctora Nowak poseía una inteligencia artificial capaz de memorizar la cara y el cuerpo de una persona y colocarlos encima de otra mediante una transmisión directa desde el satélite. Moneypenny había arrojado lo que estaba bebiendo a la pared. Rattenfänger había respaldado a Paradise y a cambio había introducido un código en su ordenador y utilizado sus satélites para ocultar los prisioneros a los ojos del mundo. Una nueva forma de justicia. Las creaciones de Zofia se habían utilizado para hacerla desaparecer. Y Harwood y Moneypenny apostarían todo el dinero que llevaban en los bolsillos contra el de Paradise. Y James Bond también. Aisha consiguió retirar las capas y encontrar la imagen que había debajo. La renqueante figura de Harwood. La siguiente en aparecer fue Zofia, tal como Bashir había predicho. Ibrahim sugirió utilizar el cerebro de Bashir en vez de a Q y Aisha le lanzó un zapato.

La señal del satélite les informó de que la doctora Nowak estaba en el interior con Mora y un grupo de hombres de Rattenfänger. Harwood sondeó sus recuerdos en busca de aquellas inclinadas superficies rocosas, aquellas agujas heladas, las rocas dispersas a sus pies. Pero debía de haber estado inconsciente durante el trayecto a lo largo de los túneles hasta la celda subterránea. Le habían inyectado sustancias químicas durante días y solo recordaba retazos que vibraban con luces y sonidos. Los dedos de Mora buscándole las venas, la boca de Mora sobre la suya, la risa de Mora; pero, cuando Rattenfänger se enteró de que se acercaba Bashir, seguramente la habrían trasladado a la celda de arriba. Después de que el topo les informara de que se iba a llevar a cabo una operación de rescate.

Y Mora había dejado que Bashir prendiera fuego al lugar y que se hiciera el héroe porque tenía planeado engañar a Harwood para que le hiciera trabajos de campo. Rattenfänger habría tenido no solo a un topo en la oficina, la mano que sujetaba la lanza, sino también a otro en el campo, la punta de la lanza.

Pero Moneypenny había adivinado sus intenciones y había convertido a Harwood en una agente triple. Mora le estaría haciendo a la doctora Nowak lo que le había hecho a ella, obligarla a que les concediera acceso a Celestial, otra mente que abrir como un muñeco sorpresa y retorcer lo que apareciera. Harwood cuadró los hombros.

Bashir y ella habían estudiado los planos antes de lanzarse en paracaídas al Mediterráneo y hacer una incursión terrestre. Habían decidido realizar el asalto por la puerta trasera, a través del túnel menos transitable, por separado, para contar con el elemento sorpresa. Según los planos, el túnel se dividía más adelante. El ramal de la izquierda era un pasadizo bastante ancho que desembocaba en una cámara cortada por un río. El de la derecha se estrechaba en un pasadizo de un metro de ancho y cien metros de largo, y después se dividía antes de desembocar en la misma cámara. Apostaron por el menos accesible y el que tenía menos probabilidades de estar vigilado.

—¿Llegaste a enterarte del verdadero nombre de Mora? —preguntó Bashir. Su aliento temblaba entre ambos.

—No, ¿por qué? —respondió Harwood.

—Mora proviene de Kikimora. He indagado acerca de ese cuento popular. Es ruso. Mora está relacionado con varios ataques terroristas en ciudades rusas. ¿Elegiría un nombre ruso porque es su pesadilla?

—¿Crees que tiene un resentimiento especial contra Rusia?

—Moneypenny no consigue encontrar qué agente británico lo interrogó. Quizá no fue uno de los nuestros. A lo mejor fue un aliado ruso. Cuando los teníamos.

—¿El coronel Nikitin?

—Merecería la pena preguntarle si ha tenido pesadillas últimamente.

Harwood le sonrió y dijo en voz baja:

—¿Has tenido pesadillas después de enfrentarte a Mora?

Bashir se agachó bajo el techo inclinado.

—¿Y tú?

—Sabes que sí.

Bashir se detuvo en la entrada del túnel que se estrechaba.

—He leído un par de cuentos en los que aparecen formas de repelerla, de evitar que Kikimora entre en casa. Se puede rezar una oración o recitar un poema antes de dormir. O dejar una escoba boca abajo detrás de la puerta.

—Apuesto por la escoba.

Bashir soltó una risita.

—Yo también. Aunque me ha estado rondando la cabeza un poema. Me lo asignaron cuando James me enseñó las comunicaciones clandestinas:

> Ve donde quieras: no hay nada más que decir.
> Tienes lo que pude dar; tómalo y vete.
> No discutiré quién asestó el golpe.
> Se ha roto, arroja los fragmentos…

Harwood tocó el brazo de Bashir.

—No estás roto, Sid.

—Mora no opina lo mismo. —La voz de Bashir sonaba constreñida—. Dijo que estaba roto antes de abrir la caja. Quizá lo esté. Mira lo que le ha pasado a Ruqsana. A ti y a mí.

Harwood le agarró el brazo.

—Mora es un maníaco homicida. No hay que hacer caso a sus consejos. —Aquello provocó una carcajada de Bashir—. El que salva una vida salva a toda la humanidad. Los dos nos criamos con esa creencia. Zofia nos necesita ahora.

Bashir miró la estrecha entrada del túnel y le ofreció el puño izquierdo y la mano en la que sujetaba la pistola.

—Elige quién entra primero.

Harwood dio un golpecito en el puño izquierdo.

Bashir abrió una palma vacía.

—Las blancas entran primero.

—¿Quién juega con las blancas hoy?

—Yo —dijo Bashir antes de besarla con ternura.

Harwood sintió que el roce de sus labios permanecía cuando Bashir se adentró en la oscuridad. Atenuó la linterna, encogió los hombros para entrar en la abertura y lo siguió. La roca le arañaba los omoplatos y dejó el abrigó atrás para avanzar a cuatro patas. El agua fría le empapaba la ropa. Continuó bajo una protuberancia en la piedra y gimió cuando le arañó el pelo y la nuca. Notó gotas calientes de sangre. Siguió gateando y oyó gruñir a Bashir delante de ella. Algo se escabulló entre sus piernas.

—Ya falta poco —susurró Bashir.

La cámara hacia la que se dirigían era la más grande de toda la ladera. Parecía acertado que encerraran en ella a los prisioneros. Antes de llegar a ella el túnel se bifurcaba hacia el oeste y el este, y desembocaba en la cámara en sus dos extremos. Harwood iría por uno y Bashir por el otro.

Cuando recogieron los paracaídas, Bashir le dijo a Harwood que la sorpresa multiplica la fuerza estratégicamente, que es una táctica que aumenta la efectividad de las fuerzas en la guerra y reduce las bajas, facilitando la destrucción de una parte importante del enemigo, con un coste menor para el atacante gracias a que desmorona psicológicamente la defensa, inherentemente más poderosa, y debilita su actitud y resistencia. La parte superada en número puede tomar la iniciativa concentrando sus mejores fuerzas en el lugar y momento que elija. La sorpresa suprime temporalmente la estructura dialéctica de la guerra neutralizando a un oponente activo en el campo de batalla, lo que implica que puede calcularse, o incluso determinarse, la probabilidad de un suceso con un alto grado de certeza. La sorpresa consigue que la interacción estratégica de la guerra se convierta en una basada en la logística y las probabilidades. Pone fin al duelo antes de que comience. La sorpresa elimina la necesidad de la guerra.

Harwood le había preguntado por qué, en ese caso, no mostraba la irritante cara de victoria que se apoderaba de él cuando jugaba al ajedrez. Bashir no la miró a los ojos cuando le dijo que la sorpresa iba acompañada de un alto riesgo. Es imposible garantizar si la sorpresa tendrá éxito o cuándo dejará de ser efectiva, y todo error condena la misión. A menos que produzca una victoria total, su capacidad para transformar la guerra es fugaz y desaparece rápidamente. Si se envía un comando de doce soldados contra una base importante detrás de las líneas enemigas y consigue atacar por sorpresa, ese pequeño destacamento podría poner fin a una guerra. Si no cuenta con el factor sorpresa, lo borrarán del tablero de juego rápidamente, como si se hubiera unido al regimiento de primera línea y hubiera avanzado hacia los disparos.

Lo que tenían que esperar es que Mora no creyera que los agentes 00 fueran capaces de encontrar la base subterránea de Rattenfänger, sobre todo sin un aviso previo por parte de su topo, y Moneypenny había aislado a Tanner para que no pudiera prevenir a Mora, en caso de que Tanner fuera realmente el topo. Ese ataque sorpresa le parecería imposible a Mora, especialmente porque Bashir estaba hospitalizado; Moneypenny y Leiter habían anunciado en todos los canales posibles que seguía en el hospital. Y seguramente debería estar allí, pero era imposible convencerle de que lo hiciera. Si Mora creía que había pocas posibilidades de que se produjera un ataque sorpresa, debido a la merma de agentes 00 y a la vulnerabilidad de su servicio de inteligencia, correrían menos riesgos, porque estaría menos preparado. Cuanto mayor es el riesgo, más se reduce.

Mientras comprobaba el paracaídas de Bashir, Harwood le preguntó:

—¿Qué riesgo corremos?

—Que Tanner no sea la filtración —contestó mirándola por fin a los ojos.

Llegaron a la bifurcación. Harwood tocó el hombro de Bashir: adelante. Este activó el cronómetro de su reloj Casio y avanzó a gatas hacia el este. Harwood hizo lo propio hacia el oeste. Por suerte, el techo iba ascendiendo. La quemazón entre los omoplatos descendió por la columna cuando se estiró. Al final del túnel había luz. Podía ser un motivo de esperanza. Podía implicar que iba a morir. ¿Cara o cruz?

Harwood se acurrucó en el suelo como un fósil e intentó oír sonidos. Una caída de agua. Un zumbido mecánico como el de un ventilador. Y un grito. Lo sintió en el estómago. Buscó el arma, inspiró con fuerza el aire viciado por la nariz y se acercó al umbral de la entrada.

Una visión en forma de medialuna de agua cayendo por una rejilla en la parte norte de la cámara y la lisa estela de un río que se curvaba de norte a este. Tuvo que asegurarse de que veía lo que su cerebro le decía que estaba viendo. El río caía sobre un cristal. El suelo de la cámara era de cristal. Debajo, las terminaciones nerviosas de un ordenador cuántico estaban bañadas con luz dorada. El ordenador cuántico de Paradise estaba en las entrañas de Rattenfänger, pero no debían de saber cómo utilizarlo, lo habría bloqueado y por eso Zofia Nowak estaba atada en el suelo. Su brazo izquierdo colgaba de la articulación. Delante de ella había dos mesas de acero. En una se veía un ordenador. En la otra, una bandeja con jeringuillas y líquidos farmacéuticos. Un soldado de Rattenfänger enmascarado le había puesto una pistola en la sien. Cuatro más vigilaban la entrada principal, al lado de la rejilla de la cascada, en el noroeste. Otro estaba junto a la mesa de los venenos, con la mano sobre las agujas, mientras Zofia le suplicaba que parara. La garganta de Harwood se llenó de bilis. Con él eran seis soldados. Y Mora, que bebía en la cascada con la mano. Después se echó agua a la cara y se volvió para ponerse frente a Zofia con las cejas enarcadas y una expresión de decepción impaciente.

—Bueno, doctora Nowak. Le prometí que tendría cinco minutos de alivio. Ya han pasado.

Zofia se estremeció.

Harwood notó que el sudor le caía en la ceja. Recordó todo aquello: un carrusel de alivio y dolor, aunque los momentos de alivio nunca parecían durar tanto como había prometido y se distanciaban cada vez más. No en esa ocasión. Tenía un tiro limpio. Y finalmente iba a hacerlo.

Disparó. La bala se alojó en el aire en la entrada a la cámara. No, no en el aire. Tendría que oler el agua, el pánico de Zofia, el hedor químico de todo aquello. Pero no lo olía. Una cubierta de cristal antibalas bloqueaba el túnel.

Sabían que irías.

Se dio la vuelta, pero una cuadrícula de rayos láser le cortó la retirada.

Al mismo tiempo, Bashir apareció en la entrada oriental y abrió fuego. Su túnel estaba abierto. El primer disparo arrebató la cabeza del guardia que apuntaba a la sien de Zofia. Y el segundo habría impactado en Mora de no haber estado este detrás de un escudo de vidrio a prueba de balas. Una lenta sonrisa se dibujó en su cara cuando el resto de los guardias apuntaron sus armas hacia Bashir. Lo superaban seis a uno y no contaba con el factor sorpresa.

44

Cruzar Saturno

Bob Simmons llamó suavemente a la puerta de Moneypenny. Esta le dijo que pasara sin apartar la vista de las pantallas. El audio de HAVOC en el avión que bordeaba el espacio aéreo sirio inundó la oficina. Era reconfortante oír las palabras arrastradas de Felix Leiter, aunque sabía que estaba contraviniendo todas las órdenes de su médico.

—¿Qué pasa, Bob?

No obtuvo respuesta.

Moneypenny levantó la vista. Bob parecía desolado.

—¿Qué pasa? ¿Estamos en mínimo solar?

Bob Simmons se acercó acompañado por otros dos guardias de seguridad —Precious Mosaku y Don Nicholson—, armados. Se apartaron para dejar pasar a la señora Keator, que temblaba y tenía rojas sus habituales mejillas blancas. Vio a Phoebe de pie con las manos ligeramente levantadas junto al perchero, vigilada por otro oficial, Jay Russo.

—¿Señora Keator?

—Una transmisión está saliendo de este edificio desde su ordenador.

—Hay una línea abierta con Felix Leiter.

—No es esa. —Daba la impresión de que la señora Keator tenía problemas para respirar—. Transmite la actividad que aparece en su pantalla. Incluido el plan de aproximación de 009 y 003.

Moneypenny puso una mano en el teclado.

—Eso es imposible.

La señora Keator hizo una seña a Aisha Asante para que entrara.

—Adelante.

Aisha se detuvo en el umbral y se mordió el labio inferior. Después dijo:

—Lo siento, señorita Moneypenny.

A Moneypenny se le revolvió el estómago cuando Aisha apartó su aparato y pasó una mano por los cables como si fueran hilos de pesca.

—Es imposible que esté transmitiendo.

El dispositivo era más pequeño que una uña. Aisha lo acercó a la luz de la lámpara.

—Esto es.

—No lo había visto en mi vida —protestó Moneypenny.

—Ibas a incriminar a Bill Tanner —dijo la señora Keator— y me pediste ayuda.

Moneypenny golpeó el escritorio con un puño.

—No tenemos tiempo para esto.

—Te vas a quedar aquí con Bob Simmons y Mosaku hasta que llegue M. Alégrate de que sea M y no yo.

—No puedes liberar a Tanner —la increpó Moneypenny—. Tienes que escucharme.

La señora Keator meneó la cabeza.

—Dejaré que M decida qué hacer con los dos. Puso a los agentes 00 a tu cuidado. Confió en ti. Confié en ti. Bill confió en ti también.

Moneypenny salió de detrás del escritorio. Mosaku y Nicholson levantaron instintivamente el arma un centímetro y después se quedaron quietos. Bob Simmons se colocó en medio con los brazos levantados.

—Muy bien, mantengamos la calma —pidió sosegadamente.

Moneypenny miró el teléfono. Oyó que Leiter decía que no habían cruzado Saturno. Cada fase de la misión tenía un nombre en clave. El aterrizaje era Mercurio. La incursión en los túneles, que Harwood había confirmado por radio, Júpiter. No esperaba tener ningún contacto bajo tierra debido a la profundidad y la composición del terreno. Harwood y Bashir habían calculado aproximadamente lo que les costaría neutralizar a Mora y establecer contacto. Y ese tiempo había pasado.

45

Cuenta atrás

El primer disparo impactó en el mercenario más próximo a Dryden y una neblina rosada apareció en el lugar en el que tenía la cabeza antes de caer al suelo. Aquello incitó a Dryden a entrar en acción. Luke alternaba los disparos contra los guardias y las espinas, cubriéndose tras la pared del salón. El espray que sembraba las nubes seguía en funcionamiento. Dryden corrió hacia Luke, resbaló en el agua y la sangre, y se enderezó hasta quedarse espalda contra espalda con Luke en el salón.

Más hombres armados bajaron a cubierta por la escalera de caracol que atravesaba el barco. Los peldaños estaban iluminados con las imágenes de la cápsula de observación submarina y sus cuerpos se fusionaron con algas y sargazos parpadeantes, con peces helados dibujados en la cara. Una bala rozó el proyector y las secuencias temblaron y se extendieron por las paredes. Luke lanzó una descarga contra la cubierta de proa. Dryden consiguió enviar un disparo de cada tres hacia las escaleras, su dedo índice amenazaba con partirse debido a la congelación. Los miembros de la tripulación entraron en el salón: tres fueron hacia la izquierda y se parapetaron detrás de una mesa con champán y salmón, y otros tres hacia la derecha, para ponerse a cubierto detrás de un sofá de terciopelo blanco, todos perseguidos por la gigantesca sombra de una ballena cuya imagen llegó hasta las paredes de cristal.

—¡La sala de máquinas! ¡Tenemos que cortar la electricidad!

Dryden se dio cuenta de que Luke gritaba detrás de él, pero no entendió las palabras.

La mano de Luke apareció en su campo de visión y dijo rápidamente en lenguaje de signos:

—Sala de máquinas, cortar la electricidad.

Lo único que tenían que hacer era llegar a las cubiertas inferiores. Dryden disparó a la izquierda —acertó en una botella de champán, de la que salió una fuente de espuma— y a la derecha. Se agachó cuando los guardias respondieron a los disparos. Luke se giró y utilizó el hombro de Dryden como apoyo. Este hizo lo mismo y disparó por encima de Luke hacia la cubierta. Agarró a Luke y lo envió deslizándose por el suelo cuando un guardia de seguridad apareció por detrás de las espinas y abrió fuego. Después Luke agarró a Dryden por el mentón y le torció la cara para que viera al tigre saltar sobre el sofá de terciopelo blanco.

Dryden asintió. Corrieron hacia las escaleras, entraron en las retorcidas algas de luz mientras bajaban, pasaron por las dependencias de los invitados —Dryden vio a dos limpiadores encogidos detrás de la cama, que levantaron las manos al verlos— y después por el dormitorio principal, en el que vio las sillas de terciopelo de Paradise, una tumbona blanca, una cama con satén blanco, todo salpicado de rojo, con los guardianes de Luke muertos sobre la alfombra blanca, antes de seguir bajando.

Los disparos los perseguían, Luke y Dryden intercambiaban posiciones, se cubrían y corrían, se cubrían y corrían. Los minutos seguían pasando, ¿cuánto faltaba hasta que fuera irreversible? Dryden apartó sangre y hielo de su reloj: nueve minutos. Se unió a Luke para bloquear una puerta al pie de las escaleras con todo lo que encontraron a mano: sillas y un armario de vajilla que produjo un estrépito de cristales rotos.

La cápsula de observación submarina estaba al fondo. Sus

tres curvados portones elípticos mostraron una amenazante roca atrapada en hielo agrietado de la que salían burbujas. «Vi también como un mar de vidrio mezclado con fuego.» La luz de la cámara destelló en sus ojos y Dryden imaginó al proyector inundando la cubierta con su desfigurada cara. La cápsula de observación incluía un sofá y una mesita de cristal en la que había una botella de Dom Pérignon de 1946 en un cubo de hielo. Sintió cierta satisfacción al saber que Paradise no estaría vivo para contemplar cómo se fundía el mar de hielo desde ese mullido asiento. Después, al oír un ruido amortiguado, supo que sus perseguidores habían atravesado la barricada. Comprobó el cargador: vacío.

Tocó el brazo de Luke. Este meneó la cabeza. Dryden cogió la botella de champán, al menos le serviría como porra, y siguió a Luke hacia el último tramo de escaleras, que los llevaría a la sala de máquinas. Luke disparó al candado y se echó atrás para que Dryden diera una patada. El impacto contra el metal ascendió por la pierna y reverberó en su pecho mientras la puerta salía disparada del marco y rebotaba. Tocó el hombro de Luke y lo dejó defendiendo la puerta. Luke arrastró la hoja metálica hasta su posición original. ¿Cuántos minutos, segundos, resistiría?

La sala de máquinas, con motores diésel y eléctricos, era tan grande que no consiguió divisar el fondo. Era una catedral dedicada a la maquinaria. El calor templó sus entumecidos huesos. Pensar, tenía que pensar. Solo tenía que cortar la electricidad del barco y las espinas se desactivarían. Pero no podía hablar con Q y preguntarle cómo hacerlo, no contaba con un centro de operaciones tácticas, solo se tenía a sí mismo. «Quieres cortar la electricidad. Es lo que impulsa el barco. No estamos en mínimo solar. No ha habido un pulso magnético proveniente del cielo. Ninguna señal de Dios. Ningún giro del destino, ninguna mano afortunada.» Miró a Luke, que esperaba el ataque con sudor en la frente y los labios apretados en una firme línea. Se estremeció. «Quieres romper algo que se diseñó a conciencia para soportar la presión que pudiera ejercer el mar, el aire o el fuego. Entonces, rompe los seguros. Destrózalo todo.»

La puerta se movió. Luke la contuvo.

Quedaban cinco minutos para que el espray que sembraba las nubes tuviera un efecto permanente.

Agarró el hombro de Luke y le dijo en el lenguaje de los signos:

—Voy a sobrecargar los motores.

La mirada de Luke alternaba entre su amigo y la puerta.

—Mi cometido era mantenerte a salvo. Soy tu segundo al mando.

—Ya no —aseguró Dryden.

Luke le tocó la cara y casi le acarició la oreja.

—Lo siento —dijo en lenguaje de signos.

Dryden le cogió la mano y besó la palma. Corrió hacia las galeras y descartó las válvulas y tuberías que no entendía, hasta que llegó a una pared chapada en acero con una advertencia: ATENCIÓN-PELIGRO. Los indicadores de los tanques de diésel tenían las agujas en la marca de seguridad. Levantó todas las palancas y colocó los indicadores en la zona roja.

La puerta cedió.

Cuatro minutos.

La costura metálica de uno de los tanques reventó, se dobló, siseó. Hedor a gas.

Arrancó una palanca y golpeó contra el metal hasta que brotó una chispa en el aire tembloroso. Una lengua de fuego irrumpió en la sala de máquinas. El *tinnitus* metálico en su cabeza se convirtió en un gemido. Las chispas lo inundaron. Los circuitos estaban sobrecargados. Las agujas de las válvulas golpeaban la línea roja. Se puso a cubierto detrás de una hilera de bombas. Los rociadores entraron en funcionamiento y lo empaparon, pero las chispas seguían saltando. Notó una detonación en el pecho.

Un minuto. Rezó por que fuera suficiente.

Asomó la cabeza. Luke estaba vaciando el cargador. La puerta cayó estrepitosamente y los guardias saltaron por encima. Luke estaba en el suelo. Dos de ellos fueron inmediatamente hacia los controles de seguridad y otros dos en busca de Dryden. Y el último apuntó el rifle contra la cabeza de Luke. Dryden silbó y atrajo su atención mientras el fuego le lamía la espalda.

46

La habitación de los huracanes

Los guardias obligaron a Bashir a ponerse de rodillas, con las manos detrás de la cabeza y la cara contra el suelo, y le gritaron que entregara el arma mientras le ponían la culata de un rifle en la mejilla; Harwood contempló aquella imagen y se le paralizaron las extremidades ante la benévola sonrisa de Mora, que le guiñó un ojo. La expresión de alivio y euforia de Zofia se convirtió en desesperación.

Mora movió una mano.

—Lleváoslo.

Bashir sacudió y agitó el cuerpo bajo las botas de los guardias.

Mora avanzó lentamente hacia Harwood y golpeó el cristal con un nudillo como si estuviera llamando la atención de un pez de colores.

—Me alegro de que hayas venido a vernos, querida Johanna, he echado de menos tu frío corazón. No me decepciones ahora, ¿son lágrimas lo que veo en tus ojos? Si hubieras hecho lo que se te pidió, jovencita, tu amante estaría en tu cama ahora. Quizás incluso los dos. Dime, ¿disfrutaron alguna vez James y Sid contigo a la vez? ¿O el uno del otro? Me encantaría saber...

El ruido de un hueso lo interrumpió. Los guardias se habían echado hacia atrás, quizá por un reflejo humano ante lo que acababa de pasar. El tobillo de Bashir se había dislocado.

Mora sonrió a Harwood a través del cristal con la cabeza perfectamente enmarcada en el círculo.

Harwood levantó la pistola y le disparó entre los ojos. La bala se alojó en la cubierta.

Mora chasqueó la lengua.

—Qué susceptible.

Mora se alejó y desordenó el pelo de Zofia. Esta gritó.

Harwood golpeó el cristal, nada. Por supuesto. Estudió la roca alrededor de la cubierta. Dudó que una bala pudiera romperla o quebrar los pernos de hierro. Disparó de nuevo hacia el mismo punto que antes, una grieta se dibujó en la superficie, pero no se rajó. Mora chasqueó los dedos y otro guardia agarró a Zofia por el cuello y le puso el arma en la cara. Harwood maldijo entre dientes. Se dio la vuelta. Arrojó una piedra a los rayos láser: se chamuscó e hizo añicos antes de caer al suelo. Se palpó los bolsillos y después el reloj. Se lo quitó de la muñeca y lo puso al revés para ver la tapa chapada en oro. Necesitaba que Sid los distrajera. Quizá Mora lo hiciera por él. Volvía a disfrutar del sonido de su voz.

—Parece una rotura seria, chaval. Debería verla un médico. —Mora se rio y tocó con la punta de la bota la espantosa hendidura—. ¿Llamas probabilidad o destino a las circunstancias que os han traído de nuevo aquí, donde Johanna volverá a estar prisionera y te enfrentarás conmigo, en esta ocasión con las vidas de dos encantadoras señoras pendiendo de un hilo? Supongo que echasteis a suertes qué túnel tomaríais. Llamémosle mi buena suerte. Esperaba que acabáramos así. La última vez, Johanna se liberó un poco antes de lo que estaba previsto. Es una chica muy terca. No pude darle un beso de buenas noches.

—Espere. —Bashir oyó su voz como si estuviera a kilómetros de distancia—. ¿Qué hay del juego limpio?

—Creía que había hecho novillos en Educación Cívica.

Bashir se apoyó en un codo, después en el otro, se agarró a la pared que había detrás de él y al tirar sintió que la sangre de la cara y el estómago se agolpaba en la garganta.

Mora observó con las cejas arqueadas y después aplaudió.
—¿Quieres una medalla?
—Quiero la revancha.
—¿Quieres pelear conmigo por la mujer? Qué patriarcal.
—El que salva una vida salva a toda la humanidad.
—Típico —dijo Mora con desprecio.
La cascada tronaba a su alrededor. Bashir parpadeó para librarse del picor que le producía el sudor. La cámara era redonda, con la cascada cayendo a un profundo abismo. El ordenador cuántico estaba protegido del agua por una rampa de cristal y colgaba suspendido por debajo de donde se hallaba la doctora Nowak, atada a una silla. Sus esfuerzos habían sido inútiles. Pero estaba seguro de que, si le conseguía un poco de tiempo a Johanna, pensaría algo.
—¿Tiene miedo? —preguntó Bashir.
Mora se echó a reír. Se movió lentamente hacia atrás. Había tres metros y medio entre ellos y Mora estaba entre Bashir y la doctora Nowak. Le hizo señas con un dedo para que se acercara.

Tenía que mantenerse fuera de su letal alcance, evitar sus golpes y codazos, y no apoyar todo el peso en el tobillo dislocado; cada vez que lo intentaba creía que se iba a desmayar. Bashir levantó los puños y cojeó haciendo un medio círculo mientras Mora lo hostigaba por un lado y otro. Mora le golpeó. Bashir se giró e intentó darle un puñetazo cuando se apartaba, pero el gigante se movió rápidamente. Mora atacó de nuevo. En esa ocasión, Bashir fue demasiado lento y Mora le clavó un dedo índice en el plexo solar. Arremetió con la pierna sana y golpeó a Mora en la cadera, pero la otra pierna se dobló y perdió el equilibrio en el momento en que Mora acertaba en la garganta, los brazos y el pecho.

Estaba pasando de nuevo, lo estaba desarmando y él solo había conseguido darle un golpe. Mora lo había puesto en una situación apurada, ya no le quedaba la mejor jugada ni bloqueo ni el mate de Boden. Mora hizo una pinza en el torso de Bashir con las rodillas y le agarró el cuello con los dedos, contorsionándolo y quebrándolo. Acercó la boca a Bashir, las alas de la mariposa tanteaban y batían en el vaporoso cuello de Mora, y Bashir estaba paralizado, no podía moverse, no podía respirar. Un demonio se había sentado en su pecho, él pedía ayuda, pero nadie acudía y la boca del demonio se estaba tragando su último aliento.

Estaba en la habitación de los huracanes. Pero había cambiado. Ya no era blanca ni estaba vacía. Era una habitación en el centro comunitario en el que se conocieron sus padres. De niño había pasado muchas horas en ella. Las paredes son de color salmón apagado, un color que posteriormente asociaría con las salas de espera de los hospitales, pero todavía no conoce ese dolor. La ventana es una vidriera, un proyecto que ha programado su madre y su padre ha observado a distancia henchido de orgullo. Bashir está contento, su madre lo ha organizado todo y pasa todo el día con el artista para estar en la salsa. Él todavía no ha aprendido lo que es la discreción. La vidriera muestra una luna en la esquina superior izquierda con rayos plateados ondulándose en un cielo de medianoche. En la esquina superior derecha arde un sol con brillo dorado en un mediodía de verano. El reflejo de la luna y el sol llega hasta las famosas casas adosadas victorianas multicolores que miran a Bristol desde la colina. En esa colina, los niños han diseñado emblemas de lo que les parece importante en la ciudad. El artista deja que Bashir incluya algo que no pertenece a la ciudad, sino solo a él. Una pieza de ajedrez. Un caballo. Bashir toca el contorno soldado y después se da la vuelta para disfrutar del resto de la habitación. No ve las habituales cajas de material artístico. Pero la alfombra sigue allí. Bashir se sienta. Recuerda ese tejido con un suspiro. El borde rojo y naranja, los dibujos azules y verdes, las curvas moradas oscuras y el árbol en el centro, lleno de fruta y pájaros. Bashir acaricia las ramas. Respira. Había aprendido a jugar al ajedrez en esa alfombra con su padre. Y cuando estira la mano, un juego tallado en piedra arenisca le está esperando. «Te toca mover», dice una voz, la de Johanna.

La boca de Mora seguía encima de él olfateando su último aliento. Bashir le mordió la lengua, dirigió sus temblorosas manos al cuello de Mora y lo torció. Fue como intentar retorcer el cuerpo de una boa constrictor. Escupió la punta de la lengua y toda la sangre que la acompañaba y siguió torciendo. Su visión se llenó de manchas, solo conseguía ver un ojo y una mejilla de Mora que se estaban poniendo de color violeta. Gritos, alaridos. No podía romperle el cuello, pero no importaba. Mora no podía respirar.

—¡Dispararé a Nowak! ¡La mataré!

En el túnel, Johanna Harwood colocó la tapa del reloj en el recorrido de un rayo láser. Rebotó. Ajustó el ángulo, el metal se estaba fundiendo, el rebote le quemó el brazo, pero después lo alineó, la luz penetró por el impacto que había causado al cristal a prueba de balas, hasta que se hizo pedazos. Se tiró al suelo y disparó, mató primero al guardia que estaba junto a Zofia y después a los dos que tiraban del cuerpo de Mora para apartarlo de Bashir. Los dos que había junto a la puerta abrieron fuego —uno falló, el otro acertó— y Harwood eliminó al de la izquierda en el paralizador momento en el que la bala se alojó en su hombro. Se había quedado sin balas, no tenía tiempo para cargar.

Corrió hacia Zofia, levantó la mesa con las ampollas y las jeringuillas y la lanzó contra el guardia, que se agachó. Seguía encorvado cuando Harwood continuó el camino de la destrucción y le apuñaló en el cuello con la primera jeringuilla que encontró. El guardia le agarró el brazo un largo momento, con los ojos azules claros clavados en ella, antes de sentir una convulsión y caer al suelo. Harwood sacó la jeringuilla, la lanzó contra el último guardia y acertó en el tórax. Se desplomó en el momento en el que el dedo apretaba el gatillo. La bala hizo un arco. Polvo y piedras cayeron del techo.

Harwood se volvió hacia Bashir.

—¿Estás bien?

—Viviré.

Harwood sonrió.

—Asegúrate de que él no lo haga.

Bashir asintió y se acercó al cuerpo [illegible] de Mora. Comprobó el pulso y [illegible] la baba de su cuello bajo los dedos. No había movimiento. Comprobó la muñeca, lo mismo. Después puso una palma frente a la destrozada boca de Mora, solo sintió el calor inmóvil de la muerte.

Se arrastró por las rocas hasta la cascada, bebió el agua sorprendentemente fría y escupió el sabor a sangre.

Harwood encontró unas tijeras entre las herramientas de Mora, cortó las cuerdas que ataban a Zofia, la sujetó antes de que se desplomara y se agachó a sus pies. Sostuvo a la científica y sintió que sus lágrimas se deslizaban por el pelo.

—Le voy a colocar el brazo en su sitio. Soy médico. Cuente hasta tres conmigo, ¿de acuerdo? Uno, dos, tres. —Un chasquido seco, un grito. Zofia jadeó en el cuello de Harwood—. Trabajamos para el Gobierno británico. Está a salvo. Ya no pueden hacerle daño. Ha protegido su trabajo. —La enderezó—. Dígame dónde le duele. —Las manos de Zofia se movieron lentamente. Harwood las siguió con la vista y continuó hablando mientras observaba las marcas de la tortura de Mora—. Se va a poner bien. Vamos a cuidarla. Rattenfänger quería que les proporcionara acceso al ordenador. Sé que intentó avisar a Paradise. Sé lo que hizo Robert Bull. Está muerto. Pero Paradise ha desaparecido. No podemos localizarlo porque está utilizando los satélites para ocultar su yate. Necesito que entre en el ordenador y desactive esos satélites para poder llevar a Paradise ante la justicia, ¿de acuerdo?

Zofia se puso rígida e intentó apartarse.

—Eh, eh, míreme. —Harwood encontró los ojos verdes de Zofia y sonrió—. No estoy de parte de Mora, no estoy de parte de Rattenfänger. No mire a Mora. Mírenos a nosotros. Estamos de su parte.

Zofia tragó saliva. Cuando consiguió hablar lo hizo con una brizna de voz estrangulada.

—¿Por qué he de confiar en usted? ¿Cómo sé que no me detendrá?

Harwood se apoyó en los talones, agachada frente a Zofia, y abrió las manos haciendo un gesto de paz.

—Cuando la saquemos de aquí Felix Leiter la estará esperando. Se asegurará de que recupere la libertad.

—Mora dijo que estaba muerto.

—Subestimó mis poderes quirúrgicos. No tenemos tiempo para hablarlo ahora. Ha de tomar una decisión. Hemos venido desde muy lejos para encontrarla. Lo único que queremos es llevar a Paradise ante la justicia y ponerla a salvo. Por favor, créame.

Zofia se frotó las muñecas y después las marcas del brazo. Mantuvo la vista fija en la cara de Harwood. Asintió.

Harwood sonrió.

—Gracias —dijo antes de acercar la mesa con el ordenador—. ¿Puede hacerlo desde aquí?

Zofia se apartó el pelo de la cara con una mano temblorosa. Asintió. Harwood se quedó junto a ella y la vio teclear. En la pantalla apareció un mapa de satélites. Bashir estaba sentado junto a la cascada y turnaba su atención entre Zofia y el cuerpo de Mora.

—O Tanner no era la filtración o no trabajaba solo.

—Lo sé —admitió Harwood en voz baja. Cuando la doctora levantó la vista le puso una mano alentadora en el hombro—. No se preocupe. Continúe. ¿Quiere un poco de agua?

—Lo tengo —dijo Zofia, que no parecía haber oído la pregunta—. Estoy desactivando los satélites. El barco está en el mar de Ojotsk. Veo una columna de humo.

—¿Puede acercar la imagen?

—Sí, puedo procesarla…

—Deja que te vea el tobillo —pidió Harwood volviendo la cara hacia Bashir.

Una respiración profunda atrajo su atención. Mora se movía. Había un rifle en el suelo. Harwood abrazó a Zofia para protegerla. Un disparo estalló en la cámara. Durante un largo e infinitamente corto segundo esperó que su cuerpo le informara del daño recibido. Pero las palpitaciones en el hombro, la quemadura del brazo y los cientos de cortes ni se agrandaron ni se redujeron. Se movió ligeramente y preguntó a Zolia si estaba bien —esta asintió— antes de que se oyera otra detonación. Las dos estaban bien porque Bashir había respondido al disparo mientras se colocaba en la trayectoria de la bala.

47

Incendio en el cuarto de máquinas

Joseph Dryden se arrodilló junto a Luke con el arma del guardián muerto en las manos. Luke estaba inconsciente. Disparó hacia el humo del cuarto de máquinas. El ruido lo anegó. Detrás de las llamas se produjeron más disparos. Agarró a Luke y lo arrastró a un rincón. El barco se estremeció y gimió. Imaginó su informe de la situación: «Superados en número y desbordados por las fuerzas enemigas, segundo al mando herido, Alfa sufre congelación, quemaduras y sabe Dios qué más». Pero aquello no redujo sus expectativas. Siguió apretando el gatillo hasta que el arma dejó de responder. «Me he quedado sin munición y hay un incendio en el cuarto de máquinas. Sal de aquí.»

Apartó el arma y cargó a Luke en un hombro, los dos gritaron, se le desgarraban los músculos. Pasó por la puerta derrumbada hacia el pasillo sintiendo el calor a su espalda. Sabía que el resto de los guardias habrían tenido la misma idea: abandonar el barco. Solo tenía que llegar al garaje, la gran cámara más abajo, en el que había un submarino pequeño, una lancha limusina y otra deportiva. Salió al pasillo y retrocedió inmediatamente. El agua inundaba las escaleras. Oyó pasar una bala. Hacia arriba, la única opción era hacia arriba. Subió las escaleras de dos en dos, escorándose hacia las paredes y sujetando a Luke, hasta que el barco se tambaleó y se golpeó una rodilla contra las escaleras. Otra bala impactó en la pared por encima de su cabeza. Intentó ponerse de pie. La rodilla se partió.

Luke se despertó soltando un gruñido.

—Ahora me toca a mí —dijo tirando de Dryden y arrastrándolo escaleras arriba, una a una, hasta que en la curva se lo cargó al hombro para hacer el último tramo.

Los hombres de Paradise los seguían de cerca. Dejó a Dryden en el salón y casi resbaló en el suelo inundado. La proyección en directo de la cámara desde la cubierta de observación parecía tener problemas técnicos: luces estroboscópicas de hierbas marinas y sombras de tiburones los devoraron. Oyeron una rotura y un desgarro, miraron a través del techo de cristal y vieron que los mástiles se venían abajo, una caída terrible. Luke apretó la mano de Dryden y este miró a su alrededor. Luke observó la parte abierta de la cubierta de proa, la jaula rota y el cadáver de Paradise; el tigre caminaba a sus anchas y gruñía en dirección al cielo. Entonces los tres guardias restantes llegaron a lo alto de las escaleras.

Unas cuerdas de rápel y las aspas de un rotor ensombrecieron las parpadeantes imágenes de un cangrejo cerrando las pinzas. Dryden levantó la vista. Vio helicópteros. Los comandos descendían a cubierta. Seis, doce, dieciocho de ellos aterrizaron en la cubierta de proa gritando órdenes. No entendió lo que decían, pero levantó las manos igualmente. Luke lo imitó. Esperó un último disparo a la desesperada, pero los soldados de Paradise se rindieron. Dos de los comandos llevaban una red, que arrojaron sobre el tigre. Uno de ellos sacó una pistola que parecía de plástico y disparó un dardo al costado del animal. Después los comandos formaron un diamante para proteger a su Alfa, que aterrizó en cubierta con un golpe seco, quizás hacía años que no participaba en una misión de campo. Pero se quitó el arnés con agilidad. Era un hombre alto y corpulento, y se movió con determinación a través de las ruinas, pasando por encima de cristales y cadáveres sin dejar de mirar al tigre. Sus ojos negros brillaban. Le ofreció una mano a Dryden y una resplandeciente sonrisa con dientes de oro.

—Tiger Tanaka. Encantado de conocerle, 004.

Dryden parpadeó. Bajó los brazos. Cuando estrechó la mano de Tanaka casi se desploma y solo su firme apretón lo mantuvo de pie.

—M está ansioso por hablar con usted.

Dryden movió la cabeza. No podía mantener los ojos abiertos el suficiente tiempo como para leer sus labios y no consiguió descifrar el significado de aquellas palabras. Luke interpuso un hombro entre ellos, y mostró cierta reserva mientras hablaba. Tiger Tanaka asintió lentamente. Habló a Luke. Este movió la cabeza y dijo algo más.

Después se volvió hacia Dryden y le dijo en lenguaje de signos:

—Es Tiger Tanaka, del Servicio Secreto japonés. Dice que tu jefe quiere hablar contigo. El equipo médico espera. Todavía es pronto, pero cree que desconectamos el dispositivo a tiempo. No se aprecian daños permanentes. Le he confesado que era el segundo al mando de Paradise. Va a detenerme junto a los supervivientes.

Dryden agarró las manos de Luke y silenció sus dedos.

—Espera... Eso no es...

Tiger Tanaka se apartó. Ordenó a sus soldados que esposaran a los prisioneros y dejaran que Nube Nueve se quemara o hundiera, lo que fuera más rápido. No le hacía falta: no necesitaba una bola de cristal que le dijera que el mar de hielo desaparecía y que tenía los días contados. Si quieres que el diablo se ría, cuéntale tus planes para el año siguiente. Los juguetes relucientes le procuraban poca o ninguna confianza. Tiger Tanaka confiaba en otras cosas.

Luke meneó la cabeza. Dryden sintió lágrimas en las mejillas. Se secó la cara en el hombro de Luke y este lo rodeó con los brazos.

48

Juramentos

—Puedo curarte, Sid. Puedo curarte, quédate conmigo. No estás acabado, ¿me oyes? No estás acabado. —Harwood rasgaba la camisa de Bashir y le quitaba el chaleco antibalas, un chaleco antibalas inútil, cuyas placas se habían movido cuando Mora le había golpeado en el suelo, un ligero y fundamental desperfecto por el que Aazar Siddig Bashir sangraba a causa de un disparo en la parte superior del pecho, a pesar de sus esfuerzos por contener la hemorragia—. Te vas a poner bien. Ruqsana se va a poner bien, la volverás a ver y tú y yo, Sid, tú y yo vamos a…

Bashir se echó a reír.

—¿Qué vamos a hacer, Johanna?

—¿Ves esto? —preguntó quitándose el anillo de compromiso del cuello y poniéndoselo en un dedo—. ¿Lo ves, Sid? Sí, quiero. Sí, quiero. Ya he escrito mis votos. Eres el mejor hombre que he conocido, por eso…

Bashir sonrió, una pálida sombra le atravesó el rostro.

Harwood recurrió a las fugaces etapas finales de su formación y aplicó una presión que le hizo gritar, mientras pedía a Zofia que le encontrara un botiquín, cualquier cosa.

Bashir le cogió las manos.

—Demasiado tarde. Yo también quiero.

Harwood apretó la frente en la de él.

—No es demasiado tarde. Puedo curarte.

—Johanna... —Los labios de Bashir se movieron por la piel de Johanna—. No eres el topo, ¿verdad?

Harwood se estremeció y se apartó un milímetro con lágrimas en los ojos.

—No lo crees, ¿verdad, Sid?

Bashir entrecerró los ojos para mirarla.

—No. M nos llevará al altar.

Harwood enterró la cara en el cuello de Bashir, consciente de las convulsiones de su cuerpo. Después se dio cuenta de que no quería asustarlo en sus últimos momentos; la sensación de culpa provocó que llorara aún más, hasta que la interiorizó con una corta y profunda inhalación. Se echó el pelo hacia atrás y le regaló la mejor de sus sonrisas.

—Lo has conseguido, Sid. Has salvado a la doctora Nowak. Has salvado una vida que puede salvar a toda la humanidad.

Bashir meneó la cabeza, fue un ligero movimiento, pero pareció alargarse durante todos los años que no viviría.

—Te he salvado a ti, Johanna. Sé dónde quiero casarme contigo.

—¿Dónde, Sid? Lo organizaré todo. Lo haremos ahora.

—El centro comunitario. Mi habitación de los huracanes. Hay una ventana...

Harwood esperó. Una película se desplegó por sus ojos y eliminó la última chispa. Harwood sintió que le arrancaban el corazón, un estallido físico. Sujetaba la mano de un muerto.

Oyó una risita a su espalda. Se dio la vuelta. Mora se reía. Estaba tumbado de espaldas, sujetándose con una mano el muslo en el que se había alojado la bala. Le salía sangre por la boca. Harwood sintió que el tiempo se detenía en sus venas. Se puso de pie. La doctora Nowak estaba a seis pasos de distancia, sin aliento, con un botiquín en una mano y el horror estampado en la cara. Harwood miró lo que había esparcido por el suelo. Cogió una de las jeringuillas y leyó la etiqueta. Después se agachó junto a Mora.

—Supongo que ese elixir no me producirá dulces sueños. —Su voz era una fuente roja, turbia e inestable.

—La dosis adecuada lo haría. Te mantendría inconsciente hasta que Leiter y Moneypenny consiguieran el permiso para enviar un equipo de rescate para ti y todo este equipo. Eso es lo que haría la dosis adecuada. Pero hace mucho tiempo que estuve en una facultad de medicina.

—Hiciste el juramento de no hacer daño, doctora Harwood.

—Hice otro juramento.

—Cambias según sopla el viento. Es lo que más me gusta de ti.

Harwood recordó que la doctora Kowalczyk había dicho lo mismo: «¿Tan poco vale su palabra?». Recordó su mirada penetrante cuando le preguntó: «¿Por qué mató a ese cabrón en vez de capturarlo para que lo interrogaran?». Entonces la verdad fue que había hecho un disparo que pareció mortal, pero no lo había sido, siguiendo órdenes de Moneypenny, a pesar de todo lo que le había hecho aquel monstruo. Esa mutabilidad, ese cambio según soplara el viento había conseguido que Sid le preguntara durante su último aliento si era una traidora. En ese momento, la verdad sería que le había puesto una inyección mortal porque le había arrebatado a su amante y tenía licencia para matar.

Mora gruñó y se apretó la pierna.

—Mátelo. —Oyó que decía la doctora Nowak, que se acercó y repitió—: Mátelo. No merece seguir vivo. El mundo estará mejor sin él.

Entre parpadeos imaginó la ventana que Bashir podría haberle descrito si hubiera tenido más palabras, lo imaginó esperándola, imaginó la mano de M en su codo cuando llegaba al pasillo. Entonces se enderezó.

—No vivo en ese mundo. Tiene información muy valiosa. Páseme el botiquín.

Mora suspiró y apoyó la cabeza en la piedra.

—Esa es mi chica.

—Cuando despiertes estarás en una celda más oscura que esta y tendrás por compañía al amigo que te interrogó. El verdadero topo —dijo con desprecio antes de clavarle la jeringuilla en el cuello sin colocarle la aguja.

Mora cerró los ojos. Su voz reflejó una profunda satisfacción cuando dijo:

—Estoy deseando verlo de nuevo.

Harwood hizo una pausa mientras desenvolvía la gasa y la aguja. Levantó la vista de la cara de Mora, las marcas de expresión, la profunda hendidura que descendía de sus labios, la sonrisa de satisfacción siempre alojada en la parte baja de la comisura derecha; no perdía nada de sí mismo cuando dormía. Después miró a Bashir, cuya inquisitiva mirada, en ese momento apagada, estaba vuelta hacia el techo de la cámara; no se apreciaba ningún tipo de preocupación entre sus cejas y tenía los labios, ligeramente entreabiertos, como si estuviera a punto de hacer una pregunta, de preguntarle al mundo qué podía ofrecerle.

Volvió al trabajo.

49

Repercusiones

La luz roja se encendió cuando M cerró la puerta detrás de él. Se quedó allí, con la cabeza apoyada en el acolchado insonorizado. De pie detrás de su escritorio, Moneypenny imaginó lo que habría tenido que soportar: las preguntas en las caras del resto de los agentes 00, la Sección Q, Bob Simmons... Sujetaba con poca firmeza las carpetas que estaba metiendo en el bolso. Lo soltó y cayó haciendo un ruido sordo en la mesa.

—Señor, podría haber ido en coche hasta Vauxhall.

M se encogió de hombros ligeramente.

—Siempre digo: si estás afligido, no conduzcas. ¿Le importa si hago una incursión en el mueble bar? Podemos sentarnos y beber.

M estaba rígido cuando sirvió dos whiskies. Después se subió los pantalones y se sentó en el sofá de cuero negro, que incontables consejeros habían suavizado de madrugada. Moneypenny hizo lo propio con el vaso en la mano. Pesaba mucho. Todo pesaba mucho.

—Por 009 —brindó M.

—Por Sid Bashir.

Ambos bebieron.

Sin prisa, Moneypenny se pasó un pulgar por el labio inferior.

—Puse a dos guardias en la oficina de Bill Tanner. Se envió a uno de ellos a protegerme a mí. Imagino que podríamos calificarlo como problema de presupuesto.

—Se lo comentaré al ministro la próxima vez que juguemos al golf.

—Debería haberlo metido en un calabozo. Solo que... me enseñó todo esto el día que llegué. Entonces ya estaba curtido. No me lo esperaba. A diferencia de la señora Keator y de usted, que parecieron no tener problemas creyendo que era una traidora.

—No se infravalore —le pidió M—. Lo esperó bien, Penny. Por eso sacó todos los objetos punzantes de la oficina en la que lo metió y cerró con clavos la ventana.

—No sirvió de nada —repuso Moneypenny enseñándole la mano izquierda. El cable de la lámpara le había cortado la palma cuando intentó sujetar a Bill con un hombro y quitárselo del cuello.

Había llegado unos segundos tarde. Si Aisha se hubiera dado cuenta unos minutos antes de que se había falsificado el registro que decía que Moneypenny había sacado el transmisor de la Sección Q, o si se hubiera revisado antes el informe de Harwood de que Mora utilizaba el pronombre él para describir la persona a la que había hecho cambiar de bando Mora durante su interrogatorio, o si Q hubiera proporcionado el nombre de Tanner como ese interrogador, o si...

M tomó la mano sin marca de Moneypenny y la apretó ligeramente. Después la soltó y se recostó suspirando. Tenía un rostro pétreo.

—Bill Tanner y yo éramos unos cachorros detrás del telón de acero a las órdenes de sir Miles Messervy. Solíamos frecuentar un palacio del baile en Berlín lleno de teléfonos y servicio de correos con tubos neumáticos que conectaban cientos de mesas para que los extranjeros pudieran organizar citas o enviar cumplidos anónimos. Bill me tendió una encerrona con una chica que resultó ser una agente de Alemania del Este, me llevé una buena sorpresa mientras hablábamos en la cama. —M meneó la cabeza—. Siempre te reías con él.

Te hacía sonreír cuando las cosas se ponían difíciles. Me sacó las castañas del fuego en más de una ocasión, a James también, a todo el maldito Servicio. —Su cara se cuarteó, pero después inspiró y se aclaró la garganta—. Hizo una estupidez, ahorcarse. Podría haberlo sacado de ese aprieto si me hubiera contado lo de su hijo.

Moneypenny sacó del bolsillo un papel arrugado, pero no lo abrió. Tanner tenía un hijo ilegítimo, del que nunca había hablado ni al Servicio ni a su mujer, que lo había abandonado hacía cinco años, tras enterarse. El hijo estaba en la cárcel de Lewes.

Cuando Moneypenny hizo una comprobación de los reclusos, Q no lo encontró porque en el certificado de nacimiento aparecía otro nombre. Pero la mujer de Tanner lo confirmó. Cuando Moneypenny la llamó por teléfono le preguntó qué era todo eso, se quedó en silencio cuando Moneypenny se lo explicó y casi se le cae el auricular de la mano, resbaladizo por el sudor, el suyo y el de Tanner.

No lograron saber cómo se había enterado Rattenfänger de la identidad del hijo, pero lo había hecho y lo había utilizado para chantajear a Bill. Al principio se negó. Después el hijo sufrió una «sobredosis de *spice*» y casi muere en el suelo de la lavandería de la cárcel. Después de aquello, Tanner aceptó. El antiguo 009 fue su primera víctima. Y Tanner continuó diciendo que sí. El nuevo 009 había sido su última víctima. Moneypenny pensó lo que habría dicho Sid de aquella probabilidad estadística, de la sublime naturaleza de la estadística.

Tanner había firmado la nota con un «Lo siento». Moneypenny miró las entrañas de su ordenador. Tanner había puesto el micrófono justo antes de que lo aislaran, en un intento desesperado por cumplir con su parte del trato y salvar la vida de su hijo.

Moneypenny puso el vaso sobre una rodilla. Miró a la negra ventana, más allá se veían las plazas de casitas de muñecas con luces amarillas, vidas londinenses ordinarias.

—La señora Keator me dijo que Bill Tanner era un hombre honrado.

—Y lo era —confirmó M fríamente.

—Dígaselo a Sid. —Moneypenny elevó la voz—. Dígaselo a los agentes 00 por los que colocamos estrellas conmemorativas en los dos últimos años. —Se puso de pie—. Dígaselo a James Bond.

M bajó la cabeza y tomó un sorbo. Se rascó la incipiente barba. Después le lanzó una mirada dulce.

—Quería el trabajo, Penny. Este es el trabajo. No me diga que no lo veía venir. Hizo que 003 fuera un agente triple sin comunicármelo.

—Y usted puso a 009 tras sus pasos sin que me enterara. Son mis agentes 00. Es mi terreno y tengo derecho a dirigirlo como crea conveniente. Debería haberme contado lo que estaba haciendo. Pero en vez de eso infiltró un elemento desconocido en mi campo y puso en peligro mi operación. Se aferró al club de los viejos amigos y ahora uno de sus amigos, uno de mis agentes, está muerto.

M se puso de pie. Moneypenny no se echó atrás.

—Ya basta. Los dos buscábamos un topo y ninguno confiaba en el otro porque no somos ingenuos, así que deje de comportarse como tal. Sid murió en acto de servicio por su país. Era su trabajo. Agradezca que no hubiera daños colaterales peores. Perdió a la periodista, pero la abogada que utilizó se recuperará totalmente. El hijo de Chao está en casa, al igual que la doctora Nowak. Esperemos que, como parte de su agradecimiento, nos deje utilizar sus conocimientos. 004 se recupera en el hospital. 003 ha sobrevivido. Ganamos más de lo que perdimos. Yo perdí a un amigo, así que no me sermonee.

Moneypenny se fijó en que le temblaba la mano. Dejó el vaso sobre el escritorio, entre los cables y papeles. Suspiró al ver un informe de esa mañana, que Phoebe había enterrado entre el resto como poco importante. Era del Departamento de Comunicaciones. Querían que supiese que el sol había parpadeado.

Rellenó los vasos y le entregó el de M.

Moneypenny levantó el whisky.

—Por el Servicio.

—Por el Servicio —repitió M chocando ligeramente su vaso con el de ella.

50

Agujero

Johanna Harwood se quedó quieta mientras a su alrededor una fuerza operativa conjunta organizada por Estados Unidos llenaba la cámara. Accedieron al ordenador cuántico y extrajeron su armamento dorado como si fueran hormigas que llevaran un tesoro a su reina. Se sentó junto a la cascada, el agua que le salpicaba la espalda era lo único que le aseguraba que aquello era real. Los médicos metieron el cuerpo de Bashir en una bolsa y lo sacaron como si fuera otro componente. Mora no se movió cuando lo pusieron en una camilla y le colocaron una capucha en la cabeza, el primer paso en su extradición para interrogarlo. Comunicaron a la doctora Nowak que Felix Leiter la esperaba en la superficie y quería saber si aquella mujer era realmente su abuela. Harwood no oyó la respuesta. No podía concentrarse.

Un médico le miró el hombro, una ligera marca de sangre, y le dijo que tendría que examinarlo un cirujano lo antes posible. Harwood asintió, pero no se levantó, sino que siguió presionando la herida. Estudió la cámara, sus dimensiones, los ángulos, los segundos... ¿Podría haber llegado antes? ¿Podría entonces haber evitado que el chaleco de Bashir se deformara? Miró el suelo de cristal y el resto de las entrañas del ordenador. Le devolvió un reflejo polvoriento. Se llevaban la silla en la que había estado atada Zofia. Tuvo la sensación de ser la última en el escenario, la producción había acabado, los actores y sus papeles abandonados, los decorados y vestuario, retirados. ¿Qué había sido aquel lugar después de todo? Un agujero en el que hacer desaparecer a personas.

Se incorporó. A la izquierda de la puerta principal de la cámara había una abertura que conducía a un túnel poco iluminado. Estaba cerrado con barrotes. Preguntó a un oficial de criminalística si le podía dejar una cizalla. Tuvo la impresión de que iba a protestar, pero luego se la entregó y volvió a su trabajo. Harwood se puso de pie. Se acercó cojeando. Los barrotes estaban cerrados con una cadena, nada muy elaborado. El hombro le quemó cuando apretó la cizalla y la cadena cayó a sus pies.

La oscuridad olía a agua estancada. Recordó esa humedad en la piel. ¿La habían tenido encerrada allí? Avanzó por el túnel arrastrando la cizalla. Había celdas a derecha e izquierda, huecos en la roca, nada de papel encerado aleteando en las paredes, ni bancos, ni váter. Las puertas atornilladas en las cuevas eran de jaulas. Todas tenían un cuenco metálico para perros. La primera parecía haber estado ocupada recientemente: había una mancha en el suelo de arena y el cuenco estaba medio vacío, con el agua llena de pelo y suciedad. ¿Era la celda de Zofia Nowak? Continuó, los engranajes de su mente empezaban a recordar. Un lugar en el que hacer desaparecer a personas. Había desaparecido allí, forzada a una niebla incorpórea. ¿Había estado él allí al mismo tiempo? ¿Había oído sus gritos? ¿Había oído Harwood los de él?

Podía seguir allí.

Contuvo el aliento. No se atrevió a pronunciar su nombre, no se atrevió a intentarlo. Pasó por celdas vacías, quizás había estado en esa, acurrucada en un rincón marcado con los trazos de prisioneros que intentaban aferrarse al tiempo, o en esa otra, en la que el cuenco arrugado daba a entender que alguien había intentado romper el candado con él. Llegó al final de túnel. La puerta de la última celda estaba abierta. En el suelo arenoso se veían marcas: los guardias habían arrastrado a alguien. Se quedó en el umbral con el corazón desbocado.

La celda estaba vacía, pero alguien había cogido un trozo de piedra y había dibujado tres números en la pared con tanta fuerza que se habría hecho sangre en los dedos: 007.

Agradecimientos

Gracias a Corinne Turner por hacer realidad mis sueños. Te estoy profundamente agradecida por tu fe, ánimo y amistad. Gracias a Simon Ward por tu apoyo y pasión. Gracias a Phoebe Taylor por tu generosidad e intuición. Gracias a Ros Taylor por tu amabilidad. Gracias al mejor agente que existe: Sue Armstrong. Gracias a Jonny Geller, Viola Hayden, Kathryn Chesire, David Highfill y a todo el equipo de HarperCollins del Reino Unido y Estados Unidos.

Mientras escribía este libro muchas personas fueron generosas con su tiempo y conocimientos. Gracias a los amigos y familiares que leyeron las primeras versiones y comentaron conmigo sus ideas. Gracias al Royal Centre for Defence Medicine. Gracias a Seb Brechon, de Alpine, y a Andrew Franklin, de Thruxton. Gracias a Fedor Bryant-Dantés por contarme sus historias. Gracias a Will Daniel-Braham, alias Big Billy, que recordó la clave. A Simon Latimer, cuya mente podría alimentar un ordenador cuántico. A Tom Godano, mi asesor en las partes con acción. A Antony Herrmann, que conoce las cosas más geniales. A la doctora Lucy Brooks, mi asesora médica. A Jess Gaitán Johannesson y Adam Ley-Lange, que me asesoraron sobre ciencia y whisky y guardaron el secreto. A mi padre, Craig Sherwood, que ha estado en todas partes.

Gracias a Billy Brooks, que me llevó a ver películas de James Bond por primera vez. Gracias a mi hermana, Rosie Sherwood, por los paseos y las conversaciones. Gracias a mi madre, Ellie

Baker, por estar siempre allí. Gracias a mi marido, Nick Herrmann, por vivir esta creación conmigo y oír las canciones de Bond una y otra vez durante tres años

Gracias a la familia Fleming por concederme un honor único en la vida.

Ian Fleming

Ian Lancaster nació en Londres el 28 de mayo de 1908 y estudió en el Eton College antes de continuar con un periodo formativo para aprender idiomas en Europa. La agencia de noticias Reuters le ofreció su primer trabajo, seguido de una breve temporada como corredor de bolsa. Cuando estalló la Segunda Guerra Mundial lo nombraron ayudante del director de Inteligencia Naval, el almirante Godfrey, y desempeñó un papel clave en operaciones de espionaje británicas y de los Aliados.

Después de la guerra entró en Kemsley Newspapers como director en el extranjero del *Sunday Times*, en el que coordinó una red de corresponsales estrechamente involucrados en la Guerra Fría. Su primera novela, *Casino Royale*, en la que presentó al mundo a James Bond, el agente especial 007, se publicó en 1953. La primera edición se agotó en un mes. Tras ese éxito inicial publicó un libro de Bond cada año hasta su muerte. Sus viajes, intereses y experiencia durante la guerra confirieron autoridad a todo lo que escribió. Raymond Chandler lo aclamó como «el escritor de *thrillers* más contundente y estimulante de Inglaterra». Su quinto título, *Desde Rusia con amor*, fue especialmente bien recibido y sus ventas se dispararon cuando el presidente Kennedy mencionó que era uno de sus libros favoritos. Se han vendido más de sesenta millones de las novelas de James Bond, que inspiraron una exitosa franquicia cinematográfica que comenzó en 1962 con el estreno del *Agente 007 contra el doctor No*, interpretada por Sean Connery.

Los libros de James Bond se escribieron en Jamaica, un país del que Fleming se enamoró durante la guerra y en el que construyó una casa, Goldeneye. Se casó con Ann Rothermere en 1952. Su historia sobre un coche mágico, escrita en 1961 para su hijo Caspar, se convirtió en una apreciada novela y película: *Chitty Chitty Bang Bang*.

Fleming murió de una insuficiencia cardíaca el 12 de agosto de 1964.

www.ianfleming.com

Obras de Ian Fleming

Los libros de James Bond

Casino Royale
Vive y deja morir
Moonraker
Diamantes para la eternidad
Desde Rusia con amor
Doctor No
Goldfinger
Solo para tus ojos
Operación Trueno
La espía que me amó
Al servicio secreto de Su Majestad
Solo se vive dos veces
El hombre de la pistola de oro
Octopussy

No ficción

The Diamond Smugglers
Ciudades excitantes

Infantil

Chitty Chitty Bang Bang

Este libro utiliza el tipo Aldus, que toma su nombre
del vanguardista impresor del Renacimiento
italiano, Aldus Manutius. Hermann Zapf
diseñó el tipo Aldus para la imprenta
Stempel en 1954, como una réplica
más ligera y elegante del
popular tipo
Palatino

Doble o nada
se acabó de imprimir
un día de invierno de 2022,
en los talleres gráficos de Liberdúplex, s. l. u.
Crta. BV-2249, km 7,4. Pol. Ind. Torrentfondo
Sant Llorenç d'Hortons (Barcelona)